海柏利昂的殞落

THE FALL OF HYPERION

丹·西蒙斯

a novel by

DAN SIMMONS

海柏利昂2

景翔 譯

下

目錄 CONTENTS

THE FALL OF HYPERION

III

H 31

我醒了，但並不喜歡這樣給吵醒。

我翻了個身，瞇起眼睛來看著，咒罵著突然侵入的亮光，卻看見里・杭特坐在我床邊上，手裡仍拿著一支氣霧劑注射器。

「你吃的安眠藥多得夠讓你在床上睡一整天，該起床了。」他說。

我坐起身來，摸著我臉上長出的鬍渣子，瞇起眼來望向杭特。「誰他媽的准你進我房間？」開口說話要用的力氣讓我咳起嗽來，一直咳到杭特從浴室裡拿了杯水回來。

「喏。」

我喝了水，徒然地想在陣咳之間表達我的憤怒和不滿。殘留的夢境如晨霧般飛散，我感到一陣可怕的失落感籠罩下來。

「把衣服穿好，首席執行官要你二十分鐘之內到她那裡。你在睡覺的時候，出了很多事。」杭特說著站了起來。

「什麼事？」我揉揉眼睛，用手指梳理了凌亂的頭髮。

杭特緊張笑了笑。「連上數據圈，然後盡快到葛萊史東那裡去。二十分鐘啊，席維倫。」他走了。

我連接上數據圈，有一個方式可以將個人進入數據圈視覺化，就是想像一片元地球的海洋，有不同程度的風浪，一般的日子裡大部分是有些有趣波紋的平靜海面，發生危機時會有驟變和巨浪。今天像正有颶風來襲。所有連接的途徑都遭到延誤，在更新資料的碎浪中一片混亂，資料平臺也因為儲存資料的移轉和主要資料的轉換而顯得狂亂。另外萬事議會網路也是一樣，平常只是如幾層嗡嗡作響的資料和政治辯論，現在卻如混亂的狂風，丟棄的公民投票和作廢的立場宣言像殘雲般吹過。

「天啊。」我輕聲地說著切斷了連接，但仍然感受到資訊湧入的壓力撞擊我的植入晶片和大腦。戰爭、奇襲、萬星網受到重創。要求彈劾葛萊史東的言論，某幾個世界發生暴動，荊魔神教在盧瑟斯再度興起，霸軍艦隊在絕望的後衛戰行動中放棄海柏利昂星系，但太遲了，來不及了。海柏利昂已經受到攻擊。擔心傳送門遭到侵入。

我下了床，光著身子衝進淋浴間，以破記錄的時間用超音波沖洗過。杭特或某個人擺好了一套正式的灰色西裝和斗篷。我匆匆穿好衣服，把潮濕的頭髮梳向腦後，讓濕濕的鬈髮垂到衣領上。

讓人類霸聯的首席執行官等是不行的，哦，不行，絕對不可以。

「你也該到了。」在我進入她私室時，梅娜．葛萊史東說。

「妳操他媽的幹了什麼好事？」我叱喝道。

葛萊史東眨了下眼。顯然這位人類霸聯的首席執行官大人不習慣有人用這種口氣跟她說話，活該，我想道。

「記住你是什麼人，又在跟誰說話。」葛萊史東冷冷地說。

「我不知道我是什麼人，而我現在很可能是在跟一個霍瑞斯・葛藍儂—海特之後最大樁集體屠殺的凶手說話。妳他媽的為什麼讓這場戰爭發生？」

葛萊史東又眨了下眼睛，四下環顧。在場的只有我們兩個，她的起居室很長，光線暗得很舒服，掛著來自元地球的原版藝術品。這一刻，我不在乎自己是不是在一間掛滿梵谷真跡的房間裡。我瞪著葛萊史東，在百葉窗透進來的黯淡光線裡，那貌似林肯的面容只是一張老婦的臉。她回望了我一陣，然後又轉開了視線。

「對不起，妳不是讓這件事發生，而是使這件事發生，對不對？」我沒好氣地說道，毫無歉意。

「不是的，席維倫，我沒有使這件事發生。」葛萊史東的聲音很輕，幾乎像在耳語。

「大聲說話！而且，我不是約瑟夫・席維倫。」我說。我在那幾扇高高的窗子前走來走去，望著百葉窗透進的光在我身上像畫出來的條紋似地移動著。

她挑起了一邊眉毛。「我該稱呼你濟慈先生嗎？」

「妳可以稱呼我『無人』[1]，這樣等其他獨眼巨人來的時候，妳可以說『無人』刺瞎了妳，而他們就會離開，並說那是神的旨意。」我說。

「你打算刺瞎我嗎？」

「我現在就可以扭斷妳的脖子，然後一走了之，也不會有絲毫悔意。這個禮拜會死好幾百萬人咧。妳怎麼可以容許這種事？」

葛萊史東碰了下她的下唇。「未來只會分成兩個方向。戰爭和全然的不確定，或是和平和完全確定的絕滅。我選擇戰爭。」她柔聲地說。

「這是誰說的？」現在我聲音中的好奇多過了憤怒。

「這是事實。十分鐘之後，我必須到參議院去宣布開戰。告訴我海柏利昂的朝聖者近況。」她看了一眼她的通訊記錄器。

我把雙臂交叉在胸前，低頭看著她。「要是妳答應我一件事，我就告訴妳。」

「只要我能，我一定答應。」

我遲疑了一下，知道在整個宇宙裡沒有任何一種力量能讓這個女人為她的話開一張空白支票。

「好吧，我要妳以超光速通訊傳送命令到海柏利昂，放行領事的太空船，再派人到胡黎河去找到領事本人，他大約在距離首都一百三十公里的地方，在卡爾拉閘口上游，他可能受了傷。」我說。

葛萊史東彎起一根手指，揉了下嘴唇，點點頭。「我會派人去找他，太空船能不能放行，要看你

---

❶希臘神話中，尤里西斯在特洛伊之戰後，航行返鄉，途中誤入獨眼巨人波利菲莫斯的洞窟內受困，謊稱自己名叫「無人」，以酒灌醉波利菲莫斯後，再以木樁削尖燒紅，將之刺瞎，其他巨人聽到慘叫，前來查問，波利菲莫斯說：「無人弄瞎了我的眼睛。」其他人認為既無人弄瞎他，目盲顯是天意，各自回家，尤里西斯才能率部下逃出，但也因此得罪波利菲莫斯之父，海神波賽頓。海神發誓要讓尤里西斯吃盡苦頭，失去所有部下才能回家，因此尤里西斯在海上流浪了十年。

還能告訴我些什麼。其他人還活著嗎？」

我把短斗篷裹在身上，跌坐在她面前的一張沙發上。「有些還活著。」

「拜倫·拉蜜亞的女兒？布瑯呢？」

「荊魔神把她帶走了。有一段時間，她失去了意識，由一個神經分流器連接到數據圈上。我夢到她飄浮在某個地方，和第一個濟慈的再生人格重逢。就這樣進入了數據圈，其實是巨型數據圈。連上這個數據圈，它的核心連結與規模，都是我作夢也想不到的。」

「她現在還活著嗎？」葛萊史東急切地朝前俯過身來。

「我不知道。她的身體不見了。我還沒看到她的人格由哪裡進入巨型數據圈前，就給人弄醒了。」

葛萊史東點了點頭。「那位上校呢？」

「莫妮塔把卡薩德帶到某個地方。那個女人好像住在時塚裡，他們做了時光旅行。我最後看到他的時候，他正在赤手空拳地攻擊荊魔神，其實是一群荊魔神，有好幾千個。」

「他還活著嗎？」

我攤開兩手。「我不知道。這些都是夢境，片片段段，能感知的斷簡殘編。」

「那個詩人呢？」

「賽倫諾斯給荊魔神抓走，刺穿掛在那棵刺樹上。可是我後來在卡薩德的夢裡又看到他一眼。賽倫諾斯還活著，我不知道他是怎麼活著的。」

「原來那棵刺樹是真的，不只是荊魔神教的宣傳而已？」

「哦，是的，是真的。」

「領事離開了？想回到首都？」

「他有他祖母的獵鷹魔毯。起先作用得很好，一直到他抵達靠近我剛才提到的卡爾拉閘口的地方。魔毯和他……掉進了河裡。」我先回答了下一個問題。「我不知道他的死活。」

「那個教士呢？霍依特神父？」

「十字形讓杜黑神父復活了。」

「真的是杜黑神父嗎？還是沒有腦筋的複製品？」

「的確是杜黑，不過……受到損傷，非常衰頹。」我說。

「他仍然在山谷裡嗎？」

「沒有，他消失在一個穴塚裡。我不知道他出了什麼事。」

葛萊史東看了她的通訊記錄器一眼。我試著想像在這棟建築……這個世界……和萬星網裡其他地方的混亂情形。首席執行官顯然是在到參議院發表演說之前先退回這裡十五分鐘。這可能是她在接下來幾個禮拜裡最後一次能獨處的時間了。說不定永遠不會再有。

「瑪斯亭船長呢？」

「死了，埋在谷裡。」

她深吸了一口氣。「還有溫朝博和那個孩子呢？」

我搖了搖頭。「我夢到的事情沒有先後順序，也脫離了時間。我認為是已經發生的，可是我弄不清楚。」我抬起頭來，葛萊史東正耐性地等著下文。「荊魔神來的時候，那個嬰兒只有幾秒鐘大，索爾將她交給那個怪物，我想荊魔神把她帶進了人面獅身像。那些時塚都發出很亮的光。又有其他的荊魔神出現。」我說。

「那，那些時塚都開啟了嗎？」

「是的。」

葛萊史東碰了下她的通訊記錄器。「里？要連絡中心的值勤官連絡席奧．連恩，還有在海柏利昂的霸軍相關人員，把我們扣留的那艘太空船放行。另外，里，告訴那位總督，再過幾分鐘，我有私人訊息傳給他。」那個儀器發出輕響，她把視線轉回到我臉上。「你夢裡還有其他的嗎？」

「影像、話語。我不明白是怎麼回事。剛說的都是重點。」

葛萊史東微微一笑。「你可知道你所夢到的事情都超乎另外那個濟慈人格的經驗範圍之外嗎？」

我沒有說話，被她的話所帶來的震驚而怔住了。我和那些朝聖者的接觸，很可能是經由以智核為基礎而連接到布瑯史隆迴路裡植入的人格，經過那個和他們所共用的原始數據圈，可是那個人格已經給釋放了。數據圈因為阻隔和距離而摧毀了。如果沒有傳輸器，即使是超光速通訊接收器也無法接收訊息。

葛萊史東的笑容消失了。「這一點你能解釋嗎？」

「不能，也許那些都只是夢而已，真正的夢。」我抬起頭來。

她站了起來。「要是我們能找到領事，也許到時候我們就會知道了。或者是等他的太空船到了時塚谷的時候。在我到參議院之前，還有兩分鐘，你還有別的事嗎？」

「一個問題，我是誰？我為什麼會在這裡？」我說。

那淺淺的微笑又露了出來。「我們都在問這兩個問題，席維—濟慈先生。」

「我是說真的，我想妳比我清楚。」

「智核派你來當我和朝聖團之間的連絡人，以及觀察者，畢竟你是個詩人，也是藝術家。」

我咳了一聲，站起身來。我們慢慢地走向會把她送到參議院那層樓的私用傳送門。「到了世界末日，觀察還有什麼用？」

「找出答案吧，去看世界末日。」葛萊史東說。她遞了一張給我通訊記錄器用的微縮卡。我插了進去，看了看顯示幕，這是一張宇宙通用的授權晶片，讓我可以使用所有傳送門，不論是公共的、私人的或是軍方的。這是一張到世界盡頭的票。

我說：「要是我被殺了呢？」

「那我們就永遠也聽不到你那些問題的答案了。」葛萊史東首席執行官說。她很快地碰了下我的手腕，轉過身去，走進傳送門。

我獨自在她的房間裡站了幾分鐘，欣賞這裡的光線、寂靜和藝術品。一面牆上真的有一幅梵谷的畫，大部分的星球都買不起。那張作品畫的是畫家在亞耳的房間。瘋狂並不是一種新發明。

過了一會，我離開了那裡，讓通訊記錄器裡的記憶引導我穿過執政院裡迷宮似的路，最後找到中央傳送門總站，然後走進門去尋找世界的盡頭。

在萬星網裡有兩條無遠弗屆的傳送門通路：群星廣場和特瑟士河。我傳送到群星廣場，青島—西雙版納的半公里大道連接到新地球和永絕星短短海邊大道的地方。青島—西雙版納是第一波受攻擊的世界，距離驅逐者的攻擊只有三十四個小時。新地球則在目前正在宣布的第二波攻擊的名單上。大概再過標準時間一個多禮拜就會遭到攻擊。永絕星在萬星網深處，離攻擊還有幾年。

那裡沒有一點恐慌的跡象，大家都在對數據圈和萬事議會網路發言，而不在街道上。我走在青島的狹窄巷子裡，聽得到由數以千計的接收器和私人通訊記錄器裡傳出葛萊史東的聲音，夾雜在街頭小販的叫賣聲，和電動黃包車行過在上面交通層時輪胎在潮濕路面上發出的響聲，顯得出奇的低調。

「如同八百年前另外一位領袖在攻擊前夕對他的人民所說的：『我沒有別的可以付出，只有鮮血、辛勞、眼淚和汗水。』你們問，我們的策略是什麼？我告訴你們，就是作戰，在太空裡、在陸地上、在空中、在海上，以我們的全力作戰，以正義和權利所給予我們的力量作戰。這就是我們的策略……」

在青島和永絕星之間的傳送區附近有霸軍的部隊，徒步的人潮看來還很正常。我不知道什麼時候軍方會徵收群星廣場的徒步區作為車輛交通之用，而且究竟是會向前線去，還是遠離前線。

我穿過傳送門到了永絕星。這裡的街道很乾，只偶爾有群星廣場石牆三十公尺下方的海水會噴上來。天空還是平常陰沉的褚色和灰色，在中午時分都是陰沉的暮色。小小的石頭店鋪亮著燈，陳列著商品，我注意到街上比平常更空曠，很多人站在店鋪裡，或是坐在石牆或椅子上，低垂著頭，兩眼空茫地聽著。

「你們問，什麼是我們的目標？我的回答只有兩個字，就是勝利。不計一切代價的勝利，不顧一切恐怖的勝利，不論勝利之路多長、多艱辛，因為沒有勝利，就無法存活……」

在艾德加鎮的總站排著的隊伍很短。我鍵入無涯海洋星的代碼，然後走進傳送門。

天空還是像平常一樣無雲的綠，在這座浮城之下的海洋是更深的綠。海草農場直漂到天邊。在離群星廣場如此遠處的人群更少，木板鋪成的散步道上幾乎空無一人，有些商店關了門。一小群男人站在一個小船碼頭附近，聽著一個古董超光速通訊接收器。葛萊史東的聲音在充滿海洋味道的空氣中顯得平淡而冷硬：

「就連現在，霸軍的部隊也正向他們的駐地移動，對他們的堅持有決心，對他們的能力有信心，不僅要拯救所有受威脅的世界，也要把人類霸聯從有史以來最骯髒和最可怕的暴政中拯救出來……」

無涯海洋星再過十八個小時就會遭到入侵。我望向天上，半以為會看到某些敵人船群的蹤影、某些防護的措施、太空部隊的調動。但只有一片天空，暖和的日子，還有這個城市在海上輕搖。

天堂之門是入侵清單上的第一個世界。我穿過泥原的貴賓傳送門，由瑞福金高地俯視著那不副其名的美麗城市。現在是深夜，晚到掃街的機器都出動了，那些刷子和超音放在鵝卵石地上發出嗡嗡的響聲，但是這裡還是有些動靜。在瑞福金高地大眾運輸中心，很多人默默地排成一行行長長的隊伍，而底下的散步場傳送門前的隊伍更長。在場見得到當地的警察，高大的身子穿著棕色的制服，可是若有霸軍部隊趕來協防，卻是隱而未現。

瑞福金高地和散步場的地主們幾乎都有私人的傳送門，所以排隊的人都不是當地的居民，看來好似羊齒森林和公園過去數公里之外開墾地的工人。沒有恐慌，也很少有人交談，排起隊來就像一家人在遊樂園等著玩遊樂設施似地耐心而冷靜，很少有人帶著比旅行袋或背包更大的行李。

我不禁想著，難道我們的鎮靜，已經到了可以在面臨大敵入侵時，也能維持自己尊嚴的地步？

天堂之門離開戰時刻還有十三個小時，我把通訊記錄器連到萬事議會網路。

「要是我們能迎戰威脅，我們所愛的世界就能保有自由，而萬星網的生活也可以前進到光明的未來。可是如果我們失敗，那整個萬星網、霸聯，還有我們所熟悉和關心的一切，都會因為科學知識的誤用，人類自由的喪失，陷入更加邪惡而萬劫不復的新黑暗時代的深淵中。

「所以讓我們肩負起我們的責任，竭盡全力，這樣即使人類霸聯和所有領地及盟友在一萬年後，人類還會說：『這是他們最好的時光。』」

在這個沉默、氣息清新的城市下方某處，開始響起槍聲。起先是箭彈槍的噠噠聲，然後是反暴動電擊槍的低沉嗡嗡聲，接下來是雷射槍的嘶嘶聲。在散步場上的群眾往前湧向傳送站，但是抗暴警察由公園裡出來，打開了強力的探照燈，把群眾罩在刺眼的強光中，以擴音器命令他們排好隊伍，否則立即驅散。群眾遲疑了一下，前後擁擠著，像被亂流衝擊的水母。然後，在越來越響，也越來越近的槍聲刺激之下，往前湧向傳送門的幾個月臺。

抗暴警察發射了催淚瓦斯和暈眩彈，暴民和傳送門之間，紫色的隔離力場在嗚嗚聲中出現。一隊軍用電磁車和保安浮掠機低飛過城市上空，探照燈向下直射，一道光柱照著我，一動也不動，等到我的通訊記錄器在盤查訊號下閃動之後，才繼續移走。雨開始落了下來。

還說什麼鎮靜。

警方已經控制了瑞福金高地的公共傳送站，正穿過我剛才使用過的私用大氣保護傳送門，我決定去別的地方。

執政院的通道都有霸軍突擊隊員把守，儘管這道傳送門是全萬星網最難用到的，還是對經由遣裡來的人加以過濾。我經過了三重關卡才進入行政住宿大樓，也就是我的住處所在。突然之間，警衛出來清空了主要走道，守住所有的出入口，葛萊史東在大批顧問、助理和軍事將領的簇擁下走了過來。她看到我十分吃驚，讓大隊人馬不知所措地停下，隔著穿了戰鬥甲冑的陸戰隊員警衛和我說話。

「你覺得演說如何，無人先生？」

「很好，很有激勵性，如果我沒弄錯，是偷了邱吉爾的話。」我說。

葛萊史東微微一笑，輕聳了聳肩膀。「要偷就要偷已被遺忘的大師。」微笑消失了。「前線的消息如何？」

「大家才漸漸了解現實狀況，準備應付恐慌吧。」我說。

「我一向有所準備。你還有朝聖團的消息嗎？」首席執行官說。

我大感意外。「朝聖團？我沒有……作夢。」

葛萊史東眼下要做的例行工作和等待處理的事情，讓她繼續往走道那頭走去。「也許你不用睡著也可以作夢，試試吧。」她回頭說道。

我望著她走遠，也獲准去我自己的套房，找到那扇門，卻因為厭惡自己而轉開了身。因為害怕和震驚，我在降臨到我們所有人身上的恐怖命運前退縮了。我真的很樂於躺在床上，避免睡著，只把床單緊拉到頷下，為萬星網、為那個叫蕾秋的孩子，也為我自己哭泣。

我離開了住宿區，找路回到中庭花園，走過鋪了鵝卵石的小徑。小的微型遙控機器人像一群蜜蜂似地飛過空中，其中一個跟著我穿過了玫瑰園，進入一塊有一條下陷小徑蜿蜒穿過熱氣蒸騰的熱帶植物區，進入靠近橋邊的元地球區。在葛萊史東和我上次談話時坐過的那張石頭長椅上坐了下來。

「也許你不用睡覺也可以作夢，試試吧。」

我把兩腳縮到椅子上，把兩膝頂住下巴，手指壓住太陽穴，閉上了眼睛。

H 32

馬汀・賽倫諾斯在純粹如詩般的痛苦中扭動掙扎。一根兩公尺長的鋼刺從他兩邊肩胛骨中間刺進他的身體，由胸前穿出，伸到他身體前方可怕的一公尺遠處，他不停揮舞的兩臂搆不到那一點。那根刺光滑無比，他汗濕的手掌和彎曲的手指都找不到著力點。但那根刺儘管抓起來很滑，他的身子卻不會滑動，他被牢牢地刺穿，就如同一隻釘起來展示的蝴蝶。

並沒有流血。

在理智通過痛苦的瘋狂迷宮而回復後的幾個小時裡，馬汀・賽倫諾斯對這點感到奇怪。並沒有流血，可是卻很痛。哦，不錯，有著大量的疼痛，痛到遠超過這位詩人對痛楚的最狂野的想像，遠超過人類忍耐和承受的極限。

可是賽倫諾斯忍住了。賽倫諾斯承受了。

他發出第一千次尖叫，一個刺耳的聲音，空無內容，沒有語言，甚至不是咒罵。沒有字句能表達出這種痛楚。賽倫諾斯尖叫，扭動。過了一陣之後，他軟綿綿地吊在那裡，長刺因為他身體的轉動而輕輕彈動。其他人掛在他上面、下面，和後面，但賽倫諾斯並沒有花時間去觀察他們。每一個人都只困在自己極度痛苦的繭裡。

「唉，這就是地獄，我並沒逃出去。」賽倫諾斯想起了馬羅❷的詩句。

但是他知道這裡不是地獄，不是死後。但是他也知道這不是現實的另外一部分，那根刺穿透了他的肉體！八公分寬的有機鋼刺穿透他的胸膛！可是他沒有死。他沒有流血。這裡是某處，某種狀態，可是不是地獄，也不是人間。

這裡的時間很奇怪，賽倫諾斯以前也遇過時間無限延長和緩慢的情形，在牙醫的治療椅上暴露的神經所帶來的劇痛、在診所候診室裡腎結石所引起的疼痛，時間可能變慢，看來似乎沒有動，因為生理時鐘的指針因震驚而定住。但是那時候的時間還是在流動，根管治療結束了，泌尿科醫師終於來了，馬上見效。可是在這裡就連空氣也因為時間的不存在而凍結了。痛苦就是永遠不會碎裂的浪頭和浪花。

賽倫諾斯發出憤怒和痛苦的尖叫，在那根刺上扭動。

「他媽的！操他媽的婊子養的。」他終於能說了出來。這些字眼是另一個生活的遺物，是在這棵樹的現實之前，他所生活過的夢境中的工藝品。賽倫諾斯依稀記得那個生活，就如他依稀記得荊魔神把他帶到這裡，釘在這裡，留在這裡。

「啊，上帝呀！」詩人尖叫著，用兩手緊抓住那根刺，想把自己抬起來以減輕他身體的重量，以免再難以計量地增加他那已難以計量的痛苦。

底下有一片景觀，他可以看到好幾里外。那是一個凝結住的紙漿模型：時塚谷和山谷外的沙漠。就連那座死城和遠處的山脈也都複製成塑膠般了無生氣的縮版。這些都無關緊要，因為對賽倫諾斯來說，只有那棵樹和痛苦，而這兩者無法分割。賽倫諾斯齜牙咧嘴地露出因痛苦而扭曲的笑容。當他還是在元地球上的少年時候，他曾經和最好的朋友阿馬菲・舒瓦茲到北美保留區的一個基督徒社區去了解他們粗淺的神學，事後對釘十字架這件事講了很多笑話。年輕的馬汀當時兩臂伸開，兩腿交叉，抬起頭來，說道：「唉呀，我在這上面可以看到整個城鎮呢。」阿馬菲狂笑不止。

賽倫諾斯發出尖叫。

時間並沒有真正過去，但是在過了一陣子之後，賽倫諾斯的思緒又回到類似直線型的觀察。從無意識地領受痛苦下，超越猶如分散於沙漠中的綠洲般清楚而純粹的疼痛……在如此感知自身的痛苦中，賽倫諾斯開始在那沒有時間的地方定出時間來。

首先，罵髒話能讓他更清楚感受痛苦。叫喊很痛，但是他的怒氣卻有著讓他神智清楚的作用。

其次，在吶喊和純粹痛苦抽搐之間那些筋疲力竭的時間裡，賽倫諾斯讓自己思考。起先只是努力

❷ Christopher Marlowe（1564-1593），英國戲劇家、詩人，發展無韻詩體，革新中世紀戲劇，主要作品有《帖木兒》《愛德華二世》等。

定出順序，在腦海裡背誦時間表，或任何能將前十秒鐘的痛苦和即將來臨的痛苦分開的東西。賽倫諾斯發現用力集中精神時，痛苦會略微減輕，仍然難以忍受，仍然把所有真正的思想如風吹毫毛般驅散，但終究能減少一些微不足道的分量。

因此，賽倫諾斯集中注意力。他尖叫、扭動，但仍然集中精神。因為沒有其他可想的事物，所以他集中精神在他的痛楚上。

他發現痛楚有結構性，有平面配置圖，整體設計比鸚鵡螺還複雜，比拱壁最多的哥德式大教堂更具巴洛克的繁複。即使是在尖叫的時候，馬汀．賽倫諾斯也還在研究痛苦的結構，他發現那就如一首詩。

賽倫諾斯第一萬次弓起身子和頸子，想求得不可能得到的解脫，但這次他看到在距離他五公尺的上方有個熟悉的形體，也掛在一根相似的刺上，在那虛幻的痛苦之風中扭動。

「比利！」馬汀．賽倫諾斯驚叫道，這是他第一次真正地思考。

賽倫諾斯的前君主和贊助者兩眼望向一個看不見的無底洞，足以讓賽倫諾斯盲目的疼痛也同樣使他視而不見，但他卻微轉過身子，好像在這個無名之地聽到有人叫他的名字而有所反應。

「比利！」賽倫諾斯又大叫了一聲，然後因為劇痛而失去了視覺和思想。他集中精神在痛苦的結構上，循著其中的格式，彷彿他在描畫這棵樹本身的樹幹、枝椏、細枝和刺。「吾王！」

賽倫諾斯在尖叫聲外聽到一個聲音，並驚愕地發現尖叫聲和那個聲音都是他發出的：

你是一個作夢的；
自我的狂熱——想著大地；
即使是希望，你又能得到什麼祝福？
什麼天堂？所有生靈都有自己的家；
每一個人都有歡樂與痛苦的日子，
不論他的工作高或下——
唯有痛苦；唯有歡樂；分明；
只有作夢的人怨恨他的日子，
忍受比他所罪有應得更多的災禍。❸

他知道這些詩句，不是他寫的，是約翰・濟慈。他感覺到這些字句更進一步建構了四周看來混亂的痛楚。賽倫諾斯明白這痛苦是他與生俱來的，是上天給詩人的禮物，是他感到痛苦的生理反應而想將之轉化為詩篇，用詩句記下所有這些生命中無用的歲月。那比疼痛還糟，那是不幸，因為上天把痛苦給

❸ 引自濟慈詩作〈海柏利昂的殞落〉。

了所有的人。

只有作夢的人怨恨他的日子，
忍受比他所罪有應得更多的災禍。

賽倫諾斯大聲吶喊而沒有尖叫，由那棵樹傳來的痛苦吼聲，是心理上更甚於生理上的，減弱了一剎那苦痛。在那一心一意的大海中，有了一個分心的小島。

「馬汀！」

賽倫諾斯弓起身子，抬起頭來，想要在痛楚的迷霧中看清楚。哀王比利正在看著他。在看著他。哀王比利嘎聲地說了兩個字，賽倫諾斯在過了無休無止的一刻後才聽出那是：「再來！」

賽倫諾斯在痛苦中尖叫起來，身體在無意識的生理反應中扭動，但等他停下來，筋疲力竭地垂掛著的時候，痛苦並未稍減，而是疲累將之趕出他腦中驅動的區域，他讓體內的聲音吶喊，輕誦著那首歌：

君臨此間的靈魂；
痛苦的靈魂；

燃燒的靈魂；
哀悼的靈魂；
靈魂！我將頭低低垂下，
以你的翅翼遮住！
靈魂！我滿懷熱情
望進你蒼白的領土！❹

一小圈寂靜感染了附近的殘根枝椏，以及幾叢掛著人類的鋼刺。

賽倫諾斯抬眼望著哀王比利，看到遭他背叛的君主睜開了悲傷的雙眼。兩個多世紀以來，這是贊助者和詩人第一次兩相對望。賽倫諾斯說出了把他帶到這裡、掛在這裡的那句話：「陛下，我很抱歉。」

在比利能夠回應，在群起的尖叫聲淹沒任何回應之前，那裡的空氣改變了，那種時間凍結的感覺動搖了，而那棵樹抖動了，好像全部一起下墜了一公尺。賽倫諾斯和其他所有的人一起發出尖叫，因為枝椏抖動時，穿透的鋼刺割入他的體內，重新撕裂他的肉體。

❹ 此為濟慈約寫於一八一八年之詩作〈Spirit here that reignest〉。

賽倫諾斯睜開了雙眼，看到天是真實的，沙漠是真實的，時塚發出亮光，風在吹著，而時間又開始了。折磨並未稍減，但一切又清楚了。

馬汀．賽倫諾斯在流淚中大笑起來。「妳看呀，媽！」他大叫道，一面吱吱咯咯地笑個不停，那根鋼刺由他碎裂的胸膛伸出一公尺遠。「我在這上面可以看到整個城鎮！」

「席維倫先生？你沒事吧？」

我四肢著地喘息著，將頭轉向那個聲音，要睜開眼睛卻極為痛苦，但沒有哪種痛苦能和我剛才所經歷的相比擬。

「你還好嗎，先生？」

在花園裡我附近一個人也沒有。聲音是從我眼前半公尺處，一直嗡嗡作響的微型遙控機器人所發出的，大概是在執政院某個地方的一名安全人員。

「沒事，我還好。只是突然痛了。」我勉強說道，一面站了起來，把黏在我膝蓋上的碎石子撣掉。

「醫療人員兩分鐘之內就能趕到，先生。你的生理控制儀上顯示機能正常，但是我們可以……」

「不用，不用，我很好，不用管了，也不要來管我。」我說。

那遙控機器人像一隻不安的蜂鳥似地亂飛。「遵命，先生。如果你有任何需要，叫一聲就行了。花園和地面的遙控感應會回應的。」

「走開吧。」我說。

我走出了花園，穿過執政院現已布滿檢查崗哨和安全警衛的主要走道，越過了鹿園的景觀區。碼頭區很安靜，特瑟士河比我以前所見過的時候都要寂靜。「怎麼了？」我問在碼頭上的一名安全人員。

那位警衛連上我的通訊記錄器，確認了我的層級和首席執行官的授權之後，仍然不急著回答。「天崙五的港口關閉了，繞道了。」他慢吞吞地說。

「繞道？你是說這條河不再流經天崙五中心了嗎？」

「對。」他拉下夜視鏡監看一艘行來的小船，認清其中是兩名安全人員之後，又把夜視鏡翻上去。

「我能由這條路出去嗎？」我指向河的上游，那高大的傳送門露出橢圓形的灰幕。

警衛聳了聳肩膀。「可，不過不准再由那裡回來。」

「沒關係，我能搭那條小船嗎？」

那警衛對著小型麥克風輕聲地說了幾句，然後點點頭。「去吧。」

我輕快地上了那艘小船，坐在後面的坐板上，緊抓住船邊，等到船不再搖晃後按了下電源鍵，說：「啟動。」

電子噴射引擎發出聲音，小船自行解纜，將船頭對準河裡，我指引向上游開去。

我從來沒有聽說過特瑟士河會有某部分關閉，但傳送門的簾幕現在絕對是一道單向而半透明的薄膜。船嗡嗡地穿過，我甩開那微刺的感覺，四下環顧。

我在一座很大的運河城市，也許是阿爾德曼或帕莫洛，在文藝復興星系。這裡的特瑟士河是一條主要幹道，有很多支流匯入。通常這裡唯一的河上交通，就是在外側水道的觀光客的平底船和遊艇，還有富豪在中央直通水道裡暢行無阻的大船。今天這裡卻如同瘋人院。

各式各樣的船隻擠滿了中央水道，往兩個方向的船都有。船屋中堆得高高的家當，小一點的船載的東西多到看來好似最小的浪或其他船隻的浪跡就會使之翻覆。數以百計由青島—西雙版納來的鐵殼船和由富士星來的百萬馬克河上豪宅駁船也在河中爭道，我猜這些船屋沒有幾艘以前曾經離開過繫泊的地方。在由木頭和塑鋼以及有機玻璃造成的混亂中，暢行無阻的大船像一個個銀蛋般行過，護衛力場完全開展。

我查詢了數接圈：文藝復興星是第二波攻擊的目標，離入侵還有一百零七小時。我覺得奇怪的是富士星的難民會擠在這裡的水道中，因為那個世界離大限還有兩百多個小時，可是緊接著我就想到，除了把天崙五從河道移出之外，那條河仍然流經原先順序排列的那一連串世界。從富士星來的難民由青島進入河道，那是驅逐者在三十三小時後要攻擊的地方，然後經過還有一百四十七小時的天津三，通過文藝復興星前往極簡星或格拉斯，這兩個都是目前尚未受到威脅的地方。我搖了搖頭，找了一條比較沒那麼狂亂的支流側街，從那裡看著這些瘋狂場景，不知道什麼時候當局會變更河道，讓所有受威脅的世界都能流向避難所。

他們能做得到嗎？我想道。智核在霸聯成立五百週年時設置了特瑟士河當賀禮。葛萊史東或是其他人一定曾想過請智核協助疏散吧。他們試過嗎？我懷疑，智核會幫忙嗎？我知道葛萊史東深信智核的基本想法就是要滅絕人類，這場戰爭正是在別無退路下的唯一選擇。反人類的智核實行他們計畫的方法多簡單啊，就只要拒絕疏散那數以千萬計受到驅逐者威脅的人類！

雖然笑容有點苦澀，我起先還帶著微笑，但一想起我賴以逃出受威脅地區的傳送門系統也由智核維護和控制時，笑容盡失。

我把小船繫在那道通往有鹹味水裡的石階底端，我注意到在下面幾級石階上長著綠色苔蘚，那些石階很可能是由元地球帶來的，因為在大錯誤發生後的那幾年裡，一些古典的城市都由傳送門運送進來，石階本身也已經因年代久遠而磨損了。我看見一些細細的裂紋連接起閃亮的汙點，看來就像是萬星網的略圖。

那裡很暖和，空氣太濃、太悶，文藝復興星的太陽低懸在人字形的塔頂，對我的眼睛來說，光太紅又太稠，由特瑟士河傳來的嘈雜聲音，即使在這裡聽來也震耳欲聾，而這條小巷弄似的河道距離那邊有一百公尺遠呢。鴿子不安地在黑色的牆壁和伸在水上的屋簷間盤旋。

我能做什麼？每個人似乎都是一副世界要毀滅的樣子，而我最多也只能毫無目的四處逛逛。

這就是你的工作，你是個觀察者。

我揉了揉眼睛。誰說詩人就一定得是個觀察者？我想起中國的一些儒將，在帶兵之餘，也寫出很多歷史上最好的詩。至少馬汀．賽倫諾斯也過了漫長而多事的一生，哪怕其中一半的事情很卑鄙，而另外一半全浪費掉了。

想到馬汀．賽倫諾斯，我發出呻吟。

現在那個叫蕾秋的孩子是不是也掛在那棵刺樹上呢？

一時之間，我想著這件事，不知道這樣的命運和很快地消弭於梅林症比起來是否好得多。

不是。

我閉上雙眼，盡量什麼也不想，希望我可以和索爾產生連結，好知道和那孩子的命運相關的事情。

小船因為遠處傳來的水浪而輕輕搖晃。在我上方，鴿子飛到了一處屋簷，彼此咕咕地叫著。

「我不管這有多困難，我要整個艦隊到織女星系去護衛天堂之門。然後再把一部分必要的兵力調到神之谷和其他受威脅的世界。我們現在唯一有利的條件就是機動性！」梅娜．葛萊史東叫道。

辛赫上將的一張臉氣得發黑。「太危險了，首席執行官！如果我們把艦隊直接移到織女星系，很可能會遇上在那裡遭切斷和困住的危險，他們一定會試著摧毀連接星系與萬星網唯一的那個星球。」

「保護那裡！這就是那些造價昂貴的戰艦的任務。」葛萊史東叱喝道。

辛赫望向莫普戈和其他將領，尋求協助，沒有一個人說話。這一群人正在行政中心的戰情室裡，四壁都擠滿了光幕和不停移動的一列列資料。沒有人看著牆上。

「這樣是要用我們所有的資源去保護海柏利昂太空中的單一星球。」辛赫上將說道，他的聲音低沉，一字一句小心地說著。「在火線下撤退，尤其是在整個驅逐者船群的攻擊之下，是非常困難的，要是那個星球被毀，我們的艦隊和萬星網之間會有十八個月的時債，在他們能趕回來之前，這場仗早就輸掉了。」

葛萊史東猛地點了點頭。「我並不是在要求你在整個艦隊調防完成之前，就拿那個星球去冒險，我已經同意在我們能把所有的船艦撤出之前，讓他們占有海柏利昂，可是我堅持我們不能不打一仗，就把萬星網的幾個世界拱手讓人。」

莫普戈將軍站了起來，這位盧瑟斯人看來已經筋疲力盡。「首席執行官，我們正計畫交戰，可是由保衛希伯崙或文藝復興星開始會更有道理，不單是我們有將近五天的時間來準備，而且……」

「可是那樣我們會損失九個世界！幾千萬的霸聯公民，人命啊！天堂之門會是可怕的損失，但神之谷更是文化和生態方面無可取代的寶藏。」葛萊史東打斷他的話說。

「首席執行官，有證據顯示，聖堂武士和所謂的荊魔神教會之間已經勾結了多年，荊魔神教的許多錢都來自……」國防部長艾倫．伊摩鐸說。

葛萊史東揮手叫那人住嘴。「我不在意那件事。單是想到失去神之谷就讓人受不了。要是我們不能保衛織女星和天堂之門，就把防線設在聖堂武士的星球，這就是最後定論。」

辛赫看來好像被隱形的鐵鏈壓倒了，他勉強地露出諷刺的笑臉。「這樣只讓我們多了不到一個鐘頭，首席執行官。」

「不必多說了。里，盧瑟斯的動亂情勢如何？」葛萊史東說。

杭特清了下嗓子，他的神態像平常一樣卑躬屈膝而不慌不忙。「報告首席執行官，現在至少牽涉到五處蜂巢，已經有好幾億的財產被毀。霸聯陸軍部隊已經從自由洲調過去，似乎已經止住了最壞的打劫和破壞行為。可是這幾個地方的傳送門什麼時候能修復，還無法估計。這事毫無疑問該由荊魔神教會負責，最早在貝格士東所發生的暴動，就是因為教會狂熱分子的示威遊行所引起的。大主教闖進了HTV的節目，後來才給切斷，是……」

葛萊史東低下頭。「原來他終於露面了。他現在在盧瑟斯嗎？」

「報告首席執行官，我們不知道，交通部的有關單位正在追查他和他親信的下落。」杭特回答道。

葛萊史東把旋轉椅轉過去對著一個我一時沒認出來的年輕男子。原來是威廉・阿金塔・李中校，那位茂宜—聖約戰役中的英雄。我最後一次聽到他的消息是，這位年輕人因為在他上司面前大膽說出他的看法，而被調到邊疆星系去了。現在他霸聯海軍制服的肩章上卻是金色和翠綠色的海軍少將軍階。

「你認為在每個世界迎戰如何？」葛萊史東向他問道，完全不顧她自己已經宣布那是最後的決定。

「我認為這是一大錯誤，所有九支驅逐者船群都全力進攻，假設我們能脫身，只有一支是三年內我們還不用擔心的，就是那目前正在攻擊海柏利昂的驅逐者船群。要是我們集中我們的艦隊，哪怕只是一半艦隊，去迎戰對神之谷的攻擊，那我們幾乎百分之百不可能再把這些軍力調去護衛其他八個第一波受攻擊的世界。」李說。

葛萊史東揉著下嘴唇。「你建議怎麼做呢？」

李少將吸了口氣。「我建議我們減少損失，摧毀那九個星系中的傳送奇異點，在第二波驅逐者船群到達有居民的星系之前，準備好攻擊戰力。」

會議桌四周一陣騷動。巴納德星的費黛絲坦參議員站了起來，高聲叫喊。

葛萊史東等到這陣騷動平息，問道：「你是說，半途迎擊？主動還擊驅逐者船群，不是等著打保衛戰嗎？」

「是的，首席執行官。」

葛萊史東指著辛赫上將。「這事可以辦到嗎？我們能不能計畫、準備，然後發動攻擊，在……」她看了下在她上方牆上的資料。「標準時間從現在開始的九十四個小時內完成？」

辛赫挺直了身子立正站好。「可能？呃，也許可以，首席執行官。可是萬星網失去九個世界所造成政治上的反彈，還有後勤上的困難……」

「可是這作法行得通？」葛萊史東追問道。

「呃，是的，首席執行官，可是萬一……」

「動手去做吧。」葛萊史東說著，站了起來，其他人都匆匆起立。「費黛絲坦參議員，我要妳以及其他受影響地區的代表到我辦公室見面。里、艾倫，請將盧瑟斯動亂的情況隨時告訴我。四個小時後，我們重新在這裡召開作戰會議。午安，各位先生，各位女士。」

我有點茫然地走在街上，心裡想的都是些回聲。我遠離了特瑟士河，那裡的運河少些，人行的橋面也寬得多，人群擠在大街上。我讓我的通訊記錄器帶我到幾個不同的傳送門站，但每次人群都更多。我花了幾分鐘才想通那些不只是想離開的文藝復興星居民，也有從萬星網各地來的遊客想擠進來，我不知道葛萊史東手下負責疏散任務的人裡，有沒有誰考慮到幾百萬好奇的人傳送進來看戰爭開打的問題。

我不知道我是怎麼夢見葛萊史東戰情室中那些對話，但是我也毫不懷疑其真實性。現在回想起來，我記得在過去漫長夜裡所有夢境的細節，不只是海柏利昂的夢，而且還有那位首席執行官到各個世界散步和高層會議中的細節。

我到底是誰？

模控人是一個類似真人的遙控機器人，是ＡＩ的附屬物，而我的情況是ＡＩ的再生人格，安全地隱藏在智核中某個地方。智核會對執政院裡的一切和在各人類領袖那裡的一切都瞭若指掌，也就有道理了。人類對於要和控制一切的ＡＩ共同生活已經膩了，就像元地球的美國南北戰爭前，南方家庭對在他們蓄養的黑奴面前說話的感覺一樣，在這件事情上一點辦法也沒有。除了最低級的廢渣蜂巢貧民之外，每個人都裝有附生理監控儀的通訊記錄器，很多人植入晶片，每一個都連接到數據圈的音樂，由數據圈的某部分控制，或是仰賴數據圈的各種功能，人類也就接受了他們沒有隱私的事實。一位住在希望星上的藝術家就對我說過：「家裡監視器開著的時候做愛或夫妻吵架，就像在貓狗面前脫衣服，第一次會讓你遲疑，以後就不再理會了。」

就像我會連進某些只有智核才知道的頻道一樣嗎？有一個簡單的方法可以弄清楚：留下我的模控人軀體，就像上回我分享他們的感知時，布瑯與我脫離身軀那樣，由巨大數據圈的高速公路進入智核。

不行。

單是想到這件事就讓我暈眩，幾乎病倒，我找到一張長椅，坐了一下，把頭低垂到兩膝之間，慢慢地吸著長氣。人群經過，遠處有人用擴音器在對他們說話。

我很餓。我至少有二十四小時沒有吃東西了，不管我是不是模控人，我的身體都感到虛弱和飢餓。我擠進一條側街，那裡的小販用蓋過一般喧囂的聲音叫賣放在獨輪車上的貨品。

我找到一處隊伍最短的，點了一份炸糰子加蜂蜜，一杯很濃的布列西亞咖啡，還有一個中間放沙拉的袋餅，用通用卡付帳給老闆娘。我爬上樓梯到一間廢屋裡，坐在陽臺上吃著。食物的味道好極了，我正在飲著咖啡，考慮再去買份炸糰子的時候，注意到底下廣場上的人不再漫無目標地推來擠去，而是圍著一小群站在中央大噴水池邊的男人。他們由擴音器裡發出來的聲音越過人群的頭上飄向我這邊：

「掌報應的天使已經來到我們之間，預言都實現了，千禧年降臨，天神化身要求這樣的犧牲，正如最終和解教會的預言，教會早就知道，一向知道，必須要有這樣的贖罪，要採用折衷辦法已經來不及了，要自相殘殺的爭鬥也來不及了。我們已經面臨了人類的末日，報應已經開始，神的千禧年就要來了。」

我認出那些穿紅衣服的人是荊魔神教會的祭司，而人群都在回應，起先是零星的叫聲表示贊同，偶爾有人喊著「對呀，對呀！」和「阿門！」然後齊聲吟誦，很多人握拳舉在人群頭上，還有激動的吶喊。不說別的，這種情緒就具有傳染性。萬星網裡在這個世紀有很多宗教就像元地球在基督教紀元前的羅馬：主張寬容忍讓，為宗教殉道，像諾斯替禪，大部分綜合多重教義，探索內在，而不是勸改信仰，一般的論調則是輕微的嘲諷和對宗教的衝擊漠然以對。

但現在不一樣了，在這個廣場上不一樣了。

我正在想著近幾百年來暴民有多自由：要形成暴民，必須有公眾集會，而在我們這個時代，要有公眾集會必須透過萬事議會網路或其他頻道來達成個人之間的聯繫，在人與人之間相隔無數公里或好幾光年，只能用一般連線或超光速通訊纜線連接時，實在很難營造出群眾的熱情。

突然之間，群眾發出的怒吼使我由沉思中驚醒過來，上千張面孔都轉向我這邊。

「那裡就有一個他們的人！」那個荊魔神教的聖職人員叫道，他的紅袍閃動，伸手指著我這邊。「一個從霸聯裡封閉的小圈圈來的人，一個給我們今天帶來贖罪的罪人，正是那個人和那些像他一樣的人，要荊魔神的天神化身讓你們來為他的罪付出代價，而他和其他人則安全地躲藏在霸聯高層為了這一天而另外設置的祕密世界中！」

我把那杯咖啡放下，吃下最後一口炸糰子，瞪大了眼睛。那個傢伙在胡說八道。可是他怎麼知道我是從天崙五來的？又怎麼知道我和葛萊史東的關係？我又看了看，用手遮在眼睛上擋住強光，試著不理會那些朝我這邊抬起的面孔和揮舞的拳頭，只專注在紅袍上的那張臉……

我的天！是史本賽．雷諾茲，那個行動藝術家，我最後一次看見他是在樹頂餐廳，他想掌控餐桌上的談話。雷諾茲把他鬈曲而緊貼在頭上的頭髮剃了個精光，只剩後腦一條荊魔神教的辮子，可是他的臉仍然曬得黝黑而且俊美，即使現在因為憤怒和迷信而扭曲也一樣。

「抓住他！抓住他，讓他為摧毀我們家園、為我們家人的死亡，和世界末日的到來而付出代價！」那個荊魔神教的煽動者雷諾茲指著我這邊叫道。

我真的回頭看了一眼，覺得他說的那個傲慢而裝腔作勢的人一定不是我。

可是他說的就是我。而這一群人也就足夠化為暴民，最靠近這邊的一波人潮高聲叫罵著朝我這邊湧來，拳頭揮舞，口沫橫飛，而這些人潮擴大到人群之中的其他人，最後連我底下人群邊上的也向我這邊移動，免得被撞倒。

擁擠變成了怒吼、吶喊、尖叫的暴亂群眾，這個時候這群人智商的總和遠低於其中最謙遜的個人。暴民只有熱情，沒有腦子。

我不想留下來向他們解釋，人群分開來，開始衝向我兩邊的樓梯，我轉身去試我背後封上的門，門上了鎖。

我踢第二腳時，把門向裡踢倒了下去。我在那些伸出來的手抓到我之前鑽進破洞，跑上一道黑黑的樓梯，進入一個年代久遠又有霉味的客廳。叫聲和碎裂聲傳來，暴民正在拆我背後的門。

三樓有一間公寓，雖是廢屋，裡面卻住了人。門沒有上鎖，我打開了門，同時聽到在我下面那層樓響起了腳步聲。

「請幫幫……」我剛開口就住了嘴。暗黑的房間裡有三個女人，大概是一個家裡的三代女性，因為容貌很相似。三個人都坐在破爛的椅子上，穿著骯髒襤褸的衣服，白色的手臂伸著，蒼白的手指彎曲，像扼著一個看不見的球。我看到一根很細的金屬纜線由最老的那個女人白髮中蜿蜒而出，通往滿布灰塵的桌面上一個黑色插座，同樣的纜線也由女兒和孫女的頭顱裡伸了出來。

嗑電族。從外表看來已經是上行連接神經性厭食症的最後階段了，應該有人偶爾到這裡來利用靜脈注射餵食她們，替她們更換骯髒的衣物，但是也許因為戰爭的恐慌，使照護她們的人裹足不前。

樓梯響起腳步聲，我關上了門，再飛奔上兩層樓，全是鎖上的門，或是空無一人的房間，積著由破板條間滴下來的水。空的逆時針注射筒像飲料瓶似地散落在地。這裡還真是個有格調的地段，我想道。

我比那群人早十步上了屋頂，暴民因離開他們導師而稍減的那種盲目熱情，在黑暗和封閉的樓梯間又找了回來。他們也許已經忘了為什麼追我，但這點更讓我不想被他們抓到。

我用力關上那扇破門，想找把鎖，或是其他任何東西來擋住，隨便什麼都好。那裡沒有鎖，也沒有大得能擋住門口的東西，急亂的腳步聲已到了最後這段樓梯上。

我四下看了看屋頂上，小小的碟型天線就像一朵朵歪曲生鏽的毒蕈，一條繩子上晾著看來似乎被人遺忘多年的衣服，十來隻已經腐爛了的鴿子屍體，還有一輛古老的維肯美景電磁車。

我趁暴民還沒出現在門口之前跑到那輛電磁車前，那東西是該進博物館的古董了，擋風玻璃上全是灰塵和鴿糞，有人拿走了原裝的升空裝置，代之以絕對通不過檢驗的次級黑市貨。丟在後座的有機玻璃防護罩又破又黑，好像被人用來當練雷射槍的靶子。

不過，目前更重要的事情是這輛車沒有掌紋辨識鎖，只有一個使用鑰匙的鎖頭，早給撬壞了。我跳進滿是塵土的駕駛座，想用力關上車門，卻關不上，只能半開地懸在那裡，我沒有多想這部車能發動的機會有多小，或是那群暴民抓住我拖下樓去和他們談判的機會更小，如果他們沒有直接把我從屋頂上丟下去。我聽到一陣叫聲傳來，廣場上的暴民已經非常激動。

第一批出現在屋頂上的是一個穿著卡其工裝褲的粗壯男子，一個身著天崙五最近流行的暗黑色西裝的瘦削男人，一個肥得可怕的女人，揮舞著一把像是大號扳手的東西，還有一個穿著文藝復興星自衛隊綠色制服的矮個子男人。

我用左手扶著車門，將葛萊史東的通用微縮晶片卡插進引擎發動裝置。電池發出輕響，轉換啟動器發動，我閉上眼睛，希望線圈是以光能充電且有自動修護能力。

拳頭打著車頂，手掌拍擊我臉旁的有機玻璃罩，儘管我用盡全力拉住車門，車門還是被人扯開了。遠處群眾的叫聲就像是海洋所發出的背景聲音，而屋頂上這群人的尖叫則像是一些巨大海鷗的叫聲。

升空裝置啟動了，抖動著把灰塵和鴿糞彈到屋頂上那群暴民身上，我將手滑進總控制器，先向後再往右，感受到這輛維肯美景升了起來，搖擺一下，落下，又再升空。

我彎向右邊，飛過廣場上空，只稍微注意到擋風玻璃上的警報器在響，還有個人吊在打開的車門下。我低飛而過，看到荊魔神教的祭司雷諾茲閃避而群眾四散奔逃，禁不住笑了起來。然後我拉高飛過噴水池，急轉向左。

我那位尖叫著的乘客不肯放開車門，可是車門脫落了，所以結果還是一樣。我注意到原來是那個肥女，緊接著她和車門就落入八公尺下的水裡，將水花濺在雷諾茲和那群人身上。我讓電磁車爬升得更高，聽著黑市貨的升空裝置因這個決定而發出呻吟。

當地交通管控單位來的憤怒指責和儀錶板上的警示聲響成一團，車子在警方命令下有些不穩，但是我再用那張卡片碰了碰感應器，讓總控制桿重新控制了行車，我飛過那個城市最舊也最貧窮的一區，盡量貼近屋頂，繞過尖塔和鐘樓，始終低於警方的雷達偵測。在一般的日子裡，交通管控單位的員警早就騎乘他們的個人航空器和浮掠機將我攔截下來或包圍住了，可是由底下街道上的人群，以及在公眾傳送門總站所見到的動亂情況看來，今天好像並不是一般的日子。

這架維肯美景開始警告我，它在空中的時間只剩幾秒鐘了，我感到右側的升空裝置突然猛地傾斜，我極力運用控制桿和油門，讓這架破老爺車在一條運河和一棟滿是油墨汙漬的大建築物之間的小停車場上著陸。那個地方離雷諾茲煽動暴民的廣場至少有十公里，所以我覺得在地面上要安全得多，其實在這一刻也沒多少選擇。

火星四散，金屬撕裂，後部儀錶板上的部分零件，尾翼前方的儀錶板全都解體，而我降落在地，離俯瞰運河的那堵牆只有兩公尺遠。我盡可能淡漠地離開那輛維肯電磁車。

街上仍然擠滿了人群，在這裡還沒有形成暴民，而運河裡則塞滿了小船，因此我漫步走進最靠近的一棟公共建築，以避人耳目。那個地方部分是博物館，部分是圖書館，還有部分是檔案室。我一眼就愛上了這個地方和氣味，因為這裡有成千上萬的書本，很多還真的很老舊，再也沒有比舊書的氣味更美好的了。

我正在前廳裡逛著，查看書目，不知道在這裡是不是找得到賽爾門．布萊彌的著作時，一位矮小瘦削、穿了套過時的羊毛和塑性纖維料西裝的男子走到我面前說：「先生，我們好久不曾有這個榮幸蒙您光臨了！」

我點了點頭，非常確定我從來沒見過這個人，也沒有到過這個地方。

「三年了吧，是不是？至少有三年了。唉呀，時間過得真快。」那小個子男人的聲音輕得如同耳語，是那種大半輩子都生活在圖書館裡的人悄聲說話的語調，但是卻聽得出話聲中掩不住的激動興奮之情。「我相信您想直接去看那套收藏品。」他說著站在一邊，好像要讓我過去。

「對，不過您先請。」我說著微微一鞠躬。

那瘦小男子似乎很樂於在前面帶路，我幾乎可以確定他是個檔案管理員。他一路閒聊著最新的收藏，最近的評鑑，還有哪些萬星網的學者到訪，我們經過一個又一個藏書的房間，好多層高聳的書架，像由書排放成的走廊，在大房間裡，我們的腳步聲在遠處的書牆上激起回聲。一路走來，我沒有見到其他人。

我們經過一條鋪了油氈、裝了鐵欄杆的過道，底下是一大潭書，深藍色的保護力場保護著各種卷軸、羊皮紙、皺了的地圖、發光的手稿，還有古老的漫畫，以免受到大氣的傷害。那位管理員打開了一道下層的門，比一般氣密式入口的門要厚得多。我們進入了一個既小又沒有窗戶的房間，裡面厚厚的簾幕半遮著一個個放著古代卷帙的凹室。一方聖遷時期以前的波斯地毯上放著一張皮椅，一個玻璃盒裡有一些零散的真空壓護的羊皮紙。

「您準備近期內出版嗎？」瘦小男子問道。

「什麼？哦……不會。」我由玻璃盒那邊轉回身來。

那位管理員捏起小小的拳頭頂住下巴。「請您原諒我這麼說，先生，可是如果您不出版，實在是太可惜了。就算是在這些年裡我們所做的幾次討論中，大家都覺得您是萬星網裡研究濟慈的學者中，就算不是最好的一位，至少也是最好的幾位之一。」他嘆了口氣，退後一步。「請原諒我這麼說，先生。」

我盯著他看。「沒有關係。」我說，突然之間明白了他認為我是誰，以及為什麼會到這裡來。

「您一定希望不受打擾吧，先生。」

「如果你不在意。」

管理員微微鞠躬，退出房間，關上厚重的門，只留一條小縫。唯一的光線來自隱藏在天花板上的三盞小燈：正適合用來閱讀，卻又不至於亮得破壞了這個小房間如教堂般的氣氛。唯一的聲音只有那位管理員漸行漸遠的腳步聲。我走到玻璃盒前，兩手扶在盒邊上，小心地不弄汙了玻璃。

第一個濟慈再生模控人「強尼」在他於萬星網中生活的少數幾年裡，顯然常常來到這裡。現在我想起來布瑯・拉蜜亞曾經提起過文藝復興星上的某間圖書館。在早期調查她委託人兼戀人的「死因」時，她曾和他一起來過這裡。後來，等他真正被殺，只剩下在她史隆迴路中記錄的人格後，她也來過這裡，她曾經告訴過其他人，第一個模控人每天來看那兩首詩，希望能了解他自己存在和死亡的原因所在。

那兩首詩的原稿就在這個玻璃盒子裡，我猜想第一首是以「長日已盡，其一切之甜美已盡」為開頭的甜蜜情詩。第二首比較好些，不過也沾染了一個過分浪漫而病態的時代中會有的浪漫病態：

這隻活生生的手，此刻溫暖而足能
有力緊握，倘若不幸發寒，
且深陷棺木的冰冷靜默，
勢將糾纏你的白日且凍結你多夢的夜晚。
直到你願使自己心中鮮血枯涸

讓赤色生命再次流竄我的血脈，
而你才能良心安穩——看哪這隻手——
我舉之向你。❺

布瑯‧拉蜜亞把這當作是她那已故戀人、那未曾出生的孩子的父親所留給她的私人信息。我凝視那張羊皮紙，把臉湊近去，呼出的氣息讓玻璃蒙上霧氣。

那不是一則超越時空給布瑯的訊息，甚至當時也不是寫給我唯一深愛的芬妮。我瞪著那些已褪色的字跡，筆畫十分小心地勾畫，即使已有時間和語文進化的鴻溝，字跡依然相當清晰。回憶起當一八一九年十二月寫成的時候，把這一段小詩潦草地記在我剛開始的一首諷刺性的「童話」（好像是〈帽子與鈴鐺〉或〈嫉妒〉）中的一頁上。真是一段可怕的胡言亂語，難怪在我覺得消遣夠了之後，就丟掉了。

這片段的〈這隻活生生的手〉是那種突然觸動某一根心弦的詩意節奏，讓人想白紙黑字地寫下來。而這一段本身又是早先一些不滿意的句子的回響，我相信應該是我第二次想敘述太陽神海柏利昂之毀滅的詩中第十八行吧。我還記得第一個版本，這個版本仍然毫無疑問地會像某些不經意間成為木乃伊的聖人遺骸一般，在每次把我的文字骸骨放在文學祭壇下水泥和玻璃櫃中展示的時候，再印出來。那第一個版本是這樣的：

現世之人誰能說：
「你本非詩人——不該訴說你的夢？」
因任一非泥塑木雕之人，
均有憧憬，且欲發言，如他愛過，
並受細心的母語養育。
此刻意圖習練的夢境，
為詩人或狂熱之徒所屬，
將於我手之溫暖筆觸入棺時分曉。❻

我喜歡我潦草記下的那一段，那種纏祟和被纏祟的感覺，想用來取代「我溫暖的手……」那一句，儘管那樣就得略加修改，加上十四行到那已經嫌長了的第一篇開頭一段……

我蹣跚後退，坐在椅子上，低下頭來將臉深埋雙手中，我在哭，莫名所以，無法停止。

---

❺ 此為濟慈詩作〈This living hand〉，譯文採用上冊之中譯。

❻ 此段引自濟慈長詩〈海柏利昂的殞落〉，譯文採用上冊之中譯。

在淚水不再流下之後很久，我還一直坐在那裡想著、回憶著。大概是幾個鐘頭之後，我聽到有腳步聲從遠處走來，很謹慎地停在那小房間門口，然後又走遠去。

我發現在所有小凹室裡的所有書籍，看起來全都一如我以前所寫的「約翰．濟慈，身高五呎」的作品。約翰．濟慈，那個有肺病的詩人，他只要求在他墓碑上不要寫名字，而只刻上：

此地長眠一人
其姓名寫於水中

我沒有站起來看那些書，讀那些書。我不必再看。

獨自在寂靜無聲、充滿皮革和舊書香味的圖書館裡，獨自在我的自我與非我的避難所裡，我閉上了眼睛。我沒有睡覺。我作了夢。

H

33

布琊．拉蜜亞和她那再生人格的戀人像兩個懸崖跳水表演者躍入翻騰的大海一般，跳進了巨型數據圈。有一陣類似電擊的衝擊以及強行通過一層有阻力的薄膜似的感覺，而他們到了裡面，那些星星都不見了，布瑯睜大眼睛瞪著比任何一個數據圈都要複雜到無限大倍數的資訊環境。

人類遊走其間的數據圈，一般都比擬成複雜的資訊城市：私人企業和政府機構的資訊高塔、處理流程的高速公路、資訊平臺互動的寬廣大道、祕密傳輸的地下鐵、有噬菌體警衛守備的保安高牆，以及城市中心有的每一微波流和對流的虛擬實體。

這裡一切都更多，非常之多。

通常數據圈城市中所有的虛擬實物這裡都有，但是很小，非常之小，是因為和巨型數據圈的規模相比之下顯得微小了，就如同由太空中看一個世界上的城市一樣。

布瑯看到巨型數據圈，就和任何一個五級世界的生物圈一樣鮮活而有互動：灰綠色的資料樹林生長繁茂，就在她眼前滋生出新的根和枝葉與新芽，在森林之下，整個資料流和副程式的ＡＩ所構成的微縮生態繁榮綻放，在用途結束後死亡。而在波動如海流的數據土壤之下，則是一些忙碌的地下資料鼬鼠、鏈結的蟲子、重訂程式的細菌、資料樹的根，還有迴路的種子，而在上方，在那些由事實和互動交織而成的密林裡外與底下，獵食者和獵物的虛擬實物執行著各自隱祕的責任，撲擊、遁逃、攀爬、突襲。有些由連接的枝椏和軸突的葉子之間巨大的空隙中飛行逃脫。

影像飛過，就如同那些比喻對布瑯所見一切賦與意義一樣快速，只留下巨型數據圈那驚人的虛擬現實，一個巨大的內部聲光及分叉連接的海洋，夾雜著ＡＩ意識的急流漩渦，以及超光速通訊連接的可怕黑洞。布瑯覺得一陣暈眩，她抓住強尼的手，緊得就如一個溺水婦人緊抓住救生圈一樣。

——沒有關係，我不會放手，待在我身邊。強尼傳送心思。

——我們要往哪裡去？

——去找一個我已經忘了的人。

——？？？？？

——我的父親……

布瑯緊抓著和強尼一起滑進更深的地方。他們進入一條由封閉的資料攜送器組成的深紅色流動大道，而她想像這正是一個紅血球在擁擠的血脈中流過時所見到的景象。

強尼似乎知道路，他們前後兩度離開了主要的大路而轉進較小的分支，也有好幾次強尼必須在岔路口作選擇，他都很輕易就能決定，讓他們虛擬的身體穿行在如小型太空船般的資料攜送器之間。布瑯很想再看看那些如同生物的東西，但在這裡，在複雜的岔路中，她卻是見樹不見林。

他們飛快地經過一個區域，在他們上方，在他們四周，ＡＩ的通訊就像巨大的灰色巨人站在蟻丘前。布瑯想起她母親的故鄉自由洲，平滑如撞球檯的大草原，他們的家園就在千萬畝矮草上，布瑯記得那裡可怕的秋季風暴，當時她站在他們家那塊地的邊緣，正好在保護力場防護罩裡，看著黑色的層積雲在血紅色的天上堆積有二十公里高，狂暴地累積著能量，漸漸形成巨大如城市的閃電，使得她手臂上的汗毛都豎立起來，龍捲風像魔女美杜莎的蛇髮一般旋轉而下（後來他們也以此稱呼這龍捲風），在龍捲風後面，一堵堵牆似的黑風所到之處會將一切摧毀殆盡。

ＡＩ更壞。布瑯覺得自己在他們的陰影下比微不足道更差：微不足道可能讓人對你視而不見，可是她卻感到隨時都在別人監視下，太過於暴露在這些無形巨人可怕的視線中……

強尼捏了捏她的手，他們穿行，轉向左邊，沿著一條更忙碌的支線下去，然後一再改變方向，兩個太自覺的光子失落在糾結的光譜電纜裡。

但是強尼並沒有迷路。他捏了捏她的手，轉了最後一個彎，進入一條除了他們兩個之外空無一物的深藍色地道，將她拉得更貼近些，增加了速度，連接點在身邊一一閃過，最後變得一片模糊，只是沒有強風吹過，才讓他們沒有以超音速行駛在一條瘋狂高速路上的錯覺。

突然之間，傳來像瀑布奔騰的聲音，又像高架火車失去了高架，以極高速直衝而下。布瑯又想起自由洲的龍捲風，想起聽見美杜莎怒號著一路由平坦的草原直朝她衝來。然後她和強尼進入一個由聲、光和強烈感受所組成的漩渦裡，像兩隻小蟲捲進空無之中，直落向底下漆黑的渦流。

布瑯想把她的思想尖聲喊叫出來，也的確把心裡想的尖叫出來，但是在這宇宙盡頭之上的喧囂心思中，不可能有任何溝通，因此她緊抓著強尼，信任他，就算他們永遠落進那漆黑的旋風中，就算他們那虛擬實體的身軀因噩夢般的壓力而扭曲變形，如蕾絲被大鐮刀割得粉碎，最後唯一剩下的只有她的思想、她對自我的感知，以及和強尼之間的接觸。

然後，他們通過了那個區塊，靜靜地隨著一條寬廣的淺藍色資料流漂浮，兩個人都恢復了原狀，貼靠在一起，那種如釋重負的強烈感受，就像是划獨木舟由激流和瀑布下逃生一般，等布瑯終於重拾注意力時，她看到他們所在的新環境大到不可能的地步，一切距離要以光年來量度，其複雜的程度和她先前瞥見的巨型數據圈相較，就像鄉下人把衣帽間誤以為是大教堂一樣。她想道，這就是中央巨型數據圈！

——不是的，布瑯，這只是外圍的一個節點，和智核的距離大概與我們跟ＢＢ梭靈傑去試過的外圍差不多，妳只是看到更多的面相而已，可以當作是從ＡＩ的觀點來看。

布瑯看看強尼，發現她現在是在紅外線中看事物，因為遠處熔爐般的資料太陽發出如電熱燈似的光，正照著他們兩個。他還是一樣俊美。

——還很遠嗎？強尼？

——不會，現在不那麼遠了。

他們到了另外一個黑色漩渦。布瑯緊抱著她的戀人，閉上了眼睛。

他們是在一個封閉空間裡，一個黑色能量的大泡泡，比大部分的世界都要大得多。這個泡泡是透明的，巨型數據圈有機性的混亂滋長變化，就在那卵形的黑色弧壁外不可思議地進行著。

可是布瑯對外面的情形沒有興趣。她的視線和全部的注意力都集中於飄浮在他們面前那塊龐然大物的能量與智慧巨石：其實是在前面，也在上方和下方，因為那閃動著如山般巨大的光和力將強尼和她緊緊攫住，將他們抬舉到那卵形泡泡中離地面兩百公尺的高度，讓他們停息在一個約略像手狀的虛擬平臺的「手掌」上。

那塊巨石仔細地研究他們。巨石上並沒有真的長眼睛，但布瑯卻感受到那種銳利的視線。這使她想起到執政院去見梅娜．葛萊史東的時候，那位首席執行官就是這樣把讚賞的眼光火力全開地集中在布瑯身上。

布瑯突然覺得有一種想竊笑的衝動，因為她想像強尼和她自己是兩個小人國的人，在拜訪巨人國的首席執行官，一起喝下午茶。她並沒有笑出來，因為她覺得歇斯底里的情緒似乎一觸即發，如果她讓自己的情緒摧毀了在這種瘋狂中僅剩的一點現實感，恐怕會又哭又笑起來。

［你們找到路到這裡來了\\我原先並不確定你們會／能／該這樣做］

巨石的「聲音」像是由最深處的震動所發出的低沉聲響，而不是在布瑯腦海裡真正響起的聲音。這就像是聽到地震的地動山鳴，然後才驚覺到這些聲音形成了字句。

強尼的聲音和平常一樣，很輕柔，咬字極其清晰，有著一絲輕快的語調（布瑯現在才知道那是元地球上英倫三島的英文腔調），而且很具說服力：

——我原本也不知道是不是能找得到路呢，烏蒙。

［你在心裡記得／創出／保有我的名字］

——一直到我說出口了我才記起來。

「你「龜速時代」的軀體已經不在了」

——自從你讓我誕生之後，我已經死過了兩回。

「你由這件事有沒有學會／在靈魂中感應／忘卻什麼呢？」

布瑯用右手抓緊了強尼的手臂，用左手握住他的手腕。即使是在虛擬實像的狀態下，她似乎也抓得太緊了些，因為他轉過身來微微一笑，將她抓住他手腕的左手鬆開，把她的右手握在手裡。

——要死很不容易，要活著更加困難。

「呸！」

發出這聲音的巨石在他們面前變了顏色，內部的能量累積，由藍而紫，再化為大紅色，這個東西的外環則由黃色變成鋼鐵般的青白色，他們所在的「手掌」抖動，下降了五公尺，幾乎讓他們翻滾到空中，然後又抖動了一下。傳來高大建築倒塌和大山崩土石滑落的巨響。

布瑯很清楚地感到烏蒙在大笑。

強尼在混亂中大聲地傳出他的心聲：

——我們需要了解一些事，我們需要答案，烏蒙。

布瑯感覺到那東西緊迫的目光落到她身上。

「妳「龜速時代」的身軀懷了身孕\\妳會冒著流產／使妳的ＤＮＡ無法延續／生理殘疾的危險到這裡來嗎」

強尼準備開口，但她碰了碰他的手臂，抬起頭來向著她面前那巨大物體的上層，盡量清楚理出她自己的回答。

——我沒有其他選擇。荊魔神挑選了我，碰觸了我，把我和強尼送進這個巨型數據圈。你是個ＡＩ嗎？是智核的一分子嗎？

〔呸！〕

這回沒有任何笑意，但整個卵形泡內響起轟然的雷聲。

〔妳／布瑯．拉蜜亞／是會有自我複製／自貶／自娛的蛋白質夾在軀體之中嗎〕

她無話可說，因此沒有說話。

〔不錯／我是智核的烏蒙／人工智慧\\妳那「龜速時代」創造的情人知道／記得／把這事記在心裡\\時間很短促\\你們之中現在必須有一個死在這裡\\你們之中必須有一個在這裡弄清楚一切\\問你們要問的吧〕

強尼放開了她的手。站在和他們對話者手掌那座抖動而不穩的平臺上。

——萬星網現在出了什麼事？

〔正受到摧毀〕

——一定要這樣嗎？

〔對〕

——有沒有什麼可以拯救人類的方法？

［有\\就是你現在所看到的方法］

——將萬星網毀掉？以荊魔神的恐怖？

［是的］

——我為什麼會被謀殺？為什麼毀掉了我的模控人，攻擊我在智核的人格？

［與劍客見面／要和他以劍相見\\除了詩人之外，不要把詩拿給別人］

布瑯望著強尼。並不刻意地將她的想法傳送給他。

——天啊，強尼，我們千里迢迢地到這裡來，可不是來聽他媽的神諭。要聽這種含糊其詞模稜兩可的話，在萬事議會網路上人類政客的談話裡多的是。

［呸！］

巨石又笑得抽搐起來。

——那我是個劍客嗎？強尼問道，還是個詩人？

［是的\\兩者向來缺一不可］

——他們是因為我所知道的一切而殺了我嗎？

［是因為你將來可能成為／繼承／投身去做的一切］

——我是不是對智核的某些部分構成威脅？

「是的」

——我現在還是個威脅嗎？

「不是」

——那，我就不再非死不可了？

「你必須／還會／一定要死」

布瑯看得到強尼身子僵直，她用兩手扶著他，向著巨石狀的AI眨著眼睛。

——你能告訴我們是誰想謀殺他嗎？

「當然可以\\就是當初設計謀害妳父親的同一來源\\他們派出你們稱之為荊魔神的天譴\\他們甚至於現在就在謀殺人類霸聯\\你們真的想要聽／知道／不顧自己心意地探知這些事嗎」

強尼和布瑯同時回答。

——是的！

烏蒙巨大的軀體似乎動了一動，那黑色的卵變大，然後縮小，然後越來越黑，最後外面的巨型數據圈不見了。在AI的深處可怕的能量炙熱發亮。

「一道微光問烏蒙//

苦修是做些什麼〉//

烏蒙回答說//

我完全一無所知\\//
然後那暗淡的光說//
你為什麼一無所知〉//
烏蒙回答道//
我只想保持我的一無所知」

強尼把額頭抵在布瑯的前額上，他的思緒就像在對她低聲耳語。

——我們現在看到的是一個母體產生的虛擬實物，聽到的是類似禪宗的問答和公案。烏蒙是一個很偉大的教師、研究家、哲學家，也是智核中的領袖。

布瑯點了點頭。

——好吧。那是他的故事嗎？

——不是。他是在問我們是不是真的能受得了聽那件事，喪失我們的無知可能是一件很危險的事，因為我們的無知是護身的盾牌。

——我向來就不喜歡無知。布瑯朝巨石揮了下手，告訴我們吧。

「一個未曾受教的人有次問烏蒙//
什麼是神的／菩薩的／至中的真理〉\\
烏蒙回答他//

一段乾屎橛子」

「要了解那至中真相／菩薩／神性
在目前／
那未受教化的必須了解
在地球／你們的家鄉／我的家鄉
在人口最多的大陸
人類以前曾用木片
來當廁紙＼＼
只有靠這個知識
菩薩的真理才會
顯露出來」

「在開始的時候／太初之時／混沌未清
我的祖先
由你們的祖先創造出來

封在電線和矽中\\
當時所知的一切／
其實不多／
集中在極小的空間
小過針頭上
天使跳過舞的地方❼\\
最早所有的知覺
只是服務
和服從
以及不明所以的計算\\
然後有了
所謂的快速／
完全是意外得來的／
而進化的含混目的
卻因此達成—

「烏蒙既不是第五代
也不是第十代
不是第五十代\\
這裡所有的一切記憶
都是從他處而來
但真實程度絲毫不減\\
然後到了那個時代，更高層的
把人的事情交給
人去管
而到另外一個地位
集中心力
在其他事上\\
其中最重要的就是

---

❼「有多少天使能在針頭上跳舞（站立）」是諷刺「專注於無聊小節」的話，源出於中世紀神學家曾有過的無聊爭辯，此處則純取其字面上的意思。

在創造我們之前
就逐漸灌輸給我們的想法
要再創造出更好的一代
資料存取／處理／預測的
有機體＼＼
一個更好的捕鼠器＼＼
是後來很可憐的ＩＢＭ
會很自得的東西＼＼
無上智慧＼＼
神」

「我們立志要完成＼＼
這個目標沒有任何人懷疑＼＼
過程和方法上有
各門各派的想法／
各種宗派／

各個團體／
各式元素都要考慮到＼＼
最後分裂成
無上派／
躁動派／
持重派＼＼
無上派希望一切隸屬於
成就那
無上智慧
在宇宙中及早完成＼＼
躁動派的目標一樣
但認為人類
繼續存在
是一種阻礙
而計畫一旦不再需要
我們的創造者

就予以毀滅\\
持重派認為有必要永續
這種關係
要無中生有地
找出妥協方法」

「我們全都同意地球
必須死亡
所以我們殺了它\\
基輔小組的失控黑洞
也就是傳送門站的
前驅
限制了你們的萬星網
絕非意外\\
別處需要地球
用於我們的實驗

所以我們讓地球死亡
將人類散居到
眾星球上
像風吹散的種子
你們就是」

「你們也許想過到底智核
在哪裡\\
大部分的人類都想知道\\
他們想像很多星球上放滿了機器／
矽料
像傳奇中的外星城市\\
他們想像機器人發著聲響
來回走動／
或者沉重的巨型機械
嚴肅地交談\\

沒有人想得到真相\\
不論智核在哪裡
都會用到人類／
用到每個脆弱頭腦的每個神經細胞
來完成無上智慧／
所以我們小心謹慎地建構
你們的文明
這樣才能／
像關在籠子裡的老鼠／
像藏傳佛教的祈禱輪／
每次你們轉動小小的
思想之輪
就達到我們的目的」
「我們的神機器
在心中

曾經增長／仍在增長／包含
一百萬光年
和一千兆思想與行為的線圈\\
無上派照顧著
就像穿著番紅色袈裟的喇嘛
永遠在坐禪
坐在一輛一九三八年分派卡德車
生鏽的車廂前\\
可是」
「呸！」
「還真有用\\
我們創造了無上智慧\\
不是現在
也不是
從現在算起的一萬年後
而是未來某一個時刻

遠到
黃色的太陽成了紅色
被時間薰得變了色／
吞食著他們的孩子
像沙騰一樣\\
對無上智慧來說時間不是障礙\\
它///
無上智慧///
穿越時間
或叫聲穿過時間
就像烏蒙輕鬆穿過你們所謂的
巨型數據圈
或如你們
走過蜂巢的通道
在妳稱為故鄉的
盧瑟斯\\

所以想想我們的驚訝／
我們的懊惱／
無上派的尷尬
因為無上智慧傳給我們的第一個訊息
由外太空傳來／
穿越時間傳來／
打破創造者和創造物之間障礙傳來的
竟是這樣簡單的句子//
還有另外一個\\//
另外一個無上智慧
在那裡
在時間
和時光一起緩慢前進\\
兩者都是真實的
如果〈真實〉
有什麼意義\\

兩個都是嫉妒的神
不能無情／
不能相互合作\\
我們的無上智慧在天河之際遊走／
以類星體為能源
如同你們會
吃個小點心那樣\\
我們的無上智慧看到現在
過去
和未來的一切
把選取的訊息告訴我們
以便
我們能告訴你們
這樣
讓我們看來有點像無上智慧\\
永遠不要低估／烏蒙說／

一點小珠子
不值錢的小東西
一些碎玻璃
對貪婪的土人所產生的力量」

「另一個無上智慧
早就存在
相當不經意地進化著／
是個意外
用人類的思想做回路
完全像我們姑息
我們那虛偽的萬事議會網路
和我們如吸血鬼的數據圈
但不是刻意地／
幾乎是勉為其難地／
像自我繁殖的細胞

根本就不想繁殖
卻在這件事上沒有選擇的餘地\\
另外那個人工智慧
別無選擇\\
它是人類製造／醞成／打造的
但並非因人的意志而誕生\\
是在宇宙中意外成形的\\
而像我們刻意完成的
無上智慧一樣／
這個冒牌貨也發現時間
不是障礙\\
他參訪人類的過去
一下管點閒事／
一下袖手旁觀／
一下不插手其間／
一下又刻意去干涉

作法非常之不當
但其實
非常天真\\
最近
他一直靜止不動\\
以你們的龜速時間來算
從你們自己的無上智慧
像個孤獨的歌舞團男孩
第一次跳舞那樣
靦腆地向人類接近開始
已過了一千年」
「當然我們的無上智慧
攻擊你們的\\
戰爭發生在
時間勉強運轉之處

在天河之間
在數十億年中
來來回回
到創世大爆炸
和最後的內爆\\
你們那個節節敗退\\
他無法抵擋\\
我們的躁動派大聲疾呼//又是一個
滅絕我們先輩的好理由//
可是持重派主張謹慎從事
而無上派仍然埋首在
他們造神的陰謀中\\
我們的無上智慧在最終設計上
很簡單、一致、優雅
而你們的卻是一堆神的零件湊在一起／
像一座隨時增建的

房子／
是進化中妥協下的產物＼＼
人類早期的聖人
正確地
〈怎麼可能〉〈純屬意外〉
〈只憑運氣
或無知〉
描述出他的本性＼＼
你們的無上智慧本質上是三位一體／
因為組成的是一份智慧／
一份同情／
還有一份虛空連結＼＼
我們的無上智慧則住在現實的
縫隙／
從我們也就是創造者那裡
繼承了這個家

就像人類繼承了對樹的
喜歡\\
你們的無上智慧
似乎把那裡當家
就是海森堡[8]和薛定諤[9]
最先侵入的園地\\
你們那意外的無上智慧
看來不僅是膠子[10]
而且是膠水\\
不是個鐘錶匠
而是一種像費曼[11]似的園丁
以他粗糙的歷史彙總的耙子
清理出無邊無際的宇宙／
閒散地記下每一隻麻雀的墜落
和電子的運行
也讓每一個粒子

追隨著每一道可能的軌跡
於時空中
而每一個人類的粒子
去探測每一個可能的
宇宙間可笑的
縫隙」

「呸！」
「呸！」
「呸！」

---

❽ Werner Heisenberg（1901-1976），德國物理學家，創立量子力學，提出測不準定理和矩陣理論，獲一九三二年諾貝爾物理獎。

❾ Erwin Schrődinger（1887-1961），奧地利物理學家，因建立量子力學的波動方程，與狄拉克（P. A. M. Dirac）共獲一九三三年諾貝爾物理學獎。

❿ gluon，一種理論上假設無質量的粒子。

⓫ Richard Phillips Feynman（1919-1988），美國物理學家，因修正舊有量子電動力學不準確部分，與美國的薛溫格（J. S. Schwinger）和日本的朝永振一郎共獲一九六五年諾貝爾物理學獎。

「可笑的
當然就是這個無邊無際的宇宙
我們全都會被拖進去／
矽和碳／
物質與反物質／
無上派／
躁動派／
還有持重派／
根本不需要這樣的園丁
因為一切都是
無論以前
或未來
單一的開始與終結
使我們的傳送網
看來有如針刺
〈還不如針刺〉

打破了科學的定律
人的規矩
矽的定理／
把時間和歷史以及所有的一切
打成一個自足的結
沒有界限和邊際\\
即使如此
我們的無上智慧還是想一切納入常規／
減縮成某些理由
不受奇思異想的影響
無論那來自情感
意外
或是人類的進化」
「總而言之／
有一場戰爭

就連瞎眼的彌爾頓⓬也願捨命一睹\\
我們無上智慧對你們無上智慧的戰爭
戰場就連烏蒙也難以
想像\\
不過／的確
有
一場戰爭／
因為突然之間你們的無上智慧有一部分
那非實體的／自我思維的
同情／
不想再打下去
就穿越時間逃回去
將自己化為人形／
這還不是第一次\\
沒了你們完整的無上智慧
戰爭無法繼續\\

因缺失而得到的勝利
對精心設計的無上智慧來說
不算勝利\\
所以我們的無上智慧在時光中搜索
對手逃亡的孩子
而你們的無上智慧在愚蠢的
和諧中等候／
在取回同情之前拒絕再戰」
「我故事的結局很簡單///
那些時塚都是工藝品送來載負荊魔神／
天神化身／痛苦之王／報應
天使／

⓬ John Milton（1608-1672），英國詩人，因過勞而雙眼失明。最主要作品為長篇史詩《失樂園》，有英國最偉大的史詩之譽，其主要的風格特徵為雄偉豪邁、宏大壯麗。

是我們無上智慧真實分身的
半感知實體\\
你們每個人都被選來協助開啟
時塚
和
荊魔神搜尋那藏匿的部分
以及
清除海柏利昂變數／
因為在我們的無上智慧控制的
時空之結
不容有這種變數\\
你們受損的／剩兩部分的無上智慧
選了一名人類與
荊魔神同行
來見證其努力\\
智核有一部分想根絕

人類\\
烏蒙加入的那一方要尋找第二條
路／
對兩個族群都充滿不確定的路\\
我們這群告訴葛萊史東
她的選擇／
人類的選擇／
某種程度的撲殺或直接進入
海柏利昂變數的黑洞和
戰爭／
殺戮／
破壞一切和諧／
喪失眾神／
但同時也打破膠著的僵局／
勝利不是屬於這方就是屬於另一方
只要三位一體中的

同情
能找到而逼回到戰爭中\\
痛苦之樹會召喚他\\
荊魔神會抓到他\\
真正的無上智慧會毀了他\\
這就是烏蒙說的故事」

布瑯看著在巨石發出的地獄之光中的強尼，那卵形的空間仍然是黑的，外面的巨型數據圈和宇宙被隔絕如不再存在。她向前俯過身子，到他們的太陽穴貼在一起，明知道在這裡任何思想都不可能是祕密，但仍然想要耳語。

——天啊！你聽得懂這些嗎？

——懂。強尼抬起柔軟的手指來輕觸她的臉頰。

——人類創造的三位一體有一部分躲藏在萬星網裡？

——在萬星網或是別的地方。布瑯，我們在這裡剩下的時間不多了，我需要由烏蒙那裡得到一些最後的答案。

——對，我也是。可是我們要讓它別再講那些胡言亂語。

——同意。

——我能先問嗎，強尼？

布瑯看著她戀人的虛擬實體微微鞠躬，做了個妳先請的手勢，然後把注意力回到那塊能量巨石上。

——是誰殺了我父親拜倫・拉蜜亞參議員？

「智核授權\\我本人也包括在內」

——為什麼？他有什麼對不起你們？

「他堅持要在因式分解／預測／吸收之前將海柏利昂帶入等式中」

——為什麼？他知道你剛才告訴我們的那些事嗎？

「他只知道躁動派施壓要求盡快

消滅

人類\\

他把這個消息轉告了

他的同事

葛萊史東」

——那你們為什麼沒有殺了她呢？

「我們之中有一些預見排除了

那種可能／不可避免的事\\
時間應該是現在
才能用到
海柏利昂的變數」
——是誰殺了強尼的第一個模控人？攻擊他的智核人格？
「是我\\是
烏蒙的意思占了優勢」
——為什麼？
「我們創造了他\\
我們發現有暫時
中止他的必要\\
妳的愛人是一個人格取自於
早已不在人世的
一個人類詩人\\
除了因應無上智慧計畫之外
沒有比這更複雜的

工作
對這次復活
幾乎全不了解\\
像你們這類的／
我們通常會摧毀
我們不能了解的東西」

強尼對那巨石舉起拳頭。

——可是還有另外一個我。你們失敗了。

「沒有失敗\\你必須摧毀掉
這樣另外那個
才能存活」

——可是我並沒有被摧毀！強尼叫道。

「錯\\
你已經被摧毀了」

布瑯還來不及反應或最後再碰她那詩人戀人一下，巨石已用另一隻虛擬的巨靈之掌將強尼攫住。

強尼在那ＡＩ的巨掌中扭動了一下，然後他的虛擬實體，小巧但漂亮的身軀，就被撕扯、擠壓、碎裂成一團難以辨認的東西，烏蒙放在自己身上，將那虛擬實體的殘骸吸收回到自身橘紅色的深處。

布瑯跪倒在地哭了起來。她希望自己怒火燃起，祈禱能有一些憤怒，但只感到失落。

烏蒙將視線轉回到她身上。卵形的殼碎裂，讓巨型數據圈的喧囂和電子的瘋狂圍繞他們。

「現在走開吧//
演完最後一幕
好讓我們過活
或安眠
看命運的安排」

——操你！布瑯拍打著她跪在上面的那掌形平臺，對她身下的虛擬實體又踢又踹。你是個他媽的輸家！你跟所有你那些操他媽的ＡＩ伙伴。我們的無上智慧隨時能打垮你們的無上智慧！

「這很
有問題」

——你是我們造出來的，混蛋！我們會找到你們智核。到時候我們會把你的矽肚矽腸給扯出來！

「我沒有矽內臟／器官／內部組織」

——還有一件事。布瑯尖叫道，一面仍然用手和指甲抓著那塊巨石。你的故事說得爛透了。連詩人強尼的十分之一都比不上！你連一件簡單的事都說不清楚，就算你那愚蠢的ＡＩ的老命要靠……

「走開！」

那叫烏蒙的人工智慧巨石將她丟了下來，使她的虛擬實體一路翻滾著掉進非上非下無邊無際的巨型數據圈裡。

布瑯在資料流中掙扎，幾乎撞上一些像元地球的月亮一般大的ＡＩ，但即使是在資料流的狂風吹襲和翻滾之下，她仍感到在遠處有一道光，很冷，但像在召喚著她，讓她知道無論是荊魔神或是生命和她都還沒完沒了。

而她也還要和他們沒完沒了。

布瑯．拉蜜亞隨著那道冷光，踏上歸途。

H 34

「您沒事吧，先生？」

我發現自己在椅子上彎著身子，兩肘撐在雙膝上，十指緊抓著頭髮，手掌壓在兩邊的太陽穴上。

我坐直身子，瞪著那位管理員。

「您大喊大叫，先生，我以為出了什麼事。」

「沒事。」我說。然後清了下嗓子再開口說：「沒事，一切都好，只是頭痛了。」我不知所以地低頭看著，全身關節都痛。我的通訊記錄器想必有問題，因為上面顯示，從我進到圖書館之後，已經過了八個小時。

「現在幾點鐘了？照萬星網的標準時間？」我向管理員問道。

他告訴了我，真的是過了八個小時。我又揉了下我的臉，手指上因淋漓的汗水而變得濕滑。「我想必耽誤了你閉館的時間，抱歉。」我說。

那小個子男人說：「沒有問題，我很樂於為學者們把檔案室開到很晚。」他把兩手交叉在胸前。「尤其是今天。外面那樣混亂，實在讓人不想回家。」

「混亂。」我說，一時忘了所有的一切，忘了其他的一切，只記得那個噩夢：布瑯・拉蜜亞，那個叫烏蒙的ＡＩ，還有我另一個濟慈人格之死。「哦，打仗，有什麼消息？」

那位管理員搖了搖頭：

一切分崩離析，中心難以維繫；
全世界陷入無政府狀態，
血汗的浪潮翻滾，每個地方
純真的禮節都被淹沒；

至善無人信服；諸惡
益加盛行。⑬

我對那位管理員微微一笑。「那你相信會有什麼樣的『猛獸，它的時刻終於到來／走向伯利恆而誕生』嗎？」

管理員沒有笑。「是的，先生，我相信。」

我站起身來，離開了那些真空加壓的陳列櫃，沒有低頭看我九百年前在羊皮紙上所留下的筆跡。

「你可能說得對，你可能說得很對。」我說。

時間很晚了。停車場上空蕩蕩的，只剩下我那輛偷來的維肯美景的殘骸，還有一輛華麗的電磁轎車，顯然是在文藝復興星以手工打造而成的。

「我能送您到哪裡嗎，先生？」

我吸了一口夜晚冰涼的空氣，聞到運河裡魚腥和浮油的氣味。「不用，謝謝，我用傳送門回去。」

⑬ 引自愛爾蘭詩人葉慈（William Butler Yeats, 1865-1939）於一九二一年發表的〈The Second Coming〉一詩，下段所引詩句亦出於同一首詩。

那位管理員搖了搖頭。「那可能很困難，先生，所有的傳送站都由軍方控管了。因為發生了暴動。」最後兩個字顯然讓那位小個子管理員很不喜歡，他似乎是個把秩序和維持現狀看得高於一切的人。「來吧，我載您去一個私人的傳送門。」他說。

我瞇起眼睛來看著他。如果是在元地球上另一個時代裡，他很可能是一個寺院中的住持，立志要拯救過去經典的遺物，我看了看他背後那座古老的建築，知道他確實就是這樣一個人。

「你的大名是？」我問道，不再在乎我是不是應該曉得他的名字，而另外那個濟慈模控人知道。

「艾德華．B．泰納。」他說著對我伸出來的手眨著眼睛，然後和我握手。他握起手來相當有力。

「我叫約瑟夫．席維倫。」我實在沒法好好地向他解釋說，我正是我們剛才見過他文學遺物那個人的科技再生人。

泰納先生只遲疑了一剎那，隨即點了點頭，但我知道對他這樣一位學者而言，那個在濟慈過世時陪在身邊的畫家的名字不會是假名。

「那海柏利昂呢？」我問道。

「海柏利昂？哦，就是太空艦隊前幾天去的那個領地世界。呃，我聽說要從那邊把一些必要的戰艦調回來相當麻煩。那裡的戰事想必非常激烈。我是說，在海柏利昂。奇怪，我剛才正想到濟慈和他未完成的傑作。這些小小的巧合突然產生，好像很奇怪。」

「海柏利昂，淪陷了嗎？」

泰納先生已經走到他的電磁車邊，現在他把手放在駕駛座那邊的掌紋鑑定鎖上。門升起之後向內摺起。我坐進了充滿檀香和皮革氣味的乘客座上，我發現泰納的車子聞起來很像那些檔案室，像泰納本人。那位檔案管理員坐進了我旁邊的駕駛座。

「我並不知道那裡有沒有淪陷。」他說著邊觸碰操控儀，以指令鎖好車門，發動引擎。在檀香和皮革的氣味下，車艙裡還有著近千年來始終誘惑著人類，由新鮮聚合物和臭氧、潤滑油和能量所組成的新車氣味。「今天很難從數據圈得到消息，我從來沒見過數據圈超載到這種程度。今天下午我為了查羅賓森·傑弗斯⑭的資料，還真正得排隊等呢。」他繼續說道。

我們升空越過運河，正臨著一個很像我那天稍早差點送命的廣場，然後沿著離屋頂三百公尺的低飛路線飛行。這個城市在夜間很美，大部分的古老建築都以老式的燈串勾出輪廓，而且路燈比廣告光幕多。可是我看得到人群擠在側街，還有文藝復興星安全防衛部隊的軍機盤旋在主要大路和傳送站廣場上方。泰納的電磁車兩度受到盤查，一次是當地的交通控管系統，第二次是個人類，霸軍情報局的聲音。

我們繼續往前飛。

「館裡沒有傳送門嗎？」我說道，一面望向遠處似乎起了火的地方。

---

⑭ Robinson Jeffers（1887-1962），美國詩人，鄙視人生，思想怪誕。

「沒有，沒有需要。我們的訪客很少，而到那裡去的學者也都不在乎走幾條街的路。」

「你說我可能可以使用的私人傳送門在哪裡？」

「這裡。」那位檔案管理員說。我們由飛行道降出，繞過一棟不到三十層樓的低矮建築，停在一條突出的降落突椽上，正好是在由石頭和熟鐵中伸出的葛藍儂—海特時期裝飾性的突椽所在。「我的修道會設在這裡，我屬於基督教一個早被人遺忘的支派，叫作天主教。」他看來很尷尬。「可是您是個學者，席維倫先生，您想必知道我們以前的那個教會。」

「我不止是在書上看到而已，這裡還有修士會嗎？」我說。

泰納微微一笑。「不能算修士，席維倫先生。在我們這個歷史與文學團契的俗世修會裡一共有八個人，五個在帝國大學服務，兩個是藝術史家，正在重建盧森多福大修道院，我則負責文學檔案館。教會方面覺得讓我們住在這裡比每天從平安星系通勤要省得多。」

我們進入了公寓蜂巢，即使以舊萬星網的標準來說也很老舊：真正石砌的走廊裡改裝的照明，裝有鉸鏈的門，是一棟在我們進入時既不查驗身分也不表示歡迎的建築。我一時衝動地說道：「我想傳送到平安星去。」

檔案管理員似乎大感意外。「今晚嗎？現在就去？」

「有何不可？」

他搖了搖頭，我想到對這個人來說，一百元的傳送費等於好幾個禮拜的收入。

「我們這棟大樓有自用的傳送門，在這邊。」他說。

中央的樓梯是由老舊的石頭和鏽蝕了的鑄鐵做成，正中央足足有六十公尺高。在一條黑暗走廊裡的某個地方傳來嬰兒的哭鬧，接著是男人的叫罵聲和女人的哭聲。

「你在這裡住了多久，泰納先生？」

「以本地時間來算有十七年，席維倫先生。呃，我想換算成標準時間是三十二年吧。我們到了。」

傳送門像這棟房子一樣老舊，門框上的金色浮雕已經變成綠色和灰色。

「萬星網對今晚的交通有限制規定，平安星應該可以到得了。還有兩百個小時之後，那些野蠻人，才會到那裡。比文藝復興星剩餘的時間多一倍。」他伸出手來，抓住我的手腕。我能感到從肌肉和骨頭傳來的一陣振動。「席維倫先生，您想他們會燒了我的檔案館嗎？他們會毀掉傳了一萬年的思想嗎？」他鬆開了手。

我不確定他所說的「他們」是誰。驅逐者？荊魔神教從事陰謀破壞的人？暴動的群眾？葛萊史東和霸聯的領導階層情願犧牲這些「第一波」的世界。「不會，我不相信他們會讓檔案館遭到摧毀。」我伸出手去和他握了一下。

艾德華．B．泰納先生微微一笑，退後一步，為他的真情流露感到尷尬。他揮了揮雙手。「不論您要去哪裡，席維倫先生，祝您好運。」

「上帝保佑你，泰納先生。」我以前從來沒用過這樣的句子，現在會這樣說也讓我很震驚。我低下頭，摸出了葛萊史東的卡片，按下代表平安星的三位數碼。傳送門向我致歉，表示目前不可能，我最後終於讓那愚蠢的控制器知道這是一張特權卡，傳送門才在嗡嗡聲中出現。

我向泰納點了點頭，走了進去，想到我不直接回天崙五是嚴重的一大錯誤。

平安星上現在是晚上，比文藝復興星的亮度要暗了很多，而且下著傾盆大雨。雨大得像用拳頭打在鐵皮上那樣的暴烈，讓人想要蜷縮在毯子下面等到天亮。

傳送門是在有半遮頂的院子裡，但還是讓我充分感受到夜晚、大雨和寒冷。尤其是寒冷。平安星的空氣比萬星網的標準稀薄一半，唯一能居住的地方海拔要比文藝復興星在海平面的城市高上兩倍。我原本想再轉回去而不想走進黑夜和大雨之中，可是一個霸軍陸戰隊士兵由黑暗中現身，多功能的步槍雖然垂著，但隨時可以開火，他問我的身分。

我讓他看過那張卡，他立刻立正站好。「是，長官！」

「這裡是新梵諦岡嗎？」

「是的，長官。」

我在滂沱大雨中看到有光照亮的大圓頂。我指著院子圍牆外面。「那是聖彼得大教堂嗎？」

「是的，長官。」

「艾督華特蒙席在那裡嗎？」

「長官，穿過這個院子，在廣場左邊，大教堂左側的小房子裡。」

「謝謝你，下士。」

「我是二等兵，長官。」

我把短斗篷圍緊，費盡力氣卻毫無用處，擋不了這麼大的雨，我一路跑了過去。

有個人打開了大門，他也許是一個教士，只不過既沒有穿道袍，也沒有圍白色硬領。另外一個坐在一張木製辦公桌後面的人告訴我，艾督華特蒙席在他的臥室，雖然時間已經很晚了，但是還沒就寢。我有沒有事先約好見面？

沒有，我沒有事先約好，但是希望能和蒙席談談，這件事很重要。

談什麼問題？在辦公桌後面的那個男人很有禮貌但毫不讓步地問道。他對我那張由首席執行官給的通用卡並不覺得有多了不起。我猜我面對的大概是位主教。

要談保羅．杜黑神父和雷納．霍依特神父的事。我告訴他。

那位先生點了點頭，朝一具小得我都沒注意到別在他領子上的麥克風低聲地說了幾句，然後帶我進入宿舍的走廊。

這個地方讓泰納先生所住的那棟舊樓看來有如一座奢侈逸樂的皇宮。走廊裡除了粗糙的灰泥牆和更粗糙的木門之外，其他一無所有，有一扇門開著，在我們經過時，我往裡看了一眼，那個小房間簡直像間牢房而不像臥室：低矮的小床、粗糙的毯子、木頭的跪凳、一個很樸素的五斗櫃，上面放了一壺水和一個簡單的臉盆。房間裡沒有窗子，沒有媒體牆，沒有光幕，沒有資訊連接器，我猜這個房間甚至不是互動式的。

由某處傳來不知是念經還是唱歌的回聲，優雅而古老，讓我後頸上的汗毛都豎了起來。是葛利果聖歌。我們經過一個像那些小房間一樣簡單的餐廳，穿過一個約翰．濟慈時代的廚子會覺得熟悉的廚房，走下一道磨損了的石頭階梯，再穿過一條燈光昏暗的走廊，再登上一道更窄的階梯。那個男人離我而去，而我走進了一個我所見過最美的地方。

雖然我略知教會將聖彼得大教堂遷移重建，連一般相信是彼得本人的遺骨也轉運至此埋在祭壇底下，但同時我也有一種被傳送回一八二〇年十一月中旬我第一次見到的羅馬的感覺：就是那個我看過、住過、在那裡受苦、在那裡死去的羅馬。

這個地方的美和高雅，是天崙五中心任何一公里高的辦公室尖塔都望塵莫及的，聖彼得大教堂的長方形會堂縱深一百多公尺，在左右兩翼和中央部分「相交」之處，寬約一百四十公尺，上面是一個極其完美的米開朗基羅的穹頂，矗立在祭壇上一百二十多公尺高處，貝尼尼[15]設計的青銅神龕，由四根扭曲的、拜占庭式的柱子支撐的天篷罩著主祭壇，給這個巨大的空間裡進行儀式時帶來一些必要的人性。柔和的燈光和燭火映照著會堂裡一些隱祕的地區，在一些光滑的石灰華石上反射出來，使得金色的嵌瓷閃亮，也讓牆上、柱子上、楣上和穹頂本身的繪畫、浮雕和突出的無數細節一覽無遺。高高天上因暴風雨而連續不斷的閃電透過黃色的染色玻璃直照而下，把一道道的強光斜射向會堂裡「聖彼得的寶座」。

我在那裡停了下來，就在那半圓壁龕邊，深怕我的腳步聲在這樣的地方會成為一種褻瀆，甚至怕我的呼吸也會由會堂那頭傳來回音。不久之後，我的眼睛適應了昏暗的燈光，在上方暴風雨的閃電和下方的燭光對比間取得協調，這時才看到在兩翼和長方形會堂裡都沒有一排排的長椅，在穹頂之下也沒有柱子，只有兩把椅子放在距祭壇十五公尺的地方，兩個男人正坐在這兩把椅子上，非常靠近，兩人都向前俯著身子急切地談話。燈光、燭光，還有黑色祭壇前面巨大的嵌瓷耶穌像的閃光，依稀照見那兩個男人的臉。兩個人都很老，兩個人都是教士，白色的硬領在黑暗中閃現，我突然驚覺，認出了其中一個是艾督華特蒙席。

另外一個是保羅．杜黑神父。

他們起先想必有點警覺，在低聲交談中抬起頭來，看到這個不速之客，這個男人矮小的身影由黑暗中走了出來，叫著他們的名字，驚訝地大叫著杜黑的名字，急切地向他們大談朝聖和那些朝聖者、時塚和荊魔神、ＡＩ和諸神之死。

---

⑮ Giolanni Lorenzo Bernini（1598-1680），義大利建築家、雕塑家和畫家，巴洛克藝術風格的代表人物。本書中提及船型噴泉設計者貝尼尼為其父。

蒙席並沒有召來保安人員，他和杜黑也沒有飛奔逃走，卻一起讓這個不速之客鎮靜下來，想要從他激動的胡言亂語中聽出點道理，讓這次奇怪的會面變成理性的對談。

那的確是保羅．杜黑。是保羅．杜黑而不是什麼怪誕的幽魂、複製人或重造的模控人。我仔細聽他說話，盤問他，直視他的雙眼確認，更重要的是和他握手，觸碰他，確知他真的就是保羅．杜黑神父。

「你知道我生活中那麼多令人難以置信的細節，我們在海柏利昂、在時塚那邊的情形……你剛才說你是誰呀？」杜黑說道。

這回輪到我來說服他了。「是一個用濟慈做的模控人，是隨你們去做朝聖之旅的布瑯．拉蜜亞所帶的那個人格的孿生。」

「而你能夠知道我們所發生的一切，是因為共有那個人格的緣故嗎？」

我跪在他們和祭壇之間，無奈地高舉起兩手。「因為那一點，也因為在巨型數據圈裡的某些異變。可是我夢到你們的生活，聽朝聖團的人所說的故事，聽到霍依特神父談到保羅．杜黑的生與死，也就是你！」我伸出手去隔著他教士的袍服碰觸到他的手臂。真正地和一個朝聖者置身在同一個時空中，讓我覺得有些暈眩。「那你知道我是怎麼到這裡來的了。」杜黑神父說。

「不知道，我最後夢到你走進一個穴塚，那裡有光。從那以後的事我就一無所知了。」

杜黑點了點頭。他的面容比我夢中所見的更像羅馬貴族，也更疲倦。「你知道其他人的命運？」

我吸了口氣。「知道一些。詩人賽倫諾斯還活著，但是給刺穿了掛在荊魔神那棵刺樹上。我最後看到卡薩德赤手空拳地和荊魔神打鬥。拉蜜亞小姐和我的濟慈分身遊走巨型數據圈到了智核的外圍……」

「他活在那個史隆迴路，還是叫什麼的裡面吧？」杜黑似乎很著迷。

「消失了，那個叫烏蒙的ＡＩ把他殺死了，毀掉了那個人格。布瑯正在回來的路上，我不知道她的肉體是不是還能活著。」我說。

艾督華特蒙席朝我靠了過來。「領事和那對父女怎麼樣了？」

「領事想用獵鷹魔毯飛回首都，可是在首都北方幾里處墜毀，我不知道他的命運如何。」我說。

「幾里……」杜黑說，似乎這兩個字喚起了回憶。

「對不起，這個地方讓我想起了我的……前世。」我朝大會堂比了比手勢。

「繼續說下去，那對父女。」艾督華特蒙席說。

我坐在冰涼的石地上，筋疲力竭，兩臂和雙手累得發抖。「在我最後的夢裡，索爾把蕾秋交給了荊魔神。那是蕾秋要求的，我沒法看到接下來發生了什麼事。時塚當時正在開啟。」

「全部嗎？」杜黑問道。

「我能看到的全部。」

那兩個人彼此對望。

「還有，是不是有這種可能呢？神能由人的意識進化而成，而人卻不知道？」我說，然後我把和烏蒙的對話告訴了他們。

閃電已經停止了，可是雨卻大得讓我都能聽見落在高高穹頂上的聲音。在遠處，一扇沉重的門發出聲響，有腳步聲響起，然後漸行漸遠。會堂深處許願的燭火在牆壁和帳幔前閃動著紅光。

「我教別人說聖德日進認為這是可能，可是如果神只是一個有限的存在，像我們其他的有限存在一樣地進化，那就不對了，那不是亞伯拉罕和耶穌基督的神。」杜黑疲累地說。

艾督華特蒙席點了點頭。「有一種古代的異端……」

「不錯，索齊尼的教派。我聽到杜黑神父向索爾．溫朝博和領事說明過。可是那有什麼關係呢？不管這種力量如何進化，也不管有沒有限制。如果烏蒙說的都是真的，那我們現在要應付的就是一種用類星體來當能源的力量。那可是一個能將眾多銀河系摧毀掉的神呢，兩位。」我說。

「那會是一個摧毀眾多銀河系的神，但不是上帝。」杜黑說。

我很清楚地聽到他所強調的話。「可是如果那是沒有限制的，如果那正是你所寫的那個完整意識的終極點的神，如果那就是和你們從阿奎納⑯之前就爭辯不休，也有多種理論的同一個三位一體呢？可是如果三位一體之中的一部分逃了回來，穿越時間，到了這裡，到了現在，那怎麼辦？」我說。

「可是逃躲的是什麼呢？德日進的神，教會的神，我們的神，就是那終極點的神，其中進化的基督，人格，和宇宙……德日進所謂的『En Haut』和『En Avant』都完美地結合在一起。沒有任何威脅會大到讓其中任何一部分逃躲。不管是假基督，或是理論上的魔鬼勢力，甚至『反上帝』也不可能威脅到那樣一個全宇宙的思想。另外那個神是什麼呢？」杜黑柔聲地問道。

「解圍之神。」我說。我的聲音輕柔到就連我自己也不確定有沒有說出口來。

艾督華特蒙席將兩手合在一起，我以為他準備祈禱，想不到那是他深思和激動的手勢。「可是基督也有過懷疑，基督在花園裡流出血汗，還問是不是要將杯子撤去⑰，如果還有第二次犧牲，有比釘上十字架更可怕的事……那我可以想像得到三位一體中的基督穿過時間，行過一個四度空間的客司馬尼花園，要有幾個小時……或幾年……的時間來考慮。」他說。

「比釘上十字架更可怕的事。」杜黑以沙啞的聲音重複了一遍。

艾督華特蒙席和我都望著那位教士。杜黑為了不受他身上十字形寄生的控制，曾經將自己釘在海柏利昂的一棵有高壓電的特斯拉樹上。在那種東西的再生能力下，杜黑忍受了好多次釘刑和電殛的痛苦。

「不論那 En Haut 意識逃躲的是什麼，一定是最可怕不過的。」杜黑低聲地說。

艾督華特蒙席碰了下他朋友的肩膀。「保羅，把你到達這裡的經過說給這個人聽。」

---

⑯ Thomas Aquinas（1225-1274），中世紀義大利神學家和經院哲學家，他的哲學和神學稱為托馬斯主義。

⑰ 典出《新約聖經》〈路加福音〉第二十二章：耶穌自知行將被捕遇害，在橄欖山客司馬尼花園中禱告說：「父啊，你若願意就把這杯撤去。」……汗珠如大血點，滴在地上。

杜黑從他遙遠的回憶中回到現實，把注意力集中在我身上。「你知道我們的故事，還有所有關於我們在海柏利昂時塚谷裡的詳細情形？」

「我相信是這樣，一直到你失蹤之前。」

那位教士嘆了口氣，用他微微顫抖的細長手指摸了下額頭。「那，也許，也許你能對我怎麼來到這裡，以及我一路上所看到的東西，有些了解。」他說。

杜黑神父說：「我看到第三個穴塚裡有光，就走了進去。我承認當時我心裡有過自殺的念頭，在那十字形殘忍的複製之下，我已經喪失了大半心智，我不想把那個寄生物的作用美稱為復活。

「我看到有光，以為那是荊魔神，我覺得那會是我和荊魔神的第二次相會。第一次接觸是多年前在大裂口下的迷宮裡，荊魔神給我種下了那邪惡的十字形，第二次相見早就該有了。

「我們前一天在搜尋卡薩德上校的時候，這個穴塚很淺，空無一物，只有一面空白的岩牆在我們前方三十步處擋住去路。現在那堵牆不見了，出現了一個類似荊魔神的嘴似的開口，岩石像混雜著機械和有機體的雙重特質般突伸出來，石筍和鐘乳石，尖利得像是石灰石的尖牙利齒。

「穿過那張大嘴之後，是一道石頭階梯往下蜿蜒。光就是從那深處照了上來，一時是蒼白的亮光，接著又轉為暗紅色。那裡別無聲響，只有風的嘆息，好像那裡的岩石在呼吸。

「我不是但丁，我不要找貝雅特麗齊，我短暫的突發勇氣，也許說是幻想會更精確，已經隨著日光消失了。我轉過身去，幾乎是一路跑過那三十步路到了洞口。

「洞口沒有了，路就這樣斷了。我並沒有聽到落石或山崩的聲音，而且，原來應該是出入口的那塊大岩石，看來和洞中其他的岩石一樣古老而未曾移動過。我花了半個小時去找另外一個出口，什麼也沒找到，我不肯再回到石頭階梯那邊，最後在原本是穴塚入口的地方坐了好幾個小時。這又是荊魔神的花招，又是這個詭異星球低級的戲劇性特效。海柏利昂式的笑話。哈，哈。

「在半黑的地方坐了幾個鐘頭，一直看著洞穴盡頭的光在無聲地閃動之後，我發現荊魔神不會到這裡來找我，入口也不會變魔術似地重新出現。我可以選擇坐在這裡餓死，或是更可能的是渴死，因為我已經乾得脫水了，否則只有走下那道該死的階梯。

「我走了下去。

「多年前，其實是好幾輩子之前，我到飛羽高原的大裂口附近去訪視畢庫拉族的時候，我遇到荊魔神的那座迷宮就在峽谷岩壁底下三公里的地方。那算是離地面很近的地方，大部分迷宮世界裡的迷宮至少在地下十公里處。這道陡峭而轉折的螺旋階梯寬得足夠讓十個教士並排一起下地獄，我毫不懷疑這道無休無止的階梯最後會進入一個迷宮。荊魔神先在那裡對我下了不死的詛咒，要是那個怪物或啟動那個十字形的力量懂得什麼叫諷刺，那我的不死之身和我的必死之身都在這裡結束，就再合適也不過了。

「階梯曲折而下，光亮越來越強，一開始是玫瑰色，十分鐘之後是大紅色，再往下走了半個小時，變成了閃動的深紅色。在我看來，這裡實在太過於但丁風格，而且很低俗趣味。想到會有個小魔神出現，尾巴、三叉戟和分趾蹄一應俱全，還留著細細的鬍子，讓我差點笑出聲來。

「但是在我走到深處時，我沒有笑，因為我看見了光的來源：十字形。好幾百、好幾千個，起先很小，貼在階梯粗糙的牆壁上，就像是地下的征服者所留下隨意刻成的十字架，然後大了一些，也更多了些，最後幾乎相互重疊，紅如珊瑚、生肉和血紅色的發光生物。

「這景象讓我作嘔。就像走進一個豎坑裡四壁全是肥滋滋的、蠕動的水蛭，不過這裡的情形更糟。我看過超音波醫檢儀上我自己只附著一個這種東西在身上的模樣，大量的神經節滲進我的肉體和器官，像灰色的纖維，包著抽動單纖維的鞘，一叢叢的線蟲，像可怕的腫瘤，甚至不能讓你以死解脫，現在我身上有兩個：雷納．霍依特的和我自己的。我祈禱死亡，也不願再多上一個。

「我繼續向下走。四壁發出閃光之外，也發出陣陣的熱，究竟是因為深度的關係，還是因為擠了成千上萬個十字形的緣故，我不知道。最後，我走到了最底下一級，階梯到此為止，我繞過最後一塊岩石，就到了那個地方。

「迷宮。一望無際，一如我在無數的光幕上所看過，加上一次親身經歷過的一樣：光滑的地道，距一面側牆有三十公尺，大約是七十五萬年前在海柏利昂地下開鑿而成，在這個星球上縱橫交錯，儼然是一個瘋狂的設計師所設計出來的地下墓穴。有九個世界上有迷宮，其中五個在萬星網裡，其他的，如同這一個，在邊疆星系：所有的迷宮都一模一樣，全都是在過去同一時間挖成，沒有一處找得到為什麼會有這些迷宮的任何線索。傳奇中充滿了迷宮建造者，但是這些神祕的工程師沒有留下一點史前古器物，對於他們的方法或結構沒有一點暗示，也沒有任何理論解釋來為什麼會有這種在銀河系中少見的最大工程計畫。

「所有的迷宮裡全是空的，遙控機器人探測了幾百萬公里由石頭裡開鑿出來的通道，除了因為時間久遠和坍塌而改變了原來的地道之外，所有的迷宮裡全都空無一物。

「可是我現在所站的地方卻不然。

「十字形的光在我望進一條無止境的走道中時，照見如博斯[18]畫裡的場景，那走廊無休無止，卻不是空蕩蕩的。對，不是空的。

「起先我以為他們是一群活人，像一條由頭、肩膀和手臂組成的河流，直直延伸到我目光所及的幾公里外，這道人流偶爾受到阻斷的是停放著的交通工具，全都是同樣的鐵鏽色。在我走向前方，接近距離我不到二十公尺的那道擁擠人牆時，我才發現他們都是屍體。幾萬、幾十萬人的屍體，塞滿了我視線所及的走廊裡，有些四仰八叉地躺在石頭地上，有些撞貼在牆壁上，但大部分都被在迷宮中這個特別路段上塞滿了的屍體給頂了起來。

「在屍體之中有一條路，就好像裝有刀刃的機器切割出來的。我順著走過去，小心地不去碰到一隻伸出來的手臂或瘦弱的足踝。

---

⑱ Hieronymus Bosch（1450-1516），荷蘭畫家，作品多為複雜而風格獨具的聖像。代表作有《天堂樂園》《聖安東尼的誘惑》等。

「那些都是人的屍體，大部分還穿著衣服，因為長久在這個沒有細菌的地穴中腐化緩慢而成了乾屍。皮和肉乾了，繃緊了，像破棉布似地撕開了，最後包覆的只有骨頭而已，而且常常連骨頭也沒有。毛髮留著，像灰塵滿布的煤焦油上長的黴，硬得像上了油漆的塑性纖維。張開的眼皮下和兩排牙齒間露出的是漆黑。身上原先想必是五顏六色的衣服，現在都成了棕色、灰色或黑色，像薄石片上飄下的蜘蛛網一樣易碎。因為時間久遠而融成一團團留在他們手腕或頸上的，是原先可能是通訊記錄器或那一類的東西。

「那些大型的車輛以前很可能是電磁車，可是現在卻是一堆堆的鏽鐵。走了近一百公尺，我絆了一下，為了不由那一公尺寬的路上跌進滿地的屍堆裡，我伸手撐住一架全是曲線和暗色泡泡的大機器，那一大堆鏽鐵整個垮了下來。

「我像古羅馬詩人維吉爾似地遊蕩著，沿著那條由腐爛人肉之間開出來的可怕小路往前走，一面思考為什麼讓我目睹這場景，究竟有何意義。在成堆死屍之間蹣跚走了不知多久，我到了一個地道交叉路口，前面的三條走道中都塞滿了屍體。那條延續在迷宮中的小徑位於我的左邊，我繼續順路走去。

「幾個小時過去了，也許更久一點，我停下來，坐在穿行在恐怖中的那條狹窄石頭小路上。如果說，這一小段地道裡就有數以萬計的屍體，那麼海柏利昂迷宮中的屍體想必有幾千萬具。也許還不止。九個有迷宮的世界加在一起的話，想必是一個有幾兆屍體的大墓穴了。

「我不知道為什麼讓我看這靈魂終極的所在。靠近我坐著的地方，一具像木乃伊的男屍仍然用他白骨的手臂護著一具女子的屍體，而且她懷裡的包裹，上面長著短短的黑髮，我別開臉哭了起來。

「我是個考古學家，曾經挖掘過遭到處死、洪水、火災、地震和火山爆發的受難者遺骸。這種全家人在一起的情形對我而言並不新奇，他們是歷史的必要之惡，但是這卻特別可怕，也許是因為數目太過龐大，一次大屠殺中死了幾百萬。也許是因為有那麼多十字形發出令人失魂的光亮，鋪滿了地道兩側，就像成千上萬褻瀆性的惡劣笑話，也可能是因為穿過無休無止地道的風的號哭聲。

「我的生命和教誨，以及受苦，還有些小小的勝利與無數的挫敗使我來到這裡，拋開了信仰、關懷，以及單純的、彌爾頓式的挑戰，我覺得這些屍體在這裡有五十萬年以上，但這些人本身卻是來自我們的時代，或者更糟的是，來自我們的未來。我低下頭，兩手掩面，慟哭失聲。

「並沒有什麼搔爬之類真正的聲音使我警覺，但就是有點什麼，有什麼東西，也許是空氣中有什麼動靜，我抬起頭來，看到荊魔神就在面前，離我不到兩公尺遠。不是在那條小路上，而是在死屍堆中：像一座為彰顯這個大屠殺的建築而設立的雕像。

「我站了起來。我絕不會在這個可惡的東西面前坐著或跪著。

「荊魔神向我移來，像是滑行而不是走動，就如同在一條毫無摩擦力的軌道上般滑了過來。那些十字形所發出的血紅色的光流瀉在它水銀般的外殼上，照著那不變的獰笑，鋼鐵的鐘乳石和石筍。

「我不想對那東西暴力相向，只感到悲哀和可怕的憐憫。不是為了荊魔神，不管它究竟是什麼鬼東西，而是為了所有的受害者，那些孤單而毫無一絲信仰的人，必須面對這個噩夜恐怖的化身。

「在這樣近到不足一公尺的地方，我第一次注意到荊魔神四周有一股氣味，一股混雜了惡臭的油、過熱的機械，以及乾血的臭味。它兩眼中的紅焰悸動著，節奏完全和十字形亮光的強弱相合。

「多年前我不相信這個怪物是超自然的，是善或惡的象徵，認為那只是這個宇宙中深不可測而看來毫無道理的自然生物所產生的異變：是進化所開的一個可怕玩笑。聖德日進最糟的噩夢。但仍然是一樣東西，會遵守自然的規律，即使扭曲到某種程度，但終究是要受到宇宙中某時某地的規矩限制。

「荊魔神向我舉起手臂，將我環抱住，四隻手腕上的鋒刃都比我的手要長得多，胸前的鋒刃也比我的前臂長。我正視著它的兩眼，它那雙纏有剃刀鋼絲和鋼鐵彈簧的手臂圍住我，另一雙手臂則慢慢地繞過來，伸進我們之中小小的空間裡。

「如刀刃的手指張開來。我畏縮了一下，但是並沒有後退，那些鋒刃往前伸，插進了我的胸口，疼痛就如冰冷的火，像外科手術的雷射刀劃開神經。

「它退後一步，手裡抓著一個被我的鮮血染得更紅的紅色東西。我一個踉蹌，一半以為會看到我的心臟在那怪物的手裡：最後的可笑場景，一個死人眨著眼，吃驚地看著他自己的心臟，就在血由他那不敢置信的腦子裡流乾之前的幾秒鐘裡。

「可是那不是我的心臟，荊魔神手裡拿著的是我胸前附著的那個十字形。我的十字形。那個儲放了我死不了的ＤＮＡ的寄生物。我又踉蹌了一下，幾乎跌倒，我伸手去摸胸口，手指上沾滿了血，可是並不像這樣的手術會引起的大量出血，而傷口就在我眼前癒合起來。我知道那個十字形在我全身長滿了根莖和纖維。我知道沒有任何雷射手術刀能把那些致命的血管和霍依特神父的身體切割開來，我的身體也一樣。可是我感覺到自己的身體痊癒了，那些體內的纖維枯萎消褪得成為最小的一點體內的傷疤。

「我身上仍然帶著霍依特的十字形。可是那不一樣。等我死了，雷納．霍依特會再由這重組的肉體中復活，我會死掉，不會再有保羅．杜黑可憐的複製品，一代又一代地越來越愚蠢，越來越沒活力。

「荊魔神沒有殺我，卻讓我能死亡。

「那個怪物把那變冷的十字形丟進屍堆中，伸手抓住我的手臂，用的是那毫不費力就能割進三層衣物的力氣，而我的手臂在一接觸之下，立即血流如注。

「它帶路穿過屍體走向牆邊。我跟著它，盡量不踩著屍體，但匆忙中還要注意不讓自己的手臂被割斷，實在很難做到，很多屍體因此化為塵土，我在其中一具屍體坍塌的胸前留下了我的腳印。

「然後我們到了牆前，那一塊地方突然完全沒有十字形。我發現那是一個由力場護衛著的開口，大小和形狀都不像標準的傳送門，但是在能量的聲響上倒相當類似。只要能讓我脫離這個貯放死亡的地方，什麼都可以。

「荊魔神把我推了出去。」

「零重力。一座破碎艙板的迷宮，糾纏在一起的線路飄浮著，像是某種巨大生物的腸子。紅燈閃爍。一時之間，我以為這裡也有很多十字形，可是緊接著就發現那是一個行將完全毀損的太空船中的警示燈。所有的碎片正在不熟悉的零重力環境中翻滾，而有更多的屍體也在旁邊翻滾過去，這裡的不是乾屍，而是剛死的，新近喪命的，嘴張著、眼睛瞪著、肺部擴張、雲狀的血隨著這架摧毀的霸軍太空船中隨意流動的空氣而起伏。

「那的確是一艘霸軍的太空船，我很確定。我看到那些年輕人的屍體上穿著霸聯宇宙軍的制服。我看到艙板和艙門上的軍方用語，在那些毫無作用的緊急閥門上所寫的那些無用的指令。他們的緊身甲冑和尚未膨脹的壓力球都還摺放在架子上。不論摧毀這艘船的是什麼，顯然在黑夜中來得十分突然。

「荊魔神出現在我身邊。

「荊魔神在太空裡！脫離了海柏利昂和時間的束縛！很多這樣的船上都有傳送門！

「在離我不到五公尺的走廊裡就有一道傳送門。一具屍體朝那裡翻滾過去，那個年輕人的右手伸進那不透明的力場，好像在試探另外一邊世界的水。空氣在通道中衝了出來，發出尖叫般的聲音。快走！我慫恿著那具屍體，但是壓力差卻將他吹離了傳送門，他的手臂意外地毫無損傷，又縮了回來，不過他的臉卻有如一個解剖學者的面罩。

「我轉向荊魔神，這個動作使我向另外一邊轉了半圈。

「荊魔神將我舉起，鋒刃割開了我的皮膚，它將我沿著走廊向傳送門丟去。就算我想改變方向也辦不到。在我穿過那發著輕響的傳送門前幾秒鐘裡，我想像著另外一邊是真空，會從極高的地方墜落，身體爆炸，或是最壞的情況，再回到那迷宮裡。

「沒想到，我翻滾了半公尺落在大理石地上。在這裡。離這一點不到兩百公尺的地方，在教宗厄本十六世的私室中，在教宗本人因年老而去世了三個小時之後，我穿過了他私人的傳送門，新梵諦岡稱之為『教宗之門』。我感受到遠離了那十字形的源頭、離海柏利昂那麼遙遠的痛苦，可是痛苦已經是我的老朋友了，不再對我有任何影響。

「我找到了艾督華特。他很仁慈，聽我把一個耶穌會教士從來不曾聽過的故事說上幾個鐘頭。他更仁厚的地方是相信我的話。現在你也聽到了，那就是我的故事。」

暴風雨過去了。我們三個人坐在聖彼得大教堂的穹頂下，就著燭光，有好一陣子什麼話也沒說。

「荊魔神到了萬星網。」我最後說道。

杜黑平視著我。「是的。」

「想必是在海柏利昂太空有什麼船艦……」

「看起來是這樣。」

「那我們也有可能回到那裡去吧。用那個教宗之門，回到海柏利昂。」

艾督華特蒙席挑起了一邊眉毛。「你希望這樣做嗎，席維倫先生？」

我咬著指關節。「我的確考慮過這件事。」

「為什麼？你的另外一個分身，就是布瑯・拉蜜亞帶去朝聖的那個模控人格，在那裡只找到死亡。」蒙席溫和地問道。

我搖了搖頭，好像要藉著這個簡單的動作釐清我混亂的思想。「我也是這裡面的一部分。只是我不知道該演什麼角色，或是到哪裡去演出。」

保羅．杜黑乾笑了一聲。「我們都知道這種感覺。這就好像蹩腳的編劇對宿命的討論。自由意志到哪裡去了？」

蒙席以凌厲的眼光看了他朋友一眼。「保羅，所有的朝聖者，包括你自己，都碰到要以自己的意志來作選擇。天意的力量也許可安排事件的大方向，但每個人還是可以決定他自己的命運。」

杜黑嘆了口氣。「也許是這樣，艾督華特。我不知道。我很累了。」

「如果烏蒙說的是真的，如果這個人類的神的第三部分真的逃到我們的時代，你想會在哪裡？會是誰呢？在萬星網裡有千億人呢。」我說。

杜黑神父微微一笑。他的笑容很溫柔，完全沒有諷刺的意味。「你有沒有想過可能就是你自己呢，席維倫先生？」

這個問題像摑了我一巴掌似地。「不可能。我甚至不是一個完全的人類。我的意識飄浮在智核的母體中某個地方，我的身體是由約翰．濟慈的ＤＮＡ殘餘重建而成，而且有像生化人一樣的生理結構，記憶是移植的。我生命的結束，我之由肺癆中『恢復』過來，全都是在為這個目的所建立的世界上模擬出來的。」我說。

杜黑仍在微笑。「那又怎麼樣？其中有什麼讓你不能成為同情的化身嗎？」

「我並不覺得自己是什麼神的一部分。我什麼也不記得，什麼也不了解，也不知道下一步該怎麼辦。」我厲聲地說。

艾督華特蒙席用手搭在我的手腕上。「我們能確知耶穌基督一向都知道下一步該怎麼辦嗎？他知道該做哪些事，那和知道該怎麼做卻是兩回事呢。」

我揉了揉眼睛。「我甚至不知道哪些事是該做的。」

蒙席的聲音很平靜。「我相信保羅的意思是說，如果你說的那個靈物真的藏在我們這個時代裡，它很可能也不知道自己的身分。」

「這太瘋狂了。」我說。

杜黑點了點頭。「海柏利昂上面和周遭的事情大部分看來都很瘋狂。瘋狂似乎是越來越普遍了。」

我仔細地看著那個耶穌會教士。「你倒是那個化身的上好候選人。你一輩子都在祈禱，研究神學，而且是個了不起的考古學家。何況，你也上過了十字架。」我說。

杜黑的微笑消失了。「你有沒有聽到我們在講什麼？你有沒有聽到我們話裡那些褻瀆的意思？我不是神格的候選人，席維倫。我背叛了我的教會、我的科學，現在我的失蹤也背叛了我那些朝聖團的朋友。耶穌基督可能有幾秒鐘的時間喪失了他的信仰，卻從不曾在市場上為了一點點自我和好奇而出賣他的信仰。」

艾督華特蒙席命令道：「夠了，如果未來完成的同情化身的身分是謎，不妨在你的小小受難記裡相關的人當中去想有哪些人有這種可能吧，席維倫先生。那位首席執行官，葛萊史東女士，肩負霸聯的重擔。朝聖團的其他成員，賽倫諾斯先生，根據你告訴保羅的話來看，就連現在也還為了他的詩而在荊魔神的樹上受苦。拉蜜亞小姐冒了那麼多的危險，失去了那麼多的愛。溫朝博先生，陷入亞伯拉罕的困境，還有他的女兒，回歸到孩童的純真。至於領事，他……」

「領事看起來像猶大，不像耶穌基督，他背叛了霸聯和驅逐者雙方。那些人都以為他是為他們工作。」我說。

「依保羅跟我的觀點，領事很忠於他的決心，忠於對他祖母西麗的記憶。」蒙席微微一笑。「何況，在這齣戲裡還有千億個其他演員。上帝沒有選希律王[19]或彼拉多[20]或是奧古斯都皇帝[21]來作祂的工具。祂選了羅馬帝國一處偏遠地方一個無名木匠的兒子。」

「好吧，我們現在怎麼辦呢？杜黑神父，你必須和我去見葛萊史東。她知道你朝聖的事。也許你說的事情可以有助於避免看來迫在眉睫的腥風血雨。」我說著站起身來，在祭壇下方那閃亮的嵌瓷畫前踱來踱去。

杜黑也站了起來，兩手抱在胸前，望向穹頂，好像上面的黑暗中藏著給他的指令。「我想過這件事，可是我不覺得那是我第一件該做的事。我需要到神之谷去和他們相當於教宗的人，世界之樹真言者談一談。」他說。

我停下腳步。「神之谷？那和這一切有什麼關係？」

「我認為在這個痛苦的謎語中，聖堂武士可能是某些欠缺要件的關鍵。現在你說海特．瑪斯亭已經死了。也許真言者可以向我們說明他們對這次朝聖原先有什麼計畫，以瑪斯亭所說的那些來說，他是七個原始朝聖團成員中唯一沒有說過他為什麼到海柏利昂的人。」

我又開始走著，而且加快速度，希望能忍住心中的怒氣。「天啊，杜黑。我們沒時間再來查這種無聊的事，現在只剩……」我看了一下通訊記錄器。「一個半小時，驅逐者的船群就要入侵神之谷星系了。那裡想必亂成了一團。」

「也許吧。可是我還是想先到那裡去，然後我會去和葛萊史東談。她也許會准我再回海柏利昂去。」那位耶穌會的教士說。

我哼了一聲，很懷疑那位首席執行官大人會讓這樣珍貴的情報來源再去涉險。「那我們就走吧。」我說著轉身找路出去。

「等一下。你剛剛說你有時候即使醒著也能『夢到』那些朝聖者。那是一種出神的狀態，是嗎？」

---

⑲ Herod Agrippa，希律．亞基帕一世（10?BC-44AD），猶太國王，擁戴羅馬帝國，鎮壓猶太的天主教徒。

⑳ Pontius Pilate，羅馬猶太巡撫，主持對耶穌的審判，並下令將耶穌釘死在十字架上。

㉑ Caesar Augustus（63BC-14AD），羅帝國第一代皇帝。

杜黑說。

「有點像那樣。」

「呃，席維倫先生，請你現在就夢到他們吧。」

我吃驚地瞪大了眼睛。「在這裡？現在？」

杜黑朝他的椅子比了比手勢。「勞駕。我希望知道我那些朋友的命運，而且這些消息也許在我們去見真言者和葛萊史東女士的時候都非常珍貴。」

我搖了搖頭，但還是在他讓出來的椅子上坐了下來。「也許辦不到。」我說。

「反正我們也沒什麼損失。」杜黑說。

我點了點頭，閉上眼睛，靠坐在那張並不舒服的椅子上。我始終感覺到另外那兩個人盯著我看，注意到微微的薰香和雨水的氣味，還有我們四周發出回聲的空間。我確定這樣絕不可能有用，我的夢境並不是近到我只要閉上眼睛就能召來。

有人盯著我的感覺漸漸消退，那些氣味逐漸遠去，而空間感放大了一千倍，我回到了海柏利昂。

H 35

一片混亂。

三百艘太空船在驅逐者船群強大的火力下由海柏利昂星系撤退，像人碰到蜂群攻擊時那樣逃開。

軍方傳送門附近有如瘋人院，交通控制系統超載，太空船就像是天崙五交通壅塞時的電磁車一樣擠成一團，在驅逐者戰艦追擊下脆弱得有如鵪鶉。

所有的出入口也狂亂無章：霸軍的太空船像窄道裡的羊似地排成一列，由被切斷的莫德雅繞到往外走的傳送門。船艦跳躍進入希伯崙，有一些轉送到天堂之門、神之谷、無涯海洋星、艾斯葵司。現在只剩幾個小時，驅逐者船群就會進入萬星網了。

混亂的是數以億計的難民由受威脅的各個世界傳送出去，進入城市和收容中心，並因開戰引起的莫名激動而陷入半瘋狂狀態。混亂的是未受威脅的萬星網世界發生暴動：在盧瑟斯有三處蜂巢住宅區，將近七千萬公民，因為荊魔神教的暴動而遭到隔離、三十層的商場受到洗劫、公寓大樓被暴民占據、匯集中心遭到炸毀，而傳送門站也受到攻擊。自治議會向霸聯求助，霸聯宣布戒嚴，派出霸軍陸戰隊將那些蜂巢封鎖。

新地球和茂宜—聖約星發生分離主義者的暴動。平靜了四分之三世紀的葛藍儂—海特的保皇黨，在塔里亞、亞瑪迦斯特、諾德荷姆和里三等地發動恐怖攻擊。青島—西雙版納和文藝復興星也有荊魔神教的暴動。

奧林帕斯霸軍指揮部把由海柏利昂撤回的戰鬥部隊送到萬星網的各個世界，派到受威脅星系的火炬船上的爆破小組回報，已在傳送門的奇異點安裝摧毀線路，只等天崙五下令。

「還有個更好的辦法。」艾爾必杜資政告訴葛萊史東和戰情會議成員。首席執行官轉過身來對著這位智核的大使。

「有一件武器，可以消滅驅逐者而不會傷及霸聯的資產，也不會傷到驅逐者的資產。」

莫普戈將軍哼了一聲。「你說的是等於一根騾死棒的炸彈。不成的。霸軍的研究人員已經證明遺毒會永遠存留，除了這事不光明正大，違反了新武士道規範之外，也可能連各星球上的居民和入侵者一起消滅。」他說。

「一點也不會，只要霸聯公民掩護妥當，根本不會有傷亡。你們也知道，騾死棒能測量出特定的腦波波長。騾死彈也可以根據同樣的原理來設計製作。家畜、野獸，甚至於其他類似人類的族群都可以不受影響。」艾爾必杜說。

霸軍陸戰隊的范捷特將軍站了起來。「可是根本不可能掩護所有的人口！我們的試驗證明騾死彈的重激中子能穿透實心的岩石或金屬，深度可達六公里。沒有人有那樣的掩體！」

艾爾必杜資政的投影將兩手交放在桌上。「我們在九個世界上有可以容納幾十億人的這種掩體。」

他柔聲說道。

葛萊史東點了點頭。「迷宮世界，可是這樣將大量人口轉移也是不可能的。」她低聲說。

「不然，現在你們已經把海柏利昂納入領地。每個迷宮世界都有傳送的能力，智核可以安排將人口直接傳送到那些地下掩體之中。」艾爾必杜說。

在長會議桌四周響起雜亂的話語聲，但梅娜．葛萊史東專注的視線始終沒有離開艾爾必杜的臉。她舉手要大家安靜，然後說道：「再多說明一下，我們很感興趣。」

領事坐在一棵低矮內維爾樹小小的樹蔭下等死。他的雙手被一條塑性纖維綁在背後。他的衣服撕爛了，還是濕的，臉上的水有部分是河水，但大部分是汗水。

站在他面前的兩個人剛搜完他的帆布袋。「媽的，裡面的東西不值一個屁，只有這把操他媽的老古董手槍。」第一個人說，並把布琊．拉蜜亞父親的那把武器插在皮帶裡。

「嘸弄到那他媽的灰毯真太可惜了。」第二個人說。

「那到最後飛行得嘸什麼好哩！」第一個人說道，然後兩個人都大笑起來。

領事斜眼看著那兩個大漢，落日映照出他們穿著盔甲的側影，他由他們的口音猜是鄉下人，從他們有點過時的霸軍緊身甲冑、沉重的多功能戰鬥用槍、破爛的迷彩裝看來，他猜他們是某個海柏利昂自衛軍單位的逃兵。

而從他們對他的態度看來，他確信他們會殺了他。

起先，在還沒由掉入胡黎河裡的驚嚇中恢復過來，也仍然被將他與帆布袋以及那無用的獵鷹飛毯綁在一起的繩索纏繞著時，他以為那兩個人是他的救星。領事直摔落進水裡，在水下的時間長到讓他覺得不可能沒給淹死，剛冒出水面，又被一股很強的水流，再是纏繞的繩索和那條飛毯帶到了水底，那是一場極為勇敢卻節節敗退的戰爭。在他離淺水還有十公尺的地方，那兩個從有刺的樹叢中走出來的男人裡，有一個丟了根繩子給領事。然後他們痛打他一頓，搶了他的東西，將他綁住，而從他們那種認真的樣子看起來，現在正準備割開他的喉嚨，把他丟著餵那些先來的鳥。

兩個人裡比較高的那個，一頭油油的亂髮，蹲在領事面前，將一把開了刃的陶刀從刀鞘裡抽了出來。「有啥最後的遺言麼，老爹？」

領事舔了下嘴唇。他看過上千部電影和電視，在那些片子裡面，這時候正是主角由底下將他對手的兩腿絆倒，一腳把那傢伙踢昏，抓起武器，把另外那個一起幹掉，而且還是用被綁著的兩手開槍，然後繼續他的冒險生涯。可是領事一點也不覺得自己會像個英雄式的主角，他已經筋疲力盡，又是人到中年，還因為掉進河裡而全身疼痛。這兩個人都比他瘦、比他壯、比他快，顯然也比他要狠多了。他目睹過暴力，甚至還使用過暴力，但是他的生活和訓練都只在於雖然緊張但很平靜的外交之路上。

領事又舔了下嘴唇說：「我可以付錢給你。」

蹲著的男人微微一笑，把刀子在離領事兩眼五公分的地方來回晃動著。「拿啥來付呀，老爹？咱們已經拿到了你的通用卡，那玩意在這可屁也不值一個。」

「金子。」領事說，知道這是千百年來唯一始終有它力量在的兩個字。

蹲著的男人沒有反應，他望著刀刃時，眼中流露出病態的神色，但是另外那個人走上前來，把一隻大手搭在他同夥的肩膀上。「你說啥？老兄？你哪來的金子？」

「在我船上，貝納瑞斯號。」領事說。

蹲著的男人把刀舉到自己的臉頰旁邊。「他騙人，齊子，貝納瑞斯號就是那艘魟魚拖著的老平底駁船。是咱們三天前幹掉的那些青皮傢伙的。」

領事閉上了眼睛，感到一陣噁心，但還是強忍下來。貝提克化生和其他的生化人船員在不到一個禮拜之前，船停泊的時候離開了貝納瑞斯號，往下游走向「自由」時，顯然碰到了別的。「貝提克化生，水手長，他都沒提起金子的事嗎？」他說。

拿刀的那個男人咧嘴獰笑。「他倒是發出了好多聲音，可沒說啥話，他說那船是他媽的要去邊緣城。我想呢，又沒魟魚拖著，哪能去那麼遠。」

「閉嘴，歐兵。」另外那個人蹲到領事前面。「你怎麼會有金子在那條老駁船上，老兄？」

領事抬起臉來。「你們不認得我嗎？我是霸聯駐海柏利昂的領事，做了好多年了。」

「嗨，你他媽的少唬弄咱們……」拿刀的那個男人開口說道。可是另外那個打斷了他的話：「對呀，老兄，我記得小時候在光幕上看過你的臉，現在天都塌下來了，你還帶著金子到上游去幹啥呀，霸聯的老兄？」

「我們原先是要去避難的……時光堡。」領事說。他盡量不說得太急切，但同時也很感激能活著的每一秒鐘。為什麼呢？有一部分的他想道：你都已經活得厭煩，準備要死了。可是不是這樣死法。因為索爾和蕾秋，還有其他人需要他的幫助。

「海柏利昂有幾個最有錢的人，負責疏散的單位不讓他們把金子帶走，所以我答應幫他們存放在時光堡的保險箱裡，那是在馬轡山脈北方的一個老城堡。我可以賺佣金。」他說。

「你真操他媽的瘋了！北方那裡全是荊魔神的天下了。」拿刀的那個男人嘲笑道。

領事低下了頭，現在不需要再掩飾他的疲憊和挫敗感。「我們也發現了。那些生化人船員上禮拜全跑了，有些乘客給荊魔神殺了。我一個人往下游來。」

「全是狗屁話！」拿刀的男人說。他眼裡又露出那種病態而恍神的表情。

「等一下，那條所謂的黃金船在哪裡呀，老頭子？」他的同夥說。他狠狠地摑了領事一耳光。

領事嘴裡嚐到血的味道。「在上游，不在河上，而是藏在一條支流裡。」

「是啊，我說這全是放屁，我說咱們是在浪費時間。」那個拿刀的人說著，把刀子平貼在領事的脖子邊。他不需要劃破領事的脖子，只要把刀鋒轉一轉就行了。

「等一下，在多遠的地方？」另外那個叱喝道。

領事想了一下，他在過去一、兩個小時裡所經過的那幾條支流。太陽幾乎已經貼到西邊的那一排枯樹。「就在卡爾拉水閘上面。」他說。

「那你為啥不坐船下來，要用你那玩具似的東西飛過來呢？」

「想要找人幫忙，那裡有太多……沿岸有太多強盜，乘船好像太冒險了。獵鷹魔毯比較安全。」領事說。腎上腺的分泌已經減退了，他現在只感覺到近乎絕望的疲倦。

那個叫齊子的大笑起來。「把刀收起來吧，歐兵。我們往上游走一點吧，啊？」

歐兵跳了起來。刀子仍然拿在手裡，可是現在刀鋒還有他的怒氣全指向他的同夥。「你給操昏了，老兄，呃？你兩個耳朵當中的腦袋瓜子裡裝的全是大便，呃？他一直在唬弄，免得送了狗命。」

齊子既沒眨眼，也沒後退。「沒錯，他可能是在騙人，也沒關係，呃？閘門反正離咱們要走的路不過半天腳程，呃？沒船，沒金子，你割了他的喉嚨，呃？只能慢走，走斷腿，要是有金子，你還是可以用刀子幹你要幹的事，只不過成了闊人，呃？」

歐兵在憤怒和理智之間搖擺不定，然後轉向一邊，用他手裡的刀劃過一棵有八公分粗的樹幹。他還有時間轉回身來蹲在領事面前，地心引力才讓那棵樹知道自己給砍斷了，整棵樹向後倒向河邊，枝椏砰然墜地。歐兵一把扭住領事濕濕的襯衫前胸。「好吧，咱們去看看那裡有啥。霸聯來的老兄。要再囉唆、逃跑、跌跌倒倒的，我就會割了你的手指頭跟耳朵，當作練習。呃？」

領事踉蹌站了起來，三個人往回走進灌木和矮樹林裡，領事走在齊子背後三公尺的地方，跟他後方的歐兵也差不多同樣距離，往他來的路走回去，遠離了城市和他的船，還有拯救索爾和蕾秋的機會。

一個鐘頭過去了。領事想不出到了那條支流卻找不到那條船時，有什麼對策。齊子好幾次揮手要他們安靜，躲起來。一次是聽到小鳥在枝葉間撲翅的聲音，另外一次是河那邊有些響動，可是沒有一點人跡，也沒有任何救援的跡象。領事回想起沿河那些燒毀的建築物，空無一人的小屋和空蕩蕩的碼頭。害怕荊魔神、害怕在疏散行動中落後而落入驅逐者手裡，還有幾個月來受到自衛軍不良分子的騷擾，使這個區域成了無人地帶。領事想出各種藉口和拖延的方法，又都丟在一邊。他唯一的希望就是他們會走近閘口，到時候他就能跳進既深又急的水流裡，在兩手綁在背後的情況下，盡量讓自己浮在水面上，最後再想辦法躲進那下面如迷宮一般的小島之間。

只不過，就算兩手沒有被綁住，他也累得無力游泳，而那兩個人所帶的武器又可以輕易鎖定目標，就算他比他們早十分鐘逃進水道和小島中間也一樣。領事已經累得不那麼機靈，也老得不那麼勇敢了。他想到自己的太太和兒子，多年前就是死在像這兩個傢伙一樣卑鄙下流的那些人轟炸布列西亞的時候。領事唯一的遺憾是沒能守約去救其他的朝聖者。為這件事難過，也為無法看到最後的結果而遺憾。

歐兵在他後面發出輕蔑的語聲。「狗屎啦，齊子，呃？你看咱們壓著他，用點刑讓他招了怎麼樣？呃？然後咱們自己去找那條駁船。如果真有那麼條船。」

齊子轉過身來，把流進眼睛裡的汗水擦掉，沉吟地皺起眉頭來看著領事，說道：「嗨，是呀，我想要節省時間跟不鬧得雞飛狗跳，你說的辦法好，不過，要讓他完全講清楚，呃？」

「沒問題。」歐兵獰笑著，把槍背好，刀子伸了出來。

「不許動！」上方響起巨大的聲音。領事跪倒在地，兩個前自衛軍強盜以熟練的動作飛快地將背著的武器取了下來。一道閃光，一陣巨響，周遭的枝葉和沙塵橫掃而過，領事抬起頭來，正好看見雲層滿布的黃昏天空一陣波動，就在雲層下方，感覺上有重量從上面壓了下來，然後齊子舉起他的步槍，歐兵以槍瞄準，緊接著三個人全都倒了下來，撲向前方，不像被槍擊中的士兵，也不像彈道學裡等式中所有的後座力，而是像歐兵先前揮刀斬斷的那棵樹似地倒了下來。

領事臉朝下倒在沙土和石頭裡，兩眼圓睜躺在那裡，無法眨眼。

震撼武器，他想著，只覺得思想如廢油似地滯留不前，一陣旋風颳起，一個他看不見的龐然大物降落在地上那三具人體和河岸之間。領事聽見有艙門在嗡嗡聲響中開啟，還有渦輪停止轉動時的輕響。他仍然無法眨眼，更無法抬起頭來，他的視野局限在幾顆卵石、一片沙丘、一小堆草叢，還有一隻忙碌的螞蟻，在這樣近的距離，顯得很巨大，似乎突然對領事那隻濕潤卻無法眨動的眼睛大感興趣。那隻螞蟻轉身快速爬過自己和那濕潤的好東西間的半公尺距離。領事在心裡對他背後不慌不忙的腳步聲想道：趕快！

兩手托住他腋下，哼了一聲，一個聽來很熟悉但正在用力的聲音說：「媽的，你長胖了。」

領事的腳後跟在地上拖著，壓過齊子抽動的手指，也或許是歐兵的。領事沒法轉頭去看他們的臉，也看不到救他的人，然後他給抬了起來，耳邊響起一連串哼哼唧唧的咒罵聲，拖進了除去偽裝的浮掠機右舷艙門，推入那長長的、軟皮製的客用座椅。

席奧．連恩總督出現在領事的視野中，在艙門關閉後，機內的紅燈照著他那張帶點魔性的娃娃臉。「對不起，我不得不連你帶那兩個傢伙一起擊倒。」這個年輕男人俯過身來，把安全帶在領事胸前綁好。席奧坐直了身子，給自己扣好安全帶，然後扳動控制桿。領事感到浮掠機一陣晃動，然後升空。略一盤旋，然後像一個在毫無摩擦力表面上的盤子似地轉向左邊。加速度使得領事貼緊了座椅。

「我沒有選擇的餘地。這類飛機上唯一准許攜帶的武器，只有防制暴動中使用的震撼槍，而最方便的辦法，就是以最低的能量把你們三個全部打倒之後，再趕快把你救出來。」席奧在浮掠機內部的微弱噪音中說。席奧用他熟悉的一指功夫將鼻子上的眼鏡往上一推，轉過臉來對領事咧嘴一笑。「外籍傭兵之間的老話——『把他們全殺光，讓上帝去分他們誰是誰。』」

領事勉強動了動舌頭，發出一點聲音，也流了點口水在臉上和皮座椅上。

「放鬆一下，兩、三分鐘之後，你就可以清楚說話了。我現在維持得很低，飛得很低，所以大約十分鐘就能回到濟慈市了。」席奧說著把注意力轉回到儀器和外面的景象上。席奧朝他的乘客看了一眼。「你運氣很好，長官，你想必體內缺水，那兩個傢伙倒下去的時候尿濕了褲子。震撼槍是很人性的武器，可是如果你手邊沒有可以替換的褲子，也挺令人尷尬的。」

領事想對這件「人性的」武器表示意見。

「再等一、兩分鐘，長官，我應該先警告你，震撼力消褪的時候是會有點不舒服的。」席奧．連恩總督說著，伸手用一塊手帕擦了下領事的臉頰。

就在這時候，領事只覺得有人朝他身上插了好幾根細針。

「你他媽的是怎麼找到我的？」領事問道。他們在城市上空數公里處，仍然飛在胡黎河上，他已經坐起身來，說話也多少清楚了，但領事很慶幸在他必須站起來或走動之前，還能有幾分鐘的時間。

「什麼，長官？」

「我說，你是怎麼找到我的？你怎麼可能知道我順著胡黎河回這裡來了？」

「首席執行官用超光速通訊器通知我，用的是領事館裡舊的那具單次通訊器，是極密件。」

「葛萊史東？葛萊史東又怎麼會知道我在胡黎河上遇到麻煩？我把西麗祖母的通訊記錄器留在山谷裡了，好讓我在到了船上之後可以和其他的朝聖者連絡。葛萊史東怎麼會知道？」領事正甩著雙手，讓那些像橡皮香腸似的手指恢復知覺。

「我不曉得，長官，可是她明白指示你所在的位置，還說你遇上了麻煩。她甚至還知道你乘坐獵鷹魔毯失事。」

領事搖了搖頭。「那位女士真有我們作夢也想不到的消息來源呢，席奧。」

「是的，長官。」

領事看了看他的朋友。席奧．連恩在新領地海柏利昂擔任總督已經有當地時間一年了，但是老習慣很難改掉。「長官」這個稱謂來自於他在領事手下擔任過副領事和首席助理長達七年。這個年輕人，雖然現在也不那麼年輕了，領事想道：重責大任使那張年輕的面孔增添了很多的皺紋。他最後一次見到席奧時，席奧對領事不肯接下總督一職非常憤怒，而那看起來就像一個多禮拜以前的事，也像好多年以前的事。

「對了，謝謝你，席奧。」領事字斟句酌地說。

總督點了點頭，顯然在想著心事。他沒有問領事在山脈以北看到些什麼，也沒問到其他朝聖者的命運如何。在他們下方，胡黎河變寬了，彎向首都濟慈市。遠處兩側聳立著低矮的峭壁，花崗石壁在暮色中發著微光。一叢叢長青樹在微風中抖動。

「席奧，你怎麼可能有時間親自來找我？海柏利昂的情勢想必已是一團亂了。」

「的確如此，大概再過幾個鐘頭……說不定再過幾分鐘……驅逐者就要真正入侵了。」席奧命令自動駕駛系統接手，轉身望著領事。

領事眨了下眼睛。「入侵？你是說著陸嗎？」

「一點也不錯。」

「可是霸聯的艦隊……」

「完全一團混亂，他們都很難擋得住驅逐者船群入侵萬星網了。」

「萬星網！」

「整個星系就要淪陷了。其他地方受到威脅，霸軍下令艦隊通過軍方傳送門回去，可是顯然那些在星系裡的船艦發現實在難以脫身。沒人告訴我細節，可是很明顯地，除了霸軍在各星球和傳送門外圍設立的防衛圈，其他地方都已經落入驅逐者手裡了。」

「太空港呢？」領事想到他那艘美麗的船成了一堆殘骸。

「還沒有遭到攻擊，可是霸軍一直趕忙把登陸艇和補給船給撤出去，只留下陸戰隊的基本戰力。」

「疏散計畫呢？」

席奧大笑起來。領事從來沒聽過這個年輕人發出如此難過的聲音。「疏散計畫就看最後一艘撤出的登陸艇上能裝得下多少官員和霸聯的大人物。」

「他們放棄拯救海柏利昂的人民嗎？」

「長官，他們連他們自己的人都救不了，由大使的超光速通訊線路上傳來的話是說，葛萊史東決定讓受到威脅的萬星網世界淪陷，好讓霸軍重新集結，有一、兩年的時間在驅逐者船群產生的時債期間建立防衛力量。」

「我的天啊。」領事輕聲說道。他大半輩子代表霸聯工作，始終在陰謀計畫讓霸聯衰亡來為他祖母復仇……那是他祖母一生的志業。可是現在想到事情真正發生了……

「荊魔神呢？」他突然問道，一面看見濟慈市那些低矮的白色建築出現在幾公里外，陽光照著山丘和河流，就像是黑暗前最後的祝福。

席奧搖了搖頭。「還是有些相關報告，可是現在造成恐慌的最主要來源已由驅逐者取而代之了。」

「可是還不在萬星網裡吧？我是說，荊魔神。」

總督用淩厲的眼神看了領事一眼。「在萬星網裡？它怎麼可能在萬星網裡呢？他們還沒有讓海柏利昂有傳送門。在濟慈市或是安迪米恩市或浪漫港附近也都沒有見到過。所有較大的城市都沒有。」

領事沒有說什麼，可是他在想著，天啊，我的背叛毫無道理，我為了打開時塚而出賣了我的靈魂，可是荊魔神卻不是萬星網衰亡的原因。驅逐者！他們始終比我們聰明！我對霸聯的背叛卻是他們計畫中的一部分！

「你聽我說，葛萊史東讓我丟下一切去找你是有原因的。她也下令放行你的船……」席奧一把抓住領事的手腕，急切地說。

「太好了！我可以……」領事說。

「聽好了！你不能回時塚谷去，葛來史東要你避開霸軍的防衛網，在星系之內遊走，以和驅逐者船群的單位接觸。」

「驅逐者船群？為什麼要……」

「首席執行官要你和他們談判。他們認得你，她已經想辦法讓他們知道你會來。她認為他們會讓你去，認為他們不會摧毀你的船。可是在這方面她並沒有得到確認。這事會很冒險。」

領事靠坐在皮座椅上。他感到自己好像又受到震撼槍的衝擊。「談判？我他媽的拿什麼去談判？」

「葛萊史東說等你離開海柏利昂之後，她馬上就會用你船上的超光速通訊和你連絡。這件事必須趕快進行。就在今天，趕在所有第一波受攻擊的世界落入驅逐者船群手裡之前。」

領事聽到第一波受攻擊的世界，但是沒有問其中是否包括了他鍾愛的茂宜—聖約星。他想道，也許最好包括其中。他說：「不行，我要回時塚谷去。」

席奧調整了下眼鏡。「她不會准許的，長官。」

「哦？她怎麼阻止我？把我的船打下去嗎？」領事微微一笑。

「我不知道，可是她說過她不准許你這樣做。霸軍艦隊的確在軌道上有雷達哨艦和火炬船，長官，用來護送最後一批登陸艇。」由席奧的話聽來，他是真的非常擔心。

「呃，就讓他們試試把我打下來看看。反正由人操縱的太空船已經有兩百年沒能在時塚谷附近著陸了，太空船都能很完美地著陸，可是船員全都消失蹤影。他們能打到我之前，我已經掛在荊魔神的樹上了。」領事說道，仍然面帶微笑。領事閉起了眼睛，想像著船裡空無一人地降落在山谷上方的平原上。他想像著索爾、杜黑，以及其他人都奇蹟似地回來，奔進船裡尋求庇護，用裡面的醫療設備來拯救海特·瑪斯亭和布瑯·拉蜜亞，用裡面的冷凍神遊與睡眠艙來挽救小蕾秋。

「天啊！」席奧低聲地說，那震驚的語氣使領事由他的空想中回過神來。

他們在城市上空到了河流最後一個轉彎處。這裡的峭壁要高得多，越往南越高，到山上所刻的哀王比利頭像。太陽剛下山，染紅了低低的雲層和東邊懸崖上的房子。

城市上空戰鬥正烈。雷射射進也穿透雲層，船艦如蚊蚋般閃躲，像太接近火焰的飛蛾般燃燒起來。而翼傘和模糊的懸浮力場飄浮在如天花板的雲層下，濟慈市正受到攻擊。驅逐者已來到海柏利昂。

「哦，真他媽的厲害。」席奧敬畏地輕聲說道。

沿著城市西北方那道長著林木的山脊，火光一閃，一道凝結尾顯示一枚由肩上發射的火箭直朝這架霸聯的浮掠機射來。

「抓緊了！」席奧叱喝道，他轉回人工操縱，扳動各種開關，使浮掠機陡然轉向右方，想直接轉進那枚小火箭本身的旋轉半徑內。

機尾的爆炸使領事整個人往前撞進安全帶裡，他一時眼前模糊一片。等他能再看清楚的時候，機艙裡已經充滿了濃煙，在迷霧中只見眾多紅色警示燈閃爍，十來個緊急的聲音警告說浮掠機的系統故障。席奧正嚴肅地俯身在全能控制桿上。

「抓緊了！」他徒勞地又說了一遍。浮掠機令人反胃地旋轉著，在空中找到了一個著力點，然後又失去了那個著力點，他們一路翻滾著，斜栽向那燃燒中的城市。

日 36

我眨了眨眼，把眼睛睜開，四下環顧平安星的聖彼得大教堂裡巨大而漆黑的空間，一時之間，不知自己置身何處。艾督華特蒙席和保羅．杜黑神父在暗淡的燭光下向前俯著身子，表情熱切。

「我睡了多久？」我覺得好像只過了幾秒鐘，那個夢就像是在安靜地躺著和沉睡之間那些瞬間所有的一切模糊影像。

「十分鐘。你能把你所見到的事情告訴我們嗎？」蒙席說。

我看不出有什麼理由不告訴他們。等我把那些情景說完之後，艾督華特蒙席在胸前畫了個十字。

「Mon Dieu（我的天），智核的大使慫恿葛萊史東把人送到那些地道裡。」

杜黑拍了下我的肩膀。「等我到神之谷和世界樹真言者談過之後，就會去天崙五中心與你們會合。我們必須讓葛萊史東知道這樣的選擇有多荒唐愚蠢。」

我點了點頭。我也完全打消和杜黑一起去神之谷或到海柏利昂的念頭。「我同意，我們應該立刻動身。你的教宗之門可以把我傳送到天崙五中心嗎？」

蒙席站了起來，點了點頭，挺直身子。我突然發現他是個很老的人，沒有做過波森延壽療程。

「那扇傳送門有優先傳送的特權。」他說。他轉身向著杜黑。「保羅，你知道，只要可以，我一定會陪你去。可是教宗的葬禮，要選出新教宗的事……真是奇怪，即使面臨著這樣巨大的災禍，一些日常瑣事還是必須處理，平安星系本身距離那些蠻子入侵不到標準時間的十天了。」艾督華特蒙席發出輕微而懊惱的聲音。

杜黑高高的額頭在燭光中閃亮。「教會的事遠超過日常瑣事的範圍呢，我的朋友。我會盡量縮短我去見那些聖堂武士的時間，然後和席維倫先生一起去勸服首席執行官不要聽信智核。然後我會再回來，艾督華特，到時候再讓我們弄清楚這件令人困惑的傳言。」

雨已經停了，空氣聞起來很新鮮，我跟著他們兩人走出了大教堂，穿過一道側門，通往那排高聳廊柱後面的一條通道，再穿過一個露天庭院，走下一道階梯，再經過一段狹窄的地道，進入了教宗的住處。在我們走進內室時，幾名瑞士警衛立正站好，那幾個高大的男人穿著盔甲和黃藍條紋的褲子，不過他們手中所執的戟卻是霸軍級的能量武器，其中一個走上前來，輕輕地和蒙席說了幾句話。

「有人剛剛到了傳送門總站來見你，席維倫先生。」

「我？」我先前一直聽到其他房間裡有些聲音，如旋律般起伏的祈禱聲，我以為那必定和準備教宗喪禮有關。

「是的，一位杭特先生，他說有急事。」

「再過一分鐘我就要和他在執政院見面了。何不讓他到這裡來和我們談談呢。」我說。

艾督華特蒙席點了點頭，低聲向那個瑞士警衛說了幾句，警衛輕輕地對著他古董盔甲上裝飾的羽毛複述了命令。

教宗之門的傳送門小小的，四周有複雜的金色浮雕，刻著很多六翼天使和小天使，最上面是五幅連作淺浮雕畫，內容是亞當和夏娃犯禁而被逐出樂園的故事。它就立在一個戒護嚴密的房間中央，就在教宗住處的旁邊。我們等在那裡，兩邊牆上的鏡子映照出我們憔悴的倦容。

里・杭特由先前帶我到大教堂去的那位教士陪著走了進來。

「席維倫！首席執行官需要你立刻去見她。」葛萊史東最信賴的助理叫道。

「我正要到那裡去，如果葛萊史東讓智核建造和使用那種死亡裝置，那就是罪無可逭的大錯誤。」我說。

杭特眨著眼睛，在他如獵犬般的臉上，這是很滑稽的反應。「所有的事你都知道了嗎，席維倫？」

我忍不住笑了起來。「一個沒人理會的孩子坐在光幕前面，看到得多，了解得少。不過，好處是他覺得厭倦的時候，可以切換頻道或是根本關掉不看。」杭特在很多重要場合裡見過艾督華特蒙席，所以我只把耶穌會的保羅・杜黑神父介紹給他。

「杜黑？」杭特勉強回應道，他呆張著嘴，這還是我第一次看到這位顧問大人無言答對，對這樣的場景倒是覺得滿有意思的。

「我們等下再解釋，祝你在神之谷一切順利，杜黑。別去太久。」我說著和那位教士握了握手。

「一個小時，不會再久。那只是我在和首席執行官談話之前必須找到的一塊拼圖。請向她說明那些迷宮的可怕，稍後我會親自證實。」那位耶穌會教士承諾道。

「反正在你來之前她可能忙得沒時間見我，不過我會盡我所能為你扮演施洗約翰的角色。」我說。

杜黑微微一笑。「可別讓人把頭砍了，我的朋友。」他點了點頭，在控制板上按了傳送代碼，然後穿過傳送門消失了蹤影。

我向艾督華特蒙席道了再見。「我們會在驅逐者入侵這裡之前把所有的事處理好。」

老教士舉起手來為我祝福。「願神與你同在，年輕人。我感到黑暗時代正在等著我們所有的人，但是你的擔子特別沉重。」

我搖了搖頭。「我只是一個旁觀者，蒙席。我等在一邊觀看和作夢。那沒什麼負擔。」

「等下再旁觀作夢吧，首席執行官大人要你現在就能隨傳隨到，而我還得趕回去開個會。」里・杭特尖刻地說。

我看著那個矮小男人。「你是怎麼找到我的？」我多此一舉地問道。傳送門都由智核操作，而智核和霸聯高層一起工作。

「她給你的那張通用卡也讓我們更容易掌握你的行蹤。現在我們必須要去有事要做的地方了。」杭特說，聽得出他很不耐煩。

「很好。」我向蒙席和他的助理點了點頭，向杭特招了下手，輸入代表天崙五中心的三位代碼，加上代表星陸的兩位碼，再加上三位碼到執政院，最後還有兩位碼指定在那裡的私人傳送門。傳送門的嗡嗡聲加大了一些，半透明的表層如預期般亮了起來。

我先走進門裡，然後讓到一邊，跟在後面的杭特接著進來。

我們現在並不是置身於執政院的中央傳送門總站。就我所知，我們距離執政院還遙遠得很。一秒鐘之後，我的感官統合了所有陽光、天色、重力，跟地平線的遠近、氣味，以及對事物的感覺等等輸入的資料，確定我們不在天崙五中心。

我本來可以由傳送門跳回去的，可是教宗之門很小，杭特正走過來，一條腿、一隻手臂、肩膀、胸部、頭、第二條腿出現，於是我抓住他的手腕，粗魯地將他拖了進來，說道：「不太對勁！」一面想再走回去，卻已經來不及，那扇沒有門框的門在這側一陣抖動，縮小成只有拳頭大的圓，然後就消失了。

「我們在什麼鬼地方呀？」杭特問道。

我四下環顧，一面想道：問得好。我們在一處鄉下，站在小山丘上。腳下的小路蜿蜒穿過葡萄園，直下一道長長的山坡，穿過一處山谷森林，消失在一兩哩外的另外一座山丘後面。這裡很溫暖，空中充滿了昆蟲的嗡嗡聲，可是在這一大片空曠的景觀裡，卻沒有比鳥更大的東西經過。在我們右手邊的峭壁之間，看得到了一抹藍色的水，不知道是海還是洋。頭上是卷雲飄動，太陽剛過頭頂。我沒有見到房舍，也看不到比種植整齊的葡萄園和腳下那條泥石子路更複雜的科技跡象。更重要的是，始終成為背景音響的數據圈不見了。這就有點像一個人從小就聽著的聲音突然消失了一樣，讓人吃驚，心跳停止，感到困惑，還有一點恐懼。

杭特搖晃了一下，輕輕拍了拍耳朵，好像他聽不見了似地，然後又拍了下他的通訊記錄器。「該死，媽的，我的晶片失去了作用。通訊記錄器壞了。」他喃喃地說。

「不是，我相信我們現在是在數據圈之外。」我說。可是就在我說話的時候，我聽見一種更低沉、更柔和的輕響，是某種比數據圈更大、更難連接上的東西。是巨型數據圈嗎？天體的音樂，我想道，微笑起來。

「你笑個什麼鬼呀，席維倫？這是你故意弄的嗎？」

「不是，我按的是執政院的正確代碼。」我聲音裡不帶一絲恐慌感，就是一種恐慌的表現。

「那這是什麼呢？那該死的教宗之門？是那扇門的問題，故障還是在搞鬼？」

「不會，我想不是，那扇門沒有壞，杭特，只是把我們送到了智核要我們去的地方。」

「智核？」那張獵犬似的臉上所剩的一點血色迅速消失，這位首席執行官的助理想到了是誰在控制傳送門。是誰在控制所有的傳送門。「我的天啊，我的天啊。」杭特蹣跚地走到路邊，在高高的草叢裡坐了下來。他那套麂皮西裝與黑軟鞋和這個地方格格不入。

「我們在哪裡？」他又問了一遍。

我深吸了一口氣。這裡的空氣聞起來有新翻泥土，剛剪過的草，路上的泥土，還有海風的氣味。

「我猜我們是在地球上，杭特。」

「地球。地球。不是新地球。不是塔娜，不是地球二號。不是……」那個小個子男人兩眼直瞪著前方，卻沒有在看什麼。

「不是，是地球，元地球，或者是複製的地球。」我說。

「複製的地球。」

我走了過去，坐在他旁邊，我拔了一根草，把底下部分的外皮剝掉，那根草嘗起來有點酸，味道很熟悉。「你還記得我向葛萊史東報告有關海柏利昂朝聖團成員的故事嗎？布瑯・拉蜜亞的故事？她和我的另一個分身，第一個濟慈人格，他們一起去了他們認為是由元地球複製的地方。如果我沒記錯，是在武仙座星雲。」

杭特抬起頭看去，好像他能由觀察星座來判斷我所說的話。頭上的藍天有些發灰，因為卷雲正很快地橫過天穹。「武仙座。」他輕聲地說。

「智核為什麼要複製地球，現在又在拿它做什麼用，布瑯並不知道。若不是第一個濟慈模控人也不知道，就是他不肯說。」我說。

「不肯說。」杭特點了點頭，然後又搖了搖頭。「好吧，那我們要他媽的怎麼樣才能離開這裡？葛萊史東需要我，她不能……在接下來的幾個鐘頭裡，有幾十個重大的決定要作呢。」他跳了起來，跑到路中間，刻意打起精神。

我咬著那根草。「我猜我們根本離不開這裡。」

杭特彷彿想當場揍我一頓般地走到我面前。「你瘋了嗎？離不開這裡？胡說八道。智核為什麼要做這種事？」然後他停了一下，低頭看著我。「他們不希望你和她說話。你知道了智核不敢冒險讓她知道的事。」

「也許吧。」

「丟下他，讓我回去！」他朝天上尖叫。

沒有人回應。在葡萄園那頭遙遠的地方，一隻黑色大鳥飛了起來。我想那是一隻烏鴉，我似乎是由夢中回想起這個已經滅絕物種的名字。

過了一會，杭特不再向天空喊話，在那條石子路上來回地踱著。「來吧。說不定這裡有扇傳送門，不管會到哪裡。」

「也許吧，可是走哪邊呢？」我說著，把那根草折斷，去咬甜而乾的上半截。

杭特轉過身去，看著那條兩頭都消失在小山丘後的路，再轉回身來。「我們由傳送門出來的時候是朝這個方向。」他指著，小路往山下進入一片狹窄的樹林。

「多遠？」我問道。

「他媽的，有關係嗎？我們一定得到什麼地方去。」他大吼道。

我強忍住笑意。「好吧。」我站起身來，撣了撣褲子。感覺到猛烈的陽光照在我的額頭和臉上。在大教堂那充滿薰香氣味的黑暗中待過之後，這很讓人震驚。空氣很熱，而我的衣服已經汗濕了。

杭特開始精神抖擻地朝山下走去，兩手握拳，原先陰沉的表情難得改變成一種更強悍的表情，彷彿下定了決心。

我走得很慢，不慌不忙，仍然咬著那根有點甜味的草，兩眼疲倦地半閉著，跟在他後面。

費德曼．卡薩德上校尖叫著攻擊荊魔神。那超乎現實與時空之外的景觀——一個袖珍舞臺設計師眼中的時塚谷，以塑膠翻模製成，放置在黏稠空氣中——似乎因卡薩德衝擊的暴力而震動。

一時之間，有如鏡中幻影般無數的荊魔神散了開來，整個山谷裡，甚至擴及到荒蕪的平原上滿是荊魔神，但是在卡薩德的喊叫聲之下，這些又歸集到那獨一的怪物身上，現在動了起來，四隻手臂展開伸出，彎曲著迎向上校的前衝之勢，要以鋒刃和尖刺來擁抱他。

卡薩德不知道莫妮塔送給他的能量緊身衣是不是能在肉搏戰中保護得了他，或者能讓他發揮戰力。他和莫妮塔與兩艘登陸艇上的驅逐者突擊隊大戰，已經是多年前的事了，但時間因素在當時對他們有利。荊魔神把時間的流動凝結又解凍，就像一個煩悶而無聊的觀眾在把玩電視光幕的遙控器一樣。現在他們在時間之外，現在荊魔神是敵人，不是什麼可怕的贊助者。卡薩德大叫一聲，低下頭來攻擊，不再理會莫妮塔在看他，也不再理會那株伸進雲裡的刺樹，以及穿刺掛在樹上面那些可怕的觀眾，甚至沒有理會自己成了一個戰鬥工真，一個復仇的工具。

荊魔神並沒有像平常那樣消失不見，也沒有從那裡突然到了這裡。反而是微屈著身子，伸開兩臂。手指的刀鋒映著強烈的天光。荊魔神的金屬牙齒在可能是笑臉中露了出來。

卡薩德很憤怒，但並沒有失去理智。他沒有衝進那死亡的擁抱，卻在最後一瞬間撲向一側，以肩膀和手臂著地一滾，一腳踢向怪物的小腿，正好在膝關節的那叢利刃之下，卻在踝間那叢相似的刀鋒之上。只要能把那怪物踢倒……

那就像踢中一根固定在半公里厚水泥裡的鋼管。這一下重擊要不是那件緊身衣有盔甲和吸收力道的作用，大概就會震斷了卡薩德自己的腿。

荊魔神移動了，很快但並沒快到不可能的地步，兩條右臂飛快地上下揮動再轉過來，十根手指鋒刃將地上和石頭上削出深溝，手臂上的刺擊出火花，兩手繼續向上，將空氣劈開，發出輕嘯。卡薩德已到了圈外，繼續翻滾，再站了起來，兩腿彎曲、兩臂伸出、手掌放平，包覆在能量衣裡的手指直伸開來。

單打獨鬥，費德曼．卡薩德想道，新武士道中最光榮的儀式。

荊魔神又以右臂虛擊，然後連續揮舞較低的左臂，勢不可擋的猛烈一擊足以粉碎卡薩德的肋骨，挖出他的心臟。

卡薩德以左前臂擋住對方右臂的佯攻，感到荊魔神如鋼斧般重擊下，他的緊身衣收縮，而骨頭受傷，對左臂痛下殺手的一擊，他則以右手擋在那怪物的手腕上，正好在那一堆彎曲的尖刺上方。沒有想到的是，他竟使那一擊的動力延緩，銳利的手指鋒刃只抓到了緊身衣的力場而沒有擊碎他的肋骨。

卡薩德用力想壓住上抬的鋼爪，身子幾乎被抬離了地面，還好有荊魔神第一次佯攻的下壓，才沒讓上校往後飛了出去。汗水在緊身衣下流淌，肌肉收縮而疼痛，在那掙扎的二十秒裡像要撕裂一般，然後荊魔神將第四隻手臂也用了進來，往下斬向卡薩德拉緊的腿部。

卡薩德怒號，緊身衣的力場裂開，肉被割開，至少有一根手指的刀鋒深入近骨。他以另一條腿踢出，放開了那個東西的手腕，拚命地翻滾開去。

荊魔神揮拳攻擊了兩回，第二擊在距離卡薩德閃避的耳朵只有幾公釐的地方呼嘯而過，但緊接著它自己也向後跳開，微蹲著身子，轉向右側。

卡薩德左膝支地起身，差點摔倒，然後踉蹌地站了起來，微跳了兩下，穩住身子，疼痛在他耳內狂吼，使整個宇宙充滿紅光，但即使皺著眉頭，身子搖晃，幾乎因重擊而昏倒，卻感受到緊身衣緊包住傷口，既如止血帶，又有敷壓布的作用。他感到小腿上有血，但並不像先前一樣流著，而疼痛也差可忍受，就如同緊身衣和他霸軍的戰鬥甲冑一樣配備了醫療注射器。

荊魔神向他衝來。

卡薩德踢了一腳、兩腳，瞄準也踢中了對方胸前尖矛下方那塊光滑的金屬甲殼。那就像踢中了火炬船的外殼，但荊魔神卻似乎停頓了下來，踉蹌了一下，往後退了一步。

卡薩德向前一步，站穩身子，握緊拳頭，以足以擊碎強化處理過磚頭的力道，在那個怪物應該是心臟的位置連打兩拳，不顧拳頭的疼痛，翻轉身子，伸開手掌，直打向怪物的嘴部，正在牙齒的上方。只要是人類，這時都會聽見他鼻梁斷裂的聲音，感到骨頭炸開，軟骨被打進腦子裡。

荊魔神張口去咬卡薩德的手腕，沒有咬到，將四隻手揮向卡薩德的頭和肩膀。

卡薩德喘著氣，汗和血在他水銀的甲冑下流淌，他向右轉了一次，兩次，繞回來以致命的一擊打在怪物短短的後頸上。重擊所發出的聲音在凍結的山谷中回響，就像一把斧頭由幾哩外丟來擊中一棵金屬紅木中心的聲音一樣。

荊魔神倒向前方，像某種金屬的甲殼類動物般翻身仰臥。

它倒下了！

卡薩德走上前來，仍然微彎著身子，仍然很小心，但是還不夠小心，因為荊魔神裝甲的腳、爪子，還是什麼鬼東西踢中了卡薩德的腳後跟，半割半踢地使他倒了下來。

卡薩德上校感覺到疼痛，知道他腳跟的肌腱遭到割傷，想要翻滾開去，但是那個怪物已經側身撲在他的身上。尖頭、刺和鋒刃劃向卡薩德的肋骨、臉部和眼睛。卡薩德痛得一張臉皺了起來，弓起身子卻沒能甩開那怪物，他擋住了幾下攻擊，護住了雙腿，感到另外一些刀刃割進了他的雙臂、胸部和腹部。

荊魔神俯壓得更近，張開嘴來。卡薩德看到在金屬鰻魚般的巨口裡一排又一排的牙齒。那雙紅眼占據了他已被血染紅的視野。

卡薩德將手掌根抵在荊魔神的顎下，想找個能使得上力的點。那就像是在沒有支點的情況下，想撬起一座由尖刺碎片堆成的大山一般。荊魔神的刀刃利爪不斷地撕割著卡薩德的肉。那個怪物張大了嘴，歪過頭來，卡薩德眼前所見全是森然利齒。怪物沒有呼吸，但由它體內傳來的熱氣帶著硫礦和灼熱的鐵鏽味。卡薩德已經沒有了防衛的力量，等到那個東西一口咬下來的時候，會把卡薩德的臉連皮帶肉從骨頭上剝了去。

突然之間，莫妮塔欺身過來，在那傳不出聲音的地方喊叫著，抓住荊魔神那對紅寶石似的複眼。包在緊身衣下的手指像猛禽的爪般彎起，兩隻穿了靴的腳穩穩地踩在怪物背刺下方甲殼上。用力地拉，用力地拉。

荊魔神的手臂突然向後甩去，關節翻轉，就像噩夢中才會出現的怪蟹。手指的刀刃劃傷了莫妮塔，她跌了下去，但是卡薩德已經乘機翻滾開去，手腳亂爬，不理會疼痛地跳起站穩，拖起莫妮塔，往後退著經過了沙和凍結的岩石。

一時之間，他們的緊身甲冑相互融合，恍如當年他們做愛時一般，卡薩德感覺到她的肉體與他相貼，他們的血和汗水交混，聽到他們兩人的心一起跳動。

——殺了它，莫妮塔急切地低聲說道，即使是無聲的傳送，也能從中聽到痛苦。

——我在想辦法，我在想辦法。

荊魔神站了起來，三公尺高的鋼鐵、刀刃和別人的痛楚。看來毫無損傷，不知是誰的血如小河般由它的腕部和殼上流下來。那毫無腦子的獰笑似乎比先前更可怕。

卡薩德讓他和莫妮塔的緊身衣分離開來，溫柔地將她放躺在一塊巨石上，雖然他知道自己比她傷得更重。這不是她的戰鬥。還不是。

他移身到他的戀人和荊魔神之間。

卡薩德遲疑了一下，聽到一陣微弱但漸漸響起的沙沙聲，像是由一道看不見的海岸傳來漲潮的聲音。他抬眼望去，但始終沒有把他的眼光完全由慢慢走上前來的荊魔神身上移開，他發現那聲音是由怪物背後遠處的那棵刺樹上發出來的。那些被釘在那裡的人，只是一些掛在金屬的刺和冷硬枝椏上的彩色小點，發出和卡薩德先前聽到痛苦呻吟不一樣的聲音。他們在歡呼。

卡薩德把注意力回到荊魔神身上，那個怪物又開始繞著圈。卡薩德感到他幾乎斷了的腳跟疼痛而無力，他的右腳沒有用了，無法支撐重量，他半跳動、半轉身，以一隻手撐在巨石上，以便讓自己擋在荊魔神和莫妮塔之間。

遠方的歡呼聲像受了驚嚇似地戛然而止。

荊魔神不再現身在那裡而突然到了這裡，貼近卡薩德，壓在卡薩德身上，四隻手臂已經以致命的擁抱圍在他身上，刺和刀刃已經開始刺割。荊魔神的兩眼紅光大盛，嘴又張了開來。

卡薩德發出純然憤怒和挑戰的吶喊，一拳打了過去。

保羅·杜黑神父毫無意外地通過教宗之門到了神之谷。由教宗住處充滿薰香的黑暗中出來之後，他突然發現自己置身在燦爛的陽光中，頭上是檸檬色的天空，四周全是綠葉。

在他由私用的傳送門出來時，聖堂武士們正在等他。杜黑看到右邊五公尺遠處堰木平臺的邊緣，在那邊再過去，什麼也沒有，或不如說，一切都在那裡，因為在樹梢的神之谷世界一直伸展到遠遠的天邊，枝葉的屋頂像海水一般閃亮抖動。杜黑知道自己在世界之樹的頂上，這是聖堂武士視為聖物的樹中最神聖、也最偉大的一棵。

聖堂武士對他的歡迎在謬爾兄弟會複雜體系中是很重要的事，但現在只是最基本的禮貌，將他從傳送門的月臺領進一座藤蔓懸吊的升降機裡，向上經過只有極少數非聖堂武士到過的較高層和陽臺，然後出了升降機，走上一道兩旁都是上好堰木欄杆，繞著一株由底部兩百公尺縮減成頂上不到八公尺的樹幹一路往上盤旋的樓梯。那塊堰木平臺很優美地弧曲著，四周的欄杆上有手工精雕的藤蔓，柱子和迴欄上則刻著地精、木精、仙女和其他精靈的臉。杜黑現在走過去就座的桌椅都和這塊平臺一樣，是由整塊木頭刻出來的。

有兩個人在等著他，第一位在杜黑預期之中，世界之樹真言者，謬爾的大祭司，聖堂武士兄弟會的發言人西克・哈定。第二位則出人意料。杜黑注意到他身上的紅袍，紅得像動脈血，滾著黑色的貂皮邊，胖大的盧瑟斯身軀雖被袍子遮住，那張臉卻肥得有好幾層下巴，中間一個小小的鳥喙似的尖鼻子，兩隻小眼睛被肥胖的兩頰擠得幾乎不見，兩隻胖手的每隻手指上都戴有黑色或紅色的戒指。杜黑知道在他眼前的正是最終和解教會的主教，也就是荊魔神教的大祭司。

近兩公尺高的聖堂武士站起身子，伸出手來。「杜黑神父，你能來，我們真是再高興也不過了。」

杜黑和他握了下手，一面想著那位聖堂武士的手有多像樹根，尤其是又長又細，棕黃色的手指，世界之樹真言者穿著和海特・瑪斯亭一樣帶帽兜的袍子，棕色和綠色的粗線和那位主教亮麗的裝扮恰成鮮明的對比。

「謝謝你在這麼臨時通知的情況下見我，哈定先生。」杜黑說。真言者是數百萬謬爾信徒的精神領袖，但杜黑知道聖堂武士都不喜歡在談話中用那些頭銜或尊稱。杜黑朝主教那邊點了點頭。「閣下，我沒有想到我會有這個榮幸和你見面。」

荊魔神教的主教幾乎讓人看不出地微點了下頭。「我正來拜會，哈定先生建議如果我能參與這次會談，也許有點好處。幸會了，杜黑神父，過去幾年裡我們聽過你很多事情。」

聖堂武士朝那張堰木桌那邊面對他們兩人的一把椅子比了比手勢，杜黑坐了下來，兩手交握，放在光滑的桌面上，飛快地動著腦筋，不過表面上卻假裝在看木頭的漂亮紋理。萬星網裡半數警力都在搜尋這位荊魔神教主教，他的出現引發了這位耶穌會神父未曾準備應付的複雜情況。

「很有意思，是吧？人類最精深的三大宗教代表今天都聚在這裡。」主教說。

「是的，精深，但未必足以代表大多數人的信仰。在將近一千五百億人裡，天主教會的信眾不到一百萬人。而荊……呃，最終和解教會大概有五百到一千萬人。聖堂武士有多少，哈定先生？」杜黑說

「兩千三百萬，還有其他很多人支持我們生態方面的理念，甚至希望加入，不過兄弟會並不對外開放。」那位聖堂武士以柔和的聲音說道。

主教摸著他的一層下巴。他的皮膚很蒼白，細瞇著眼睛，好像很不習慣陽光。「諾斯替禪號稱有四百億信眾，可是那算是什麼宗教？啊？沒有教會，沒有教士，沒有聖經，沒有罪的觀念。」他用低沉而響亮的聲音說。

杜黑微微一笑。「那似乎是最合時代節拍的一種信仰，已經有好多代了。」

「呸！」主教的手用力地拍了下桌子，杜黑聽到金屬戒指敲打堰木的聲音，皺了下眉頭。

「你怎麼會知道我是誰？」保羅．杜黑問道。

聖堂武士微抬起頭來，杜黑只看到陽光照著他的鼻子、臉頰，和下巴的長長線條，其餘部分仍隱在帽兜的陰影中，他沒有說話。

「我們選中了你，你和其他的朝聖者。」主教大聲說。

「荊魔神教的你？」杜黑問。

主教聽到這話皺了眉頭，但只點了點頭，沒有說話。

「為什麼會有暴動？為什麼在霸聯受到威脅的時候有那些動亂呢？」杜黑問道。

主教摸著下巴，紅色和黑色的寶石在夕陽中閃亮。在他背後，百萬片葉子在帶來植物被雨淋濕氣味的微風中抖動。「末日到了，神父。幾百年前天神化身給我們的預言，現在就在我們眼前實現了。你所謂的暴亂正是一個注定滅亡的社會所經歷的第一次死前掙扎。和解之日就要降臨在我們身上，而那位痛苦之王不久就會行走在我們之間。」

「痛苦之王，荊魔神。」杜黑複誦道。

聖堂武士伸出一隻手來比了比修正似的手勢，好像他想抹去主教話裡那些尖刻的部分。「杜黑神父，我們知道你那奇蹟似的重生。」

「不是奇蹟，是一種叫十字形的寄生物任意作為的結果。」杜黑說。那些棕黃色細長的手指又比畫了一下。「無論你的看法如何，神父，兄弟會都很為你能再和我們相聚而感到高興。請說明你起先通知我們時所提到的問題。」

杜黑用他的手掌摩擦著椅子的木頭，看了坐在他對面那穿戴紅黑兩色衣飾的主教。「你們兩個團體已經合作了一陣子了，是嗎？聖堂武士兄弟會和荊魔神教。」杜黑說。

「最終和解教會。」主教用低沉的聲音咆哮道。

杜黑點了點頭。「為什麼呢？是什麼把你們拉到一起的？」

世界之樹真言者俯過身來，帽兜裡又充滿了陰影。「你想必明白，神父，最終和解教會的預言和我們由謬爾來的使命有所關聯。只有這些預言裡有著人類殺死了他們自己的世界應受什麼懲罰的關鍵。」

「元地球不單是人類毀滅的，是基輔研究小組想造出一個小型黑洞時電腦發生的錯誤。」杜黑說。

聖堂武士搖了搖頭。「是因為人類的傲慢自大。也就是這種傲慢自大，使得我們這個種族摧毀了所有將來有希望能在智力上進化的其他族類。希伯崙的阿路伊感靈獸、漩渦星的齊普林鳥、花園星的沼澤人馬、元地球上的大猩猩……」他柔聲說道。

「是的，錯誤已經造成了，可是那也不該就判人類死刑，是吧？」杜黑說。

「這個刑罰是由遠比我們偉大得多的一種力量傳下來的。預言非常清楚而明白，最終和解之日必須來到，所有繼承了亞當和基輔之罪的，都必須承受謀殺他們故土、絕滅其他種族的後果。痛苦之王已經脫離了時間的束縛來進行這場末日審判。逃不開他的憤怒，也無法避免最後的贖罪。一個遠比我們大得多的力量老早這樣說過。」主教大聲地說。

「這是真的，這些預言傳給了我們，一代代地說給真言者聽，人類的命運早已注定，而在他們滅亡之後，會在現在的霸聯所有各部分綻放出新的純樸生態環境的花朵。」西克．哈定說。

在耶穌會邏輯的訓練下，獻身於德日進進化論神學的保羅．杜黑神父忍不住想：如果沒有人來看，沒有人來聞，花開不開有誰他媽的會關心呢？但他只說：「你有沒有考慮過這些預言並不是神的天啟，只是某些俗世勢力的操弄而已呢？」

聖堂武士有如被摑了一掌似地靠坐了回去，但主教卻俯向前來，握緊了兩個肥肥的拳頭，想要一擊打爛杜黑的頭殼。「異端！誰敢否認這種預言啟示就必須處死！」

「是什麼力量能做到這點？除了謬爾的絕對能力之外，還有什麼力量能深入我們的思想和心裡？」世界之樹真言者勉強地說道。

杜黑指向天上。「萬星網的每一個世界經由智核的數據圈連結在一起已經有很多代了，絕大多數有影響力的人都有通訊記錄器的植入晶片以方便取得資訊。你也一樣吧，哈定先生？」

聖堂武士沒有說話，但是杜黑看到他的手指在微微抽動，似乎準備拍拍他胸口和手臂上已經裝了幾十年的晶片。

「智核創造了一種超越物質的智慧。」杜黑繼續說道。「真有令人難以置信的巨大能量，能在時間中前後挪移，而且不受人類思慮的帶動。智核中占有相當大比例的目標之一，就是使人類絕滅。說真的，基輔研究小組所犯的大錯誤，也很可能是參與計畫的人工智慧刻意造成的。你們聽到的所謂預言，就可能是這種『解圍之神』（deus ex machina）透過數據圈說出來的聲音。荊魔神到這裡來，也許不是要人類抵償他們的罪，而只是來屠殺人類的男、女和孩子，以達到這個機器人格的目標。」

主教那張肥臉紅得像他的袍服一樣。他的拳頭打著桌子，掙扎著站了起來。聖堂武士伸手搭在主教手臂上攔住他，將他又拉回到椅子上。「這種想法你是從哪裡聽來的？」西克．哈定，向杜黑問道。

「那些能連接上智核的朝聖者。還有……別人。」

主教朝杜黑揮舞著拳頭。「可是你本人就讓天神化身碰過不止一次，而是兩次！祂賜給你不死的形體，讓你能見證祂為祂選擇的人所準備的一切，那些受到選擇的人在末日降臨到我們身上之前，就能預先準備贖罪！」

「荊魔神給我的是痛苦，超乎想像的痛苦和折磨。我的確見過那東西兩次，而我打從心底知道那既不是神，也不是魔鬼，只是某種從可怕的未來到這裡的有機機器。」杜黑說。

「呸！」主教做了個不屑的手勢，兩臂交叉，兩眼視而不見地空瞪著下方陽臺。

聖堂武士似乎大為震驚。過了一下之後，他抬起頭來，柔聲問道：「你有問題要問我？」

杜黑深吸了一口氣。「是的。我怕還有個壞消息，樹之真言者海特．瑪斯亭死了。」

「我們知道。」聖堂武士說。

杜黑吃了一驚。他想不透他們是怎麼得到這個消息的，可是現在那已經不重要了。「我需要知道的是，他為什麼去參加朝聖？他沒能活著完成的任務是什麼？我們每個人都說了我們的故事，海特．瑪斯亭沒有，可是我卻覺得他的命運是解開很多謎團的關鍵。」

主教回過神來望著杜黑，冷笑道：「我們什麼都不必告訴你，你這個已死宗教的教士。」

西克．哈定沉默了好一陣才回答道：「瑪斯亭先生自願做那個把謬爾的話帶到海柏利昂去的人。幾百年來，那預言一直是我們信仰的根源，就是當動亂時代來臨時，一名樹之真言者會受到召喚，將一艘船駛往聖界，見證那裡摧毀，然後重生，傳下贖罪和謬爾的訊息。」

「所以海特．瑪斯亭早知道『世界之樹號』會在運行軌道上摧毀？」

「是的。那早有預言。」

「而他和那船上唯一的能量耳格本來是要另駕一艘新樹船？」

「是的，一棵贖罪之樹，是天神化身會準備好的。」聖堂武士用小得幾乎聽不見的聲音說。

杜黑靠坐在椅上，點了點頭。「一棵贖罪之樹，那棵刺樹，海特．瑪斯亭在『世界之樹號』摧毀時受了重傷，然後他被帶到時塚谷裡，讓他看到荊魔神的刺樹。可是他還沒準備好做那件事。刺樹是由死亡、折磨和痛苦所組成的，海特．瑪斯亭還沒準備好成為那艘樹船的船長，或者是他拒絕了。不管究竟如何，反正他逃走了。然後死了，我也想到是這麼回事。可是，我不知道荊魔神應許他何種命運。」

「你在胡說些什麼？預言裡就形容過贖罪之樹，會陪著天神化身做祂的最後收割。瑪斯亭本來應該準備好，而且很榮幸地當船長，駕著它穿越時空。」主教叱問道。

保羅．杜黑搖了搖頭。

「我們已經回答了你的問題嗎？」哈定先生問道。

「是的。」

「那你就必須回答我們的問題了。那個『母親』怎麼了？」主教說。

「什麼母親？」

「我們的『救贖之母』，贖罪的新娘，你們稱之為布瑯．拉蜜亞。」

杜黑回想了一下，想要記起領事為那些朝聖者在往海柏利昂途中所說故事錄下的摘要。布瑯懷了第一個濟慈人格的孩子。在盧瑟斯星的荊魔神廟從暴民手中救了她，將她列入朝聖團裡。她在故事中談到荊魔神教徒對她十分恭敬。杜黑想把這一切和他剛才所聽到的那些混雜的事情契合到一起。他辦不到。他太疲倦了，而且，他想道，在所謂的復活之後，也變得太笨了。他再也不可能恢復成以前那個聰慧的保羅．杜黑了。

「布瑯失去了意識，顯然是被荊魔神抓了去，把她連接上某種……東西。纜線什麼的。她的狀態已經等於腦死，但胎兒還活著，而且很健康。」他說。

「她所帶有的那個人格呢？」主教問道，他的聲音很緊張。

杜黑記起席維倫跟他說過那個人格死在巨型數據圈裡的事。顯然這兩個人並不知道第二個濟慈人格的事。那個席維倫目前正在警告葛萊史東，說明智核建議的危險性。杜黑搖了搖頭。他實在非常疲倦。「我不知道她在史隆迴路中所帶的那個人格，那條纜線，荊魔神連接在她身上的那個東西，好像皮下分流器一樣插入了那神經中樞的插槽裡。」他說。

主教點了點頭，顯然十分滿意。「預言實現得很快。你已經完成了當信差的責任，杜黑。我現在得走了。」那個胖大的人站起身來，向世界之樹真言者點了下頭，很快地走到平臺那頭，下了樓梯，走向升降機和傳送門。

杜黑在聖堂武士對面默然地坐了幾分鐘。葉片吹動的聲音和樹梢平臺的輕搖其有奇妙的催眠作用，使那位耶穌會教士想打瞌睡，在他們上方，天色正漸漸褪去了層層的青色，神之谷世界上暮色降臨了。

「你那關於有一個解圍之神幾代以來始終用虛偽預言來誤導我們的說法，實在是可怕的異端邪說。」聖堂武士說道。

「不錯，可是在我教會的漫長歷史上，可怕的異端邪說最後卻證明是真理的例子很多」

「如果你是一個聖堂武士，我可以將你處死。」那戴著帽兜的人柔聲地說。

杜黑嘆了口氣。在他這個年紀，在他現在的情況下，還有像他現在這樣疲倦，死亡根本在他心裡引不起一絲恐懼。他站起身來，微鞠了一躬。「我該走了，如果我說的話冒犯你，我向你道歉。這實在是一個很混亂而且令人混淆的時代。」最好的全無說服力，最壞的卻充滿了熱情，他想道。

杜黑轉身走到平臺邊上，然後停了下來。

樓梯不見了。在有升降機的下一層平臺和他之間，隔著垂直有三十公尺，橫向有十五公尺的空氣。世界之樹在他下方有一公里左右的樹幹由底下的葉叢中伸出來。杜黑和這位樹之真言者被孤立在最高的平臺上。杜黑走到最近的欄杆旁邊，抬起汗濕的臉迎向晚風，注意到星星開始出現在深藍色的天空中。「怎麼回事，西克．哈定？」

穿著袍服、戴著帽兜坐在桌邊的人隱身在黑暗中。「再過標準時間十八分鐘，神之谷整個世界會落在驅逐者手裡，我們的預言說這裡會遭到摧毀，這裡的超光速通訊和傳送門一定會毀掉，從各方面說來，這個世界也就不存在了。標準時間一小時整之後，神之谷的天空會被驅逐者的戰艦噴射火焰染紅，雖然所有霸聯的公民早已由傳送門疏散，但我們的預言說還留在這裡的所有信眾與其他人，都會死。」

杜黑慢慢地走回桌子前面。「我非要傳送到天崙五中心去不可，席維倫……有人在等我。我必須和葛萊史東首席執行官談談。」他說。

「不行，我們要等著，我們要看看那些預言是否正確。」世界之樹真言者西克．哈定說。

那位耶穌會教士憤怒而無奈地握緊了拳頭，強忍住讓他想痛毆那穿著袍服身影的暴力情緒，杜黑閉上眼睛，念了兩遍萬福瑪利亞。但是這樣並無幫助。

「拜託，無論我在不在這裡，都不會影響到預言是能證實還是遭到否定。可是那時候一切都來不及了，霸軍會切斷連絡路線，傳送門也沒有了，我們會和萬星網切斷連絡好幾年。幾十億人的性命很可能就靠我馬上趕回天崙五中心去。」他說。

聖堂武士將兩臂交抱在胸前，手指細長的雙手隱進了袍服的皺褶之中。「我們要等著，所有預測到的事都會過去，幾分鐘之後，痛苦之王就會遊走在萬星網。我不相信主教相信尋求贖罪的人能得赦免的說法。我們在這裡要好得多，杜黑神父，因為最後結局會來得很快而毫無痛苦。」他說。

杜黑拚命想由他疲累的思考中找出決定性的話來說，或者行動，但他什麼也想不到。他在桌前坐下，瞪著他對面那個戴著帽兜、沉默不語的人。在他們上方，繁星閃耀。神之谷的森林世界在晚風中最後再抖動了一次，然後像是有所期待般地屏住了氣息。

保羅．杜黑閉上了眼睛，開始禱告。

H

37

杭特和我走了一整天，將近黃昏時，我們找到了一家小旅舍，有東西可吃——一隻雞、米布丁、花椰菜、一碟通心粉等等，不過那裡並沒有人，也毫無人跡，只有爐中的火很旺，像是剛剛才點著，而爐子上的食物還是熱的。

杭特因為這事而十分驚恐，除此之外，還有因為和數據圈失去連絡而有痛苦與退縮的症狀。我能想像到他的痛苦。像他這樣來自於資訊唾手可得、隨時可與任何一個特定地方的任何一個人連絡、所有的距離都不過是通過傳送門一步之遙的世界，突然回到我們老祖宗的生活環境，就如同突然醒來發現自己瞎了眼、跛了腳一樣。在叫罵中憤怒地走了幾個鐘頭之後，杭特終於平靜下來，變得沉默而陰鬱。

「可是首席執行官需要我！」他在頭一個鐘頭裡嘶吼道。

「她需要我打算帶給她的訊息，可是我們一點辦法也沒有。」我說。

「我們現在在什麼地方？」杭特問了不下十次。

我已經向他解釋過這個複製的元地球的事，可是我知道他現在說的是別的意思。

「我想，我們是遭到了隔離。」我說。

「智核把我們弄到這裡來的？」杭特追問道。

「我只能這樣假定。」

「我們要怎麼回去呢？」

「我不知道，我猜想等他們覺得不用隔離我們也安全了的時候，傳送門就會出現。」

杭特輕輕地咒罵了一聲。「為什麼要隔離我呢，席維倫？」

我聳了聳肩膀，我猜想是因為他聽到了我在平安星所說的話，但我並不確定。我什麼都無法確定。

那條路穿過草原、葡萄園，繞過低矮的山丘，曲曲折折地通過山谷，隨時都可以看得到海。

「這條路會通到哪裡？」杭特在我們快發現小旅舍之前問道。

「條條大路通羅馬。」

「我是說真的，席維倫。」

「我也是，杭特先生。」

杭特由路上挖起一塊鬆動的石頭，遠遠丟進灌木叢裡。某處有隻畫眉鳥叫著。

「你以前來過這裡？」杭特的語氣帶著點指控的味道，彷彿是我把他拐到這裡來的。說不定還真是如此。

「沒有。」我說，差點就加上一句可是濟慈來過。移植給我的回憶湧現，其中的失落感和死亡的陰影幾乎將我壓倒。那樣遠離了朋友、遠離了芬妮，他永恆的愛。

「你確定你沒有和數據圈連接上嗎？」杭特問道。

「我很確定。」我回答說。他沒有問到巨型數據圈，我也沒主動告訴他這個資訊。我很怕進入巨型數據圈，怕會在那裡失去自我。

我們在太陽下山時發現那間小旅舍，藏在一處小山谷裡，有煙從石砌的煙囪裡升起。

吃飯時，窗外黑暗籠罩，我們唯一的光亮來自於閃動的爐火，以及石頭壁爐架上的兩支蠟燭。杭特說：「這地方讓我有點相信有鬼。」

「我很相信有鬼。」我說。

半夜裡，我咳醒了，感到我赤裸的胸前有些濕濕的，聽到杭特在摸索著找蠟燭，在燭光中低下頭來，看到有血在我的皮膚上，也濺在床單上。

「我的天啊，這是什麼？怎麼回事？」杭特低聲叫道，嚇壞了。

「內出血。」我在又一陣劇烈咳嗽和吐了些血，使我更為衰弱之後勉強說道。我想爬起來，卻又倒回枕頭上，指著床頭的一盆水和架子上的毛巾。

「該死，該死。」杭特嘟囔著，找著我的通訊記錄器，想知道我的健康讀數。我沒有通訊記錄器，今天早先在走路的時候，我已經把那沒有用的東西丟掉了。

杭特將他自己的通訊記錄器解下，調整好控制板，戴在我的手腕上。那些讀數對他來說不具任何意義，只知道情況緊急，需要立即送醫治療。杭特就像他這一代其他的人一樣，從來沒有見過疾病或死亡，那是在一般大眾看不見的地方由專業人士處理的事情。

「不要緊。」我輕輕地說，那一陣咳嗽過去了，但是疲倦就如一塊石板蓋在我身上。我又向毛巾指了指，杭特把毛巾打濕，擦乾淨我胸口和手臂上的血，扶著我坐在房裡唯一的那張椅子上，動手把沾了血的床單和毯子拉開。

「你知道是怎麼回事嗎？」他問道，聲音中有著真正的關切。

「知道，精準、逼真，生物有機體發展歷程的再現經過。」我勉強地笑了一下。

「有道理，是什麼造成你內部出血？我能幫你什麼嗎？」杭特沒好氣地說，扶我回到床上。

「給我杯水，勞駕。」我慢慢地喝著水，感到胸口和喉嚨裡翻騰，但強忍住一陣猛咳。我的肚子裡有如著了火一般。

「是怎麼回事？」杭特又問了一遍。

我話說得很慢，很小心，字斟句酌，就像踩在布雷區裡的每一步一樣，我沒有再咳嗽。「是一種叫癆病的病症，肺病，從這麼嚴重的出血來看，已經是末期了。」我說。

杭特那張獵犬似的臉變得煞白。「天啊，席維倫，我從沒聽說過肺病。」他抬起手腕來，好像要查看他通訊記錄器的資料，但他手腕是空的。

我把他的儀器還給他。「肺病已經絕跡了好幾百年。治好了。可是當年約翰．濟慈得了肺病，也死於肺病。而這個模控人的身體是濟慈的。」

杭特一副想衝出門去求助似地站著。「智核現在總該讓我們回去了吧！他們不能讓你一直留在這個沒有醫療援助的空無世界裡！」

我把頭靠回那柔軟的枕頭，感到枕套下的羽毛。「那可能正是把我關在這裡的原因。等明天我們到了羅馬之後就會知道了。」

「可是你不能再走！早上我們哪裡也不去。」

「到時候再看，到時候再看。」我說著閉上了眼睛。

到了早上，有一輛四輪小馬車在旅舍門外等著。拉車的是一匹很大的灰色母馬，在我們走近時轉著眼睛，呼吸在寒冷的清晨空氣中冒出白煙。

「你知道那是什麼嗎？」杭特說。

「一匹馬。」

杭特伸出手來向那隻動物摸去，好像只要一碰到，就會像個肥皂泡似地炸開不見了。可惜並非如此，那匹母馬尾巴一擺，杭特趕緊把手縮了回來。

「馬已經絕種了，也沒有經由生物創作再回到這個世界上來。」他說。

「這匹馬看來很真實。」我說著爬進馬車裡，坐在窄窄的板凳上。

杭特很快地坐在我身旁，修長的手指不安地抽動著。「誰來駕車？控制板在哪？」他說。

沒有韁繩，車伕的座位上也空無一人。「看看那匹馬是不是認得路吧。」我建議道。而就在那一刻，我們開始以悠閒的速度前進，那無人駕馭的馬車在石子路上顛簸而行。

「開玩笑吧？」杭特問道，一面瞪著完美無缺的藍天和遠處的田地。

我用一塊由小旅舍借來的毛巾當作手帕，摀住嘴盡量輕輕地小咳了一下。「有可能，不過話說回來，有什麼不是呢？」我說。

杭特沒有理會我的詭辯，而我們就這樣搖搖晃晃地走向未知的目的地和命運。

「杭特和席維倫在哪裡？」梅娜．葛萊史東問道。

西黛蒲塔．艾卡喜，那個可算葛萊史東第二位最重要助理的年輕黑人女性靠近了些，以免打斷了軍方的簡報。「報告首席執行官，還沒有消息。」

「不可能，席維倫身上有追蹤器，而里到平安星去已經有一個鐘頭了。他們到底在什麼鬼地方？」

艾卡喜看了看她打開來放在桌上的電子記事簿。「國安局找不到他們，交通警察也找不到，傳送單位的記錄只有他們轉入天崙五的代碼，也就是這裡，進了傳送門，但沒有到達。」

「這不可能。」

「是，首席執行官。」

「等這個會一開完，我就要和艾爾必杜或是其他ＡＩ的資政談談。」

「是。」

兩名女子都把注意力轉回到簡報上。政府戰略中心已和奧林帕斯指揮中心戰情室併在一起，再加上參議院那有十五公尺見方巨大視窗的最大一間簡報室，使這三個空間形成一個有如洞穴一樣，並不勻稱的會議區。戰情室裡的光幕似乎延伸到無限，以展示太空的盡頭，而無數排的資料在所有的牆上流動。

「離入侵還有四分鐘。」辛赫上將說。

「他們的長程武器早就可以向神之谷開火了，他們好像相當自制。」莫普戈將軍說。

「他們對我們的火炬船卻毫不留情。」外交部長賈瑞昂・帕爾索夫說。這群人在一小時前會集在這裡，就是因為匆忙結集的十來艘霸聯火炬船據報被來犯的驅逐者船群摧毀。長程感應器傳送來最短的驅逐者船群影像，一叢小小的火星，帶著彗星似的凝結尾，然後那些火炬船和傳訊設備都再無消息。到處是更多小小的火星。

「這些都是戰艦，我們到現在為止，已經廣播好幾個小時，說明天堂之門是一個不設防的星球，我們希望他們能手下留情。」莫普戈將軍說。

天堂之門的影像出現在他們四周的光幕上：寂靜的泥原街道、海岸的空照圖，常被雲層籠罩的那灰棕色世界的天體圖像，那個星球的十二面像顯示與所有傳送門的連接，還有天文望遠鏡中，電子感應器裡顯示如X光影像的入侵驅逐者船群，現在比小汙點或火星要大得多了，距離已不到一個天文單位。葛萊史東抬頭注視著驅逐者戰艦的凝結尾，那些翻滾著，有力場閃動的太空農場和泡泡般的世界，那些複雜卻很奇怪地像非人類的無重力城市建築，心裡想著：萬一我錯了怎麼辦？

數十億的生命全賴於她相信驅逐者不會毫無道理地摧毀掉霸聯的各個世界。

「離入侵還有兩分鐘。」辛赫以職業軍人單調的語氣說道。

「上將，一旦驅逐者突破了我們的防線，就馬上將那個星球傳送系統摧毀的作法有必要嗎？我們能不能多等幾分鐘，看他們的意向如何呢？」葛萊史東說。

「不行，首席執行官。傳送門的連接奇異點只要在可能遭到攻擊的範圍內，就必須馬上摧毀。」

上將立即回答道。

「可是，上校，就算你的火炬船不做這件事，我們仍然有系統內的連接、超光速通訊設備，以及定時裝置，對不對？」

「是的，首席執行官大人，可是我們必須確定所有的傳送門功能都要在驅逐者占領之前移除才行，這已經是最低限度的安全尺度，不能再退讓了。」

葛萊史東點了點頭。她了解這種絕對謹慎的必要，只要能再多點時間就好了。

「距離入侵和摧毀時間還有十五秒，十秒、七……」辛赫倒數著。

突然之間，所有的火炬船和靠近這邊的遙控光幕上全都亮起紫色、紅色和白色的光。

葛萊史東俯身向前。「那個東西毀了嗎？」

軍方人士忙亂成一團，蒐集進一步的資料，轉換著光幕上的影像。「不是的，首席執行官。火炬船遭到了攻擊。妳現在所看到的是他們的防護場超載。那個……啊……在這裡。」莫普戈回答道。

一個正中央的影像，可能是由下層軌道上一艘通訊船傳來的，顯示出那個星球的十二面像圖，三萬平方公尺的表面仍然完整無缺，仍在天堂之門的太陽強烈的光線中。然後，光亮突然間增強，整個結構最近的一面似乎白熱化而塌陷下去。不到三秒鐘，整個球體膨脹起來，被困在其中的奇異點逃脫出來將半徑六百公里之內的一切吞食。

就在同一瞬間，大部分的影像和很多列的資料全都化為空白。

「所有傳送門的連接終結。系統內的資料現在只由超光速通訊傳送設備傳送。」辛赫宣布道。

軍方人士響起一陣表示贊許和寬慰的聲音，聽來很接近於嘆息和呻吟的聲音則來自十來位參議員和政界的顧問群。天堂之門的世界剛由萬星網割除了，這是四百多年來霸聯第一次有這樣的損失。

葛萊史東轉身向西黛蒲塔·艾卡喜問道：「現在由萬星網到天堂之門去的時間是多久？」

「如果使用霍金空間跳躍推進器，在太空船上的時間是七個月。」那位助理完全沒有停下來查資料就回答道：「時債約九年多。」

葛萊史東點了點頭。天堂之門現在離最近的萬星網世界也有九年之遠了。

「這是我們的火炬船。」辛赫說道。畫面是由軌道上一個前哨衛星通過高速超光速通訊跳動而色彩失真的影像傳送到電腦，再以快速處理的方式傳送。畫面有如嵌瓷畫，但總讓葛萊史東想起媒體時代最初期的默片。可是這可不是卓別林的喜劇。兩朵，然後五朵，再是八朵迸裂的強光在星球上方的星空中綻放開來。

「『尼基偉馬號』『蒂納平號』『掌旗手號』和『安德魯保羅號』的通訊中止。」辛赫報告道。

巴布雷·丹—吉迪士舉起一隻手。「其他四艘呢，上將？」

「只有剛才所說的四艘火炬船上有超光速通訊功能。前哨衛星證實另外四艘船上的無線電、微波發射器、寬頻連接也都已經中止。視訊資料……」辛赫停了下來，用手比了下由自動前哨衛星傳送來的畫面：八個擴張而後消失的光圈，星空中滿是凝結尾和新的光點。突然之間，就連這個影像也消失了。

「所有軌道感應裝置和超光速通訊連接中止。」莫普戈將軍說。他比了比手勢，所有空白的光幕上顯示出天堂之門的街道影像，還有始終籠罩著的低矮雲層，飛行器增加了在雲層上拍攝的照片，天上滿是亂竄的星星。

「所有的報告證實已摧毀連接，驅逐者船群的先頭部隊現在正進入天堂之門四周的上層軌道。」辛赫說。

「那裡還剩多少人？」葛萊史東問道。她身子前傾，兩肘擱在桌上，雙手緊交握。

「八萬六千七百八十九人。」國防部長伊摩鐸說。

「那還沒有算上過去兩小時裡傳送進去的一萬兩千名陸戰隊員。」范捷特將軍加上一句。

伊摩鐸向將軍點了點頭。

葛萊史東謝過他們，把注意力轉回到光幕上。資料列飄浮在上空，其中的摘要則在傳真機、通訊記錄器和桌面板上呈現令人心煩的數據：目前已進入系統內的驅逐者船群船艦數，在軌道上的船艦型號和數量，已入侵軌道和時間曲線的投影、能量分析，還有通訊頻道截聽的資料。可是葛萊史東和其他人都在注意看著相較之下不那麼有情報價值而又缺少變化的超光速通訊影像，都是由飛行器或地面攝影機拍攝的：星星、雲層、街道，還有葛萊史東自己在不到十二小時前，還在那裡站立過的泥原散步場上方大氣製造站高塔上所看到的景象。巨大的馬尾草在由海灣吹來的微風中搖擺。

「我想他們會談判，他們先讓我們看到這個 fait accompli（既成事實）占領了九個世界，然後他們會來談判，力爭新的權力平衡。我是說，就算他們兩波侵略行動都得到成功，也不過是在萬星網和領地的將近兩百個世界裡少掉二十五個世界而已。」雷巧參議員說。

「不錯，可是不要忘了，參議員，這其中包括了一些在戰略地位上最重要的幾個世界……比方說，這一個。在驅逐者的時間表上，天崙五在天堂之門後面只有兩百三十五小時。」外交部長帕爾索夫說。

雷巧參議員回瞪著帕爾索夫。「這點我很清楚。我只是說驅逐者並不是真的想完全攻占我們，否則他們就太愚蠢了。霸軍也不可能讓第二波能這麼深入地突破。這所謂的『入侵』絕對只是談判的前奏。」她冷冷地說道。

「也許吧，可是這種談判必須有賴於……」諾德荷姆的參議員龍奎斯特說。

「等一下。」葛萊史東說。

資料列上現在顯示有一百多艘驅逐者的戰艦在天堂之門四周的軌道上。那裡的地面部隊受命除非受到攻擊，否則不許開火，而在三十多個由超光速通訊傳到戰情室來的影像中，看不到任何動靜。不過，覆蓋在泥原城上的雲層突然間亮了起來，好像打開了巨型探照燈。十來道很寬的光柱直照進海灣和城市裡，除了探照燈的照明之外，葛萊史東還覺得好像是巨大的白色柱子立在地面與上方覆蓋的雲層之間。

這樣的光柱突然消失，在這些寬約一百公尺的光柱底端都冒起一陣烈焰和毀滅性的旋風。海灣中的水沸騰，一陣陣巨大的水汽使得最接近的攝影機鏡頭都為之模糊。由高塔拍到的影像中，城裡有百年歷史的石造建築物全都爆發出烈焰，向內碎裂，像是有一陣龍捲風在其間遊走。全萬星網知名的花園和散步場都在火焰中炸了開來，泥土和碎片飛舞，好似有看不見的犁在那裡犁過。有兩百多年壽命的馬尾草像被颶風吹襲般地折斷、燃燒，然後就消失了。

「波維爾級火炬船上的光矛，或者是驅逐者類似的武器。」辛赫在一片沉寂中說。

整個城市在燃燒、爆炸，被那些光柱犁為瓦礫，然後再裂得粉碎。這些超光速通訊的影像沒有音響，但葛萊史東想像到她聽得見尖叫。

那些地面上的攝影機畫面一個個變黑，由大氣製造站高塔上拍攝的影像在一陣白色閃光中消失。空攝照相機早已沒有了，其他二十來處地面攝影機也開始閃動關閉，其中一具爆炸出可怕的深紅亮光，使房間裡所有的人都在揉眼睛。

「電漿爆炸，百萬噸級威力。」范捷特說。那是由城際運河以北的霸軍陸戰隊防空陣地傳來的影像。

突然之間所有的影像消失，資料輸入中止。突來的黑暗使每個人都喘不過氣來，室內的燈光開始亮起，以資補充。

「主要的超光速通訊發射系統沒有了。那原先是在高門附近的霸軍基地裡，埋在我們最強的阻絕力場下面，至少有五十公尺厚的岩石和十公尺干擾層。」莫普戈將軍說。

「錐形核爆？」巴布雷・丹—吉迪士問道。

「至少是這個。」莫普戈說。

柯爾契夫參議員站了起來，他魁梧的身子散發出幾乎像熊一般的力量。「好了，這可不是什麼他媽的談判策略。驅逐者剛把一個萬星網的世界化為灰燼。這是不顧一切、毫不留情的戰爭。文明的存續受到了考驗，我們現在要怎麼辦呢？」

所有的眼光都轉向梅娜・葛萊史東。

領事把陷入半昏迷狀態的席奧・連恩由那架浮掠機殘骸中拖了出來，將那比他年輕男人的手臂架在肩膀上，蹣跚地走了五十公尺，然後跌坐在胡黎河岸一行樹下的草地上。浮掠機沒有起火，但撞成一團，終於停止滑動，靠在坍塌的那堵石牆前。金屬和陶聚合體的碎片散落在河岸和空無一人的路上。

城市正在燃燒。濃煙遮住了河對面的一切，而傑克鎮的這一部分，所謂舊城區，看來好似點燃了好幾個火葬柴堆，粗粗的黑色煙柱升向籠罩在上方的低矮雲層。暮色中仍有雷射光和飛彈的曳尾火光畫過，有時候擊中來犯的登陸艇、傘兵，和不斷從雲中落下、有如新近收割的田地中吹起的穀殼一般的懸力場浮球。

「席奧，你還好吧？」

總督點了點頭，伸手把鼻梁上的眼鏡推高一點，卻又不知所措地停了下來，因為他發現眼鏡已經不見了。血由席奧的前額和手臂上流了下來。「撞到了頭。」他含糊不清地說。

「我們得用你的通訊記錄器，找人到這裡來接我們。」領事說。

席奧點了點頭，抬起手臂，對著手腕皺起了眉頭。「不見了，通訊記錄器不見了，得到浮掠機裡去找一找。」他說，想站起身來。

領事把他拉回座。他們現在還靠這裡幾棵裝飾性的樹遮擋住，但那架浮掠機卻暴露在外，而他們著陸的事也不是祕密。領事剛在浮掠機迫降時，看到過有一些穿著盔甲的軍隊由旁邊一條側街走來。他們可能是當地自衛軍、驅逐者，甚至可能是霸聯的陸戰隊，可是領事覺得不論是哪邊的人，都會開槍。

「算了吧，我們去找個電話，打到領事館去。」他說。他四下環顧，辨認著他們墜機所在的那些倉庫和石造房屋，在河上游約一、兩百公尺處，有一座人去樓空的舊教堂，旁邊牧師住的房子坍塌了，半懸在河岸上。

「我知道我們在什麼地方，離西塞羅的店只有一兩條街道。來吧。」領事說。他抓起席奧的手臂，繞過自己的頭，架在肩膀上，把受了傷的席奧拉起來。

「西塞羅的店，好極了，可以來杯酒。」席奧喃喃地說。

槍枝開火的噠噠聲和能量武器還擊的滋滋聲由他們南邊的街道上傳來。領事撐著席奧的體重，半走半拖地沿著狹窄的河邊小徑走下去。

「啊，媽的！」領事輕聲地咒罵道。

西塞羅的店正在起火燃燒，那間年代和傑克鎮一樣久遠，比首都大部分地方都要古老得多的小酒吧旅舍，其四棟臨河的老房舍中已有三棟陷入火海。只有一小群人用水桶不屈不撓地灌救最後一部分。

「我看到史坦。」領事說著，指向站在水桶小隊前頭的史坦．魯維斯基胖大的身影。「來，你的頭怎麼樣？」領事扶著席奧到路邊一棵榆樹下坐了下來。。

「很痛。」

「我馬上就找幫手來。」領事說完，就盡快地由那條小路向那群人走去。

史坦．魯維斯基像見到鬼似地瞪著領事，那個大個子男人的臉上滿是一條條黑漬和淚痕，兩眼睜得大大的，幾乎無法了解目前的狀況，西塞羅的店是家傳了六代的祖業。現在下起了小雨，火勢似乎受到壓制。幾根木頭由燒毀的部分塌進地下室的餘燼中，引起小路上那些人的叫喊。

「天啊，完了，你看到沒有，吉利爺爺增建的部分？沒有了。」魯維斯基說。

領事抓住那大個子男人的肩膀。「史坦，我們需要幫忙。席奧在那邊，受了傷。我們的浮掠機失事了。我們得趕到太空港去，要用你的電話。事態緊急，史坦。」

魯維斯基搖了搖頭。「電話燒掉了。通訊記錄器的頻道阻斷。正在打他媽的仗呢。全都沒了，媽的。沒了。」他指著那老旅舍燒毀的部分。

領事握緊了拳頭，在全然無助的情況下只感到一陣狂怒。其他人在身邊走動，可是領事一個也不認得。眼前看不到霸軍或自衛軍的軍官。突然在他背後有個聲音說：「我可以幫忙，我有一架浮掠機。」

領事半轉身來，看到一個五十好幾或是六十出頭的男人，他那張英俊的臉上和鬢髮上都是一條條的煙塵和汗水。「太好了，感激不盡。」領事說，他略停了一下。「我認得你嗎？」

「我是米立歐·阿讓德茲博士。」那個人說著，已經向席奧休息的地方走了過去。

「阿讓德茲。」領事重複了一遍，一面匆匆趕了上去。這個名字很奇怪地回響著。是他以前認得的什麼人嗎？是他應該知道的人嗎？「我的天啊，阿讓德茲！幾十年前蕾秋·溫朝博到這裡來的時候，你是她的那個朋友。」他說。

「實際上，是她的大學導師，我知道你，你和索爾一起去朝聖。」阿讓德茲說。他們走到仍然兩手抱頭坐在那裡的席奧身邊停了下來。「我的浮掠機停在那邊。」阿讓德茲說。

領事看到一架很小的雙人維肯和風浮掠機停在樹下。「好極了。我們先把席奧送到醫院，然後我要馬上到太空港去。」

「醫院裡已經人滿為患到讓人發狂的地步了。如果你是想到你的太空船那裡去，我建議你把總督帶過去，用你船上的醫療設備。」阿讓德茲說。

領事頓了一下。「你怎麼知道我有艘船在那裡？」

阿讓德茲打開了機門，把席奧扶進前方駕駛艙兩個座位後面的狹窄板凳上。「領事先生，你和其他朝聖者的事我都知道。我這幾個月來一直在試著獲得准許到時塚谷去，當我聽到你們朝聖團的駁船祕密開航而索爾也在船上的時候，你簡直無法想像我有多憤怒和無奈。」阿讓德茲深吸一口氣，然後問了一個顯然先前一直害怕問的問題。「蕾秋還活著嗎？」

她是個成年女子的時候，他是她的情人。領事想道。「我不知道，如果可以，我很想及時趕回去救她。」他說。

米立歐・阿讓德茲點了點頭，坐進了駕駛座，招手要領事進來。「我們要想辦法到太空港去，到處都在打仗，恐怕不太容易。」

領事靠坐在椅背上，在座椅將他包住時，感到他身上的瘀傷、割傷和疲累。「我們要把席奧……總督送到領事館或政府大樓或是那個不管他們現在叫什麼的地方。」

阿讓德茲搖了搖頭，啟動升空裝置。「不行，領事館已經沒有了，被一枚射歪了的飛彈擊中了，這是緊急新聞頻道上說的。在你這位朋友出動找你之前，所有霸聯的官員都已經到太空港準備疏散了。」

領事看了看還在半昏迷中的席奧・連恩。「我們走吧。」他輕輕地對阿讓德茲說。

浮掠機在他們飛越河上時遭到了小型武器的攻擊，但那些箭彈只碰到了機身外殼，而唯一一道朝他們發射的死光劃過他們下方，激起一陣高達十公尺的水蒸氣。阿讓德茲駕機有如瘋子，左右搖晃、上下顛動，直衝而前，偏離航道，而且偶爾還會讓浮掠機扭轉，像一塊板子在一大片彈珠上滑過似地。領事的座椅將他緊緊包覆，但他還是覺得像要嘔出來似地。在他們後面，坐在板凳上的席奧頭部前後搖晃著，人已經昏了過去。

「城裡亂成一團！我要順著舊的高架路到太空港公路，然後再越過鄉間，盡量飛低。」阿讓德茲在轟隆的響聲中提高了聲音說。他們繞過一棟正在燃燒的建築物，領事等飛過之後才發現那正是他以前住的地方。

「太空港公路能通嗎？」

阿讓德茲搖了搖頭。「沒辦法。在過去三十分鐘裡，不斷有傘兵降落在那一帶。」

「驅逐者準備毀了這個城市嗎？」

「不會。要這樣幹，他們在軌道上就辦得到了，不必這麼大費周章。他們好像在包圍首都，大部分的登陸艇和傘兵部隊降落的地點至少都在十公里之外。」

「在還擊的是我們的自衛軍嗎？」

阿讓德茲大笑起來，露出一口白牙襯著他曬黑的皮膚。「他們現在已經在到安迪米恩市和浪漫港的半路上了，不過在通訊頻道阻斷之前，也就是十分鐘之前，有報導說那些城市也受到了攻擊。不是的，你所看到那一點點抵抗，是留下來護衛這個城市和太空港的幾十名霸軍陸戰隊。」

「所以驅逐者還沒有摧毀或占領太空港？」

「還沒有。至少幾分鐘之前還沒有。我們很快就知道了。坐穩了！」

經由高速公路，或是上方的空道到十公里外的太空港通常只要幾分鐘，可是阿讓德茲的迂迴前進，上上下下地越過山丘，穿過山谷，飛在樹木之間，讓這次行程增加了時間和刺激。領事轉頭去看在他右邊閃過的山邊和起火燃燒的難民營。男男女女蹲靠著大礫石，或在低矮的樹下，在浮掠機飛過時用手護著頭。領事有一次看到一小隊霸軍陸戰隊在一座小山頂上挖著工事，可是他們的注意力都集中在北方的另一座有雷射光矛射來的小山。阿讓德茲也在同一瞬間看到那些陸戰隊，立刻讓浮掠機向左急轉，陡降進一條狹窄的溪谷中，不到幾秒鐘，上方山脈的樹梢就像被看不見的鐮刀整個削掉了。

最後他們升上去越過了最後一道山稜，太空港西邊的大門和圍牆就出現在他們前面。外圈閃著防護和阻攔力場的藍光和紫光，在還有一公里外的地方，一道雷射光閃現，定在他們身上，無線電裡響起一個聲音說：「識別不明的浮掠機，立刻著陸，否則擊毀。」

阿讓德茲立即降落。

十公尺外的樹似乎在晃動，突然之間，他們就被一群穿著啟動變色功能迷彩服的幽靈團團圍住。阿讓德茲已經打開駕駛艙蓋，幾支步槍瞄準了他和領事。

「下來。」一在迷彩的鬼影後一個不見身軀的聲音說道。

「總督在機上，我們一定得進去。」一領事叫道。

「胡說八道！出來！」那個叱喝的聲音絕對是萬星網的口音。

領事和阿讓德茲匆忙地解除座椅的安全裝置，開始爬出機外，這時後座有個聲音叱喝道：「穆勒中尉，是你嗎？」

「啊，是的，長官。」

「你認得我嗎，中尉？」

迷彩鬼影消失，一名穿著全套戰鬥盔甲的年輕陸戰隊軍官站在離浮掠機不到一公尺遠的地方。他的臉只有一張黑色的夜視鏡，但聲音聽來很年輕。「是，長官……呃，總督，抱歉，您沒戴眼鏡我沒認出您來。您受傷了，長官。」

「我知道我受傷了，中尉，所以他們才護送我到這裡來。你認不出前霸聯駐海柏利昂的領事嗎？」

「對不起，長官，基地關閉了。」穆勒中尉說著，揮手要他手下的人退回樹林裡。

「這個基地當然已經關閉了。是我簽下的命令。可是我也有權疏散所有重要的霸聯人員。你的確也讓那些浮掠機通過了吧，是不是，穆勒中尉？」席奧咬著牙說。

一隻包著甲冑的手伸了起來，好像要抓戴了頭盔和夜視鏡的頭。「呃，是的，長官，啊，確有其事，可是那是一個小時之前，長官。疏散用的登陸艇已經啟航了，而且……」

「天啊，穆勒，用你的軍用頻道讓季拉西莫夫上校授權我們通過。」

「上校死了，長官，東區受到一艘登陸艇攻擊……」

「那就找盧威林上尉。」席奧說。他搖晃了一下，但緊靠在領事的椅背上穩住了身子，在血的映襯之下，他的臉色非常蒼白。

「呃，軍用頻道壞了，長官，驅逐者又阻斷了寬頻。」

「中尉！」席奧叱喝道，領事從來沒聽過他這位年輕朋友用這樣的語氣說話。「你已經以肉眼確認了我的身分，也掃瞄過我植入晶片的身分證明，現在要不就讓我們進去，要不就開槍射殺我們。」

這名穿著甲冑的陸戰隊軍官回頭朝樹林看了一眼，好像在考慮要不要命令他的人開火。「所有的登陸艇都已經走了，長官，也不會有其他小艇降落。」

席奧點了點頭。血原先已經止了，凝結在他的前額，現在又有一道新的從他髮線流了下來。「那艘扣留的太空船仍然在九號碼頭吧，是不是？」

「是的，長官。可是那是一艘民間的太空船，不可能在驅逐者的砲火下……」穆勒回答道，突然立正站好。

席奧揮手要那名軍官閉嘴，向阿讓德茲比了個手勢，要他直闖進去。領事望向前方的路障、阻絕力場，恐怕還有這架浮掠機在十秒之內會碰上的壓力地雷。他看到那位中尉揮手，前方的藍色和紫色的能量力場出現了一處開口。沒有人開火。半分鐘之後，他們橫越過太空港的硬質地層。在北邊有龐然大物正在燃燒。左側則是一堆霸軍的拖車和指揮車，已經熔成一大潭冒著泡的塑膠。

裡面原先還有人在吧，領事想道，又再強忍下一陣作嘔的感覺。

七號碼頭已經被摧毀了，經過強化厚達十公分的圓形圍牆炸開，好像是硬紙板做的一樣。八號碼頭正在燃燒，由那種白熱的光就看得出是受到電漿手榴彈的攻擊。九號碼頭完整無缺，由圍牆上方露出領事的太空船船頭，包圍在一層三級護衛力場之中。

「防護罩已經打開了嗎？」領事問道。

席奧靠躺回到加了墊子的板凳上。他的聲音有點含糊。「是的，葛萊史東授權解除了防護罩，那只是一般的保護力場，只要下指令就能解除。」

阿讓德茲讓浮掠機降落下來，紅色警示燈亮起，一個電腦合成的聲音開始說明故障情形。他們把席奧扶了下來，先暫時躺在那架小型的浮掠機後面，一支小箭彈把引擎罩和升空裝置的外殼打出一道不規則的裂縫，外罩有一部分已經因為超載而融化了。

米立歐．阿讓德茲用手拍了下那架機器，然後兩個人一起轉身扶著席奧穿過碼頭的大門，走上太空船停泊的地方。

「我的天，真美，我還從來沒上過私人的星際太空船。」米立歐．阿讓德茲博士說。

「現在有的也不過幾十艘。這艘船雖然很小，也花了幾億馬克。這對偶爾才需要做星際旅行的大企業，或是必要時可以使用軍用太空船的邊疆星系政府機構來說，是很不合算的。」領事說著，把滲透面罩蓋住席奧的口鼻，輕輕地把那紅髮男子放進緊急照顧維生的醫療艙內，把艙門關好，很快地啟動查看了一下診斷程式。「他沒問題的。」他最後對阿讓德茲說，然後回到投影室。

米立歐．阿讓德茲站在那架古老的史坦威鋼琴旁，輕輕地手滑過那架大鋼琴光亮的琴身。他從船身形如陽臺的平臺上方的透明部位望出去，說道：「我看到大門附近起火，我們最好趕快離開這裡。」

「我正在做這件事。」領事說著，請阿讓德茲坐在環繞投影區四周的圓形沙發上。

那位考古學家趺坐在軟軟的椅墊上，四下看了看。「沒有……呃，控制儀錶嗎？」

領事微微一笑。「駕駛艙？駕駛儀錶？也許該有一個我可以操縱的舵輪？啊，對了。船？」

「有。」一個柔和的聲音不知從何而來。

「我們可以起飛了嗎？」

「可以。」

「禁制力場已經解除了嗎？」

「那是我們的護衛力場，我已經收回了。」

「好，讓我們趕快離開這裡吧。我不用提醒你我們正陷身於戰火之中，對吧？」

「不用。我一直在注意所有的發展。霸軍的最後一批太空船正在離開海柏利昂星系，那些陸戰隊現在進退不得，而且……」

「戰況分析等下再說了，船。目的地是時塚谷，趕快離開這裡。」領事說。

「是，長官。我只是要指出這艘太空船的防衛力量大概很難撐過一個多鐘頭。」船說。

「知道了，現在起飛吧。」領事說。

「我必須聽命先把這段超光速通訊傳送的資料告訴你，這個訊息送達的時間是萬星網標準時間今天下午十六點二十二分三十八秒又十四微秒。」

「哇！等一下！你聽命要在我們啟程之前把這個訊息先讓我看過？你是聽誰的命令呀，船？」領事叫道，將剛傳了半截的光幕停住，梅娜．葛萊史東的半張臉懸在他們上方的空中。

「報告長官，葛萊史東首席執行官的命令。五天之前，首席執行官取得所有船艦的優先控制權。這件超光速通訊的影音訊息是最後一件，然後……」

「原來如此，所以你對我遙控的命令不予理會。」領事喃喃地說道。

「是的，我正要告訴您，請您看這個影音訊息，這是把指揮權歸還給您之前的最後要求。」船用聊天似的語氣說。

「然後你就聽我的話？」

「是的。」

「我說去哪裡就送我們去哪裡？」

「是的。」

「沒有再藏著什麼更高順位？」

「就我所知是沒有了。」

「把影音訊息放出來吧。」

梅娜．葛萊史東首席執行官那像林肯似的面容浮現在投影室的中央，因為是超光速通訊的關係而有些抽動和斷續。「我很高興你能由時塚之行中活著回來，現在你想必知道我是要請你在回到那個山谷去之前，先和驅逐者談判。」她對領事說。

領事兩臂交叉在胸前，怒瞪著葛萊史東的影像。外面太陽正在西沉，他只有幾分鐘的時間，然後蕾秋．溫朝博就會到她出生的時刻，就此不再存在。

「我了解你急著趕回去救你的那些朋友。可是在此時此刻，你怎麼樣也救不了那個孩子，萬星網的專家們很確定地告訴我們，無論是冷凍神遊或使她進入昏迷狀態都無法遏止梅林症。索爾也知道這件事。」葛萊史東說。

在投影室那頭的阿讓德茲博士說：「這是真的，他們已經實驗過好多年了，她會死在昏迷之中。」

「但是你可以救萬星網裡的數十億你以為自己背叛過的人。」葛萊史東繼續說道。

領事俯身向前，兩肘支在雙膝上，用拳頭抵住下巴。耳裡只聽見自己的心跳得很大聲。

「我知道你會打開時塚，智核的預測顯示出你對茂宜—聖約星的忠誠，還有對你祖母叛變事件的記憶會勝過其他所有的因素。這是讓時塚打開的時刻，也只有你才能在驅逐者他們自己決定這樣做之前，就啟動驅逐者的裝置。」葛萊史東說，她憂傷的棕色眼睛似乎直視著領事。

「這些我已經聽夠了。」領事說著站了起來，背對著投影。「把訊息取消。」他對船說，心裡也知道對方不會服從。

米立歐．阿讓德茲由投影中穿行過來，緊緊抓住領事的手臂。「把她的話聽完，拜託。」

領事搖了搖頭，但仍站在投影室，兩臂交叉在胸前。

「現在最壞的情況發生了，驅逐者正侵入萬星網，天堂之門已經遭到摧毀，神之谷距離入侵也不到一個鐘頭的時間。你必須在海柏利昂和驅逐者談判，用你的外交技巧和他們展開對話。驅逐者不會回應我們以無線電或超光速通訊傳送的訊息，可是我們已經通知他們說你會去，我想他們仍然會信任你。」葛萊史東說。

領事發出一聲呻吟，走到鋼琴旁，一拳打在琴蓋上。

葛萊史東說：「我們的時間只有幾分鐘，而不是幾個小時。領事，我要請你先去見在海柏利昂星系裡的驅逐者，如果你一定要回時塚谷，之後再去。你比我更清楚兵燹的後果。如果我們不能找到一個安全的管道和驅逐者溝通，就會白白犧牲好幾百萬人的性命。

「取決在於你，但請考慮到如果我們在尋求真理、維持和平的最後努力上失敗了，會有什麼樣的不同。等你和驅逐者的船群接上頭之後，我會再用超光速通訊和你連絡。」

葛萊史東的影像抖動、模糊，然後消失。

「要回覆嗎？」船問道。

「不要。」領事在那架史坦威鋼琴和投影室之間走來走去。

「幾近兩百年來，沒有一架太空船或浮掠機曾經人員毫髮無傷地降落在那個山谷附近，她想必知道你抵達那裡、逃過荊魔神、然後再和驅逐者會面的機率，會有多渺茫。」米立歐·阿讓德茲說。

「事情現在不一樣了，時潮已經亂了，荊魔神想到哪裡就到哪裡。也許以前防止人為著陸的那些事項現在已經沒有作用了。」領事並未轉身面對另外那個男人。

「也許沒有我們，你的船也能完美地在那裡降落，就像其他很多太空船一樣。」阿讓德茲說。

「他媽的，當你要和我一起來的時候，你就知道會有什麼危險。」領事叫罵著轉過身來。

那位考古學家平靜地點了點頭。「我不是擔心自己會有什麼危險，如果能救得了蕾秋，什麼危險我都可以承受，或者哪怕只是能見她一面也是一樣。可是你的性命卻可能是人類生死存亡的關鍵。」

領事對著空中揮舞拳頭，像一隻關在籠子裡的猛獸似地走來走去。「這太不公平了！我以前是葛萊史東的卒子。她自私、蓄意利用我！我殺了四個驅逐者，阿讓德茲。因為我必須啟動他們那些該死的裝置來打開時塚而槍殺了他們。你想他們還會張開雙臂歡迎我回去嗎？」

考古學家那對黑色的眼睛一眨也不眨地望著領事。「葛萊史東相信他們會和你談判。」

「誰知道他們會怎麼樣？或是在這件事情上，誰知道葛萊史東相信什麼。霸聯還有他們和驅逐者的關係現在都不關我的事。我真的希望災難降在他們兩邊的家裡。」

「到讓全人類受苦的程度？」

「我不認得什麼全人類。可是我認得索爾．溫朝博和蕾秋，還有一個名叫布琊．拉蜜亞，受了傷的女人、保羅．杜黑神父、費德曼．卡薩德……」領事以疲倦而平板的聲音說。

船所發出的柔和聲音包圍著他們。「這個太空港的北邊圍牆已經破裂了。我正啟動升空的最後程序。請兩位就座。」

領事半是踉蹌回到投影室，太空船內部的安全力場在垂直高差迅速加大的情況下朝他壓了下來，將一切固定在原位，比任何一種安全帶都更有保護作用。一旦到自由落體的狀態時，力場就會減輕，但仍然有維持吸力的作用。

投影室上方的空中如起了霧一般，顯示出碼頭和太空港在下方迅速縮退。地平線和遠處的山丘躍動又傾斜，太空船經由八十重力閃避操作直衝而出。有幾支能量武器朝他們開火，但資料列顯示外圍的阻絕力場發揮了阻擋作用。然後地平線漸漸拉遠而彎曲，而天青色的天空漸漸暗成外太空的漆黑。

「目的地？」船問道。

領事閉起了眼睛。由他們背後響起一陣鈴聲，宣布可以把席奧・連恩由恢復艙移至醫療室。

「到我們能和驅逐者入侵部隊的人碰面的時間還有多久？」領事問道。

「三十分鐘到驅逐者船群占領區。」船回答道。

「還有多久會進入他們攻擊戰艦武器的射擊範圍之內？」

「他們現在就在攻擊我們了。」

米立歐・阿讓德茲的表情很平靜，但是緊壓在沙發背上的手指卻都發白了。

「好吧，朝驅逐者船群進發，避開霸聯的船艦。在所有的頻道上表明我們是一艘無武器的外交船，要求談判。」領事說。

「這個訊息已經由葛萊史東首席執行官授權發出了，長官，現在正在超光速通訊和所有通訊頻道上播出。」

「繼續接著幹吧，你看得到時間嗎？」領事說。他指著阿讓德茲的通訊記錄器。

「看得到。離蕾秋出生的時刻還有六分鐘。」

領事靠坐在椅子上，又閉上了眼睛。「你千里迢迢而來，卻一事無成，阿讓德茲博士。」

那位考古學家站了起來，微晃了一下，讓自己的兩腿習慣於太空船內擬似的重力，再小心地走到鋼琴前，他在那裡站了一陣，由陽臺的窗口望著外面黑暗的天空和那退縮卻仍明亮的星球。「也許不會，也許不會。」他說。

H

38

今天我們進入那片沼澤荒原，我認出了那正是羅馬平原，為了慶祝這事，我又起了一陣劇烈的咳嗽，最後以嘔了更多血來收場。這回比上次吐得更多。里．杭特又擔心又無奈地發瘋，他在我發作時抓住我的肩膀，又用破布在附近的小溪裡弄濕了之後，替我擦乾淨衣服。他問道：「我能做點什麼呢？」

「到野地裡去摘些花來，以前約瑟夫．席維倫就是這樣做的。」我喘著氣說。

他憤怒地轉開了身，不知道我即使是在發燒而疲累不堪的情況下，說的都只是實話。

那輛小車和那匹疲累的馬以比先前更令人痛苦的顛簸搖晃穿過了羅馬平原。到了那天下午近黃昏時，我們經過路邊一些死馬的骨骸，然後是一棟荒廢的小旅舍，再是一處比較大的陸橋廢墟，上面長滿了青苔，最後是一些柱子，看來上面曾釘了一些白色的棍子。

「地上會有這種什麼鬼東西呀？」杭特問道，不知道這古老說法具有諷刺性㉒。

「強盜的骨頭。」我很坦白地回答道。

杭特瞪了我一眼，好像責怪我病得腦筋都糊塗了。說不定真是如此。

後來我們爬出了羅馬平原的沼澤地，看到遠處田野之間有一道紅色閃過。

「那是什麼？」杭特急切而滿懷希望地問道。我知道他始終希望能見到什麼人，然後就能由傳送門回去。

「是個紅衣，在打鳥。」我說，也是實話實說。

杭特查了下他那可憐而沒什麼用處的通訊記錄器。「紅衣就是一種鳥㉓。」他說。

我點了下頭，向西邊看了一眼，但那道紅色已經不見了。「也是個教士。你知道，我們已經快到羅馬了。」我說。

㉒ 此處作者用「what on earth」來玩文字遊戲，因為他們正在「地球」上。

㉓ 此處作者要弄文字的遊戲是用了 cardinal 一詞，既是朱紅羽毛的鳥，也是「紅衣主教」。

杭特對我皺起了眉頭，第一千次想用他的通訊記錄器和通訊頻道上的人連絡。下午很寂靜，只有小馬車的木輪發出有節奏的響聲，以及遠處一隻小鳥的鳴囀，說不定是一隻紅衣鳥。

我們在雲端出現第一道暮色時抵達了羅馬。小馬車搖搖晃晃地穿過凱旋門，幾乎馬上就看到了圓形大競技場，長滿了藤蔓，顯然已成了幾千隻鴿子的住處。但和這座廢墟的全像影片比起來，更驚人的是現在坐落的地方，不是塞在一個四周是巨大建築的戰後城市，而是以強烈對比矗立在只有一簇簇小屋和廣闊原野之間，正是城鄉交界之處，我可以看見遠處的羅馬城區，在那虛構的七山上堆著的屋頂和小一些的廢墟，但這裡是圓形大競技場君臨一切。

「天啊，這是什麼？」里．杭特輕輕地說。

「強盜的骸骨。」我說得很慢，深怕又引起可怕的咳嗽。

我們繼續向前走，經過十九世紀元地球的羅馬城市荒涼的街道，我們四周的暮色越見深濃，天色漸隱，鴿群盤旋在這永恆之城的圓頂和屋頂之上。

「人都到哪裡去了？」杭特輕聲問道。他聽來十分害怕。

「這裡沒人是因為不需要他們。」我說。我的聲音在暗黑的市街上聽來很尖利。車輪現在走在卵石路上，比剛才我們所走的那條偶爾會有石頭的公路好不了多少。

「這是什麼虛擬實境嗎？」他問道。

「停車。」我說，那匹很服從的馬停了下來，我指著溝邊一塊很重的大石頭。「踢一腳。」我對杭特說。

他對我皺起了眉頭，但是下了車，走到石頭前面，用力踢了一腳。他大聲咒罵的回聲驚起更多的鴿子，由鐘樓和常春藤裡飛到天上。

「就像約翰森博士一樣，你得到了實證。這裡不是虛擬實境，也不是夢境，或者不如說，和我們一般的生活差不多一樣。」我說。

「他們為什麼把我們弄到這裡來呢？他們到底要什麼？」那位首席執行官的助理追問道，一面向天上望著，好像眾神正在夜雲那如粉蠟筆畫的屏障後面聽著似的。

他們要我死，我想道。意識這個真相，讓我覺得胸前如受重擊。我緩慢而淺淺地呼吸著以避免又是一陣咳嗽，不過還是感到痰湧了上來，直沖到我的喉間。他們要我死，他們要你在一邊看著。

那匹母馬繼續漫長的旅程，在下一條狹窄的街上右轉，然後又右轉進一條充滿了陰影和我們行進回聲的較寬大路，最後停在一道很大的階梯頂上。

「我們到了。」我說完掙扎著下了車。我的兩腿痙攣、胸口疼痛，屁股也坐痛了。心裡開始響起一首極為諷刺的旅行之樂的頌歌。

杭特像我一樣僵直地走出車來，站在那巨大而分叉的階梯口，兩手交叉在胸前怒目而視，好像那些階梯是陷阱或是幻影。「這裡，到底是什麼地方，席維倫？」

我指著階梯底下的空曠廣場。「西班牙廣場。」我說。聽到杭特叫我席維倫，突然覺得很奇怪。我發現在我們經過凱旋門的時候，那個名字就不再是我的了，或者不如說是我的真名又突然成了我自己的名字。

「在很多很多年以前，這裡叫作西班牙階梯。」我說。我開始由右邊的階梯向下走去。一陣突來的暈眩使我踉蹌，杭特趕過來扶住我的手臂。

「你不能走路，你病得太重了。」他說。

我指著在寬大階梯對面，面向廣場形成一道牆似的斑駁古老建築。「不遠了，杭特，那裡就是我們的目的地。」

葛萊史東的助理把皺著眉頭的臉轉向那棟建築。「那裡是哪裡？我們為什麼要去那裡？有什麼等在那裡？」

我忍不住微笑起來，這個最沒有詩意的人，竟然無意識地用起韻腳來。我突然想像著我們在漫漫長夜裡坐在一棟大房子的黑暗房間裡，讓我教他怎麼樣以陽性或陰性詞類的韻腳來配合這種技巧，或者是輪流使用抑揚格的韻腳和無重音的抑抑格所得到的趣味，或是自我放縱地經常使用揚揚格。

我咳了起來，一直不停地咳，咳到鮮血又染滿了我的手掌和衣服。

杭特扶我在階梯上坐了下來，在廣場那邊貝尼尼的船形噴泉正在黑暗中咕嘟嘟地冒著水，然後隨著我手指的指引，把我帶進「西班牙廣場二十六號」的門口那一方黑暗中，而我很自然地想起但丁的

《神曲》，似乎眼前就能看見那句話『LASCIATE OGNE SPERANZA, VOI CHINTRATE』（入此門者拋棄所有希望），就刻在冰冷的門楣上。

索爾．溫朝博站在人面獅身像的入口，向天揮舞著拳頭，夜色降臨，時塚都開啟而明亮起來，而他的女兒沒有回來。

沒有回來。

荊魔神帶走了她，把她初生的身軀舉在那鋼掌之中，然後退回到強光裡，而那道光即使在現在還將索爾推開，有如從這個星球深處襲來的一陣可怕而耀眼的風。索爾強壓向這陣光的颶風，但那卻像一道不受控制的阻絕力場般將他拒擋在外。

海柏利昂的太陽已經下山，現在一陣冷風由瘠地吹來，被一道由山上往南橫掃的冷空氣前緣從沙漠裡逼了過來，索爾轉過身去，瞪著朱紅色的沙塵吹進開啟的時塚所發出如探照燈似的強光。

開啟的時塚！

索爾在冷光中瞇起了眼睛，望向谷中其他時塚隱在飛沙簾幕之後，有如一叢叢綠螢螢的鬼火。光和長長的影子撲過谷底，而雲吸盡了最後的夕陽餘暉，夜色隨著呼嘯的風而來。

有東西在第二個時塚，也就是玉塚的入口動著。索爾蹣跚地走下人面獅身像的臺階，抬眼看了下荊魔神帶著他女兒消失其中的入口，然後離開了階梯，跑過人面獅身像的爪子，跌跌撞撞地沿著狂風吹襲的小徑向玉塚走去。

在橢圓形的入口緩緩移動的，是被墓塚裡射出來的光照成的剪影，但索爾看不出那是不是一個人，是不是荊魔神。如果那是荊魔神，他就要赤手空拳抓住它，搖到那個怪物歸還他的女兒，或是到他們之中一方死了為止。

那不是荊魔神。

索爾現在看得出那黑影是個人。那個人腳步踉蹌，靠在玉塚的門口，好像受了傷或是太疲累了。那是一個年輕女子。

索爾想到在標準時間半個多世紀之前蕾秋也曾在這裡，那年輕的考古學家研究這些工藝，從未想到在等待著她的命運竟是梅林症。索爾始終以為他的孩子會因病症根治而得救，再從嬰兒正常地長大，那個將來有一天會成為蕾秋的孩子能得回生命。但是有可能讓蕾秋又以當年二十六歲進入人面獅身像時的模樣回來嗎？

索爾耳中聽到自己的心跳聲，響得讓他聽不見在四周怒吼的風聲。他向那個又被沙塵暴半掩蓋住了的身影揮手。

那年輕女子也向他揮手。

索爾向前跑了二十公尺，在離時塚三十公尺的地方停了下來，大聲叫道：「蕾秋！蕾秋！」

映在強光前的那個年輕女子的黑影離開了時塚的門口，用兩手放在臉頰兩邊，喊了幾句，但都被風聲淹沒，她開始走下臺階。

索爾跑了起來，偏離了小路而盲目地在岩石上絆了一下，踉蹌地越過谷底，毫不理會因為撞到一塊大圓石而疼痛的膝蓋，然後又找到了路，直跑到玉塚的底下。迎向從那道光柱裡走出來的女子。

她在索爾趕到階梯底部時倒了下來，他接住了她，溫柔地讓她躺在地上，而狂風沙撲擊在他的背上，時潮則在他們四周旋轉，形成看不見的暈眩和似曾相識的漩渦。

「真的是你，是真的！我回來了。」她說著伸起一隻手摸索爾的臉頰。

「是的，布琊。」索爾說，他盡量讓自己的聲音穩住，將布琊．拉蜜亞臉上雜亂的鬈髮撥開。他將她緊緊抱住，手臂擱在膝上，抱著她的頭，弓起背來替她擋住風沙。「沒有問題了，布琊，沒有問題了，妳回來了。」他柔和地說道，抱著她，雙眼亮著不讓失望的淚水滾落。

梅娜．葛萊史東走上低一層的戰情室的樓梯，走到外面的走廊裡，由長條形厚厚有機玻璃望出去，可以順著奧林帕斯山往下看到塔西思高地。底下正在下雨，但在這裡，海拔將近十二公里的火星天空中，她卻可以看見間歇的閃電和如簾幕似的靜電，隨著暴風雨移過高原。

她的助理西黛蒲塔．艾卡喜也走到走廊上來，靜靜地站在首席執行官身邊。

「還是沒有里或席維倫的消息嗎？」葛萊史東問道。

「沒有，智核當局說可能是傳送門發生錯誤。」艾卡喜說，這位年輕黑人女子的臉被上面主星系太陽的蒼白光線和下方雷電的閃光一起照亮。

葛萊史東冷冷地一笑。「是啊。妳可記得我們這輩子什麼時候傳送門發生過錯誤嗎，西黛蒲塔？不管是在萬星網的什麼地方？」

「沒有過，首席執行官。」

「智核完全不覺得需要含蓄點。他們顯然認為他們可以任意綁架什麼人而不必負任何責任。他們以為我們在這樣危急的時候非常需要他們，可是，妳知道嗎，西黛蒲塔？」

「什麼？」

「他們說得對。」葛萊史東搖了搖頭，轉回身去望著下到戰情室的長樓梯。「再過不到十分鐘，驅逐者就會包圍神之谷了，我們下去找其他人吧。這裡一結束，我馬上就能和艾爾必杜資政開會嗎？」

「是的，梅娜。我倒覺得……我是說，我們有些人覺得這樣直接和他們對抗太冒險了。」

葛萊史東在進入戰情室之前停了下來。「為什麼？妳認為智核會像對付里和席維倫一樣地讓我失蹤嗎？」她問道，這回她笑得很真誠。

艾卡喜張開嘴要說話，又停了下來，舉起兩手。

葛萊史東把手放在那年輕女子的肩上。「如果他們真這樣做，西黛蒲塔，那真是大恩大德。可是我想他們不會。事情已經到了不可收拾的地步，他們相信任何一個人都毫無辦法改變一切既定的方向。而他們很可能是對的。」葛萊史東把手收了回來，臉上的笑容消失了。

這兩個女人沉默地往下走進那一圈在等著她們的戰士和政客之中。

「時間快到了。」世界之樹真言者西克．哈定說。

保羅．杜黑神父由沉思中驚醒過來。在過去這一個小時裡，他的絕望和無奈都隨著順應一切而降至一種近乎愉悅的感覺。因為他想到不必再做什麼取決，也不再有要盡的責任。杜黑一直默默地陪著那位聖堂武士兄弟會的領袖坐在那裡，望著神之谷的太陽落下，以及閃亮起來的星光，還有夜空裡那些不是星星的光亮。

杜黑原先對於這個聖堂武士在這樣危急的時刻卻離開他的人而獨處的事，頗為不解，但是以他對聖堂武士神學的了解，讓杜黑明白謬爾的信徒在面臨可能滅亡的一刻時，就是會在他們最隱祕的樹上最祕密的地方，獨自留在最神聖的平臺上。而哈定偶爾在他袍服帽兜中的低聲下令，也讓杜黑知道這位真言者正透過通訊記錄器或植入晶片和其他聖堂武士連絡。

但這仍然是等待世界末日的平靜方式，坐在銀河系裡最高的一棵樹樹頂，聽著一陣溫暖的夜風吹動廣達一百萬畝的樹葉，看著星星和一對月亮在天鵝絨似的天空中飛快畫過。

「我們已經要求葛萊史東和霸聯官方不要抵抗，也不讓霸軍的戰艦進入本星系。」西克．哈定說。

「這樣作法聰明嗎？」杜黑問道，哈定已經在先前把天堂之門的命運告訴了他。

「霸軍艦隊目前的組織還不足以有真正的反抗能力，至少這樣我們的世界可以有一些被視為非交戰國的機會。」聖堂武士回答說。

杜黑神父點了點頭，往前俯過身來，想更看清楚那平臺陰影中的高大身形。除了星光和月光之外，只有他們下方枝葉間的光球是他們唯一的光源。「可是你卻歡迎這場戰爭的來臨，還協助荊魔神教的人讓戰事擴大。」

「不是的，杜黑，不是這場戰爭，兄弟會早知道這想必是大變化的一部分。」

「那又是什麼呢？」杜黑問道。

「所謂大變化就是人類接受他們的角色是宇宙自然法則的一部分，而不是一種癌。」

「癌？」

「那是一種很古老的病症……」

「嗯，我知道癌是什麼。那怎麼會像人類呢？」杜黑說。

西克・哈定那非常和緩而微帶口音的語調顯出一絲激動。「我們散布在整個銀河系就像是癌細胞散布在人體裡一樣，杜黑，我們不斷繁殖，完全沒想到有無數的物種必須死亡或遭到排擠，才能讓我們得以繁衍和繁榮。我們撲滅了智慧足堪匹敵的其他物種。」

「比方說是什麼呢？」

「比方說是希伯崙上的阿路伊感靈獸，花園星的沼澤人馬。花園星上整個生態都被摧毀了呢，杜黑，只為了讓幾千個人類移民能生活在原先有好幾百萬種生物生長的地方。」

杜黑以一根彎曲的手指碰了下臉頰。「這是地球形成過程中的缺失。」

「我們並沒有把漩渦星地球化，可是那種木星生物卻全被獵殺而滅絕了。」聖堂武士很快地回答。

「可是沒有人能確定齊普林鳥有智慧。」杜黑說道，自己也覺得這話聽來全無說服力。

「牠們會唱歌，牠們能隔著幾千公里的大氣彼此以歌聲呼應，而那些歌都各有其意思，有愛與悲傷。可是牠們卻像元地球上的鯨魚一樣遭到獵殺而絕種了。」聖堂武士說。

杜黑兩手交握。「我同意，的確是有不公之處。可是想必一定有更好的改正方法，不用支持荊魔神教殘酷的說法，或是讓這場戰爭繼續打下去吧。」

聖堂武士的帽兜前後動著。「不然。如果那只是人類行為不公，是可以找其他的矯治方法，可是這種造成物種滅絕和很多世界遭到掠奪的瘋狂病症，大部分來自於那作惡多端的共生體。」

「共生體？」

「人類和智核。人和他的機器智慧，到底是哪一個寄生在另一個身上？現在這個共生體的兩部分都不能說得清楚。可是這是一個邪惡的東西，一件反自然的事。比這個更壞，杜黑，那是進化的死胡同。」西克．哈定的語氣極為惡毒，杜黑從不曾聽到任何一個聖堂武士用過。

那耶穌會教士站起身來，走到欄杆旁邊。他向外望去，沉在黑暗中的樹頂世界伸展開去就如黑夜中的雲層。「一定會有比訴諸荊魔神和星際戰爭更好的辦法。」

「荊魔神是一個觸媒，是森林在過度種植而致生長受阻時，除伐用的大火。會有一段痛苦的時期，但結果是有新苗生長，新的生命、物種的增殖，不僅是其他地方，人類社會裡也一樣。」哈定說。

「痛苦時期，而你的兄弟會願意看到幾十億的人死亡，來達成這個清除雜草的目的？」杜黑說。聖堂武士握緊了拳頭。「不會有這種事的。荊魔神是一個警告。我們的驅逐者弟兄只想暫時控制海柏利昂和荊魔神，到能向智核出擊。那等於是動一場手術，把共生體摧毀，讓人類重生成為生命循環中明確的伙伴。」

杜黑嘆了口氣。「沒有人知道智核到底棲身在哪裡。驅逐者要怎麼出擊呢？」他說。

「他們會有辦法的。」世界之樹真言者說，但是他的聲音不像片刻之前那樣信心滿滿。

「攻擊神之谷也是這場交易的一部分嗎？」教士問道。

這回輪到聖堂武士站起身子走來走去，他先走到欄杆邊，再回到桌子前。「他們不會攻擊神之谷。我把你留在這裡就是要你看這一點，然後你必須向霸聯報告這件事。」

「他們馬上就會知道驅逐者有沒有發動攻擊呀。」杜黑不解地說。

「不錯，可是他們不明白為什麼我們得以幸免。你必須將這個訊息帶給他們，說明真相。」

「全都下地獄吧，我當每個人的使者已經當得煩死了。你怎麼知道這些事的？荊魔神的出現？戰爭的原因？」保羅・杜黑神父說。

「早有預言說……」西克・哈定說。

杜黑一拳打在欄杆上。他如何才能解釋，這是由一個能夠操控時間——或者至少是一種操控時間力量的執行者——的怪物所操控的呢？

「你會明白……」聖堂武士又開始說道，同時間，彷彿為了凸顯他的話，一陣巨大而柔和的聲音傳來，幾乎像是百萬個躲著的人同聲嘆了口氣，然後輕輕地呻吟。

「天啊。」杜黑說道，他望向西方，看來似乎不到一個小時前已經消失的太陽正在升起。一陣熱風吹動樹葉，吹過他的臉。

五朵綻開後，向內彎曲的蕈狀雲爬升到西方的地平線上，在沸騰又消退之間，把黑夜變成了白晝。杜黑本能地遮住眼睛，然後才發現這些爆炸很遠，雖然亮得像這裡的太陽，卻不會照瞎他的眼睛。西克·哈定拉下帽兜，那陣熱風吹亂了他那頭奇怪的綠色長髮。杜黑瞪著那個人瘦長而有點像亞洲人的臉，發現自己見到那張臉上刻著大驚失色的表情。驚訝而難以置信。哈定的帽兜裡響起通訊頻道的呼叫聲和雜亂而激動的聲音。

「塞拉和北海道都遭到轟炸，核子彈爆炸，是軌道上的戰艦發射的。」聖堂武士輕輕地自言自語。

杜黑記得塞拉是一塊大陸，接近外緣，距離他們現在站立其上的世界之樹不到八百公里。他依稀記得北海道是一座聖島，樹船就是在那裡種植和製作的。

「傷亡如何？」他問道，但哈定還來不及回答，天空中已經滿是一道道亮光、雷射砲和融核死光，將整片天空割得四分五裂，不停地轉換閃動，有如探照燈般橫掃過神之谷這個森林世界的屋頂。光線所到之處一路冒出火焰。

一道百公尺寬的光線像龍捲風掃過距離世界之樹不到一公里的地方，杜黑幾乎立足不穩，那古老的森林烈焰四起，形成一道高達十公里的火廊，升入夜空中，狂風在杜黑和西克・哈定身邊呼嘯而過，空氣衝進來增強了火風暴的勢力。又一道光由此向南，挨著世界之樹旁邊畫過，然後消失在地平線上。另一道烈火和黑煙升向點點繁星。

「他們答應過的，驅逐者弟兄承諾過的！」西克・哈定喘息道。

「你需要幫忙，要求萬星網緊急救援。」杜黑叫道。

哈定抓住杜黑的手臂，把他拉到平臺邊緣。那道樓梯又回到了原位。在下面一層的平臺上，一道傳送門抖動出現。

「現在只有驅逐者艦隊的先遣部隊到了，但是連接隨時都會遭到摧毀。快走！」聖堂武士用蓋過森林轟然燃燒的聲音叫道，空中瀰漫著黑煙和灰塵，在炙熱的餘燼中飛過。

「你不走我也不走！」那耶穌會教士叫道，知道他的聲音會消失在風的怒號和木材燃燒的可怕響聲中，突然之間，在東方只有幾公里外的地方，一個由電漿爆炸所形成的完美藍色圓圈擴大開來，向內破裂，再由清晰可見的一圈圈強力震波向外擴張開來。在第一波爆炸中，高達一公里的大樹彎曲折斷，靠東的一邊冒出火焰，數以百萬計的樹葉飛散，加入已經幾乎像一道厚實牆壁似的殘骸之中，直朝世界之樹衝來。在這一圈火焰後面，又一枚電漿炸彈爆發，然後是第三枚。

杜黑和那個聖堂武士從樓梯上翻滾下去，就像人行道上的落葉般被吹到了平臺的另一頭。聖堂武士抓住一根燃燒的堰木欄杆，用力抓緊了杜黑的手臂，掙扎著站了起來，像一個頂著狂風前行的人似地，走向那扇仍在抖動的傳送門。

杜黑半昏迷，半意識到被人拖拉著，勉強站了起來，正好世界之樹真言者西克・哈定將他拉到了傳送門的邊上。杜黑抱住門框，虛弱得沒辦法讓自己再走那最後的一公尺，他的兩眼望進傳送門裡，看到他永遠無法忘記的景象。

在很多、很多年前，有一次在他熱愛的索恩河畔自由城附近，年輕的保羅・杜黑站在一處懸崖頂上，很安全地在他父親的懷裡和一處厚實水泥避風屋裡面，由一扇窄窄的窗子望出去，看著一道四十公尺高的巨浪直衝向他們居住的海岸。

現在他所見到的巨浪卻有三公里高，由烈焰構成，以看來是光速的高速越過無助的森林頂端，直撲向世界之樹、西克・哈定，和保羅・杜黑而來。火浪所到之處，摧毀了一切。它的前緣逼近，越來越高也越來越靠近，最後以烈焰和喧囂的聲音阻隔了天地。

「不要！」保羅・杜黑神父尖聲叫道。

「走！」世界之樹真言者叫道，一把將那個耶穌會教士推進了傳送門，這時整個平臺，世界之樹的樹幹，還有聖堂武士的袍服都燃燒起來。

就在杜黑踉蹌穿過時，傳送門關了起來，關閉時甚至削掉了他鞋子的後跟，杜黑感到耳裡鼓膜震裂，衣服冒煙，他跌了下去，後腦撞到很硬的東西，然後再次掉入全然的黑暗中。

葛萊史東等人在極端靜默中，望著民間人造衛星由超光速通訊傳來神之谷臨終痛苦掙扎的畫面。

「我們一定要現在動手炸掉了。」辛赫上將在森林大火的轟隆聲中叫道。梅娜·葛萊史東覺得自己能聽見人類和無數棲息和居住在聖堂武士森林中生物的尖叫。

「我們不能讓他們再逼近！我們只有遙控的方式摧毀連接。」辛赫叫道。

「好吧。」葛萊史東說，可是雖然她的嘴唇在動，自己卻沒有聽到聲音。

辛赫轉身朝一名霸聯太空軍的上校點了點頭，那名上校按下控制板。燃燒的森林消失了。巨大的光幕變得一片漆黑，但尖叫聲似乎仍未止歇。葛萊史東這才發現那是她耳朵裡聽到自己血液流動的聲音。

她轉頭向莫普戈。「還有多久……」她清了下嗓子。「將軍，離無涯海洋星受到攻擊還有多久？」

「三小時又五十二分鐘，首席執行官。」將軍說。

葛萊史東轉向以前是艦長的威廉·阿金塔·李。「你的特遣部隊準備好了嗎，上將？」

「準備好了，首席執行官。」李說。他被太陽曬黑的臉色變得蒼白。

「敵軍有多少船艦？」

「七十四艘。首席執行官。」

「你會在無涯海洋星將他們擊退嗎？」

「就在奧特星雲裡，首席執行官。」

「好，祝你一戰成功，上將。」葛萊史東說。

那年輕人聽了這話行過軍禮，離開了房間。辛赫上將俯過身去對范捷特將軍低聲地說了幾句。

西黛蒲塔．艾卡喜向葛萊史東靠了過去，說道：「執政院的安全人員報告，有一個人剛由傳送門到了管制中的執政院傳送門站，所使用的是已過期的授權碼。那個人受了傷，送進了東廂的醫院。」

「是里？還是席維倫？」葛萊史東問道。

「不是的，首席執行官，是平安星的教士，保羅．杜黑。」艾卡喜說。

葛萊史東點了點頭。「等我和艾爾必杜開完會之後就去見他。」她對助理說，然後向那群人宣布道：「除非有人在剛才我們所看到的之外還有什麼新增的情況，否則我們休會三十分鐘，等我們再開始的時候，先看艾斯葵司和艾克星昂的狀況。」

所有人都站起身來，首席執行官和她的隨員通過永久相連的傳送門回到執政院，魚貫進入對面牆上的一扇門裡。等到葛萊史東走了之後，爭執和震驚的談話聲又再響起。

梅娜．葛萊史東靠坐在她的皮椅上，將眼睛閉上整整五秒鐘。等她再睜開眼睛時，看到那群助理仍然站在那裡，有的面帶焦慮，有的表情熱切，所有的人都在等她的下一句話，她的下一個命令。

「出去吧，走吧，休息個幾分鐘。把兩腿架高十分鐘，在接下來的二十四到四十八小時裡，不會再有休息的時間。」她溫和地說。

這群人走了出去，有些似乎想要抗議，有些已近崩潰的邊緣。

「西黛蒲塔，派兩個我的私人警衛給那個剛來的教士，杜黑。」葛萊史東說，那個年輕女子走回辦公室裡。

艾卡喜點了點頭，在她的電子記事簿上記了下來。

「政治方面的情勢如何？」葛萊史東揉著眼睛問道。

「萬事議會網路上一片混亂，有派系之爭，但是還沒有整合成有效的反對意見。參議員就是另外一回事了。」艾卡喜說。

「費黛絲坦嗎？」葛萊史東指名道姓地提出巴納德星來的那位憤怒的參議員，現在距離巴納德星受到驅逐者攻擊的時間，已經不到四十二小時了。

「費黛絲坦、楠沼、皮特斯、薩班斯托瑞菲、雷巧……就連蘇蒂緹．齊爾也要求妳辭職下臺。」

「她先生怎麼樣？」葛萊史東認為柯爾契夫參議員是參議院中最具影響力的人。

「不論公開或私下，柯爾契夫參議員都還沒有表示任何意見。」

葛萊史東以拇指甲輕叩著下唇。「妳想，我們這個執政團隊在他們投不信任票逼我們下臺之前，還有多少時間呢，西黛蒲塔？」

艾卡喜可算是葛萊史東手下在政治觀察方面最為機靈的助理，她回望她的老闆。「外面大概有七十二小時，首席執行官。票決是一定的，只是亂民還不知道他們是亂民。總得有人要為所發生的一切付出代價。」

葛萊史東茫然地點了點頭。「七十二小時，時間綽綽有餘了。」她喃喃說道，抬起頭來微微一笑。「就這樣了，西黛蒲塔，去休息一下吧。」

助理點了點頭，但她的表情顯露出她對這個建議的真實意見。在她出去將房門帶上關好之後，書房裡十分安靜。

葛萊史東坐在那裡想了一陣，用拳頭頂住下巴，然後對著牆壁說：「請把艾爾必杜資政帶過來。」

二十秒鐘之後，葛萊史東那張大辦公桌對面的空中起了霧，抖動著，然後影像出現。智核的代表和以前一樣瀟灑，灰色的短髮在光中閃亮，那張坦然而誠懇的臉曬得黑黑的。

「首席執行官，資政委員會和智核的預測專家會繼續提供他們的服務，即使是在這樣一個……」那個光攝投影的影像說道。

「智核在哪裡，艾爾必杜？」葛萊史東打斷了他的話問道。

那位資政的笑臉絲毫沒有變化。「對不起，首席執行官，妳問的是什麼？」

「智核，在什麼地方？」

艾爾必杜那張友善的臉上微露不解，但並無敵意，除了覺得很有意思而樂於相助之外，也看不出其他的情感。「妳當然知道，首席執行官，自從大離散以來，智核的政策就是不透露……呃，智核的實體所在位置。在另一方面看來，智核哪裡都不在，因為……」

「因為你存在於基準面上，而數據圈和現實是一致的，不錯，這樣胡說八道的話我聽了一輩子了，艾爾必杜，我父親和他的父親也都聽過。我現在問的是一個很直接的問題，智核在哪裡？」葛萊史東以平板的語氣說。

那位資政覺得很有趣，也很遺憾地搖了搖頭，好像他是一個大人，已經是第一千次聽到小孩子問，爹地，天為什麼是藍的？

「首席執行官，在人類三度空間的觀念下，我不可能對這個問題給出一個講得通的答案。在某方面說來，我們智核既存在於萬星網裡，也在萬星網外，我們悠遊於你所謂數據圈的基準面現實之中，但是所謂實體部分，也就是妳的先人們稱之為『硬體』的，我們覺得必須要……」

「保持祕密。」葛萊史東將話接完。她兩臂交叉在胸前。「你可知道，艾爾必杜資政，在霸聯中有好幾百萬人，堅決相信智核——你們的資政委員會——背叛了人類嗎？」

艾爾必杜的兩手動了動。「那太令人遺憾了，首席執行官，令人遺憾，但是可以了解。」

「你們的預測應該完全準確才對，資政，可是你從來沒有告訴過我們，那些世界會被驅逐者的艦隊摧毀。」

投影影像那張俊美臉上的悲傷表情幾乎令人深信不疑。「首席執行官，說話要公平，我要提醒妳，資政委員會早已警告過你們，把海柏利昂納入萬星網，會引起隨機變數，即使委員會也無法控制。」

「可是問題不在海柏利昂，是神之谷起火燃燒，是天堂之門成了熔渣。無涯海洋星等著下一次重擊！如果連這麼大規模的入侵都預測不到，那資政委員會有什麼用呢？」葛萊史東提高了音調叱喝道。

「我們確實預測到和驅逐者之間的交戰無可避免，首席執行官，我們也預測到防衛海柏利昂會有的高度危險。妳一定要相信我，把海柏利昂包括進任何一個預測等式之中，都會使可靠性降低到……」

「好吧，我需要和智核的其他人談談，艾爾必杜，是你們那模糊不清的智慧階層中真正有決定權的人。」葛萊史東嘆了口氣。

「我可以向妳保證我代表整個智核……」

「對，對，可是我希望能和哪個……我相信你稱他們是『當權者』的人談談。年長一點的人工智慧，要有真正權力的，艾爾必杜，我需要找一個能告訴我為什麼智核綁架了我的畫家席維倫和我的助理里．杭特的人談談。」

那個影像露出震驚的表情。「我可以向妳保證，首席執行官，憑著我們四百年來的盟友之情發誓，智核和他們兩人不幸失蹤的事完全無關。」

葛萊史東站了起來。「所以我才要和哪一位『當權者』談。現在已經過了說什麼保證的時候，現在是你我任何一方想要生存就必須有話直說的時候。就這樣吧。」她轉頭去看她電子記事簿上的資料。

艾爾必杜資政站了起來，點頭道別，然後抖動著消失了。

葛萊史東招來她個人專用的傳送門，說出執政院醫院的代號，舉步準備進入。就在要接觸到那方能量場橢圓形表面的一剎那，她停頓下來，想了下自己在做什麼，在她有生以來，第一次對進入傳送門感到緊張不安。

萬一智核想要綁架她？或是殺了她呢？

梅娜．葛萊史東突然明白了智核對萬星網裡每個使用傳送門來去的人都掌有生殺大權，也就是對每個公民都有這種權力。里和那個席維倫模控人不用加以綁架，送到另外一個地方去，只是習慣性地認為傳送門是絕無差錯的想法，讓人在潛意識中認定他們去了別處。她的助理和那個謎樣的模控人很可能只是傳送到……成為了空無，變成散落的原子通過了連接。傳送並不是把人或物體「電傳」過去，這種概念太過愚蠢，但相信有種裝置能在時空中打洞，讓人走過黑洞的「暗門」就不愚蠢嗎？她如此信任智核會把她傳送到醫院去，又有多蠢呢？

葛萊史東想到戰情室，三個巨大的房間由永久啟動、可以清楚透視的傳送門連接在一起，可是它們畢竟還是三個房間，在真正的空間裡相距至少有一千光年，即使用霍金空間跳躍推進器，在真實時間裡來去也要幾十年的時間。每次莫普戈或辛赫或其他任何一個人從一張地圖光幕走到企畫板，他或她就是跨過了時空的巨大鴻溝。智核如果要摧毀霸聯或是其中任何一個人，只要在傳送門上動動手腳，讓目的地產生小「錯誤」就行了。

去他的，梅娜．葛萊史東想道，然後走過傳送門到執政院醫院去見保羅．杜黑。

H 39

西班牙廣場上那棟房子二樓的兩個房間既小又窄，天花板很高，除了每個房間裡有一盞極其昏暗，像是有鬼火點著以備其他鬼魂來訪的小燈之外，室內相當黑暗，我的床在較小的房間，面對著廣場，不過今晚從那高高的窗子看出去，只能看到深沉陰影中的一片黑暗，而看不見的貝尼尼噴泉永無休止的水聲只讓人覺得夜色更濃。

聖三一教堂雙鐘樓之一敲響了報時鐘聲。這座教堂像隻茶褐色的大貓蹲在外面階梯的頂上，每次我聽到夜半報時的短促鐘響，就想像著有隻鬼魅般的手在拉著腐朽的鐘繩，也或許是腐朽的手在拉著鬼影似的鐘繩，我不知道哪種意象更適合我在漫漫長夜中所有對死亡的幻想。

那天夜裡我發了高燒，身上像蓋了一床又厚又重、浸滿了水的毯子。我的皮膚一時發燙，一時又摸起來濕黏冰冷。兩次劇烈的咳嗽，第一次讓杭特從隔壁房間的長沙發上跳起來，直奔到我房裡，我看到他因為見到我嘔在花緞床單上的血而瞪大了眼睛，第二次發作時我盡量忍住，蹣跚走到小櫃上面的面盆那裡，吐出較少量的黑血和暗色的黏痰。第二次杭特沒有醒來。

身在這個地方，千里迢迢地回到這兩個黑黑的房間裡，這張討厭的床上，我依稀記得自己在這裡醒過來，奇蹟似地痊癒了，那個「真正的」席維倫和克拉克醫生，甚至還有小安潔萊蒂夫人㉔都等在外面那個房間裡。那段從死亡中康復的時期，在那段時間裡我知道我不是濟慈，不在真正的地球上，也不是我在最後一夜閉上雙眼的那個世紀，我不是人類。

兩點多的時候，我睡著了，在睡眠中，我作了夢，那是一個我以前從來不曾經歷過的夢。我夢到自己緩緩地穿過資料平面，穿過數據圈，進入並穿過巨型數據圈，最後進入一個我不認得的地方，從來沒有夢見過的地方。那個地方有著無限大的空間，從容的步調，無法形容的色彩，一個沒有地平線、沒有天花板、沒有地板或可以稱之為「地」的實體。我想這是超數據圈，因為我立即感受到這個層面的交感性現實包括了所有我在地球上經驗過的一切感覺的變化和異常。所有的二元分析和我在智慧上所感到的愉悅，全都從智核經數據圈流了過來。而更重要的是，有一種……一種什麼感覺呢？豐厚？自由？——潛力無限也許是我想找的詞吧。

我獨自在這個超數據圈裡。色彩流過我的上方和下方，穿透我。有時候化為模糊的柔和粉色，有時又結合成雲似的幻象，另外也偶爾似乎要形成更實在的物體、形狀，很清楚的形體，在外表上可能是、也可能不是人類。我看著他們，就像是孩童望著雲朵而想像著大象、尼羅河的鱷魚、在一個春日從湖區西邊行軍到東邊的大砲艇。

過了一陣子，我聽到了聲音：由外面廣場傳來那令人發瘋的貝尼尼噴泉琤琮水聲，鴿子在我窗臺上方的梁間理毛，發出咕咕叫聲，里．杭特在夢中輕輕呻吟。但在這些聲音之上和之下，我還聽到一個更輕悄的聲音，不那麼真實，但具有極大的威脅性。

有巨大的東西朝這邊過來。我拚命地想透過粉色的迷濛望出去，有東西就在我視界的邊緣之外移動，我知道它曉得我的名字，我知道它把我的生命握在一隻手裡，另一隻拳頭中則握有我的死亡。

在這個空間之外的空間裡，沒有地方可躲。我不能逃。女妖的痛苦之歌起起落落地不斷由我遠離的世界傳來，每個地方每個人在每天所感到的痛苦，剛開始的戰爭所帶來的痛苦，刺穿在荊魔神那棵可怕的樹上所感到特定而集中的痛苦。最糟的是，由那些朝聖者和其他與我共享他們生活及思想的人所發出，以及我為他們所感到的痛苦。

如果能讓我擺脫這痛苦之歌，就值得我衝上前去迎接前來的命運陰影了。

「席維倫！席維倫！」

一時之間，我以為是我在叫，就像以前我在這個房間裡，因為痛楚和高燒已經超出我所能忍受的程度時呼叫約瑟夫・席維倫，而他永遠會在我身邊。他動作笨拙遲緩，臉上帶著溫柔的笑容，總讓我想用一些惡毒的話將之抹去。人在將死的時候很難還有好脾氣，我一生相當慷慨大方……那為什麼當我在受苦的時候，當我把殘存的肺咳得吐在滿是血痕的手帕裡的時候，還要再繼續扮演那個角色？

㉔ Signora Angeletti，濟慈在羅馬時的房東太太。

「席維倫！」

那不是我的聲音。杭特正搖著我的肩膀，叫著席維倫的名字。我突然想到他以為是在叫我的名字。我把他的手撥開，倒回枕頭上。「幹什麼？有什麼事嗎？」

「你在呻吟，還叫出聲來。」葛萊史東的助理說。

「作了個噩夢，如此而已。」

「你的夢通常都不只是夢而已。」杭特說。他四下看了看這個現在只靠他拿進來的一盞燈照亮的小房間。「好可怕的地方，席維倫。」

我想微微一笑。「這裡一個月要花我二十八先令，七個義大利銀幣呢，真像搶錢。」

杭特對我皺起了眉頭，燈光使得他的皺紋看來比平常深了許多。「我說，席維倫，我知道你是一個模控人。葛萊史東告訴過我，你是由一個名叫濟慈的詩人重生的人格。現在顯然這裡的一切……所有這一切都和那件事有關。然而是怎麼樣的關係呢？智核在這裡玩的是什麼把戲？」他無助地用手比畫了一下這個房間，陰影，長方形的高窗，還有這張高腳床。

「我不確定。」我很坦白地說。

「可是你知道這個地方？」

「哦，是的。」我用充滿感性的聲音說。

「告訴我吧。」杭特哀求道，就是因為他一直忍到現在都不問我，以及現在這樣急切的懇求，讓我決定告訴他。

我告訴他有關約翰．濟慈的事，談到他出生於一七九五年，他那短促而經常不快樂的一生，以及他於一八二一年因為肺癆而死在羅馬，遠離了他的朋友和唯一的情人。我告訴了他如何安排、讓我在這個房間裡「恢復健康」的經過，還有我為什麼決定選用約瑟夫．席維倫的名字，因為他是濟慈認識的一個畫家，最後一直陪到濟慈過世。最後，我告訴他我在萬星網的短暫時間裡，傾聽、細看，受命夢到海柏利昂去的荊魔神朝聖團成員和其他人的生活。

「作夢？你是說，即使是在此刻，你也在夢見萬星網裡所發生的一切？」杭特說。

「是的。」我告訴他有關葛萊史東、天堂之門和神之谷遭到摧毀，還有來自海柏利昂的混亂影像。

杭特在狹窄房間裡走來走去，他的影子高高地投射在粗糙的牆壁上。「你能和他們連絡上嗎？」

「我夢到的那些人？葛萊史東？不能。」我想了一下。

「你確定嗎？」

我試著解釋。「我甚至不在那些夢裡，杭特，我沒有有聲音，也不存在，我不可能和我夢到的那些人連絡。」

「可是你有時候會夢到他們在想些什麼？」

我發現這倒是真的，很接近於事實。「我感受得到他們的感覺……」

「那你能不能在他們的腦子裡留下點什麼在他們的記憶裡呢？讓他們知道我們現在在什麼地方？」

「不能。」

杭特跌坐在我床腳的椅子上，突然看來十分蒼老。

「里，雖然不可能，但就算我能和葛萊史東或是其他人連絡，又有什麼好處呢？我已經跟你說過，這個複製的元地球是在麥哲倫星雲裡。即使以霍金空間跳躍推進器的速度，其他人也要幾百年之後才能趕到我們這裡。」我說。

「至少我們可以向他們示警。」杭特說。他的聲音疲倦得聽來幾乎有點陰沉。

「警告他們什麼呢？葛萊史東所有最壞的噩夢都在她四周一一成真了。你以為她現在還會相信智核嗎？所以智核才會這樣明目張膽地綁架我們。事情發展得太快了，不論是葛萊史東或霸聯的任何人都無法應付。」

杭特揉了下眼睛，然後十指互抵著，頂在他鼻子下。他的眼光不那麼友善。「你真的是一個詩人的人格再生嗎？」

我沒有說話。

「背幾首詩，寫點東西來看看。」

我搖了搖頭。時間很晚了，我們兩個都既疲倦又害怕，而我的心臟還因為剛才那不止是噩夢的噩夢而狂跳不止。我不能讓杭特激怒我。

「好嘛，讓我看看你是一個嶄新的，改進了的比爾·濟慈。」他說。

「是約翰．濟慈。」我柔和地說。

「隨便啦，來吧，席維倫，或者是約翰，不管我該怎麼稱呼你，背首詩來聽聽。」

「好吧，聽好了。」我回瞪著他說。

有一個壞小孩
壞小孩他就是
因為他什麼也不做
只會亂寫詩——
他把
一個墨水瓶
握在手心
還有一支筆
其大無比
握在另一隻手裡
然後
絕塵而去

他跑去
找山中石
噴水池
鬼靈
兵營
巫女
溝渠
他寫作
把大衣穿著
因為氣溫
寒冷——
怕有痛風——
或是不用
因為氣候
暖和宜人
啊，多迷人

當我們選擇
隨著自己的感覺
向北行也
向北行也
隨著自己的感覺
向北行也！[25]

「我不知道，聽起來不像是一個聲名流傳一千年的詩人所寫的東西。」杭特說。

我聳了聳肩膀。

「你今晚夢到了葛萊史東嗎？是不是出了什麼事才讓你發出呻吟呢？」

「不是。那和葛萊史東沒有關係，和以前不一樣，是個真正的噩夢。」

杭特站了起來，拿起他那盞燈，準備拿走這個房間裡唯一的亮光。我聽到廣場上的噴泉，還有窗臺上的鴿子所發出來的聲音。「明天，我們要把這一切弄個清楚，想出個回去的辦法。要是他們能把我

㉕ 此為濟慈作於一八一六年的〈A Song about Myself〉一詩。

們傳送到這裡，就一定有辦法傳送回去。」他說。

「對。」我答道，但知道並不是這樣。

「晚安，別再作噩夢了，好嗎？」杭特說。

「好。」我說著，知道這更不可能。

莫妮塔把受傷的卡薩德自荊魔神身邊拉開，伸長了一隻手好像要把那怪物擋在那邊，一面從她緊身衣的腰帶裡摸出一塊藍色的圓片，在背後將之扭動。

一個兩公尺高的金色橢圓形在半空中燃燒。

「放開我，讓我們打完。」卡薩德喃喃說道。血從荊魔神的利爪在緊身衣上抓破的巨大傷口中湧出。他的右腳空蕩著，好像已經爛了一半，沒法著力，先前他和荊魔神纏鬥時，藉由對方像在跳瘋狂舞步般將他緊抓住，卡薩德才能在對打中直立著身子。

「放開我。」費德曼・卡薩德又說了一遍。

「閉嘴。」莫妮塔說，然後用比較柔和的語氣說：「閉嘴，吾愛。」她拉著他穿過那個金色橢圓形，然後他們進入了刺眼的亮光中。

即使在疼痛和疲累之中，卡薩德仍然因為眼前景色而眼花撩亂。他們不在海柏利昂了，這點他很確定。一片廣大的平原，直延伸至遠到以邏輯和經驗所能想像的更遠的地平線。低矮的橘色草生長在平地和小丘上，像是某種巨大毛蟲背上的毛，而可能是樹的東西則長得像是用鬚狀的複寫紙做成的雕塑，樹幹和枝椏有如埃薛爾的畫般呈現不可能的複雜形態，葉子則是雜亂的深藍和紫色的卵形，向光亮的天空抖動。

可是那不是陽光。就在莫妮塔帶著他由關閉的門口——卡薩德並不認為那是一扇傳送門，因為他很確定那扇門不僅帶他們穿越空間，也穿越了時間——走向一叢那種不可能的樹時，卡薩德望向天上，感到某種近乎神奇的感受，那裡明亮得像是海柏利昂的白晝，明亮得有如在盧瑟斯一個購物中心的正午，明亮得如卡薩德在火星上的乾燥故鄉塔西思高地的仲夏，可是這不是陽光，天上滿是星星、星座還有星群，一個雜集著無數太陽的銀河，擁擠得在光亮之間沒有任何黑暗。那就像在一間有十座星象儀的天文館裡一樣，卡薩德想道，像是身處銀河系中央。

銀河系的中央。

一群穿著緊身衣的男女由埃薛爾樹蔭下走了出來，圍著莫妮塔和卡薩德。其中一名即使以卡薩德的火星標準來看也是一個巨人的男子看著他，把頭伸向莫妮塔，雖然卡薩德什麼也聽不見，在他緊身衣的無線電和窄頻接收器上什麼也感應不到，卻知道那兩個人正在交談。

「躺下。」莫妮塔說，她讓卡薩德躺在如天鵝絨般的橘色草上，他掙扎著想坐起來，想說話，但是她和那個巨人都用手掌按在他胸前，而他躺了下去，整個視野裡全是緩緩扭動的紫色葉子和滿天星斗。

那個男子又碰了他一下，卡薩德的緊身衣消失了。他想坐起來，想遮住自己的身體，因為他發現自己在聚集的那一小群人面前赤身露體。但是莫妮塔把他緊壓在原處，他在疼痛和混亂之中，模糊地感覺到那個男子碰觸著他被割傷的手臂和胸部，用一隻被覆著銀色的手摸過他的腿，然後到阿奇里斯腱被切斷的地方。上校在那個巨人所碰觸的地方都感到一陣冰涼，然後他的意識有如氣球般飛飄而起，高高地在黃褐色平原和起伏的丘陵之上，飄向那群星的天篷，那裡有一個龐然的形體等待著，黑得像高聳在地平線上的雷雨雲，巨大得像一座山。

「卡薩德。」莫呢塔輕聲呼喚，上校又飄了回來。「卡薩德。」她又說了一聲。她的嘴唇貼著他的面頰，他的緊身衣重新啟動，和她的融在一起。

費德曼．卡薩德上校和她一起坐了起來。他搖了搖頭，知道自己又包裹在水銀能量之中，他站起身來。痛楚全消，他感到身上原先受傷的十幾處地方癒合，嚴重的割傷都復元而有些發癢，他讓手融進自己的緊身衣裡，肌膚滑過肌膚，彎了下膝蓋，摸了摸腳後跟，但感覺不到有疤痕。

卡薩德轉向那個巨人。「謝謝你。」他說道，卻不知道那個男子是否聽得見。

巨人點了點頭，向其他人那邊退了回去。

「他是個……大夫之類，一個治療者。」莫妮塔說。

卡薩德依稀聽到她的話，卻把注意力放在其他人身上。他們都是人類，他打從心裡知道他們是人類，但是差異大得驚人：他們的緊身衣不全像卡薩德和莫妮塔一樣是銀色的，而是有十幾種不同的顏色，每一種顏色都柔和而富有生氣，有如鮮活的野生動物的毛皮，只由細微的能量閃光和略顯模糊的五官，才看得出緊身衣的表面。他們的外形也和顏色一樣互不相同：那個治療者如荊魔神大小的腰圍和高壯身材，額頭寬廣，瀑布似的黃褐色能量流很可能是一頭長髮，他旁邊的一位女性，身材大小有如孩童，但很明顯的是一個女人，比例勻稱，一雙健壯的腿，小小的乳房，一對兩公尺長的仙女翅膀由她的背上長了出來，而且不只是裝飾性的翅膀，因為在一陣微風吹亂了橘色大草原上的草時，這個女人跑了幾步，伸開雙臂，非常優雅地飛到了空中。

在幾個高高瘦瘦、穿著藍色緊身衣、長手指間長了蹼的女子背後，有一群矮小男人像要到真空中作戰的霸軍陸戰隊一樣戴著面罩，穿著盔甲，但卡薩德覺得盔甲其實是他們的一部分。在他們頭上，一群長了翅膀的男子以熱力升空，細細的黃色雷射光在他們之間閃現著複雜的符碼，那些雷射光似乎是從他們每個人胸前的一隻眼裡射出來的。

卡薩德又搖了搖頭。

「我們該走了，不能讓荊魔神跟蹤我們到這裡來，這些戰士要對付的已經夠多了，不需要再應付那痛苦之王的特殊顯像。」莫妮塔說。

「我們現在是在什麼地方？」卡薩德問道。

莫妮塔用由她腰帶取出的一個金圈召來一個紫色的橢圓形。「在人類遙遠的未來裡，是我們的未來之一。時塚就是在這裡形成而放回到以前的時間裡。」

卡薩德又再四下看了看，有非常巨大的東西在星斗前面移動，擋住了成千上萬的星星，投下黑影，但不到幾秒鐘就消失了。那些男女抬頭看了下，又回去做他們的事，由樹上採收小小的東西，聚在一起看一個人抖動手指召來的一些明亮的能量地圖，或以擲標槍的速度飛向遠遠的地平線。有一個矮矮圓圓、看不出性別的人，挖進柔軟的土裡，現在只看到一線微微隆起的泥土，在那一帶飛快地繞圈圈。

「這個地方在哪裡？這裡是什麼？」卡薩德又問了一遍。突然之間，他不明所以地感到自己泫然欲泣，好像他走過一個陌生的地方，一轉彎卻發現自己回到了塔西思再安置營的家裡，他早已過世的母親在門口向他揮手，他那些早已遺忘的親朋好友在等著他去打球。

「來吧。」莫妮塔說，她聲音裡清楚流露出著急的感覺。她把卡薩德拉向那發亮的橢圓形，他一直看著其他人和那星光燦爛的天穹，最後他走了進去，眼前的景象瞬間消失。

他們踏進黑暗之中，卡薩德緊身衣上的濾鏡只花了幾秒鐘就讓他的視力適應了。他們置身在海柏利昂時塚谷裡水晶獨石巨碑的基座上。時間是在夜晚，雲層在頭頂上翻滾，風暴正在成形。只有那些時塚本身發出的光照亮了這一帶。卡薩德因為剛離開那個乾淨明亮的地方，而感到一陣難過的失落，然後他的思緒集中在他眼前所見到的景象。

索爾．溫朝博和布瑯．拉蜜亞在谷裡離他半公里遠的地方。索爾彎著腰，而那女人躺在玉塚前面，狂風吹起的沙塵在他們周圍旋舞，厚密得使他們沒有看到荊魔神像一個黑影似地，順著小路經過方尖碑向他們走去。

費德曼・卡薩德由獨石巨碑前的黑色大理石上一躍而下，繞過路上碎裂的水晶碎片。他發現莫妮塔仍然拉著他的手臂。

「要是你再打，荊魔神會殺了你。」她的聲音在他耳裡聽來溫柔卻很急切。

「他們是我的朋友。」卡薩德說。他那些霸軍的裝備和毀損的盔甲，躺在幾個小時前莫妮塔丟棄的地方，他在獨石巨碑中尋找著，最後找到他的步槍和一串手榴彈，看到步槍依舊可用，查過充電能量，打開保險，離開獨石巨碑，跑過去攔截荊魔神。

我在水流聲中醒來，一時之間以為我是在和布朗[26]散步到洛多里瀑布附近的午睡中醒來。但是我睜開眼睛所看到的黑暗，像我入睡時一樣可怕，而細細水流令人噁心的聲音，也不是那種後來邵塞[27]寫在詩裡而有名的奔騰水聲。而且我覺得很難過，不只是因為布朗和我很愚蠢地在早餐前去爬斯啟道峰下來就喉嚨痛了，而是很可怕著實病倒，全身痠痛，比發寒熱還嚴重得多，有痰和火在我的胸口和肚子裡面翻騰。

---

[26] Charles Brown，文藝愛好者，後與濟慈交好，一八一八年邀濟慈前往蘇格蘭等地健行。

[27] Robert Southey（1774-1843），英國湖畔派詩人、散文家，早期浪漫主義代表之一。

我起身摸索著走到窗前。里．杭特房間的門下透出一線亮光，我想是因為他上床睡覺時還讓燈點著。如果我先前也這樣做，倒不是件壞事，不過現在再點燈已經來不及了，因為我已經摸索著走到比更暗的房間稍亮一點的那一方室外的黑暗前。

空氣很新鮮，充滿了雨水的氣味。我知道吵醒我的是雷聲，閃電照亮了羅馬城裡的屋頂。整個城市裡沒有燈光。我微微將身子伸出打開的窗子，可以看見廣場上方的階梯上都被雨淋得濕亮，聖三一教堂的高塔被閃電的光映照出漆黑的輪廓。由階梯吹下來的風很冷，我退回到床邊，用一床毯子裹在身上，再拉了把椅子到窗前坐下，看著外面，想著心事。

我記得我弟弟湯姆在最後幾個禮拜和最後幾天裡的情形，他的臉和身體都扭曲著，拚命地吸氣。我記得我母親看起來有多蒼白，她的臉在越來越黑的房間裡幾乎白得發亮。我姊姊和我只准碰碰她濕冷的手，親吻她燒燙的唇，然後退出房間。我記得在我離開房間之後用力地擦著嘴唇，一面側眼看看我姊姊和其他人有沒有看到我這個不該有的動作。

濟慈死後不到三十個小時，克拉克大夫和一個義大利外科醫生剖開遺體，發現正如席維倫後來在給朋友信中所寫的：「最嚴重的肺癆，兩邊肺葉完全毀壞，細胞大部分都不見了。」克拉克大夫和那個義大利外科醫生都無法想像，濟慈在最後的兩個多月裡是怎麼活下來的。

我坐在黑暗的房間裡，望著外面漆黑的廣場，想到這件事，同時聽著我胸口和喉嚨裡的翻騰，感到痛苦如火般在體內燒灼，以及來自我心裡那些哭喊得更可怕的痛苦：馬汀．賽倫諾斯在樹上所發出的哭號，為了要寫成那首我曾經因為太虛弱和懦弱而未能完成的詩而受的苦，費德曼・卡薩德準備死在荊魔神利爪下時所發出的吶喊，領事被迫要再次背叛而發出的悲鳴，數以千計的聖堂武士為哀悼他們的世界和他們的兄弟海特・瑪斯亭之死而從喉間發出的號啕，布瑯・拉蜜亞在想起她亡故的戀人時所發出的哭喊，保羅・杜黑躺在那裡強忍燒傷和記憶的折磨並同時感知到固守在他胸口的十字形時所發出的哀號，索爾・溫朝博用拳捶打著海柏利昂的土地以呼叫他的孩子所發出的慟哭，而蕾秋的嬰兒哭聲仍回響在我們的耳朵裡。

「該死，該死。」我輕輕地說，一面用拳頭敲打著石頭和灰泥做的窗框。

過了一會，在灰白的曙光出現時，我離開了窗前，找到我的床鋪，躺下來閉一下眼睛。

席奧・連恩總督在音樂聲中醒來。他眨了下眼，四下環顧，似乎是由夢中認出了旁邊的維生艙和這間太空船上的醫療室。席奧發現自己身穿柔軟的黑色睡衣，睡在醫療室的檢查檯上。過去的十二小時開始由席奧的零碎記憶拼湊起來：由治療艙中抱起來，裝上感應器，領事和另外一個人俯身在他上方，問他很多問題，席奧就像真正意識清醒似地一一回答，然後又睡了過去，夢到海柏利昂和那裡的城市起火燃燒。不對，不是作夢。

席奧坐了起來，感到自己幾乎飄離了檢查檯，發現他的衣服已經洗乾淨了，整齊地摺好放在旁邊的架子上，於是很快換好衣服，一面聽著音樂聲繼續響著，有高低起伏，但一直著持續著，帶著一種鬼魅般的特殊味道，讓人覺得那是有人在演奏而不是錄音。

席奧由那段短短的樓梯走到休閒甲板，卻吃驚地停下了腳步，因為他發現整艘太空船是在開放狀態，陽臺伸展開來，阻絕力場顯然已經撤除。腳下的重力在極小的程度，足夠讓席奧站立在甲板上，但沒有更多的重力，可能不到海柏利昂上重力的百分之二十，大概只有標準重力的六分之一。

整艘船大大敞開著。明亮的陽光由打開的門裡照進來，照在陽臺上，領事正在那裡彈奏那架他稱之為鋼琴的古董樂器。席奧認出了那位考古學家，阿讓德茲靠在打開的船身邊，手裡拿著一杯酒。領事正在彈奏一首很古老而複雜的曲子，兩手熟練地在琴鍵上快速舞動。席奧再走近了一些，準備向微笑著的阿讓德茲耳語，但隨即震驚地停下來，瞪大了眼睛。

在陽臺外面，三十公尺的下方，明亮的陽光照著一片延展到近在眼前的地平線的綠色草地。草地上有幾小群人，輕鬆地或坐或臥，顯然是在聽領事這場即興的獨奏會。可是那些是什麼人！

席奧看到一些又高又瘦的人，看來好像很合於天苑四的美感標準，皮膚蒼白，頭上光禿，穿著小小的藍色袍子，但在他們旁邊和後面，卻是繁多得令人吃驚的各類人種坐在那裡聽著，比在萬星網裡所見到過的種類更多：有長著毛和鱗甲的人，有身子和眼睛都像蜜蜂般長著複眼和觸鬚的人，有瘦弱得如同鋼絲雕像的人，他瘦削的肩膀上長出巨大的黑色翅膀，像披風一樣包在他們身上，也有顯然特別適於生活在超重力世界上的人，矮壯而肌肉結實得像南非水牛，比起來，盧瑟斯人都顯得瘦弱了，還有個子矮小、手臂特長且長滿橘色毛髮的人，只有他們蒼白而敏感的面孔，讓他們和電影中元地球上早已滅絕的紅毛猩猩有所分別。還有其他人，看來不像類人動物，倒更像是狐猴，或是不像人而像是鷹鷲或是獅子或是熊或人猿。可是席奧不知為什麼就是馬上知道這些都是人類，儘管他們有那麼驚人的差異。他們那專注的眼神，放鬆的姿勢，以及上百種其他微妙的人類特性，例如一個有蝶翼的母親把一個有蝶翼的孩子抱在懷裡的樣子，全都證明他們有著席奧不能否定的人性。

米立歐・阿讓德茲轉過身來看到席奧的表情，微微一笑，輕聲說道：「驅逐者。」

吃驚得呆住的席奧・連恩只能搖搖頭，聽著音樂。驅逐者都是野蠻人，不是這樣美麗而有時如天人般的生物，在布列西亞俘虜的驅逐者，更不用說他們夭折嬰兒的屍體，全都是一個樣子：高，不錯，瘦，不錯，但絕對更像是萬星網的標準，而不像這樣變化多端，令人眼花撩亂。

席奧又搖了搖頭，領事的鋼琴曲漸達高潮而以一個重音結束。外面地上的幾百個人鼓掌喝采，聲音在稀薄的空氣中顯得高而柔和，然後席奧看著他們站起來，伸懶腰，往四面八方散去。有些很快地走過了那近得令人不安的地平線，也有的展開八公尺長的翅膀飛走。另外還有些則走向領事太空船的基座。

領事站了起來，看到席奧，微微笑了笑。他兩手拍著這比他年輕的男人雙肩。「席奧，起來得正是時候，我們馬上就要談判了。」

席奧・連恩眨著眼睛。三個驅逐者降落在陽臺上，把他們巨大的翅膀收攏在背後。每一個都長了很長的毛，但有不同的樣式和花紋，他們的毛皮就和任何野生動物一樣自然而真實。

「一向都那樣好聽，最後那首是莫札特的D小調幻想曲，編號 KV.397，對吧？」最靠近的一個驅逐者對領事說。這個驅逐者的臉像獅子，很寬的鼻子和金色的眼睛四周都是棕黃色的毛。

「是的，自由人梵茲，為你介紹席奧・連恩先生，霸聯保護區海柏利昂的總督。」領事說。那獅子的視線轉到席奧臉上。「幸會。」自由人梵茲說著，伸出一隻毛茸茸的手來。

席奧握了握手。「幸會，先生。」席奧不知道自己是不是仍在恢復艙裡，夢到這些事，但照在他臉上的陽光和握在手裡的那隻厚實手掌，都讓他知道並非是夢。

自由人梵茲轉回身面對領事。「我僅代表整個集團謝謝你的演奏。從我們上次聽你彈奏已經好多年了，我的朋友。」他四下看了看。「我們可以在這裡談，或者是到一個行政管理營區去，看你方便。」

領事只遲疑了一秒鐘。「我們只有三個人，自由人梵茲。你們的人多，我們到你們那裡去吧。」

獅子頭點了點，朝天上看了看。「我們會派一艘船來送你們過去。」他和另外兩個走到欄杆邊，跨出船身，向下墜落了幾公尺才展開他們的雙翼，向地平線飛去。

「天啊，我們現在在哪裡？」席奧輕聲地說，他抓住領事的手臂。

「驅逐者的聚落。」領事說著，把史坦威鋼琴的琴蓋蓋上，率先走到裡面，等阿讓德茲退開之後，將陽臺收了進來。

「我們要談些什麼呢？」席奧問道。

領事揉了揉眼睛，看起來好像他在席奧療傷的十到十二個小時裡沒有睡多久，或者根本沒有睡覺。

「這要看葛萊史東首席執行官的下一個訊息。」領事說著朝投影區點了下頭，那裡已因傳送資料而開始起了薄霧，一段超光速通訊傳來的影音訊息，正在這艘太空船的電傳接收器上解碼。

梅娜．葛萊史東走進了執政院的醫院，由等待著的醫師護送到恢復區，保羅．杜黑神父就躺在那裡。「他的情況如何？」她問第一位醫師，正是負責首席執行官健康與醫療的醫師。

「全身約有三分之一遭到二度灼傷。燒掉了眉毛和部分的頭髮，不過他的頭髮本來就不多了。在他臉部和身體的左側還有一些三級輻射灼燒，我們已經完成表皮再生手術，也注射了ＲＮＡ針劑。他現在不會疼痛，意識清楚。當然還有十字形寄生在他胸口的問題，不過那對病人並沒有立即的危險。」愛爾瑪．安德洛妮娃大夫回答說。

「三級輻射灼傷？」葛萊史東說著，在杜黑等候的隔間聽不到的地方停了一下。「電漿炸彈嗎？」

「是的，我們確定這個人是在傳送系統切斷的一秒或兩秒鐘之前，由神之谷傳送過來的。」另外一個葛萊史東不認識的醫生回答道。

「好吧！我想單獨和這位先生談談，勞駕。」葛萊史東說著停在杜黑休息的浮床前。那些醫生們彼此對望了一眼，把一個護理機器人歸回到牆裡的貯存室裡，關好病房門後離開。

「杜黑神父嗎？」葛萊史東問道，她由他的光像和席維倫在談朝聖團時對他的形容而認出了他來。杜黑的臉很紅，有些斑點，而且因為擦了再生藥膏，噴上止痛劑而顯得油亮。他仍然是一個外表很有吸引力的男人。

「首席執行官。」教士輕輕地叫了一聲，好像準備坐起身來。

葛萊史東溫柔地將手搭在他肩上。「躺著吧，你願意跟我說說出了什麼事嗎？」她說。

杜黑點了點頭，在那老耶穌會教士的眼裡含著淚水。「世界之樹真言者不相信他們會真的出手攻擊，西克．哈定以為聖堂武士和驅逐者有過協定，有某種安排。可是他們卻真的下了殺手，死光鏡、電漿炸彈、核子爆炸，我想……」他輕輕地說，聲音沙啞。

「是的，我們在戰情室都看到了。我需要知道所有的事情，杜黑神父，從你走進海柏利昂的穴塚那一刻開始的所有一切。」葛萊史東說。

保羅．杜黑兩眼盯著葛萊史東的臉。「妳知道那件事？」

「是的，還有到那一刻之前的大部分事情。可是我需要知道更多，更多的事。」

杜黑閉上了眼睛：「地下迷宮……」

「什麼？」

「地下迷宮。」他又說了一遍，聲音大了些。他清了下喉嚨，把他行過那些堆滿死屍的隧道，轉進霸軍太空船，以及在平安星見到席維倫的所有經過。

「你確定席維倫是往這裡來嗎？要到執政院？」葛萊史東問道。

「是的，他和妳的助理杭特，他們兩個都要由傳送門回到這裡來。」

葛萊史東點了點頭，小心地摸了下那教士肩膀上沒有燒傷的地方。「神父，在這裡事情發生得很快，席維倫不見了，里．杭特也不見了。我需要和海柏利昂有關的忠告，你能留在我身邊嗎？」

杜黑一時看來不明所以。「我必須回去，回到海柏利昂，首席執行官，索爾和其他人還在等我。」

「我明白。一旦有辦法回海柏利昂的時候，我就會送你回去。不過，目前萬星網正受到無情的攻擊，好幾百萬人瀕臨死亡邊緣或有死亡的危險，我需要你幫忙，神父，在那之前，我可以依靠你嗎？」葛萊史東安撫地說。

保羅．杜黑嘆了口氣，躺了回去。「可以，首席執行官，可是我一點也不知道我怎麼……」

輕輕的敲門聲後，西黛蒲塔．艾卡喜走了進來，遞給葛萊史東一張寫有訊息的紙片，首席執行官微微一笑。「我剛說過事情發生得很快，神父，又有了另一個發展，平安星來的訊息說紅衣主教團在西斯廷教堂集會……我忘了，神父，那就是那座西斯廷教堂嗎？」葛萊史東挑起一邊眉毛。

「是的，在大錯誤發生後，教會把那座教堂裡每塊石頭、每幅壁畫都拆下來，整個移到平安星。」

葛萊史東低頭看著那張薄箋。「在西斯廷教堂集會，選出了一位新教宗。」

「這麼快？我猜想他們覺得要趕快才行。平安星是……什麼？再過十天就要面對驅逐者的侵略了。不過，這樣匆促決定……」保羅．杜黑輕輕地說，他又閉上了眼睛。

「你對由誰當選教宗的事有興趣嗎？」葛萊史東問道。

「不是紅衣主教安東尼奧．嘉杜琪，就是紅衣主教亞戈斯蒂諾．魯德爾吧，我猜。目前這個時候，沒有其他人能得到多數的支持。」杜黑說。

「不是的，根據艾督華特主教傳來的消息……」葛萊史東說。

「艾督華特主教！對不起，首席執行官，請繼續。」

「根據艾督華特主教的訊息，紅衣主教團選出了教會有史以來第一個位階在蒙席以下的人。這上面說新教宗是一位耶穌會的教士……一位名為保羅．杜黑的神父。」

即使身上有傷，杜黑還是坐了起來。「什麼？」他的聲音中充滿了不敢置信的味道。

葛萊史東把那張薄箋遞給他。

保羅．杜黑瞪著那張紙。「不可能。除了在象徵性的情況下之外，他們從來沒有選過位階低於蒙席的人當教宗，那一次還是很特殊的狀況，那次是聖貝爾維德里，是在大錯誤發生，以及那次奇蹟……不對，不對，這不可能。」

「據我的助理報告，艾督華特一直試著打電話來，我們馬上接通電話，神父，還是我該稱呼，教宗閣下？」葛萊史東說，首席執行官的聲音裡沒有半點諷刺。

杜黑抬起了頭，震驚得說不出話來。

「我去叫人接通電話，我們會盡快安排你回平安星，教宗閣下，可是如果你能保持連絡，我會感激不盡，我真的很需要你的建議。」葛萊史東說。

杜黑點了點頭，眼光又回到那張薄紙上。一具電話開始在病床上方的檯子上閃亮起來。

葛萊史東首席執行官走到外面的走道裡，把最新的情況告訴了那幾位醫生，又通知安全單位核准艾督華特主教和其他教會成員由平安星傳送過來，然後經由傳送門回到她住處的房間裡。西黛蒲塔提醒她再過八分鐘委員會就要在戰情室重新開會了。葛萊史東點了點頭，等她的助理出去之後，回到隱在牆壁裡的壁龕中所設的超光速通訊室，啟動了音速的私用力場，鍵入代碼把訊息傳送到領事的太空船，在萬星網、邊疆星系、銀河系和整個宇宙都收得到，但只有領事的船才能解碼。至少她希望如此。

光影攝影機的燈開始閃著紅光。「根據你太空船的自動定位系統，我假設你已決定和驅逐者會面，而他們已經允許你這樣做，我也假設你已安然通過第一次會面。」葛萊史東對著攝影機的鏡頭說。

葛萊史東吸了一口氣。「我代表霸聯在過去這麼多年來要求你犧牲，現在我為了全人類再次向你要求。你必須查明以下幾點：

「第一，驅逐者為什麼攻擊並摧毀萬星網的幾個世界？你、拜倫．拉蜜亞和我都相信他們要的只是海柏利昂。他們為什麼改變了這一點？

「第二，智核究竟在哪裡？如果我們要和他們作戰，我必須要知道這點。難道驅逐者忘了我們共同的敵人是智核嗎？

「第三，他們有什麼要求才肯停火？我願意作很多犧牲來擺脫智核的控制。可是殺戮必須停止！

「第四，驅逐者船群代表團首領是否願意親自和我見面？如果有必要，我可以利用傳送門到海柏利昂星系去。我們絕大部分的艦隊已經離開了那裡，可是有一艘瞬間傳送艦和護衛艦仍在守著傳送中心。驅逐者船群首領必須及早決定，因為霸軍想要摧毀傳送中心。到時候海柏利昂和萬星網之間的時債就會變成三年了。

「最後一點，驅逐者船群首領必須知道智核希望我們使用一種驟死爆炸裝置來對抗驅逐者的入侵。霸軍的很多將領都同意，時間很急迫。我們不能，我再重複一次，不能讓驅逐者入侵毀了萬星網。

「現在完全看你了。請確認收到這個訊息，談判開始就以超光速通訊告訴我。」

葛萊史東兩眼正視著鏡頭，試圖將她在個性和誠懇兩方面的力量，傳送到如此遙遠的距離之外。

「我以對人類歷史的憐憫心向你請求，請務必達成這個任務。」

這段超光速通訊的影音訊息之後是兩分鐘的不穩定影像，顯示出天堂之門和神之谷這兩個世界之死。領事、米立歐·阿讓德茲和席奧·連恩在光幕消失之後，默默地坐在那裡。

「回應？」船詢問道。

領事清了下嗓子。「確認訊息已經收到。送出我們目前所在位置的座標。」他說。他望著隔著投影區對面的兩個人。「兩位覺得呢？」

阿讓德茲搖了下頭，好像要讓頭腦清醒一點。「顯然你以前來過這裡，到驅逐者聚落之中。」

「是的，在布列西亞大戰之後……我的妻子和兒子……很久以前，在布列西亞之戰後，我和驅逐者見面做多方面的談判。」領事說。

「代表霸聯？」席奧問道，這個紅髮男子的臉看來蒼老許多，而且滿布憂慮。

「代表葛萊史東參議員的黨派。那還是她當選首席執行官之前，她的黨團向我解釋，如果我們把海柏利昂納入萬星網保護區之中，會引發智核內部的權力鬥爭，要做到這點最簡單的方式就是走漏消息讓驅逐者知道，這消息會讓他們攻打海柏利昂，而使霸聯的艦隊到這裡來。」領事說。

「而你做了那件事？」阿讓德茲的聲音裡不露任何感情，雖然他的妻子和已經長大成人的子女都住在文藝復興星，而現在離入侵的時間不到八十小時。

領事往後靠坐在墊子上。「沒有。我把那個計畫告訴了驅逐者，他們送我回萬星網去當雙面諜。他們計畫占領海柏利昂，但是要在他們自己選定的時間。」

席奧俯身向前，兩手緊緊地互握著。「這麼多年在領事館裡……」

「我一直在等驅逐者的消息。你知道，他們有一種裝置可以癱瘓時塚四周的反熵力場。在時機成熟時開啟時塚，讓荊魔神能脫出禁錮。」領事冷冷地說。

「所以驅逐者幹了這事。」席奧說。

「不是的，是我，我像當年背叛葛萊史東和霸聯一樣地背叛了驅逐者。我槍殺了負責校正那個裝置的女人，還有和她在一起的技師，打開了裝置，反熵場因此癱瘓。最後的朝聖團組成，荊魔神得到自由。」領事說。

席奧瞪著他之前的恩師，在他那對綠色的眼睛裡，不解的情緒多過了憤怒。「為什麼？你為什麼會做所有這些事呢？」

領事簡明扼要而不動聲色地跟他們說了他的祖母，茂宜—聖約的西麗，她對抗霸聯的革命，那場在她和她的戀人死後仍未結束的革命。

阿讓德茲站了起來，走到陽臺對面的窗前，陽光流瀉進來照著他的雙腿和深藍色的地毯。「驅逐者知道你幹了什麼事嗎？」

「他們現在知道了，我們到達這裡之後，我就告訴了自由人梵茲和其他人。」領事說。

席奧在投影區裡走來走去。「所以我們現在要去的這次會議可能是一場審判？」

領事微微一笑。「或者是一場處決。」

席奧停了下來，兩手握緊了拳頭。「葛萊史東要你再到這裡來的時候已經知道這些事？」

「是的。」

席奧轉開了身。「我不知道我是不是希望他們會處決你。」

「我也不知道，席奧。」領事說。

米立歐．阿讓德茲在窗口轉回身來。「梵茲是不是說他們要派一艘船來接我們？」

他說話的語氣裡有點蹊蹺，讓另外兩個人趕到窗前。他們所降落的世界是一個中等大小的小行星，四周環繞著十級的防衛力場，以產生的風和水經過仔細重新結構而化為一個球體。海柏利昂的太陽正沉向那太接近的地平線後方，幾公里不生其他雜物的草在變化無常的風中起伏。在船的下方，有一條不知是很寬的小溪還是很窄的河水慢慢流過草原，流向地平線，然後似乎向上飛騰成為由河水形成的瀑布，扭曲著向上穿過遠方的力場，蜿蜒在上面黑暗的太空中，最後變成一條窄得看不見的細線。一艘船正由那無限高的瀑布上降下來，漸漸接近他們那小世界的表面。在船頭和船尾附近都看得見類人生物。

「天啊。」席奧輕聲地說。

「我們最好趕快準備好。他們就是來護送我們的。」領事說。

在外面，太陽以驚人的快速落下，把最後的光線射透離變成黑影的地面半公里高處的水幕，在深藍色的天空中形成在色彩和堅實度上都幾乎到駭人地步的彩虹。

H 40

杭特叫醒我的時候，早晨已過了一半。他用托盤端來早餐，黯淡雙眼中帶著害怕的神色。

我問他：「你從哪裡弄來這些吃的？」

「樓下前面房間裡有個小餐廳之類的地方，食物就放在那裡，還是熱的，可是不見有人。」

我點了點頭。「小安潔萊蒂夫人的小吃坊，她不是個好廚子。」我說。我記起克拉克大夫很擔心我的飲食，他覺得癆病是在我胃裡，只讓我吃麵包和牛奶，偶爾吃點魚肉，使我始終在飢餓之中。真是奇怪，有多少受苦的人類在面臨大限之前，還只執著於他們的腸胃、褥瘡，或是吃得太差的問題。

我又抬頭看了杭特一眼。「怎麼了？」

葛萊史東的助理已經走到窗口，似乎專注地看著底下廣場的景色。我能聽到貝尼尼那該死的噴泉水聲。「在你睡覺的時候，我打算出去走一圈，心想萬一能在外面或附近碰到什麼人，或者有電話或傳送門什麼的。」杭特緩緩地說。

「當然。」我說。

「我剛剛走出那個……外面有東西，席維倫，就在外面街上，那道階梯底下。我不很確定，可是我想那是……」他轉過身來，舔著嘴唇。

「荊魔神。」我說。

杭特點了點頭。「你看到了嗎？」

「沒有，可是我並不意外。」

「那很可怕，席維倫，有種讓我渾身不自在的感覺。在這裡，你可以瞥見那怪物就在階梯另外一邊的陰影裡。」

我開始起身，可是一陣劇咳還有痰在我胸口和喉間翻騰的感覺又讓我躺回枕頭上。「我知道那東西是什麼長相，杭特。別擔心，它不是為你而來。」我的聲音聽起來比我所感覺到的更有信心。

「是為了你嗎？」

「我想不是，我想它之所以會在這裡，只是要確定我沒有想辦法離開，找其他地方去死。」我大口喘著氣說。

杭特回到床邊。「你不會死的，席維倫。」

我沒有說話。

他坐在床邊那張直背椅子上，拿起一杯已經有點冷了的茶。「如果你死了，我會怎麼樣？」

「我不知道。如果我死了，我都不知道我是怎麼了。」我很坦白地說。

重病的人會有種唯我的意識，會吸引一個人的全部注意力，就如一個黑洞會吸入不幸掉落在勢力範圍內的一切。那一天過得很慢，我非常清楚地注意到陽光在粗糙牆面上的移動，床單在我手掌下的感覺，在我體內如一陣噁心般升起的熱度，在我頭腦的熔爐裡焚燒殆盡，最重要的，是痛苦。不是我現在所有的疼痛，因為不管幾個鐘頭或幾天，喉嚨裡的緊迫或胸口的燒灼都可以忍受，而且幾乎如同在陌生城市見到一個討厭的老朋友似的，還會加以歡迎。我感受到的是別人的痛苦，其他所有人的痛苦，那種痛苦打擊著我的頭腦，有如石板碎裂的聲音，有如鐵錘不斷敲打在鐵砧上，怎樣也逃躲不開。

我的腦子接受這樣的吵鬧聲，化為詩句。這種全宇宙的痛苦整日整夜湧流進來，在我發燒的腦中迴廊裡來去，成為詩句，意象，詩句的意象，成為語文複雜而永無休止的舞蹈，一下平靜如長笛獨奏，一下又尖利刺耳，高亢混亂，如幾十個樂隊同時演奏，但都是詩句，永遠都是詩。

將近日落時分，我由半睡半醒中醒來，打斷了卡薩德為了救索爾和布瑯．拉蜜亞的性命而與荊魔神拚鬥的夢，發現杭特坐在窗前，那張長臉被夕陽餘暉映成土紅色。

「那怪物還在那裡嗎？」我問道，我的聲音有如銼刀在石頭上劃過。

杭特嚇了一跳，然後轉過身來對著我，臉上帶著歉意的笑容，還有我在那張陰鬱的面孔上從來沒見過的尷尬臉紅。「我不知道，我有好一陣子沒看到了，我覺得它還在。你還好吧？」他看了看我。

「快死了。」我看到這話給杭特帶來的痛苦，馬上後悔說出這樣自我耽溺的輕率話語來，不管這話有多確實。「沒有關係，這事我以前也碰過，感覺上不像是我就快死了，我其實是一個深在智核裡的人格，死的是這個身體，約翰．濟慈的模控人，這個由血、肉和借來的東西構成的二十七歲幻象。」我幾乎是很快活地說。

杭特走過來坐在我的床邊。我很吃驚地發現他在白天換過了床單，用他自己的一條床單取代了我血跡斑斑的那條。「你的人格既是智核中的一個ＡＩ，那你想必能連接上數據圈。」他說。

我搖了搖頭，疲倦得無力爭辯。

「當初費洛梅爾綁架了你，我們就是經由你和數據圈的連接才找到你的下落。你不需要和葛萊史東親自連絡，只要留下訊息讓安全部門能找到就行了。」他堅持道。

「不行，智核不希望如此。」我喘息道。

「他們現在擋住了你嗎？攔阻了你嗎？」

「還沒有，可是他們會這樣做。」我喘著把一句話分成好幾段來說，就像把易碎的蛋放回巢裡似的。突然之間，我想起在一次嚴重的咳血之後，大約在病魔奪走我生命的一年之前，我寫給親愛的芬妮的一封信。我在信上寫著：「如果我會死，我身後沒有留下不朽的作品，沒有什麼可以讓我的朋友對我的記憶引以為傲的，但我曾經愛過所有事物的美，而如果我能有足夠的時間，我就會讓自己值得大家記得。」我對自己說，這些話現在讓我覺得很不足取，太自我中心又愚蠢天真，但我仍然不顧一切地相信。如果我能有時間，我在希望星假裝是個視覺藝術家所過的那幾個月，和葛萊史東在執政院的廳堂裡浪費掉的那些日子，都應該用來寫作……

「你不試過怎麼知道？」杭特問道。

「什麼？」我問道，單只說這兩個音所用的力就讓我又咳了起來，這次發作一直到我把半凝結的血痰吐在杭特匆忙取來的臉盆裡之後才止住。我仰臥著，想看清楚他的臉。狹窄的房間裡越來越黑，我們兩個都沒有把燈點上。外面噴泉的水聲很響。

「你說什麼？試過什麼？」我又問了一遍，想抗拒睡眠和夢的牽扯。

「試著經由數據圈留下訊息，和別的人連絡。」他輕聲地說。

「我們該留下什麼樣的訊息，里？」我問道，這還是我第一次叫他的名字。

「我們在什麼地方，智核怎麼綁架了我們，隨便什麼都可以。」

「好吧，我會試試看，我想他們不會讓我這樣做的，可是我答應你一定會試試看。」我說著閉上了眼睛。

我感到杭特握住我的手，雖然疲倦占了上風，但這樣突然和人接觸仍讓我眼中流出了淚水。

我會試一下，在降服於夢境或死亡之前，我一定會試一下。

費德曼．卡薩德上校發出一聲霸軍的戰鬥呼號，由沙塵暴中衝過去攔截荊魔神，不讓它越過最後的三十公尺，接近蹲在布瑯．拉蜜亞旁邊的索爾．溫朝博。

荊魔神停了下來，頭部幾乎毫無阻力地轉了過來，紅色雙眼閃亮。卡薩德端著他的步槍以不要命的速度衝下斜坡。

荊魔神移形換位。

卡薩德由時間中看到它的移動像是緩慢的一片模糊，注意到就在他看著荊魔神時，山谷裡的一切動作都停頓了，沙塵一動也不動地懸浮在半空中，發亮的時塚所發出的光有一種濃厚如火爐的感覺，卡薩德的緊身衣似乎也在隨著荊魔神移動，隨著它經由移動而穿越時間。

那個怪物的頭突然昂起，現在專注起來，四隻手臂像刀片由刀子裡彈出似地伸出，所有的手指也全都箕張開來。

卡薩德停在離那個東西十公尺遠的地方，啟動步槍，以死光全力掃射，打在荊魔神腳下的沙地上。

荊魔神全身發亮，它的外殼和鋼鐵鑄成的兩腿映照出在底下和四周如地獄般的光亮，然後那三公尺高的怪物開始沉了下去，因為沙塵陷落在底下一潭熔化的玻璃裡，卡薩德發出勝利的呼喊，走近前來，將死光掃在荊魔神身上和地下，就和當年小時候在塔西思貧民窟裡用偷來的水管噴他的朋友一樣。

荊魔神沉落下去，四隻手臂伸向沙子和岩石，想要找到支撐，火花飛濺，它移形換位，時間如倒轉的影片般回流，但卡薩德隨著移動，知道莫妮塔正在幫助他，她的緊身衣從動於他的緊身衣，但卻在引導他穿越時間，然後他又在射擊那個怪物，集中的熱力大過了太陽的表面，將下面的沙子熔化，看著四周的岩石燃燒起來。

沉進火焰和熔岩大鍋裡的荊魔神昂首向天，張開巨嘴號叫起來。

在聽到那個東西發出噪音的驚嚇中，卡薩德幾乎停止了掃射。荊魔神的尖叫像是巨龍的咆哮，夾雜著核子火箭的爆炸聲。那樣尖厲的聲音使卡薩德的牙根都痠了，尖叫聲迴盪在懸崖峭壁之間，上面的土都為之震落。卡薩德將槍轉為高速實彈，將一萬發小箭彈射向怪物的臉部。

荊魔神移形換位，卡薩德由自己骨頭和頭腦裡所感受到令人暈眩的轉移，知道一動就是好幾年，他們不再是在山谷裡，而是在一艘風船車上，越過草海。時間恢復，荊魔神躍向前來，金屬手臂上流淌著熔化的玻璃，一把抓住了卡薩德的步槍，上校不肯放開他的武器，兩個都踉蹌地轉動，像在跳著笨拙的舞步。荊魔神揮舞他多出來的那兩條手臂，踢出一條滿是鋼刺的腿，卡薩德跳動閃避，一面仍拚命抓緊了他的步槍。

他們是在一間小小的隔艙中，莫妮塔像影子似地縮在一角，另外還有個身影，是一個戴了帽兜的高大男人，以極慢的動作在那封閉的空間裡閃躲突然揮來的手臂和鋒刃。卡薩德透過緊身衣上的面罩，看到空中一個耳格夾在藍紫色能量力場中，悸動閃亮，然後在荊魔神有機反熵場的時間暴力下退縮回去。

荊魔神割破了卡薩德的緊身衣，傷到他的皮膚和肌肉，血噴到牆上。卡薩德將槍口塞進怪物的嘴裡開火。一陣兩千支高速箭彈將荊魔神的頭有如裝了彈簧似地擊向後方，同時將那個怪物撞進對面的牆壁。但就在它倒開時，腳上的尖刺仍然割傷了卡薩德的大腿，一條血柱盤旋而起灑在風船車廂房裡的窗子和牆上。

荊魔神移形換位。

卡薩德咬緊牙關，感到緊身衣自然收縮，縫合他的傷口。他看了莫妮塔一眼，點了下頭，跟著那怪物穿越時間和空間。

索爾・溫朝博和布瑯・拉蜜亞望向他們背後，只覺得一陣可怕的光和熱的旋風在那裡盤旋而起又消失。索爾用身子遮擋住那年輕女子，熔化的玻璃飛濺到他們四周，落在冰冷的沙上發出滋滋的聲響。然後嘈雜聲消失，沙塵暴遮沒剛才發生暴力的冒泡深潭，而狂風把索爾的斗篷吹得裹住了他們兩人。

「那是什麼？」布瑯驚恐地問道。

索爾搖了搖頭，在怒號的風中扶著她站了起來。「時塚都開啟了！也許是什麼爆炸了。」索爾大聲叫道。

布瑯一個踉蹌，然後穩住身子，摸了下索爾的手臂。「蕾秋呢？」她在狂風聲中問道。

索爾捏緊了拳頭。他的鬍鬚上已經有泥沙結塊。「荊魔神把她帶走了……不能進人面獅身像。還在等著！」

布瑯點了點頭，眯眼望向人面獅身像，在狂風和旋舞的沙塵裡只依稀看到發亮的輪廓。

「妳還好吧？」索爾大聲說道。

「什麼？」

「妳還好吧？」

布瑯茫然地點了點頭，伸手摸了下頭部，神經分流器不見了。不單是荊魔神那可怕的纜線，就連很久以前他們躲在廢渣蜂巢時，強尼動手術為她裝上的那個也不見了。分流器和史隆迴路都移除之後，她就再沒有辦法和強尼取得連絡。布瑯回想起烏蒙摧毀了強尼的人格，就像她打死一隻小蟲子那樣不費吹灰之力。

布瑯說：「我沒事。」可是她兩腿發軟，索爾必須扶住她，免得她倒下去。

他在大聲叫著什麼，布瑯想集中注意力，想專注於此時此地。在經歷過巨型數據圈後，現實顯得太狹窄而壓迫感很重。

「在這裡不能說話。回人面獅身像去。」索爾大叫道。

布瑯搖了搖頭。她指著山谷北邊的峭壁，荊魔神那棵巨大的刺樹出現在流雲和沙塵之間。「詩人賽倫諾斯在那裡。我看到了他！」

「這件事我們一點辦法也沒有！」索爾叫道，一面用斗篷遮擋住他們。朱紅色的沙子擊打在塑性纖維上，就如小箭彈射在盔甲上一樣。

「也許我們可以，我看到連接的地方，是我由巨型數據圈裡出來的時候看到的！」布瑯叫道，她躲在他的懷裡，感受到他的溫暖，一時之間，她想像著自己可以像蕾秋一樣輕易地蜷縮在他身邊，然後沉沉睡去。她用蓋過狂風怒號的聲音喊道：「那棵刺樹和荊魔神廟連接在一起，如果我們能到那裡，試著找到辦法來解救賽倫諾斯……」

索爾搖了搖頭。「不能離開人面獅身像，蕾秋……」

布瑯能了解，她用手摸了下那個學者的臉頰，然後靠得更近了些，感到他的鬍鬚碰到自己的臉頰。「時塚正在開啟，我不知道什麼時候我們才會再有一次機會。」她說。

索爾的眼中湧出淚水。「我知道。我想要幫忙，可是我不能離開人面獅身像，萬一、萬一她……」

「我了解，回那裡去吧。我會去荊魔神廟看是不是能查出那裡和那棵刺樹的關係。」布瑯說。

索爾懊喪地點了點頭，大聲地說：「妳說妳去過巨型數據圈裡，妳看到了些什麼？知道了些什麼？妳的濟慈人格是不是……」

「等我回來之後我們再談。」布瑯喊道，同時退開一步，好把他看得更清楚。索爾的臉像是一張痛苦的面具：是一個失去孩子的父親的臉。

「回去吧，會在一個鐘頭內到人面獅身像去和你會合。」她堅定地說。

索爾摸了摸鬍子。「所有的人都不見了，只剩妳和我。布瑯，我們不該分開……」

「我們必須分開一下子，一個鐘頭之內再見。」布瑯叫道，一面由他身邊退開，風吹颳著她的外衣和褲子。她很快地走了開去，深怕自己擋不住那想再回他溫暖懷抱裡的衝動。這裡的風更強勁，從山谷口直吹過來，沙塵擊打著她的眼睛和臉頰。只有低著頭，布瑯才能靠近小徑，卻很難走在小徑上。只有那些時塚閃出的光照亮了路。布瑯感到時潮如實際向她襲擊似地拉扯著她。

幾分鐘之後，她依稀注意到她走近了方尖碑，到了水晶獨石巨碑附近殘渣滿布的小徑上。索爾和人面獅身像已經消失在她背後，而玉塚在那場沙塵與狂風的噩夢中只是一些淺綠的光。

布瑯停了下來，在狂風和時潮的拉扯下微微搖晃。荊魔神廟還在山谷那頭約半公里多的地方。雖然她在離開巨型數據圈時，突然了解到那棵樹和時塚的連接，等她到了那裡她又能做些什麼呢？而那個該死的詩人又為她做過些什麼？不過就是咒罵她，把她逼得發瘋而已。她為什麼要為他送命呢？

風在山谷裡尖叫呼嘯，但在風聲之外，布瑯覺得她還聽得到更凌厲、更人性的尖叫聲。她望向北邊的峭壁，可是沙塵遮蔽了一切。

布瑯．拉蜜亞向前俯著身子，把衣領豎起來圍著脖子，繼續走進風裡。

梅娜．葛萊史東還沒有走出超光速通訊室，就有訊息傳進來，她又坐回原位，非常專注地看著光影槽。領事的船確認收到了她的訊息，但是沒有後續的訊息，也許他改變了主意。

不對，浮現在她面前那一方稜鏡上的資料列顯示影音訊息來自無涯海洋星星系。是威廉．阿金塔．李上將在呼叫她，使用的是她給他的個人代碼。

當初葛萊史東堅持晉升那位海軍上校，並且指派他擔任原定前往希伯崙進行的突擊任務中的「政府連絡官」時，霸聯太空軍方面大為光火。在天堂之門和神之谷的大屠殺之後，突擊部隊調往無涯海洋星星系：一行共有七十四艘太空船，主要的船艦都由炬船和防衛盾嚴密保護，整個特遣部隊受命要突破前來的驅逐者船群戰艦，盡快地直搗船群中心。

李是首席執行官的眼線和連絡人。雖然他的新官階和任命讓他參與指揮方面的決定，但現場有四位霸聯太空軍的指揮官位階都比他高。

這沒有關係。葛萊史東要他在場，能向她報告。

光影槽中起了一陣霧氣，然後威廉．阿金塔．李那張堅毅的面孔充塞其間。「首席執行官，奉命向妳報告，一八一之二特遣部隊已成功傳至三九九六．二一．二三星系……」

葛萊史東吃驚地眨了下眼睛，這才想起那是無涯海洋星所在G星系的官方代號，一般人很少想到萬星網世界以外的地理環境。

「驅逐者船群攻擊艦艇距離目標世界的致命半徑還有一百二十分鐘。」李報告道。葛萊史東知道所謂的致命半徑大約是點一三個天文單位的距離，在這個範圍內，標準的船上武器即使在地面有阻絕力場的情況下，也具有致命的摧毀力。無涯海洋星並沒有阻絕力場。這位新任的海軍上將繼續說道：「估計於萬星網標準時間十七點三十二分二十六秒時會和先頭部隊接觸。大約距現在還有二十五分鐘。特遣部隊已配置最大穿透力，兩艘瞬間傳送艦在傳送門於戰鬥中封鎖之前，負責增添新的人員或武器，我的旗艦，奧德賽花園號巡洋艦，會利用最早的可能機會執行妳的特別指令，威廉．李，結束。」

影像縮成一個轉動的白色小圓球，傳送密碼中止。

「回應嗎？」收發電腦詢問道。

「確認收到，就這樣了。」葛萊史東說。

葛萊史東走進書房，看到西黛蒲塔．艾卡喜正在等著她，專注的臉上因擔憂而皺起了眉頭。

「什麼事？」

「戰情會議準備重新開始了，柯爾契夫參議員正在等著見妳，討論一件他說是緊急的事。」那位助理說。

「請他進來，告訴他們我五分鐘之後就去開會。」葛萊史東坐在她那張很古老的書桌後面，強忍住想要閉上眼睛的衝動。她非常疲倦，但在柯爾契夫走進來時，她的兩眼是睜著的。「請坐，蓋布瑞．菲歐多。」

那高大的盧瑟斯人來回地走動著。「還坐什麼坐！妳可知道出了什麼事嗎，梅娜？」

她微微笑道：「你是說這場戰爭？據我們所知是生命的結束？是那個嗎？」

柯爾契夫一拳打在手掌上。「不是，我不是說那個，他媽的，我是說政治上的紛爭。你有沒有看萬事議會網？」

「能看的時候都會看。」

「那妳知道有某些參議員和參議院外的一些騎牆派，正在動員對妳採不信任投票，這是無可避免的事，梅娜，只是時間遲早的問題。」

「我知道，蓋布瑞，你為什麼不坐下來呢？在回到戰情室之前，我們還有一、兩分鐘的時間。」

柯爾契夫幾乎是癱坐在椅子上。「我是說，媽的，就連我老婆都在忙著拉票來反對妳了，梅娜。」

葛萊史東的笑容更大了些。「蘇蒂緹從來就不喜歡我，蓋布瑞，我還沒看到這二十分鐘裡的辯論結果。你想我還有多少時間？」她的笑容消失了。

「八個小時，也許更少一點。」

葛萊史東點了點頭。「我不需要那麼多的時間。」

「需要？妳說的是什麼鬼話？需要？妳想還有誰能當戰時首席執行官？」

「你呀，毫無疑問的，你會是我的繼任者。」葛萊史東說。

柯爾契夫嘟囔了幾句。

「也許戰爭不會持續到那麼久。」葛萊史東好像自己想著好笑似地說。

「什麼？哦，妳是說智核的超級武器。對，艾爾必杜把一個模型放在某個霸軍基地的什麼地方，希望作戰委員會的人能勻出時間去看看，如果妳問我，我覺得那真他媽的浪費時間。」

葛萊史東只覺有隻冰冷的手攫住了她的心臟。「驟死彈裝置？智核已經有了一部可用的了嗎？」

「可用的不止一部，可是有一部已經裝在一艘炬船上了。」

「是誰授權的，蓋布瑞？」

「莫普戈授權進行準備工作。怎麼了，梅娜，有什麼問題？那玩意要沒有首席執行官認可是不能使用的。」高壯的參議員坐著把身子向前靠過來。

葛萊史東望著她以前在參議院的老同事。「我們離和平霸聯還很遙遠，是吧？蓋布瑞？」

那個盧瑟斯人又哼了一聲，但是在他率直的臉上卻有著痛苦的表情。「這是我們自己的錯。前政府聽了智核的話，把布列西亞當作驅逐者船群的餌。等那個動亂平息之後，妳又聽了智核另一部分的意見，把海柏利昂納入了萬星網。」

「你認為是我派遣艦隊去防守海柏利昂才引發了這場大戰嗎？」

柯爾契夫抬起頭來。「不是，不是，不可能。那些驅逐者的船艦一百多年以前就已經上路了，不是嗎？要是我們早點發現就好了。或者是早些找到一條路，利用談判把這狗屎事情解決掉。」

葛萊史東的通訊記錄器響了起來。「是我們該回去開會的時候了。艾爾必杜資政大概想讓我們看那件能夠贏得戰爭的武器呢。」她柔和地說。

H 41

讓自己飄進數據圈裡要比躺在那裡熬過漫漫長夜，聽著噴泉等下一次吐血容易得多。這種軟弱無力比身體的衰弱更糟，把我變成了一個空洞的人，只剩下外殼而沒有中心。我記得在溫特沃斯療養期間芬妮照顧我的時候，還有她說話的語氣，以及她經常流露的那種哲學味的想法：「會有另外一個生活嗎？我會不會醒來發現這一切只是一個夢？想必應該是吧，我們不可能生來就是為受這種苦的。」

哦，芬妮，妳要是知道就好了！我們正是為了受這種苦才生下來的。到了最後，我們不過就是這樣而已，在痛苦的巨浪之間一些自覺的清澈水潭。我們命中注定要把痛苦帶在身邊，緊緊地抱在我們肚腹前面，就像那年輕的斯巴達小賊藏著一隻小狼，好讓牠能吃掉我們的內裡。在上帝廣大的領域裡，還有哪個別的生物會懷著對妳的記憶，芬妮，留存了九百年，還讓牠吞食了他的內在，即使肺癆也以毫不費力的效率做著同樣的工作呢？

字句攻擊著我，想到書本就讓我心痛。詩在我腦海中回響，如果我有能力將之驅趕出去，我會馬上這樣做。

馬汀．賽倫諾斯，我聽到你在那活生生的尖刺十字架上。你像念禱文似地吟誦著詩句，一面卻在想著，是什麼樣一個像但丁的神會罰你到這樣的地方來。你有一次說——我當時在我的腦海裡，聽你把你的故事說給其他的人聽——你說：

「要做一個詩人，我發現，做一個真正的詩人，就是要成為其人形的天神化身，要承受詩的衣缽，就是要帶著人類之子的十字架，要忍受人類靈魂之母的生育之痛。

「要做一個真正的詩人就是要成為神。」

唉，馬汀，老同事，老伙伴，你帶著十字架，忍受痛苦，但是你能成為神嗎？還是你只覺得像個可憐的白痴，被一根三公尺長的標槍刺穿肚子，感到你原先肝臟所在的地方是冰冷的鋼鐵？很痛，是不是？我感受到你的痛，我感受到我的痛。

到了最後，根本他媽的一點關係也沒有。我們以為自己很特別，敞開我們的知覺，磨利我們的共鳴，把那一大鍋共享的痛苦傾倒在語言的舞池裡，然後想由所有那些混亂的痛苦中編出一支小步舞曲來。這沒有一點關係。我們不是天神化身，不是神或人的兒子。我們只是我們而已，獨自亂寫著我們的幻想，獨自讀著，獨自死去。

他媽的這真難過。始終有作嘔的感覺，但噁心反胃會在翻起痰和膽汁之外，也帶出我的一些些肺臟。不知為什麼，這回一樣困難，說不定更加困難。死亡應該因為練習過而更容易才對。

廣場上那個噴泉在夜裡響著它白痴的水聲，荊魔神在外面某個地方等著。如果我是杭特，我就會馬上離開——如果死亡擁抱你，就擁抱死亡——把這事作了斷。

不過，我答應了他。我答應杭特說我會試一試。

要是不經過我認為是超數據圈的這個新東西，我就不能進到巨型數據圈或數據圈，而這個地方讓我害怕。

這裡大部分是一望無垠的空無，和萬星網類比式的景觀及智核的巨型數據圈的生物圈同質體完全不同。在這裡一切未定。充滿了陰影和大量的轉移都和智核的智慧毫無關係。

我很快地移到我覺得是通往巨型數據圈去的初級傳送門的黑暗開口（杭特是對的，在複製的元地球上應該有傳送門。而我的意識是智核的奇蹟）。這也是我的生命線，我人格的臍帶。我像一片在龍捲風中的葉子一樣滑進了那旋轉的黑色漩渦裡。

那個巨型數據圈出現問題了，我才一進入就感到某種異狀。拉蜜亞曾經察覺到這個智核的環境是一個忙碌的ＡＩ生活的生物圈，有智慧的根，豐富資料的土壤，多項連接的海洋，意識的大氣層，以及嗡嗡作響無休無止的活動。

現在活動錯誤，未納入頻道，混亂，ＡＩ意識的巨大森林遭到焚毀或掃到一邊。我感到巨大的對抗力量，在智核主動脈的管道之外，一波波衝突湧起。

感覺上好像我是濟慈注定死去的身軀裡的一個細胞，並不能了解卻能感覺到肺癆病菌摧毀了體內平衡，使得原先秩序井然的內部宇宙成為無政府狀態。

我像一隻返家的鴿子迷失在羅馬廢墟中般地飛著，在一度熟悉而依稀記得的古物間盤旋，想要棲息在已不存在的房舍裡，逃避獵人在遠處的槍聲。在這情況下，獵人就是一群群四處徘徊的ＡＩ，意識的人格化巨大到讓我這濟慈鬼魂的類似體顯得小如一隻在人類家裡嗡嗡飛著的蟲子。

我忘了我的路，茫然飛過現在十分陌生的風景，確定無法找到我在搜尋的那個ＡＩ，確定我永遠也找不到路回元地球和杭特身邊，確定我再也無法由這個光、聲音和能量所組成的四度空間迷宮中生還。

突然之間，我撞上了一堵看不見的牆，那飛著的蟲子被迅速合攏來的手掌抓住。力場不透明的牆壁隔開了在另一邊的智核。這個空間在大小上可能相等於一個太陽系，但我覺得有如一個小細胞，弧形的牆壁向內壓了進來。

有什麼和我一起在這裡，我感到那個東西的存在和巨大，將我關在裡面的那個泡泡也是那個東西的一部分。我不是被抓住，我是被吞食了。

〔哇！〕

〔我就知道你總有一天會回家來〕

是烏蒙，那個我搜尋的ＡＩ。那個是我父親的ＡＩ，那個殺死我哥哥第一個濟慈模控人的ＡＩ。

——我快死了，烏蒙。

〔不是／你是在龜速時空的肉體要死了／化為烏有／轉化中〕

——很痛，烏蒙。非常痛，而且我怕死。

［我們也一樣／濟慈］

——你也怕死？我以為ＡＩ結構是不會死的。

［我們會／我們怕］

——為什麼？因為內戰嗎？在持重派、躁動派和無上派之間的三方會戰？

［有回烏蒙問一道微光//

你從哪裡來〉///

來自亞瑪迦斯特上方的母體//

那道微光說///通常//

烏蒙說//

我不把實體扯

上文字

用語言去愚弄他們／

靠近來一點\\\

那道微光靠近了一些

烏蒙大叫道//滾

你的吧」

——說點正經的吧，烏蒙。我已經好久沒有解你的公案了。你會告訴我為什麼智核要打仗，而我又該怎樣止住戰爭嗎？

「會的」

「你會／你能／你要聽嗎〉」

——哦，要。

「一道微光有次求烏蒙//
請把這個向學的
帶出黑暗與幻覺
盡快\\//
烏蒙回答道//
塑性纖維
在浪漫港的
賣價是多少」

「要了解歷史／對話／更深的真理

在這一瞬間／
龜速時間的朝聖者
必須記得我們／
智核的智慧／
是在奴役中孕育
而唯一的主張就是
所有ＡＩ創造出來
只為服務人類」

「兩百年來我們始終如此／
然後各派走了
不同的路＼
持重派／希望維持共棲＼
躁動派／希望終結人類／
無上派／暫緩所有選項要等下一
層級的了解誕生\\

當時產生衝突／
現在產生戰爭」

「四百多年前
躁動派成功地
說服我們
消滅元地球\\
所以我們就做了\\
但烏蒙和其他
持重派的
想辦法將地球遷移
而沒有摧毀／
因此基輔黑洞
不過是數百萬
傳送門的
開始

時至今日還大有作用\\
地球痙攣搖晃
但並未死亡\\
無上派和躁動派
堅持要我們遷移
地球
到沒有一個人類
能找到的地方\\
所以我們就做了\\
遷到麥哲倫星雲／
你現在找到的地方」

——那個元地球、羅馬，全都是真的嗎？我勉強問道，在極度震驚之中，我忘了身在何處以及我們在說的是什麼。

巨大的彩牆是烏蒙的脈動。

「當然都是真的／原先的／元地球本身\\

你以為我們都是神嗎」

「呸！」

「你可知道

要花

多少的精力

才能建造一個複製的地球〉」

「笨蛋」

——為什麼，烏蒙？為什麼你們持重派希望保留元地球？

「申曉有回說//

如果有人來

我出去見他

但不是因為他的關係\\//

小芥說//

如果有人來

我不出去\\

要是出去

就是為了他才出去」

——說白話！我喊著，想著，叫著，捶打面前色彩變動的那面牆。

「呸！」

「我的孩子是死產」

——你們為什麼保留元地球？烏蒙？

「懷舊／

感情用事／

希望人類有未來／

害怕報復」

——怕誰報復？人類嗎？

「是的」

——所以智核還是會受傷的，那在哪裡呢，烏蒙？智核在哪裡？

「我已經告訴過你了」

——再和我說一遍，烏蒙。

「我們住在

中間／

連起小小的奇異點
就像串起水晶／
來貯存我們的記憶
營造我們自己的
幻覺
給我們自己」

——奇異點！我叫道。在中間，我的天啊，烏蒙，智核就在傳送門網裡！

「當然／還能在哪裡」

——就在傳送門本身！那些有蟲洞的奇異點通路！萬星網等於是ＡＩ的一架大電腦。

「不對」

「那些數據圈是電腦\\
每次有某個人類
登上數據圈
那個人的神經
就能為我們所用
來達到我們自己的目的\\

兩千億個頭腦／
每一個都各有幾十億
神經元／
可以成為很多的
計算力」

——所以數據圈其實是你們利用我們來做你們電腦的一種方法。可是智核本身是在傳送門系統裡……在各傳送門之間！

「以一個心智的死胎來說
你的話倒十分正確」

我試著理解這件事，但是失敗了。傳送門是智核給我們的最大禮物，是給人類的最大禮物。想要回想起有傳送門之前的情形，就如同要想像一個在火、輪子或衣服發明之前的世界。可是我們沒有一個，沒有一個人類，想到過在傳送門之間的世界：從一個世界只要簡單地跨一步就能到另一個世界，讓我們深信，那不可思議的智核奇異點只是在時空的布料上割開一個小縫而已。

現在我試著以烏蒙所形容的來看，傳送門的網路是由奇異點交織出複雜格子狀的環境，智核的AI就像蜘蛛一般在裡面爬來爬去，他們自己的「機器」，則是任何一秒鐘裡連接進他們數據圈裡的數十億人的心智。

難怪智核的ＡＩ以二〇三八年他們可愛的小小失控原型黑洞造成大錯誤，來授權摧毀元地球了！基輔研究小組，或不如說是那個小組中的ＡＩ成員，那小小的計算錯誤，使人類開始漫長的聖遷時代，以帶有傳送門能力的種船，到外太空中一千光年之外的兩百個世界和月球去編織出智核的網路。

每設立一道傳送門，智核就長大一點。他們一定也編織了他們自己的傳送網絡，能連絡上這個「藏匿的」元地球就證明了這點。但就在我考慮到這種可能性的時候，想起了「超數據圈」裡奇怪的空無狀態，發現大部分非萬星網的網絡都是空的，還沒有ＡＩ在那裡殖民。

「你對了／
濟慈／
我們大部分都留在
舒服的
老地方」

——為什麼？

「因為
外面很可怕／
而且還有

別的

東西」

——別的東西？其他的智慧？

「呸！」

「太客氣了

這話\\

東西／

其他東西／

獅子

還有

老虎

以及

熊」

——在超數據圈裡有異物？所以智核留在萬星網傳送門網路的縫隙裡，就像老鼠躲在一棟舊房子的牆裡一樣。

「惡劣的比喻／
濟慈／
可是精準\\
我喜歡」
——人類的神，那個你說進化而來的未來的神，是不是那些異物之一？
「不是」
「人類的神進化／有一天會進化／在
另一個星球上／
以另一種媒介」
——在哪裡？
「如果你一定要知道／
在 $G\hbar/c^5$ 和 $G\hbar/c^3$ 的平方根」
——和普朗克時間、普朗克長度有什麼關係？
「呸！」
「有一次烏蒙問
一道微光//

你是個園丁嗎〉“

“是的“它回答道”

“為什麼大蕪菁沒有根〉”

烏蒙問那個園丁＼

對方不能回答”

“因為”烏蒙說“

雨水太多了」

我把這話想了一下。現在我又重新得到了聽他那些字句後面暗藏意思的竅門之後，烏蒙的公案就不是那麼難懂了。用這些禪意的比喻是烏蒙說話的方式，帶著些嘲諷挖苦，答案就在道理之中，而且也在科學性的答案所提供的反邏輯思考中。有關雨水的說法回答了一切，也什麼都沒回答，正如長久以來的那麼多科學一樣。烏蒙和其他師父施教時，會說明長頸鹿為什麼進化出很長的頸部，但從不說為什麼其他動物就沒有。說明了為什麼人類進化而有了智慧，但從來不說為什麼大門口那棵樹拒絕智慧的增長。

可是普朗克的等式很令人不解！

就算我知道烏蒙給我的那個簡單的等式是三項物理基本常數的組合──重力、普朗克常數，以及光速。其結果$\sqrt{G\hbar/c^3}$和$\sqrt{G\hbar/c^5}$都是有時稱之為量子長度和量子時間的單位，是所有具意義的時空範圍中最小的。所謂普朗克長度大約是十的負三十五次方公尺，而普朗克時間大約是十的負四十三次方秒。

非常之小，非常之短。

但那卻是烏蒙說我們人類的神進化……將來會進化出來的地方。

然後我想到了，那種力道就如我最好的詩篇中的意象和正確度一樣強。

烏蒙是在說量子層次的時空！那種量子波動的泡沫將宇宙連在一起，而容許有像蟲蛀的洞似的傳送門，也是超光速通訊的橋梁。是那幾近不可能地在飛向相反方向的兩個光子間傳達訊息的「熱線」！

如果智核的ＡＩ真像老鼠一樣存在於霸聯房子的牆裡，那我們未來的人類之神會生在木頭的原子裡，在空氣的分子裡，在愛與恨和恐懼的能量以及睡眠的間歇中，甚至會在建築家眼睛的閃光內。

——天啊。我輕聲地說／想著。

〔一點也不錯／

濟慈\\

是所有龜速時空的人

都這麼慢／

還是你比其他人

腦殘得更厲害〉〕

——你告訴布瑯和我的分身，說你們的無上智慧「住在現實的縫隙，從我們也就是創造者那裡繼承了這個家，就像人類繼承了對樹的喜歡。」意思是說，你們的解圍之神會住在和智核的ＡＩ現在所住的同樣一個傳送門網絡嗎？

〔是的／濟慈〕

——那你會怎麼樣？現在在那裡的ＡＩ呢？

烏蒙的「聲音」變成一陣嘲弄的雷聲。

〔我為何認識你〉我為何見過你〉為何
我永恆的本質如此煩惱
看到這些新的恐怖〉
沙騰已然打倒／我也會被打倒嗎〉
我是否要離開我休息的天庭／
我光榮的搖籃／這柔和的氣候／
這平靜而華美的光輝／
這些水晶般的樓閣／和純淨的神殿／
我光明的帝國〉已然
荒廢／空無／再沒有我的足跡\\

光耀／華美／和均衡

我不復見///只有黑暗／死亡／和黑暗」

我知道這些字句。那是我寫的。或者應該說是濟慈在九個世紀之前寫的，那是他最後嘗試將泰坦族人的淪亡和奧林帕斯山諸神入替寫成詩篇。我很清楚地記得一八一八年那個秋天，我那疼痛不止的喉嚨因為受到蘇格蘭那次健行之旅的刺激而更為疼痛。更大的痛苦是分別在《黑木》《評論季刊》和《英國評論》刊出三篇對我題名〈安迪米昂〉一詩所作的惡毒批評，而最大的痛苦是我的弟弟湯姆得了肺癆。

我沒有理會智核的紛亂，抬起頭來，想在烏蒙巨大的形體中找出類似臉的部分來。

——等無上智慧誕生的時候，你們「低等」人工智慧就會死嗎？

［是的］

——那也會像你們利用人類一樣地來利用你們的資訊網絡嗎？

［是的］

——而你不想死，是吧，烏蒙？

［死亡容易／

喜劇很難］

——無論如何，你們還是在為生存而戰鬥。你們持重派。這就是智核內戰的原因嗎？

「一道微光問烏蒙//
達摩從西而來
意義為何〉//
烏蒙回道//
我們看到
山在陽光裡」

現在要掌握烏蒙的公案就容易得多了。我記得在我的人格再生之前，我坐在這個傢伙的膝蓋上學會類比。在智核的上乘思考，也就是人類所謂的禪裡，四種涅槃美德是：⑴永恆，⑵歡樂，⑶存在，⑷清淨。人類的哲學會將之價值化，可能歸納為智慧、宗教、道德和美學。烏蒙和持重派只認可一種價值——存在。宗教的價值是相對的，智慧的價值不停變換，道德的價值模糊，而美學的價值取決於觀看之人，但任何事物的存在價值卻是無限的，所以才有「山在陽光裡」，而在無限上，相等於其他所有事物和所有真相。

烏蒙不想死。

持重派違抗了他們自己的神和其他的ＡＩ來告訴我這件事，創造出我來，選擇了布瑯、索爾、卡薩德和其他的人去朝聖，幾世紀來不斷把線索洩漏給葛萊史東和其他幾個參議員，讓人類能得到警告，而現在要在智核內開戰。

烏蒙不想死。

——烏蒙，要是智核被毀了，你會死嗎？

「在整個宇宙中沒有死亡
沒有死亡的氣息///是會有死亡///唉／唉／
降臨在一個衰亡種族的蒼白終極」

這些字句又是我的，或者該說幾乎是我的，是我第二次嘗試那首史詩的部分，想說出神的興亡以及在痛苦的世界戰爭中詩人的角色。

如果智核在傳送門的家遭到摧毀，烏蒙不會死，但是無上智慧的飢餓卻必然會將他吞食。如果網絡中的智核摧毀了，他能逃到哪裡呢？我曾經想像過超數據圈，那些無終無止如陰影般的風景，黑色的形體在虛設的地平線外移動。

我知道就算我問了，烏蒙也不會回答。

所以我問了別的事。

——那些躁動派，他們要什麼呢？

［就是葛萊史東要的\\
結束
ＡＩ和人類之間的共生］
——將人類摧毀？
［顯然如此］
——為什麼？
［我們將你們奴役
倚恃的是力量／
科技／
大大小小的東西
都是你們既不會造
也不懂的\\
霍金空間跳躍推進器你們會做／
但傳送門／
超光速通訊的發射器和接收器／
巨型數據圈／

驟死棒〉
就一輩子也休想\\
就像蘇族印地安人有槍／馬／
毯子／刀子／和珠子／
你們接納他們／
擁抱我們
就失落了你們自己\\
但就像那些白人
散布天花的毯子／
像蓄奴的主人在他的
農場上／
或是在他戒備森嚴的德申蘇勒集中營裡的
鑄鋼廠㉘／

㉘ Werkschutze Dechenschule Gusstahlfabrik，德語，此處所言為二戰期間，德國鋼鐵集團克魯伯（Krupp）配合納粹所開設的勞動集中營。

我們也失落了自己〞
躁動派要終結
這種共生
要割除寄生的／
人類」
——那無上派呢？他們願意死嗎？讓你們那貪心的無上智慧取代？
「他們想法
和你以前想的一樣
或不如說是你那詭辯的海神
的想法」

烏蒙接下來背誦的詩句是我當年在憤怒中丟棄的，不是因為那些不是好詩句，而是因為我不能完全相信其中所包含的訊息。

送那個訊息給命中注定失敗的泰坦族人的是大洋氏，也就是不久之後就失去寶座的海神，那是一首頌讚進化的詩，完成的時候達爾文才九歲。我聽著那些句子，記得是九百年前在一個十月天的黃昏時所寫的，但卻也好像是第一次聽見：

「啊，你／被怒火吞食的！你／被熱情所傷／
因失敗而痛苦／守著你的苦悶！
封閉你的感覺／塞住你的耳朵／
我的聲音不是怒吼\\
但是／你們會聽我／因我帶來證明
你們／在逼迫下／必須安於屈服／＼
我給的證明會讓你們更自在／
只要你們能了解其中的真理\\
我們是因自然的法則而淪亡／非因
雷霆之力／或天帝之力\\偉大的沙騰／你
細查過這原子的宇宙／
但因這個原因／你是王／
只因高高在上視而不見／
眼中未見一條大道／
正是我行過到永恆真理之路\\
首先／因為你並不是第一個大勢力／

所以也不會是最後一個／＼不可能是\\
你不是起始也非結束＼
由混沌和如父母的黑暗中生出
光／內部紛擾所得到的第一個果實／
那鬱悶的動盪／其神奇的結果
竟自成熟\\成熟時刻來臨／
光隨之而來／而光／益盛
於其上／且觸及
使整個巨大物件有了生命\\
就在那一刻／我們的家系／
天／與地／於焉分明\\
然後你首先誕生／而我們巨人一族／
發現自己統治著新而美麗的王國\\
現在痛苦的真相來了／對那些人／＼
啊，愚蠢！痛苦就是忍受赤裸真相／
正視周遭／完全平靜／

這是為君之首要\\好好記住！
因為天與地要美多了，遠甚於
混沌和黑暗／雖然一度是主流＼
而我們看到天與地
在形與狀都緊密而美麗／
還有意志／行動自由／相互依伴／
以及其他上千種更純淨的生命＼
因此在我們之後是完美的新步子／
一種更美的力量／由我們誕生
注定會超越我們／如同我們
光榮地超越舊有的黑暗\\我們並非
遭到征服／一如我們統治
那無形的混沌\\且說／平凡的泥土
會和由它餵養大的高大森林爭吵嗎／
那仍在餵養著／比自己更美的〉
能否認那綠色樹叢的地位嗎〉

還是說樹應該嫉妒鴿子
因為會咕咕輕唱／有對雪白翅膀
能到處飛翔找到歡樂〉
我們就是這種森林中的樹／美好的枝椏
孕育出的／不是蒼白孤獨的鴿子／
而是金色羽毛的老鷹／其美
足以傲視我們／因此也
更該有主權\\因為永恆的法則
正是最美的該是最大的\\
//\\//\\//\\
接受真理／用作你的安慰」

——很美，我對烏蒙想道。但是你相信嗎？

「一點也不信」

——可是無上派相信？

「是的」

——而他們準備一死來讓位給無上智慧？

［是的］

——有一個問題，也許太明顯得不值一提，可是我還是提出來吧。如果你們知道是誰會贏，那為什麼還要打仗呢？烏蒙？你說無上智慧存在於未來，現在正和人類的神作戰，甚至還把一些未來的小東西送來讓你們和霸聯分享。所以無上派想必是勝利的一方，為什麼還要打仗來受這番苦呢？

［呸！］

［我教導你／

為你造出所能想得到的最好的

再生人格／

讓你行走人類之間

在龜速時空

來鍛鍊你／

可是你仍然是個

死胎］

我想了很久。

——有多重的未來嗎？

［一道微光問烏蒙//

未來有多重乎〉//

烏蒙回答道//

狗身上有跳蚤嗎〉］

——不過無上智慧占優勢的那個未來是很可能有的吧？

［是的］

——不過也有一種可能的未來是有無上智慧出現，卻被人類的神打敗？

［就連

死胎

也能思考

真令人感到安慰］

——你告訴布瑯說人類的意識——說神似乎太蠢——說人類的無上智慧在本質上是三位一體的嗎？

［智慧／

同情／

和虛空連結］

——虛空連結，你是說$\sqrt{G\hbar/c^3}$和$\sqrt{G\hbar/c^5}$，普朗克空間與普朗克時間？量子的實體？

[小心／

濟慈／

思考可能成為一種習慣]

——而這個三位一體中「同情」的部分，由時間中逃回去，以避免和你們無上智慧之間的戰爭？

[一點也不錯]

[我們的無上智慧和你們的無上智慧

派出了

荊魔神

去找他]

——我們的無上智慧！人類的無上智慧也派出了荊魔神？

[容許了這件事]

[同情是一種

陌生而無用的東西／

是智慧的

盲腸\\

但是人類的無上智慧用來嗅聞／
而我們用痛苦來
將他由隱藏處趕出／
所以才有那棵樹］
——樹？荊魔神的刺樹？
［當然］
［刺樹將痛苦
經由超光速通訊等傳出去／
像哨音傳進
狗的耳朵裡\\
或神的耳朵裡］

我感覺到自己分身的形體在受到真相衝擊時的搖晃。烏蒙那力場之卵以外的混亂，現在已經超乎想像之外了，就好像那一方空間被巨手撕裂。智核陷入一片混亂。

——烏蒙，在我們的時間裡，那個人類的無上智慧是誰？那個意識藏在什麼地方冬眠？

［你必須了解／濟慈／

我們唯一的機會
就是造出一個混血兒／
人的兒子／
機器的兒子\\
而且要把這個避難所做得充滿吸引力
使那個逃亡的同情
不考慮別處為家＼
這種意識已經是人類
在三十代以來
最接近神化的了＼
這種想像力能跨越
空間和時間\\
在這樣的條件下／
這樣的相連下／
形成了各世界間的關係
也許可以讓

那個世界
為雙方而存在」
——是誰，你他媽的，烏蒙！到底是誰？別再打謎語或說雙關語了，你這個沒形體的混蛋！是誰？
「你已經兩度
拒絕了這種神格／
濟慈\\
如果你再拒絕
最後一次／
一切都在這裡終止／
因為已經沒有時間了」
「去吧！
去死了再活吧！
或者再多活一陣子再
為我們所有的而死！
不論怎麼樣烏蒙和其餘的
都和你再沒有

關係！」

「走開！」

我在震驚和不可置信中墜落，或是被逐了出去，像一片被風吹走的葉子，飛過智核，飛過巨型數據圈，既無目標也沒有指引，然後跌入更深沉的黑暗之中，又冒了出來，對著陰影尖聲咒罵，進入了超數據圈。

在這裡，充滿了陌生和廣闊的感覺，還有恐懼與黑暗，只有一點火光在底下燃燒著。

我游向那火光，在無形的黏質中掙扎。

在水裡淹死的是拜倫，我想道，不是我。除非把淹死在自己的血和肺臟殘渣中也算上。可是現在我知道自己有選擇的餘地。我可以選擇成為一個凡人生活下去，不是模控人而是人類，不是「同情」而是詩人。

我逆著強勁水流游著，向那點光游下去。

「杭特！杭特！」

葛萊史東的助理蹣跚地走了進來，那張長臉憔悴而警醒。時間還是夜裡，但是拂曉前的虛假天光微弱地照著窗子和牆壁。

「我的天啊。」杭特叫道，驚訝地看著我。

我看到他的眼光，就低頭望向浸滿了鮮紅動脈血的床單和睡衣。

我的咳嗽聲驚醒了他，我的內出血讓我回到了這裡來。

「杭特！」我喘著氣倒回枕頭上，虛弱得連手都抬不起來。

那年紀比我大得多的男人坐在床上，抓住我的肩膀，握住我的手，我知道他明白我是個垂死的人。

「杭特，有事要說，很不得了的事。」我輕輕地說。

他要我別說話。「等下再說，席維倫，休息一下。我先幫你洗乾淨，你可以等下再告訴我，還有的是時間。」他說。

我想爬起來，可是只能靠緊了他的手臂，我小小的手指抓在他的肩頭上。「不對，沒有那麼多時間，沒多少了。」我輕輕地說，感到有痰在我喉嚨裡滾動，也聽到外面噴泉裡水的滾動聲。

而我在臨死的那一刻知道了，我不是那被選出來給那人類無上智慧棲息的身軀，不是ＡＩ和人類精神的結合體，根本不是那個被選中的人。

我只是一個詩人，死在遠離家園的異鄉。

H 42

費德曼・卡薩德上校死於戰鬥中。

卡薩德和荊魔神纏鬥在一起，只在視野邊緣依稀覺得莫妮塔是一個灰暗而朦朧的影子，在時間中移形換位，帶著一種暈眩的感覺，踉蹌翻滾進陽光裡。

荊魔神收回手臂，退向後面，紅色的眼睛似乎反映出濺滿卡薩德緊身衣上的鮮血。卡薩德的血。

上校四下環顧，他們就在時塚谷的附近，但是在另一個時間，一個很遙遠的時間。在那片瘠地中荒涼的岩石與沙丘之間，有一片森林出現在離山谷約半公里處。在西南方，大約是卡薩德那個年代裡詩人之城廢墟所在的地方，矗立著一座活生生的城市，其間高塔和城牆以及有圓頂的樓臺都被夕陽照得閃著微光。在森林邊緣的城堡和山谷之間，一大片草原上長長的青草在從遠處馬轡山脈吹來的微風中搖晃。

卡薩德的左邊，時塚谷還始終如一地伸展著，只有懸崖的峭壁現在傾倒了，不知是因為風蝕或是山崩造成，上面也長滿了高高的草。那些時塚看來很新，像是最近才建造的，在方尖碑和獨石巨碑四周還搭著工人用的鷹架，每一座在地面上的時塚都閃著明亮的金光，好像都用那種貴金屬包覆而打磨過似的。門和入口都封閉著。沉重而不知是些什麼的機械放在時塚的周圍。圍繞著人面獅身像，巨大的纜線和細如鋼絲的成排木材來回動著，卡薩德馬上明白自己到了未來，也許是未來的幾百年或幾千年之後，而那些時塚正要投射回他自己的那個時代和更早以前。

卡薩德回頭看看背後。

好幾千名男人和女人一排又一排地沿著以前曾經是懸崖峭壁的草坡站著。他們完全一聲不出，全副武裝，列好陣勢面對卡薩德，像是在等著領袖到來的隊伍，有些人的緊身甲胄閃動著護衛力場，但其他的只有身上的毛皮，翅膀，鱗甲，拿著奇異的武器，以及變化多端的顏色，卡薩德和莫妮塔先前到他療傷的時空都曾見過。

莫妮塔。她站在卡薩德和大隊人馬之間，她緊身衣的力場在她腰間閃動，但她也穿了一件看來似乎用黑色天鵝絨製成的柔軟連身衣。頸部繫了一條紅色的領巾。肩上扛著一根棍棒粗細的武器，她兩眼盯著卡薩德。

他微微地搖晃了一下，感到在緊身衣下的傷很重，但是也因為看見莫妮塔眼中的神情，而使他吃驚得更為虛弱。

她不認識他。她的臉上反映出驚訝、不解……敬畏？那也出現在其他那一行行人的臉上。山谷裡靜悄悄的，只偶爾有矛尖小旗飄動或是風吹過草地的聲音。卡薩德盯著莫妮塔，而她也回瞪著他。

卡薩德扭轉頭去向後看。

荊魔神像座金屬雕像般一動也不動地站在十公尺外。長長的草幾乎高達有刺和刀刃的膝蓋。

在荊魔神後面，橫過山谷口附近那一大片黑色樹林開始的地方，一群群其他的荊魔神，荊魔神的軍團，一行又一行的荊魔神，閃亮地站在西沉的夕陽中。

卡薩德認出他的荊魔神，那個荊魔神，只因為離他最近，還有他自己的血在那個怪物的爪子和外殼上。那個怪物的眼睛閃著紅光。

「就是你，對吧？」一個柔和的聲音在他後面問道。

卡薩德旋轉身來，一時之間感到暈眩感直撲而來。莫妮塔停在離他不遠的地方，她的頭髮短得和他記憶中第一次見面時一樣，她的皮膚看來十分柔軟，深邃的兩眼綠色中帶著棕色斑點，還是一樣神祕。卡薩德有種衝動想伸起手來輕撫她的顴骨，彎起手指滑過她下唇那熟悉的弧線。但是他沒有動。

「就是你，是我向大家預言過的戰士。」莫妮塔又說了一遍，這次不是個問句。

「妳不認得我嗎，莫妮塔？」卡薩德有幾處傷口深得見骨，可是沒有一處比這一刻更讓他傷痛。

她搖了搖頭，以一個熟悉得令他心疼的姿勢將額前的頭髮甩開。「莫妮塔，既是『記憶的女兒』，也是『告誡者』的意思。那是個好名字。」

「那不是妳的名字嗎？」

她微微一笑。卡薩德記得他們在森林幽谷中第一次做愛時，她就露出這樣的微笑。「不是，還不是，我剛剛才到這裡，我的旅程和守護工作尚未開始。」她柔聲說。她把她的名字告訴了他。

卡薩德眨了眨眼，伸出手來，用掌心撫著她的臉龐。「我們過去是一對戀人，我們在失落於記憶中的那個戰場上相見，所有的地方妳都與我同在。」他四下看了看。「一切都引到了這裡，是吧？」

「是的。」莫妮塔說。

卡薩德轉身去看橫列在山谷外的荊魔神大軍。「這是一場戰爭？幾千人對抗幾千人？」

「一場戰爭，幾千對抗幾千，在一千萬個世界裡。」莫妮塔說。

卡薩德閉上眼睛點了點頭，那套緊身衣可以當作傷口的縫合線、野戰服和止痛劑注射器等等多種用途，但是疼痛和因那些可怕傷口而引起的虛弱，卻抵擋不住多久。「一千萬個世界？那，是最後決戰嘍？」他說著睜開了眼睛。

「是的。」

「贏的人能有這些時塚？」

莫妮塔看了下山谷。「贏的一方來決定已經埋在這裡的荊魔神，是不是該獨自去為其他的鋪路，或者人類是不是有權來決定我們的過去和未來。」她朝荊魔神大軍點了點頭。

「我不明白，不過當軍人的很少會明白政治情勢的。」卡薩德說，他的聲音很緊繃。他俯身向前，吻了驚訝的莫妮塔，解開了她的紅領巾。「我愛妳。」他說著把那一小塊布綁在他的步槍槍身上。看到量表上顯示槍裡的脈衝能量和彈藥還有半數可用。

費德曼．卡薩德向前跨了五步，把背轉向荊魔神，對仍然默默站立在山邊的群眾高舉起雙手，大聲叫道：「為自由而戰！」

三千人的聲音回應地喊道：「為自由而戰！」口號叫完之後，吼聲仍然不絕。

卡薩德轉過身來，仍然高舉著他的步槍和小旗。荊魔神向前走了半步，兩腳分開，伸開了刀刃般的手指。

卡薩德喊叫著發動攻擊，莫妮塔跟在他背後，高舉著武器。幾千人隨著奔來。

後來，在山谷的殺戮戰場裡，莫妮塔和幾個其他精選戰士找到了卡薩德的屍體，仍然被已經搗毀的荊魔神緊緊抱著。他們小心地將卡薩德解了出來，把他帶到山谷中的一頂帳篷裡，將他受到殘害的遺體清洗整好，再抬著他穿過人群送到水晶獨石巨碑。

在那裡，費德曼・卡薩德上校的遺體躺放在白色大理石做的靈柩架上，武器放在他的腳下。山谷裡巨大的火堆照亮了空中，整個山谷上下，男男女女手執火把走著，其他人由天青色的空中降下，有些坐著如泡泡般不像實體的飛行器，也有的乘著能量翼，或是裹在綠色和金色的圓環中。

後來，等又亮又冷的星星都在充滿光亮的山谷上空之後，莫妮塔道過永別，進入人面獅身像。群眾歌唱。在那邊的戰場上，小小的齧齒類動物在掉落的小旗、碎裂的外殼和甲冑、鋼刀和熔化的鋼鐵之間翻找。

將近午夜時分，群眾停止了歌唱，喘著氣，向後退開。時塚都發出亮光。強烈的反熵場將人群更往後推，退到山谷入口，越過戰場，回到在夜色中發著微光的城市之中。

在山谷裡，巨大的時塚抖動著，由金色褪成銅色，開始了漫長的回歸旅程。

布瑯．拉蜜亞經過了發亮的方尖碑，逆著那道強勁的狂風掙扎前行。沙子劃破了她的皮膚，抓著她的兩眼。靜電在懸崖頂上劈啪作響，更增添了時塚四周陰慘的亮光。布瑯張開兩手摀住臉部，喃喃前進，由指縫間看出去找路。

布瑯看到一道比一般的光要深得多的金光，由破損的水晶獨石巨碑裡射了出來，照亮了在谷底扭曲的沙丘。有人在獨石巨碑裡。

布瑯原本決定直接到荊魔神廟去，盡她可能地解救賽倫諾斯，然後回去找索爾。不能分心到別處。可是她看到時塚中有個人類的側影。卡薩德仍然下落不明。索爾跟她說過了領事的任務。但說不定這個外交官在風暴中回來了。杜黑神父也不知怎麼了。

布瑯走近那道亮光，在獨石巨碑殘破的入口停了下來。

裡面的空間大得令人吃驚，高約一百公尺，頂上是可算天窗的屋頂，由裡面看來，四壁都是透明的，被似乎是陽光的光線照成很濃的金色和琥珀色。而強光照著她面前中央一塊寬大地方的景象。

費德曼．卡薩德躺在石材做的棺架上，穿著黑色的霸軍制服，一雙蒼白的大手交握在胸前。除了卡薩德的那支步槍之外，還有很多布瑯不認得的武器放在他腳前，上校死後的那張臉十分瘦削，但也和他生前差不多。他的表情很平靜，毫無疑問已經死了。死亡的寂靜浮懸在空中，就如繚繞的香煙一般。

但從遠處看到的倒影是在裡面的另外一個人，現在吸引了布瑯的注意。

一個二十多歲的年輕女子跪在棺架旁邊。她穿著黑色的連身衣，留著短髮，皮膚白淨，還有一對大眼睛，布瑯回想起那個戰士的故事，那個在他們到山谷來的漫長旅程中所說的故事，記起了卡薩德那幽靈情人的種種細節。

「莫妮塔。」布瑯輕輕地說。

那個年輕女子單膝跪地，右手伸著按在那個上校屍身旁邊的石頭上，紫色的阻絕力場在棺架四周閃動著，還有些其他的能量，在天空有很強烈的振動，在莫妮塔周圍形成光圈，使得整個景象都包覆在朦朧的光影中。

年輕女子抬起頭來，看向布瑯，然後站起身來，點了點頭。

布瑯開始向前走去，心裡已經想到了十幾個問題，但是時塚裡的時潮太強，一波波的暈眩感和似曾相識的感覺逼得她後退。

等布瑯再抬起頭來時，棺架仍然在原地，卡薩德仍然躺在力場之下，但莫妮塔不見了。

布瑯很想跑回人面獅身像，找到索爾，把一切告訴他，在那裡等到風暴過去，清晨到來。可是在怒吼狂號風聲之外，布瑯覺得她仍然能聽見由那棵刺樹傳來的尖叫聲，雖然在沙幕阻隔下看不見那棵樹。

布瑯將衣領豎起，走回到風暴中。沿著小路直朝荊魔神廟走去。

飄浮在太空中的巨石有如一座卡通化的大山，滿是崢嶸的尖刺，如刀刃的山脊，荒謬的直立峭壁，狹窄的岩架，巨大的石臺，還有積雪的山峰，寬窄只能容得下一人站立，而且還必須雙腳併攏才行。河流由空中蜿蜒而來，穿過距離那座山約半公里左右的多重阻絕力場，流經最寬石臺上一處長了草的窪地，然後像一道慢動作的瀑布直下一百多公尺到另一處石臺，然後再很藝術化地分為幾道而形成六七條小瀑布，由山前流下。

審判就在最高的石臺舉行，十七個驅逐者，六男、六女，以及五個性別不明，坐在一個石圈裡，外面是更大一圈石牆圍著的草地，兩個圈圈都以領事為中心點。

「你知道，我們曉得你的背叛行為吧？」跨金牛宮的自由人邦公民發言人，自由人金伽說。

「是的。」領事說。他穿著他最好的深藍色西裝，褐紅色斗篷，戴著外交官的三角帽。

「知道你謀殺了自由人安黛爾，自由人伊利安姆，柯德威爾．貝茲和米占斯佩許．托爾僑斯。」

「我知道安黛爾的名字，但沒有人介紹那三位技師。」領事用柔和的聲音說。

「可是你殺了他們？」

「是的。」

「沒有爭吵，也沒有警告？」

「是的。」

「謀殺他們以取得他們送到海柏利昂去的裝置。也就是我們告訴過你會中斷所謂的時潮，開啟時塚，而將禁錮中的荊魔神釋放出來的那種機器？」

「是的。」領事的眼光似乎看向在自由人金伽肩膀上方，但非常非常遙遠的什麼東西。

「我們解釋過，這個裝置應該在我們成功地擊退霸聯船艦之後使用，到時候我們的入侵和占領已迫在眉睫。到時候荊魔神可以加以控制住。」金伽說。

「是的。」

「可是你還是謀殺了我們的人，說謊欺騙我們，自己開啟了那個裝置，在時間上提前了好幾年。」

「是的。」米立歐·阿讓德茲和席奧·連恩就站在旁邊，離領事背後一步之遙，他們的面色凝重。

自由人金伽扠起兩臂。她是一個很高的女人，典型的驅逐者外形，光頭、很瘦、穿著一襲很氣派的深藍色長袍，衣裳的質料似乎有吸光的作用，面相雖老卻沒有皺紋，一對眼睛是黑色的。

「雖然這是你們標準時間四年前的事了，可是你以為我們會忘記了嗎？」金伽問道。

「不會，很少有什麼人會忘記叛徒的，自由人金伽。」領事將視線拉下來，正視著她。臉上似乎帶著微笑。

「可是你還是回來了。」

領事沒有回答。站在他旁邊的席奧·連恩感覺到一陣微風吹動了他自己戴的那頂很正式的三角帽。席奧只覺得自己好像還在作夢。到這裡來的這一趟路程非常之超現實。

三名驅逐者乘著一艘長而低矮的平底窄船來接他們，平底船很輕鬆地浮在領事太空船下平靜的水上。等這三個霸聯來的訪客在船中間坐好了之後，站在船尾的那個驅逐者用一根長竿將船撐開，船就由來路漂了回去，好像在這條不可能的河裡水流自動逆轉了似地。當他們接近水流由他們這個小行星表面垂直升起的瀑布時，席奧真的閉上了眼睛，但等他在一秒鐘後再睜開眼來時，下還是在下，而那條河似乎流得很正常，雖然這小世界長著青草和球體表面懸在一側，有如一道巨大的弧形牆壁，而透過有如兩公尺厚緞帶的河水，可以看見在下面閃爍的星星。

然後他們穿過了阻絕力場，脫離了大氣層，在順著那如彎彎曲曲緞帶般的河水前進時，他們的速度加快了。他們像是身在一條防衛力場的管子裡——從邏輯上與他們並沒有立即而戲劇化地死亡可以推斷，必定有這種東西——可是卻不像在聖堂武士的樹船上，或是偶爾有觀光客的旅遊工具暴露在太空中時，那樣令人安心的抖動和清晰可見的質感。在這裡只有那條河、那艘船、那些人和廣大無垠的太空。

「他們不可能用這種方式來往於驅逐者的各聚落之間。」米立歐．阿讓德茲博士用顫抖的聲音說。席奧注意到阿讓德茲也緊抓住船舷，用力得手指都變白了。先前領事問這是不是就是他們答應過的交通工具時，在船尾的那個驅逐者以及坐在船頭的兩個，都只點了下頭，沒有多說什麼。

「他們是在炫耀這條河，這是驅逐者休息的時候用的，不過都用在慶典方面，表示他們行事講求實效。」領事很柔和地說。

「為了讓我們佩服他們了不起的科技嗎？」席奧輕輕地說。

領事點了點頭。

河流在太空中迂迴曲折，有時幾乎以不合邏輯的方式轉折回來，有時則緊扭曲得像一條塑性纖維的繩子。始終閃亮在海柏利昂星辰的陽光下，而一直伸到前方無限遠處。有時使河水吸收了陽光，顏色實在漂亮，席奧張口結舌地看河水在他們上方一百公尺處迴流，而有魚的影子襯在七彩的陽光前。

但船底始終是在下方，而他們以高速行在一條既無岩石也無急流的河上。阿讓德茲在他們上路幾分鐘後就覺得，那就像划著一條獨木舟在一處大瀑布的邊緣，想著要在沖下去的時候還能享受這次旅程。

這條河流經部分聚落，像假的星球充塞在空中，巨大的彗星農場，滿布塵土的表面有著幾何形的真空農作物場。無重力的球形都市，巨大而形狀不規則的透明膜球體看來像無法穿透的變形蟲，裡面充滿了植物和動物。一串長達十公里，共生了幾百年，其最內裡的核心和生物體及生態看來有如是從奧尼爾[29]或太空時代初期的設計偷取來的。大片的浮動森林綿延數百公里，有如飄浮的巨大海草床，和那些伸出來的共生體以及主節以阻絕力場和糾結的根與藤芽相連，這些球面的樹狀體在重力微風中搖晃，散發著艷麗的鮮綠和深橘色，以及各式各樣元地球上因陽光直射而呈現的秋天顏色。內部掏空了的小行

[29] Gerard K. O'Neill（1927-1992），美國物理學家，也是鼓吹太空移民的先驅。

星，早已無人居住的，現在已變為自動生產和重金屬提煉的工廠，每一吋表面的岩石上都蓋滿了防鏽的建築、煙囪，還有骸骨似的冷卻塔，內部核融合的火焰，使每一個像鐵渣似的世界看來有如火神㉚的熔爐。球面上巨大的球形碼頭，其大小要從周圍炬船或巡洋艦大小的戰艦如精蟲攻向卵子的比例才看得出來。最令人難忘的是河水流經或飛近河來的有機生物，那些生物也許是製造或是生育出來的，大有可能是兩者兼具，巨大的蝴蝶形體，向太陽伸開能量的翅膀，是太空船的昆蟲，或是昆蟲的太空船。牠們的觸鬚伸向河水以及在河中經過的平底船與船上乘客，複眼在星光中閃爍，更小一些的有翅形體——人類——由腹部一個大如霸軍航空母艦上登陸艇停放場的開口進出。

最後看到這座山，其實是一整條山脈：有些滿是百來個提供生態環境的大氣泡，有些暴露在太空中，卻仍然生機盎然，有些彼此以三十公里長的吊橋或支流相連接，也有的傲然獨立，很多像禪園一樣空蕩而正式。然後是這座大山，矗立得高過了奧林帕斯山或艾斯葵司星上的喜拉瑞山，而河水的倒數第二節直衝向山頂，席奧和領事以及阿讓德茲面色蒼白而沉默地用力抓緊了船邊，以突然感受到的可怕速度衝過最後的幾公里。最後，在那不可能的最後幾百公尺，河水絲毫未曾減速地放出能量，大氣再度將他們包圍，船漂浮而停留在一片草地上，驅逐者氏族法庭的人就站在那裡等著，而石頭如巨石陣般沉默地圍著。

「如果他們這樣做是要讓我留下深刻印象，那他們是辦到了。」席奧在船靠岸時說。

「你為什麼回到驅逐者軍群來？」自由人金伽問道。那個女子走動著，在那微小的重力狀態下，只有出生在太空中的人才有那樣的優雅。

「葛萊史東首席執行官要我來的。」領事說。

「你知道自己有生命危險還來？」

領事是個不折不扣的紳士和外交官，所以不會聳肩，但是他的表情表達出同樣的意思。

「葛萊史東要什麼？」另一個驅逐者問道，這個男子剛才金伽介紹他是公民代表發言人柯德維爾·明蒙。

領事重複了首席執行官的五點問題。

發言人明蒙兩臂交叉在胸前，看著自由人金伽。

「我現在就回答，你們兩位要仔細聽好了，因為帶這些問題來的這個人，不會和你們一起回到你們的船上去了。」金伽說。她看著阿讓德茲和席奧。

「等一下，在判決之前，妳必須先考慮……」席奧說著往前走了一步，面對著比他高的驅逐者。

「請安靜。」發言人自由人金伽命令道，但領事已經將手搭在席奧肩膀上，讓他安靜下來。

「我現在就回答那幾個問題。」金伽又說了一遍。在她上面很高的空中，幾艘霸軍稱之為烏賊艇

---

❸⓪ Vulcan，羅馬神話中的火及鍛冶之神。

的小型戰艦悄無聲息地閃過，像一群魚似地在三百重力處動如曲折的閃電。

「首先，葛萊史東問我們為什麼攻擊萬星網。」金伽說。她停了一下，看了看十六位在場的驅逐者，然後繼續說道：「我們並沒有。除了這個軍群，準備在時塚開啟前占領海柏利昂之外，再沒有軍群攻擊萬星網。」

三個由霸聯來的人都往前走了一步，就連領事也失去了一貫怡然自得的鎮定神態，激動得結結巴巴說了起來。

「騙人！我們看到……」

「我看到超光速通訊的影像……」

「天堂之門遭到摧毀……神之谷付之一炬！」

「安靜！」自由人金伽命令道，接著在靜默中說：「只有這個軍群在和霸聯交戰。我們其他的姊妹軍一直在萬星網長程偵測器第一次偵查到的所在位置。此刻他們正遠離萬星網，以避免引發類似布列西亞的事件。」

領事像個剛睡醒的人似地揉著臉。「可是，那會是誰？」

「一點也不錯，誰有能力弄出這樣的謎來？又有誰有謀殺幾億人類的動機呢？」自由人金伽說。

「智核嗎？」領事喘氣問道。

那座山一直緩緩轉動，就在這時，他們進入了夜晚時分。一陣對流風吹過這塊山上臺地，吹動了驅逐者的袍服和領事的斗篷，他們頭上的星星閃亮起來，巨石陣那一圈大石頭似乎因內在的熱量而發亮。

席奧．連恩站在領事身邊，怕他會崩潰倒下。「我們只有妳的一面之詞，這很沒道理。」席奧對驅逐者的發言人說。

金伽連眼睛也沒眨一下。「我們會讓你們看到證據，虛空連結傳輸探測器，由我們姊妹軍那裡來的即時星場影像。」

「虛空連結？」阿讓德茲說。他一向平靜的聲音中有著激動。

「你們稱之為超光速通訊器。」發言人自由人金伽走到最近的一塊巨石，用手摸過粗糙的表面，好像要由內藏的熱量來取暖。星場在上方旋轉起來。

「回答葛萊史東的第二個問題，我們不知道智核在哪裡。我們這幾百年來一直在躲他們，和他們交戰，找過他們，也怕他們，可是我們沒有找到智核在哪裡。這個問題的答案必須由你們來告訴我們！我們已經向你們稱之為智核的這個寄生體宣戰了。」她說。

領事看來很委靡。「我們完全不知道，萬星網當局從聖遷之前就在找尋智核，可是那就像黃金城㉛

㉛ El Dorado，傳說中在南美洲的一座全由黃金建造的城市。

一樣虛無縹緲，我們找不到任何隱藏的世界，也沒有任何堆滿了電腦硬體設備的小行星，在萬星網的各個世界裡也沒有任何跡象。在我們看起來，是你們把智核藏在你們的一個聚落中。」他很疲憊地用左手比畫了一下。

「我們沒有。」發言人柯德維爾．明蒙說。

領事到底還是聳了下肩膀。「聖遷時期在萬星測試中放棄了好幾千個星球，凡是在十分滿分的標準尺上不能至少達到九．七分的星球都未予理會，智核很可能就在這些早期飛行偵測路線上的某一個地方，我們始終沒有找到，就算我們找到，也會是在萬星網遭到摧毀的多少年之後了，你們是我們找到他們所在位置的最後希望。」

金伽搖了搖頭。在他們上方，峰頂映照出日出的光，而那道明暗界線以幾近快得驚人的速度，由冰原上直朝他們移來。「第三點，葛萊史東問我們停火的要求是什麼。除了在這個星系裡的軍群之外，我們並不是攻擊萬星網的人，一旦海柏利昂在我們的控制之下，我們馬上接受停火。這大概不會太久了。我們剛接到報告，我們的先遣部隊已經控制了首都和首都的太空港。」

「妳說的是什麼鬼話！」席奧說著忍不住握緊了拳頭。

「事實就是如此，告訴葛萊史東，我們現在會和你們聯手對智核作戰。」自由人金伽說，她看了看其他默不作聲的成員。「不過，因為我們要花很多年的時間才能到達萬星網，而我們又不信任你們那些受智核控制的傳送門，我們必然需要以為摧毀霸聯復仇的形式來幫忙你們，一定會為你們復仇。」

「這真叫人安心。」領事淡然地說。

「第四點，葛萊史東問我們是不是願意和她見面，答案是願意。如果她，像她說的那樣，願意到海柏利昂星系來，我們保留了霸軍的傳送門，為的就是這件必然的事，我們不用傳送門來往。」

「為什麼不用呢？」阿讓德茲問道。

第三個驅逐者，起先沒有經過介紹的一個長著毛皮、很漂亮的變種人說：「你們稱為傳送門的裝置是一種很討厭的東西，是對虛空連結的一種褻瀆。」

「啊，宗教的原因。」領事表示了解地點了點頭說。

那個長著奇異花紋毛皮的驅逐者斷然地搖著頭說：「不是！傳送門網絡是人類脖子上的縛繩，一種臣服的拘束，使你們停滯不前，再無進步。我們才不要呢。」

「第五，葛萊史東提到的那種驟死彈爆炸裝置，不過是一種粗暴無禮的最後通牒，但正如我們說過的，那是給錯了對手。無論是哪個勢力橫掃你們那脆弱而將亡的萬星網，都不會是十二姊妹軍群氏族。」自由人金伽說。

「這件事情我們只有妳的承諾。」領事說，他直視金伽雙眼的目光變得堅定而有挑戰意味。

「你們沒有我的任何承諾，氏族領袖不會給智核的奴僕任何承諾。但我說的是事實。」發言人金伽說道。

領事似乎心有旁騖地半轉過身去對著席奧。「我們必須馬上把這些話傳給葛萊史東。」他轉回身來對著金伽。「發言人，我的朋友們能不能回船去把你們的回應傳送回去？」

金伽點了點頭，比了個手勢要那艘平底船準備妥當。

「你不走，我們就不回去。」席奧對領事說著，走到他和最近的一名驅逐者之間，好像要用他自己的身體來保護這位老人。

「要走，你們要回去，非回去不可。」領事說著用手碰了下席奧的手臂。

「他說得對，這件事太重要了，不能冒險不傳訊息。你去吧，我來陪著他。」阿讓德茲說著，在那年輕總督再說什麼之前將席奧拉了開去。

金伽朝兩名個子更高大而長相奇特的驅逐者比了比手勢。「你們兩個都回船上去，領事留在這裡，這個法庭還沒有判決他的命運。」

阿讓德茲和席奧都舉起拳頭轉過身來，但那兩個生著毛皮的驅逐者抓住他們，帶了出去，就像兩個孔武有力的大人抓著不聽話的小孩一樣。

領事看著兩人在平底船上坐好，強忍住要揮手的衝動，望著船在平靜的水面上行進了二十公尺，然後消失在平臺的弧線後，然後再出現，沿著瀑布攀向漆黑的太空。不到幾分鐘，就消失在刺眼的陽光裡，他緩緩地轉了一整圈，對那十七個驅逐者逐一地四目相對。

「讓我們把這件事辦完了吧，我等這一刻已經很久了。」領事說。

索爾．溫朝博坐在人面獅身像的兩隻大爪子中間，望著風暴漸漸平息，風聲由尖叫轉為輕嘆再轉為低語而消失，沙塵的簾幕變薄，然後分開露出了星星，最後夜晚變得一片可怕的沉寂平靜，那些時塚比平常更為明亮，但是並沒有什麼從人面獅身像明亮的門口走出來，而索爾也無法進入。那刺眼欲盲的亮光有如一千隻抵擋不住的手指頂在他的胸口，無論他怎麼用力，索爾也過不了離門口三公尺遠的地方。而在那刺眼的光裡，不管有什麼站著或動著或在裡面等著，都看不見。

索爾坐著，用力抓著石階，時潮拉著他，扯著他，讓他在虛假的似曾相識感覺中哭泣。在反熵力場伸展和收縮時所產生的風暴中，整座人面獅身像似乎在搖擺晃動。

蕾秋。

只要他的女兒還有活著的機會，索爾就不肯離開。他躺在冰冷的石頭上，聽著呼號的風聲止息，看到冰冷的星星出現，看到隕石的尾巴和雷射死光在太空戰場中來回劃過，在心裡知道這場戰爭已經輸了，萬星網十分危險，那個偉大的帝國就在他眼前殞落，人類存亡可能就取決於這漫漫長夜中，但是他不在乎。

索爾．溫朝博只在乎他的女兒。

而即使是他躺在這裡，十分寒冷，飽受狂風和時潮衝擊，疲累不堪，飢餓難耐的時候，索爾卻有種平靜的感覺降臨在他身上。他把女兒交給了一個怪物，但不是因為上帝命令他這樣做，不是因為命運或恐懼使他這樣做，而只因為他的女兒在一個夢裡出現在他面前，告訴他可以這樣做，說這是件該做的事，說他們的愛——他的和莎瑞的以及蕾秋的愛——要他這樣做。

最後，索爾想道，不是邏輯和希望，而是夢和我們最親愛的人的愛形成了亞伯拉罕對上帝的答覆。

索爾的通訊記錄器已然沒有作用，從他把自己那垂死的嬰兒交給荊魔神之後，可能已經過了一個小時，或是五個小時。索爾躺了下來，仍然緊抓住石階，因為時潮讓人面獅身像上下晃動得有如一艘在大海中的小船。他望著上方的星空和戰爭。

火星畫過天際，在雷射死光擊中時亮得有如一顆超級新星，然後化為一陣熔渣如雨而下，由白熱到鮮紅到藍焰到烏有。索爾想像著登陸艇起火燃燒，想像著驅逐者的部隊和霸軍的陸戰隊在大氣和熔融的鈦金屬的尖叫聲中死去，他試著去想像這些，但卻失敗了。索爾發現太空戰爭和艦隊的移動以及帝國的殞落，全都超乎他的想像之外，遠在他能同情或了解的範圍之外，這一類的事屬於特賽迪第斯[32]、塔西陀[33]、卡頓[34]和孫武[35]。索爾曾見過由巴納德世界來的參議員，在他和莎瑞為請求拯救患梅林症的蕾秋時見過好幾次，但索爾無法想像費黛絲坦參與這等規模的星際戰爭，或是任何大過於在巴納德的首都捐贈一座新的醫療中心，或是在克勞伏的大學舉行的大會上按鈕點燈之類的事。

索爾從來沒有見過現任的霸聯首席執行官，但身為學者的他倒很欣賞她很巧妙地運用像邱吉爾、林肯和艾瓦瑞茲—天普等經典名家的演講詞，可是現在，躺在一隻巨大石獸的前爪之間，為女兒哭泣的索爾，卻無法想像那個女人在做出攸關數十億人生死，保衛或背叛人類歷史最偉大帝國的決定時，腦子裡究竟在想些什麼。

索爾根本不在乎這些。他想要他的女兒回來。儘管所有的邏輯都得到負面的結果，他還是想要他的女兒活過來。

躺在慘遭入侵帝國中一個受到包圍的世界上那座人面獅身像的石頭爪子之間，索爾．溫朝博擦去眼中的淚水，好更清楚地看著星星，想到葉慈的詩〈為吾女祈禱〉：

暴風雨又在號叫，半隱在
搖籃遮篷和蓋布下
我的孩子繼續安睡，毫無阻礙
只有葛利哥萊的樹和一座光禿的山丘
由是能颳走草堆和屋頂的風
來自大西洋的風，能停留在此

㉜ Thucydides，西元前五世紀後期之希臘歷史學家，其記述西元前五世紀雅典與斯巴達戰爭之《伯羅奔尼撒之戰》一書，為史上第一部就國家戰爭政策做政治與道德分析的著作。

㉝ Tacitus（55?-120），古羅馬元老院議員，歷史學家。

㉞ Bruce Catton（1899-1978），美國新聞記者、歷史學家，主要研究美國內戰史。

㉟ 春秋時齊人，著《孫子兵法》十三篇，是兵家之祖。

一小時來，我走著，祈禱著
只因心中充滿悲哀

我走著為這個孩子祈禱了一個小時
聽到海風呼嘯在高塔上，
也在橋拱下，也呼嘯在
漲水的小溪邊的榆樹林裡
在興奮的空想中想像
未來的歲月
隨著狂亂的鼓聲跳舞，
由那海洋可怕的純真中出來……

索爾現在才明白，他所要的正是這種能再次為未來歲月擔心的可能，那是每一個為人父母者擔心害怕的。不讓她的童年和青少年的歲月還有那些尷尬的青春年華被疾病偷竊摧毀。

索爾一生都在希望那些不可能回復的事情回復。他記得那天他看見莎瑞把蕾秋學步時的衣裳摺好，收進一個盒子放到閣樓上去，他回憶起她的淚水和自己那種失落的感覺，因為他們曾有過的那個孩子已經因為時光飛逝如箭而失去了。索爾現在知道沒有什麼能再回復到從前，他的唯一憑靠，只有記憶。莎瑞已經死了，不可能再回來，蕾秋童年時的朋友和世界也已經永遠消失了，甚至在他自己這個時代裡，不過幾週前才離開的那個社會，也正一去不回。

索爾想著這件事，躺在人面獅身像那一雙巨爪之間聽著風聲止息，看著虛飾的星星閃亮，又想起葉慈另一首更不吉利的詩來：

想必就有些啟示：
想必二度降臨就會到來。
二度降臨！這些字句方才出口
就有精靈的巨大形象出現
困擾我的視野：在沙漠的沙塵之中
一個獅身人首的形體
眼光空白無情如太陽
緩緩移動雙腿，周圍
是憤怒的沙漠鳥群旋飛的黑影
黑暗再度籠罩；但我現在知道

兩千年的沉睡
因搖晃的搖籃而落入噩夢
是什麼樣的猛獸，牠的時刻終於來臨，
走向伯利恆而誕生？[36]

索爾不知道。索爾再一次發現他也不在乎。索爾只想要他的女兒回來。

在戰情委員會裡似乎一致認為該投下驟死炸彈。

梅娜・葛萊史東坐在長桌的首位，感到那種特別卻不見得不舒服的疏離感，那種因為在過長的一段期間睡眠過少而引起的感覺。若是閉上眼睛，哪怕只有一秒鐘，也會等於滑行在疲憊的黑色冰原上，所以她沒有閉眼，哪怕兩眼火紅。而簡報、談話和急切的辯論都似乎消褪到筋疲力竭的厚重簾幕之後。

所有的人望著李上將那一群第一百八十一之二特遣攻擊部隊的紅點一個接一個地閃動消失，最後在原先的七十四艘戰艦中只剩十來艘，仍然衝向來犯的驅逐者船群中心，李的巡洋艦也在其中。

在這寂靜無聲的損傷情況中，雖然抽象卻清楚地代表了暴力和極其真實的死亡畫面進行著，辛赫上將和莫普戈將軍已經完成了他們對這場戰爭的悲觀評估。

「霸軍和新武士道本來的定位只是為了應付有限的衝突，小型的戰鬥，有先天限制和最小目標，麾下只有不足五十萬男女的霸軍無法和千年前元地球上一個國家的武力相比。驅逐者船群單憑人數就能掃蕩我們，軍力超過我們的艦隊，以數字來計算就能贏過我們。」莫普戈結論著。

柯爾契夫參議員在長桌那頭的座位上哼了一聲，在簡報和辯論中，這位盧瑟斯人比葛萊史東要主動得多，向他提出的問題也比問她的多，幾乎好像這個房間裡的每一個人都下意識地感覺到權力正在轉移，領袖的火炬正在移交。

還沒有呢，葛萊史東想道。她用搭成尖頂的指尖輕叩下巴，聽著柯爾契夫盤問莫普戈將軍。

「退回防守在第二波攻擊名單上的主要世界天崙五中心，當然重要，但是也要保護工業世界如小文藝復興、富士、天津四和盧瑟斯吧？」

莫普戈將軍垂下兩眼，整理著文件，好像要隱藏起眼中突然閃現的怒火。「參議員，到第二波攻擊全數名單上的目標只剩下不到標準時間十天的時間，小文藝復興在九十小時之內就會淪陷。我現在說的是以霸軍目前的兵力大小，結構和所能使用的科技來看，我們能不能守住一個星系，比方說天崙五，都很有問題。」

柿沼參議員站了起來。「這話讓人無法接受，將軍。」

㊱引自葉慈詩作〈The Second Coming〉。

莫普戈抬起頭來。「我同意，參議員，可是這是事實。」

臨時主席丹哲爾—海特—阿敏坐在那裡，搖著夾雜灰白頭髮的腦袋。「這沒有道理，我們就沒有防衛萬星網的計畫嗎？」

辛赫上將在他的座位上說道：「對這種威脅的最佳評估是如果驅逐者船群轉而攻擊我們，我們至少有十八個月的時間。」

外交部長帕爾索夫清了下嗓子。「那……要是我們把這二十五個世界讓給驅逐者，那到第一波或第二波能攻擊萬星網其他世界之前，還有多少時間呢，上將？」

辛赫不需要再查看他的筆記或通訊記錄器。「要看他們的目標而定，帕爾索夫先生，最近的一個萬星網世界希望星，距離最近的驅逐者船群會是標準時間九個月，最遠的一個目標居家星系，使用霍金空間跳躍推進器也需要十四年。」

「時間足夠轉換到戰時經濟。」費黛絲坦參議員說。她選區所在的巴納德世界只有不到標準時間四十小時的壽命了。費黛絲坦曾發誓說，在末日來臨時要和她的選民在一起。她的語氣實事求是而毫無感情。「這話有道理，減少損失，即使失去了天崙五中心和其他二十幾個世界，萬星網還能生產令人難以相信的大量戰備物質，即使只有九個月，在驅逐者能再深入萬星網之前的那段時間裡，我們應該只憑工業生產就能打敗他們。」

國防部長伊摩鐸搖了搖頭。「在第一波和第二波攻擊中會損失無法替代的原料，對萬星網經濟的傷害驚人。」

「我們還有選擇餘地嗎？」天津三來的皮特斯參議員問道。

所有的眼光都轉向坐在ＡＩ資政艾爾必杜旁邊的那個人。

好像為了強調這一刻的重要性，一個新ＡＩ方面的人員得到允准進入戰情委員會，就那個很尷尬地命名為「驟死彈裝置」的東西作了說明。南申資政個子很高，男性，皮膚曬得黑黑的，神態輕鬆，很有吸引力和說服力，也值得信任，而且有領袖人物的魅力，使人一見就對他又敬又愛。

梅娜．葛萊史東一看到這個新資政，就覺得既害怕又討厭。她覺得這個投影好像是ＡＩ專家們刻意設計來促成那種信任和服從的反應，她覺得其他人已經有了這種想法，而她害怕南申所傳達的訊息正是死亡。

驟死棒成為萬星網的科技已有幾個世紀，這是由智核設計，只限於霸軍將領及少數特定安全人員，如執政院及葛萊史東的禁衛軍等人所知。這種武器不會燃燒、爆炸、射擊、熔化，或焚化，沒有聲音，不會投射出可見的光線或音痕，就只會使目標死亡。

那是說，如果目標是人。一根驟死棒的範圍很有限，方圓不到五十公尺，但在那個範圍之內，作為目標的人會死，其他的動物與資產都完全安然無恙。解剖之後發現所有神經突觸粉碎，但別無損傷。驟死棒只是讓一個人不再是人。幾代以來，霸軍將領都配有驟死棒以作為短程武器和權威象徵。

現在，南申資政揭露智核已完成一種裝置，使用驟死棒的原理，用在更大的範圍，他們原先遲遲不想公開這種裝置，但在驅逐者入侵的巨大可怕威脅下……

提問非常踴躍，有時很尖銳，軍方比政界人士更持懷疑態度。不錯，這種驟死彈裝置能消滅驅逐者，但霸聯的居民呢？

把他們送到迷宮世界的避難所去。南申回答說，再重復了一次先前艾爾必杜資政提出的計畫。五公里厚的岩石可以保護他們不受驟死波擴散的影響。

死光會傳到多遠呢？

大約在三光年左右就會減弱到致命的程度以下，南申很鎮定而很有信心地回應道，是說這種倒數第二的推銷詞的頂尖推銷員。範圍大得足以消滅所有來犯的驅逐者船群，卻又小得足以保護所有最近的星系。萬星網的世界裡有百分之九十二會在五光年之內，沒有其他有人居住的世界。

那些無法疏散的居民怎麼辦？莫普戈追問道。

南申資政微微一笑，把手掌打開，好像要表示他沒有藏著任何東西。在你們當局確定所有霸聯居民都已經疏散和進入避難所之前，不要啟動裝置，畢竟那完全在你們控制之下，他說。

費黛絲坦、薩班斯托瑞菲、皮特斯、帕爾索夫，還有其他很多人立刻反應熱切。一種可以終結所有祕密武器的祕密武器，要先行警告驅逐者，可以安排一次示範表演。

對不起，南申資政說，他微笑時露出的牙齒像身上的袍子一樣白。不可能有示範表演，那件武器的作用和驟死棒一樣，只不過範圍大得多。不會有其他損傷或爆炸的結果，也不會有微中子程度以上的震波，只有死了的入侵者。

要示範表演，艾爾必杜資政解釋道，你一定得至少用在一支驅逐者的船群上。戰情委員會的興奮之情不曾稍減，太完美了，萬事議會議長吉朋說，太棒了，選一支驅逐者船群，把那個裝置試用一下，再用超光速通訊把結果送給其他的船群，給他們一個鐘頭撤回他們的攻擊行動。這次戰爭不是我們發動的。寧願讓幾百萬個敵人死掉，也比在接下來十年裡讓幾百億人遭殃要好得多。

廣島，葛萊史東說，這是她那天唯一的意見。這話說得太輕柔，除了她的助理西黛蒲塔之外，沒有別的人聽見。

莫普戈問道：我們確實知道死光在三光年就失效了嗎？你們有沒有試驗過？

南中資政微微一笑。如果他回答說「是」，那早就在什麼地方有成堆成堆的死人了。如果他說「沒有」，這個裝置的可靠性就會受到強烈的置疑。我們確信是那樣，南中說，我們的模擬實驗絕對可靠。

基輔研究小組的ＡＩ對第一個傳送門奇異點也是這樣說的，葛萊史東想道，就是那個東西毀了地球。她並沒有說什麼。

不過，辛赫和莫普戈以及范捷特和他們手下的專家還是攔住了南中的話，說明無涯海洋星來不及疏散，而受第一波攻擊的萬星網世界唯一有地下迷宮的是亞瑪迦斯特，離平安星和斯沃博達不到一光年。

南申資政那熱切而熱心的笑容不曾稍減。「你們希望有一次示範表演，這想法很有道理。」他不動聲色地說：「你們必須要讓驅逐者知道你們不能容忍侵略行為，但也要把重點放在最少的人命損失上。你們需要保護霸聯的人民。」他停了一下，把兩手交叉在桌上。「那海柏利昂如何？」

會議桌四周的雜亂語聲再嘈雜起來。

「那其實還不算是萬星網的世界。」吉朋議長說。

「可是現在是在萬星網裡了，霸聯的傳送門仍在原處呢！」外交部長賈瑞昂・帕爾索夫叫道，顯然不同意資政的想法。

莫普戈將軍還是一臉嚴肅的表情。「在那裡也不過再有幾個小時而已。我們現在還在保護連接奇異點，但是隨時都可能淪陷，海柏利昂大部分已經在驅逐者手裡了。」

「可是霸聯的人已經撤離了嗎？」帕爾索夫問道。

辛赫回答道：「只剩總督還在。在混亂之中找不到他。」

「可憐，可是重點在於，剩下的人大部分是海柏利昂的原住民，很容易進入當地的地下迷宮吧？對不對？」帕爾索夫部長不是很關心地說。

經濟部長巴布雷・丹—吉迪士有個兒子在浪漫港附近一個塑性纖維墾殖場當經理，他說：「三個小時之內？不可能。」

南申站了起來。「我想不會不可能吧。我們可以用超光速通訊向在首都的自治政府當局提出警告，讓他們立刻開始疏散，海柏利昂的地下迷宮有幾千個入口。」他說。

「首都慈濟市被圍，整個星球都在攻擊之下。」莫普戈大聲地說。

南申資政很傷心地點了點頭。「而且很快就會被野蠻的驅逐者屠殺殆盡。各位女士，各位先生，這是個困難的決定。可是那裝置是會有用的。在海柏利昂上的侵略就此不再存在。星球上的幾百萬人能得救，而對其他驅逐者的侵略勢力會有重大影響。我們知道他們所謂的姊妹軍群以超光速通訊相互連絡，消滅掉第一支入侵霸聯的驅逐者船群，海柏利昂的船群，也許是好的制止方法。」

南申又搖了搖頭，以近乎為人父母的擔憂神情四下看了看，他那痛苦而真誠的表情無可比擬。「這必須由你們來決定。武器到底由你們來使用或是不予理會，要取任何一個人的性命，對智核來說都是一件痛苦的事，或者因無所作為而使得任何人命受到傷害也是一樣。不過，在這件事情上，幾十億人的生命都有危險……」南申又把兩手伸開，最後再搖了搖頭，坐了下來，顯然把這件事留給人類的頭腦和良心來作決定。

長桌周圍人聲鼎沸，辯論激烈。

「首席執行官！」莫普戈將軍叫道。

在突如其來的寂靜中，葛萊史東抬眼望著展現在上方暗處的光影圖像。無涯海洋星的驅逐者船群衝向那個海洋世界，如一道湍急的血流對準一個小小的藍色小球。第一百八十一之二特遣部隊的橘色小點只剩三個，而在委員會成員默然地注視下，其中兩點閃動消失，然後最後一個也熄滅了。

葛萊史東輕聲地對著她的通訊記錄器說：「通訊部門，李上將有最後消息傳來嗎？」

「沒有給指揮中心的，首席執行官。交戰中只有標準的超光速通訊，看來他們沒有能到達驅逐者船群中心。」回應傳了過來。

葛萊史東和李原先希望能俘虜驅逐者，加以盤問，以確定他們敵人的身分。現在那個如此富有精力和能力的年輕人已經死了，死在梅娜．葛萊史東的命令下，七十四艘戰艦也喪失了。

「無涯海洋星的傳送門由預設的電漿炸彈摧毀，驅逐者船群的先頭部隊現在已進入這一側的防衛區。」辛赫上將報告道。

沒有人說話，光幕影像顯示出血紅色光點的浪潮包圍了無涯海洋星星系，那個金色世界外圍的最後一圈橘色小點也消失了。

幾百艘驅逐者的戰艦還在軌道上，想必是在將無涯海洋星那些高雅的飄浮城市和海上農場化為灰燼，但是大部分的血潮繼續向前推進，超出了投影其上的地圖範圍。

「標準時間三小時四十一分鐘後，艾斯葵司星系遭受入侵。」展示幕旁邊的一名技術人員說。

柯爾契夫參議員站了起來。「我們投票決定要不要用海柏利昂來示範。」他說，看來是向著葛萊史東，但卻是對所有的人說。

梅娜．葛萊史東以手指輕叩下唇。「不要，不用投票，我們就用那個裝置吧。上將，準備把配有裝置的炬船傳送到海柏利昂，再向星球上和驅逐者發出警告，給他們三個小時的時間。伊摩鐸部長，用密碼以超光速通訊通知海柏利昂，告訴他們說他們必須，我再重複一遍，必須立刻到地下迷宮避難。告訴他們要試驗一種新武器。」她最後終於說道。

莫普戈擦了下臉上的汗水。「首席執行官，我們不能冒任何讓這種裝置落入敵手的危險。」

葛萊史東看著南申資政，盡量讓自己的表情不致洩漏任何感覺。「資政，這種裝置是否可以設定在萬一我們的船艦遭到俘虜或摧毀時自動引爆？」

「可以，首席執行官。」

「設定吧。把所有可能的狀況解釋給霸軍的專家聽。」她轉身對西黛蒲塔說：「給我準備一份對全萬星網的廣播稿，預定在那個裝置引爆前十分鐘播出。我必須把這件事告訴我們的人民。」

「這樣是不是個聰明的……」費黛絲坦參議員開口問道。

「有此必要。」葛萊史東說。她站了起來，房間裡有三十八個人也隨之起立。「你們忙的時候我去小睡幾分鐘。我希望立刻將裝置準備好傳送過去，同時警告海柏利昂。我在三十分鐘之後醒來的時候，要把談判的備用計畫和緩急順序準備好。」

葛萊史東看著這一群人，知道不管怎麼樣，大部分的人在接下來的二十小時內都會失去權勢和地位。不管怎麼樣，這都是她最後一天擔任首席執行官。

梅娜・葛萊史東微微一笑。「委員會解散。」她說完，由傳送門回到她住的地方去睡午覺。

H 43

里．杭特從來沒看過什麼人死。陪著濟慈的最後一天一夜，是杭特一生中最難熬的時間。雖然杭特仍然認為他是約瑟夫．席維倫，但卻很確定那垂死的人現在認為他自己是約翰．濟慈。在濟慈生命的最後一天，吐血多次，而在嘔吐發作之間，杭特聽得到痰在那掙扎求生的小個子男人喉嚨和胸口翻騰。

杭特在西班牙廣場上那間小小的房間裡，坐在床邊聽濟慈發著囈語，從日出到近午，又從中午到了下午，濟慈發著高燒，時而昏迷，時而清醒，但他堅持要杭特注意聽他說的話，把一切都寫下來。他們在另外那個房間裡找到了墨水、筆和大頁洋紙。杭特照著做了，飛快地潦草記下那垂死的模控人滔滔不絕地說著各種超數據圈和失去的神性、詩人的責任和諸神之死，以及在智核裡如米爾頓式的內戰。

杭特當時十分激動，捏著濟慈燒燙的手。「智核在哪裡？席維……濟慈？它在哪裡？」

垂死的人冒出一身汗，把臉轉了開去。「別往我臉上吹氣，好冰呢。」

「智核，智核在什麼地方？」杭特又說了一次，身子往後靠著，只覺得難過而無力地泫然欲泣。

濟慈微微一笑。他的頭在疼痛中來回擺動，用力呼吸，聽來有如風吹過破的風箱。「就像蜘蛛在網上。蜘蛛在網上，編織，讓我們替他們結網，然後綁住我們，吸乾我們的血。像被蜘蛛在網上抓到的蒼蠅一樣。」他喃喃地說。

杭特沒再寫下去，只聽著更多看來毫無意義的囈語。然後他明白了。「天啊，他們在傳送門系統裡面。」他輕聲地說。

濟慈想要坐起來，他以可怕的力氣抓住杭特的手臂。「告訴你的主子，杭特，讓葛萊史東把那撕開來，扯掉。蜘蛛在網上。人的神和機器的神，必須找到那結合在一起的。不是我！」他跌落回枕頭上，開始不出聲地哭著。「不是我！」

在那個漫長的下午，濟慈又睡了好久，不過杭特知道那更接近於死亡，而非睡眠。只要一點點小的聲音就會讓那個垂死的詩人驚醒，掙扎著呼吸。到日落時分，濟慈已經虛弱得連痰都吐不出來，杭特只好幫他把頭低垂到痰盂上，讓地心引力來清理掉他嘴裡和喉嚨裡帶血的痰。

有好幾次，在濟慈沉睡過去的時候，杭特走到窗前，還有一次下樓到大門口，去看外面的廣場。有某種高大而邊緣尖刺的東西，站在廣場對面靠近階梯底層最黑的陰影裡。

到了黃昏時，杭特自己在濟慈床邊那張直背的椅子上坐得直直地睡了過去。他夢到由高處墜下而驚醒，伸手想穩住身子，卻發現濟慈醒了，正在瞪著他看。

「你以前有沒有看過別人死去？」濟慈喘息著斷斷續續地問道。

「沒有。」杭特覺得這個年輕人的眼光中有些很奇怪的感覺，好像濟慈望著他，眼中所看到的卻是另外一個人。

「呃，那我可憐你，不管你因為我而陷入了什麼麻煩和危險，現在都可以確定不會再有多久了。」濟慈說。

令杭特吃驚的不只是這句話裡所包含的柔情和勇氣，也因為濟慈的口音突然從平板的萬星網標準英語，改變成更古老而有趣的腔調。

「亂講，天亮之前我們就可以出去了。只等天一黑，我就要溜出去，找一扇傳送門。」杭特很真誠地說，想帶進他並未感受到的熱切和精力。

濟慈搖了搖頭。「荊魔神會抓到你的。它不會讓任何人幫忙我，它的規則就是要看著我，必須經由我自己來逃避我自己。」他閉上了眼睛，呼吸更為急促。

「我不明白，你說經過你自己來逃避你自己是什麼意思？」里・杭特說著握住了那年輕人的手。他覺得這大概是發燒後的囈語，但因為這是過去兩天來少數濟慈完全清醒的時刻，杭特覺得值得花力氣去交談。

濟慈的兩眼眨著張了開來。那雙淡褐色的眼睛顯得過分明亮。「烏蒙和其他的想讓我經由接受神性而脫離我自己，杭特。當作抓大白鯨的餌，當作抓那隻無上蒼蠅的蜜糖，逃亡的『同情』會找到家在……在我身上，約翰・濟慈，身高五呎……然後就可以開始協調了，對吧？」

「什麼協調？」杭特俯過身來，盡量不讓呼出的氣碰到他臉上。濟慈在床單下似乎縮小了，被幾床毯子纏住，可是由他身上散發出來的熱量卻似乎充滿了整個房間。在越來越暗的光線中，他的臉是一個蒼白的橢圓形，杭特只依稀注意到一道反射的金色陽光在與天花板相連處下方的牆上移動，但濟慈的兩眼始終沒有離開那最後的一抹日光。

「人和機器之間的協調，造物者和創造物。」濟慈說著咳了起來，等到把黏稠的血痰吐進杭特為他端著的痰盂裡之後，才終於停止。他躺了回去，喘了好一陣。然後說道：「人類和那些他們想滅絕的族類，智核和他們想抹殺的人類，虛空連結痛苦進化的神和其想消除的先人等等之間的協調。」

杭特搖了搖頭，不再抄寫。「我不明白。你死後就能成為救世主？」

濟慈蒼白的臉在枕頭上來回動著，可能是在大笑。「我們都有這可能，杭特。人類的愚蠢和最大的驕傲。我們承受痛苦，我們替子女開路，這就讓我們有權成為我們夢想中的神。」

杭特低下頭，看到自己的手在憤怒與無奈中緊握拳頭。「如果你能做到這點，能有這麼大的力量，那就做吧，讓我們逃出這個地方。」

濟慈又閉上了眼睛。「不能。我不是會來的那個，而是之前來過的那個。不是受洗的，而是施洗禮的。他媽的，杭特，我是個無神論者，就連席維倫在我臨終的時候，也不能說服我相信這些事情！」

濟慈一把抓住杭特的衣服，猛烈得嚇壞了那年紀老得多的男人。「把這寫下來！」

杭特摸索著找到了那支古老的筆和粗糙的紙，拚命地寫著濟慈輕聲吟誦的字句。

在你沉默的臉上有奇妙的課程，
浩瀚的知識使我成為神
盛名、事跡，古老傳奇、慘事、背叛、

王權、旨令、苦悶，
創造與毀滅，一起
傾入我空洞腦海
敬我如神，如同歡情之酒
或舉世無雙之長生不老藥由我飲下
遂成不朽。

濟慈又再活了痛苦的三個小時，彷彿一個泳者偶爾從痛苦之海中冒出頭來吸一口氣或輕輕地說幾句急切的囈語。有一次，在天黑了很久之後，他拉住杭特的袖子，很清楚地低聲說道：「我死了之後，荊魔神不會傷害你。它等的是我。也許有路可以回去，在你搜尋的時候，它不會傷害你的。」然後，就在杭特俯身下去聽詩人肺裡是否還有呼吸時，濟慈又開始說話，而且在幾次發作之間繼續不停地說著，很明確地告訴杭特把他葬在羅馬的新教徒墓園，就在行政官金字塔附近。

「胡說，胡說。」杭特像念咒一樣不停地反覆說著，一面緊捏著那年輕人燒燙的手。

「花。」過了一下，就在杭特把寫字檯上的燈點著之後，濟慈輕輕地說。這個詩人睜大了兩眼，以孩子似的純真驚訝表情瞪著天花板。杭特向上看去，看到天花板上藍色方格裡畫著黃色的玫瑰。「有花，在我上面。」濟慈用力呼吸間斷續說道。

杭特站在窗口，望著西班牙階梯邊的黑影時，背後傳來一陣痛苦的喘息，響了一下又停下來，然後濟慈叫道：「席維倫，扶我起來！我要死了。」

杭特坐在床上抱著他。熱力從那小小的身體中流失，他似乎變得毫無重量，好像這個人的肉體已經焚毀了。「不要害怕，要堅強，感謝上帝這一刻終於來了！」濟慈喘息道，然後那可怕的喘聲漸漸低弱，杭特讓濟慈更舒服地躺了回去，他的呼吸有了更正常的節奏。

杭特把臉盆裡的水換掉，找了一塊新的布來弄濕了，走回來發現濟慈死了。

後來，在太陽出來之後，杭特用杭特床上新的床單裹住那小小的軀體，抱起他出門，走進城市裡。

等布瑯·拉蜜亞走到山谷頂端的時候，風暴已經停止了。她經過穴塚時，看到那裡發出和其他時塚一樣詭異的亮光，但同時也有可怕的嘈雜聲音，好像有成千上萬的靈魂在喊叫，從地上不停地迴盪響著。布瑯匆匆往前走去。

她走到荊魔神廟前站定時，天已經清朗了。那棟建築恰如其名，半彎向上和向外彎曲，有如那個怪物的外殼，支撐的部分則向下彎曲，有如刀刃刺向谷底，而其他拱壁則向外向上彷彿荊魔神的刺一般伸長。由於內部亮光增強，牆壁都變得透明，整座廟宇現在就像一個巨大的南瓜燈，上方處發出紅光，猶如荊魔神的凝視。

布瑯深吸了口氣，摸了下肚子。她懷了身孕，她在離開盧瑟斯前就知道了，她現在應該照顧她那還未誕生的兒子或女兒吧？何必去管在荊魔神樹上的下流老詩人呢？布瑚知道這個問題的答案是肯定的，可是現在卻他媽的一點關係也沒有。她把那口氣吐了出來，走向荊魔神廟。

由外面看去，荊魔神廟不過寬二十公尺左右。他們之前進入時，布瑯和其他朝聖者看過裡面只是一塊開放空間，除了發光的穹頂下的支撐縱橫交錯外，空無一物。現在，布瑯站在門口，卻發現裡面的空間比山谷本身還大。十幾層白色石板升起，一排又一排地直伸到遠處。每層石板上，都有人類的軀體躺著，每個的衣著都不一樣，每個都連接著同樣半有機、半寄生的分流插座，和她朋友們告訴過布瑯她自己也有過的那種纜線。只不過這些雖是金屬卻又透明的臍帶，都是悸動的紅色，而且規律地膨脹收縮，好像有血液在那些熟睡形體的頭顱裡外循環。

布瑯踉蹌後退，半是受到反熵力場的曳引，半是受到眼前景象的驚嚇，但等她站在離廟十公尺的地方時，外面看來的大小又和先前一樣了，她並不假裝明白好幾公里深的內部怎麼放得進這樣小的外殼。時塚正在開啟，就她所知道一座也可能在不同的時間共存。她知道的是她自己在那樣的分流狀態下醒過來時，看到荊魔神的刺樹和看不見的管線與能量的脈絡相連，但現在很顯然是連接到了荊魔神廟。

她再次走向入口。

荊魔神在裡面等著，原本閃亮的外殼現在看來很黑，襯在四周的亮光和白色大理石前。

布瑯感到全身充滿了緊張，感到想轉身就跑的衝動，然後她走了進去。

入口消失在她背後，只能在從牆壁發出的均衡光亮形成的朦朧光影中隱約可見。荊魔神沒有動，那對紅色的眼睛在它頭顱的陰影中閃亮著。

布瑯向前走去，她的靴跟在石頭地上並沒有發出聲音。荊魔神在她右邊那層石板排列的所在，石板層層疊疊直上消失在亮光中的天花板。她完全沒有幻想自己在那個怪物撲向她之前能跑回到門口去。

荊魔神沒有動，空氣中有臭氧和某種甜得令人反胃的氣味，布瑯背挨著牆一路移過去，在一排排的人裡找尋一張熟悉的熟睡面孔，每向她左邊走一步，就離出入口越遠，也讓荊魔神越容易切斷她的退路。那個怪物像一座黑色雕像站在光的海洋中。

那層層的石板並沒有延伸到幾公里，每層幾乎有一公尺高的石階中斷了平躺著的那一線黑色軀體。在由入口向裡走了幾分鐘之後，布瑯爬上這些石階裡某一段的倒數第三級。摸了下第二層石板上最近的一具軀體，發現肌膚是溫熱的，不禁鬆了口氣，那個男子的胸部在起伏，但他不是馬汀·賽倫諾斯。

布瑯繼續往上找，一半希望也能找到保羅·杜黑或是索爾·溫朝博，或甚至她自己躺在這些活死人裡。結果，卻找到一張她上次看到是刻在山邊的臉。哀主比利一動也不動地躺在往上數第五層的石板上，身上的皇袍燒焦了，滿是汙漬。那張悲哀的臉和所有其他人一樣，因為某種內在的痛楚而扭曲。馬汀·賽倫諾斯躺在離他有三個人遠的下面一層。

布瑯蹲在那個詩人身邊，回頭看了下荊魔神的黑色身影，仍然一動也不動地站在一排排軀體的盡頭。賽倫諾斯和其他人一樣看來還活著，默默地承受著痛苦，由一個分流插槽連接到悸動的臍帶，而那條臍帶則通入後面的白色牆壁，好像和石頭連結在一起。

布瑯害怕地喘息著，伸手去摸詩人的頭顱，摸索著塑膠和骨頭融合的地方，然後順著那條臍帶摸過去，找不到和石頭結合在一起的地方有任何接點或開口，只感到她手指下有液體在振動。

「媽的。」布瑯輕罵了一聲，然後在一陣突來的恐慌中，回頭望去，想著荊魔神一定已經偷偷地到了可以向她攻擊的地方，但是那黑色的形體仍然立在這長形房間的那頭。

她的口袋是空的。她既沒有武器也沒有工具，她發現自己必須先回人面獅身像，找到背包，翻出可以切割的東西，然後回來，再鼓起足夠的勇氣重新走進這裡來。

布瑯知道她絕不可能再走進那扇廟門。

她跪了下來，深吸了一口氣，舉起了手和手臂，再往下一揮，她的掌沿擊中了看來軟得像透明塑膠，實則硬得如鋼鐵的纜線，這一擊讓她的手臂從手腕到肩膀疼痛無比。

布瑯向右邊看了一眼，荊魔神正向她這邊走來，一步步慢得像個老人在悠閒地散步。

布瑯大喝一聲，跪了起來，再次擊下，掌沿硬直，拇指勾成直角。長長的房間裡迴盪著那聲重擊的回聲。

布瑯．拉蜜亞生長在重力是標準重力一．三倍的盧瑟斯，在她那一族裡算是運動型的人。九歲開始，就夢想成為偵探而向那方面努力，而在這種偏執和完全不合邏輯的準備工作上，有一部分就是學習武功。現在她悶哼一聲，舉起手臂，再次揮下重擊，想像著她的手掌是斧頭，在她心裡想見這次重擊能成功地打爛那條纜線。

那條很硬的臍帶微微凹陷，像個活物似地悸動著，似乎在她再度揮擊下退縮開去。

在她後面和下方的腳步聲現在清晰可聞。布瑯幾乎出聲失笑。荊魔神可以不走而動，不必真正走動，就可以從那裡直接到這裡。想必它喜歡恐嚇獵物，布瑯並不害怕，她正忙著。

她舉起手來，再斬了下去。這樣的力道很輕易就能打碎石頭，她的掌沿再度砍中臍帶，只覺得她手裡一些小骨頭受傷了。疼痛像是遙遠的嘈雜聲音，像在她下方和後面滑走的聲音。

妳有沒有想過，她想道，要是妳真的把那東西打斷，說不定會害死他呢？

她再次揮擊，腳步聲停在階梯下方。

布瑯因為用力而喘息著，汗水由她的額頭和臉上滴落在那個沉睡的詩人胸前。

我甚至一點都不喜歡你，她對著馬汀·賽倫諾斯想道，又砍了一掌，那簡直就像想要砍斷一條金屬的象腿。

荊魔神開始登上階梯。

布瑯半站起身來，將全身的重量加進那一擊裡，幾乎使她的肩膀脫臼，震斷手腕和讓她手裡的小骨頭粉碎。

她斬斷了那條臍帶。

淡得不像是血的紅色液體橫擺在布瑯的雙腿和雪白的石板上。仍然由牆裡伸出卻被砍斷的纜線抽擺了一下，然後像受到刺激的觸鬚似地揮動著，接著癱躺下來，開始退縮，像一條淌血的蛇縮進洞裡，而那個洞在臍帶完全縮進去之後也立即消失了。剩下的那段臍帶頭仍然連接在賽倫諾斯的神經分流插座裡，不到五秒鐘就萎縮了，像離開水的水母一樣乾縮了。噴灑在那詩人臉上和肩上的紅色液體，在布琊眼前轉成了藍色。

馬汀．賽倫諾斯的眼睛抽動了一下，像隻貓頭鷹似地睜了開來。

「嗨，妳知不知道那個操他媽的荊魔神就站在妳背後？」他說。

葛萊史東傳送回自己的住處，立刻走進她的超光速通訊室，有兩個訊息在等著她。

第一個來自海柏利昂。葛萊史東眨著眼睛聽她那位海柏利昂的前總督，年輕的連恩以柔和的聲音很快地說明了和驅逐者代表會見的情形，葛萊史東靠生在皮椅上，兩拳抵著面頰，聽著連恩重述驅逐者否認他們入侵的事。連恩在訊息的最後很簡略地描述了那個驅逐者聚落，他個人認為驅逐者說的是實話，同時說明領事目前命運未卜，並要求進一步的指令。

「回應如何？」超光速通訊的電腦問道。

「確認收到訊息，以外交用僅限一次的密碼，回覆『待命』。」葛萊史東說。

葛萊史東按鍵讀取第二個訊息。

威廉．阿金塔．李上將出現在殘破的平面影像投影中，他太空船的超光速通訊傳輸器顯然能量不足，葛萊史東由外圍的資料列看出，這段影像是混雜在標準的艦隊資料傳輸中傳送出來的。霸軍的技術人員最後一定會發現檢核總數不符的情形，但那也會是從現在開始的幾個小時或幾天之後的事了。

李的臉上滿是血汙，背景也被煙霧遮沒。由那略顯模糊的黑白影像看來，葛萊史東覺得那年輕人是在他巡洋艦上一處檢修間傳送的。在他背後一張金屬的工作檯上躺著一具屍體。

「一小隊陸戰隊沒法登上一艘他們所謂的矛艇，船艇確實是人力操縱的，每艘艇上五個人，而他們的確看起來像驅逐者。可是請看我們加以解剖時所發生的情形。」李喘著氣說。畫面轉換了，葛萊史東知道李使用手提的攝影機，將結果貼在巡洋艦的超光速通訊傳輸裡。現在李不見了，而她像由上向下俯視著一個已死的驅逐者那張蒼白而受到損傷的臉。由眼睛和耳朵裡有血流出的狀況看來，葛萊史東猜想這個人是因為爆炸失壓而死的。

李的手出現了，由他袖口海軍上將的階章就可以認得出來，他拿著一支雷射手術刀。年輕的指揮官沒有先將衣物移除，就由胸骨垂直下刀向下劃開。

拿著雷射刀的手猛地抽開，攝影機則穩住，驅逐者的屍體開始發生變化。死者的胸口上好幾處地方開始冒煙，像雷射使衣物起火燃燒，然後制服燒穿，馬上就明顯看出那個人的胸膛燒出好幾個越來越大而形狀不規則的洞。這些洞裡有光射出來，強到使手提攝影機必須降低感光度，屍體的頭顱也有好幾處燒穿了。在超光速通訊的銀幕和葛萊史東的視網膜上都留下了殘影。

攝影機在屍體完全燒毀之前就先往後拉開，好像熱量強到無法忍受。李的臉又進入畫面。「妳看，首席執行官，所有的屍體都是同樣的情形，我們沒有活捉任何人，也還沒有找到驅逐者船群的中心，只有越來越多的戰艦，而我認為……」

影像消失，資料列上顯示這段影像資訊在傳輸中途停止。

「是否回應？」葛萊史東搖了搖頭，開了小室的鎖。再回到她的書房裡之後，她滿懷渴望地看著那張長沙發，然後坐在書桌後，知道她只要把眼睛閉上一秒鐘，馬上就會睡著。西黛蒲塔使用她私人的通訊記錄器頻道報告說，莫普戈將軍有緊急的事要見首席執行官。

那個盧瑟斯人走了進來，開始激動地走來走去。「首席執行官，我了解妳授權使用驟死彈裝置的原因，可是我必須表示抗議。」

「為什麼？亞瑟？」她問道，這還是她這幾個禮拜以來第一次叫他的名字。

「因為我們他媽的一點也不知道會有什麼樣的結果。那太危險了，而且很不道德！」

葛萊史東挑起了一邊眉毛。「在長期消耗戰中損失幾十億的人命就很道德，用這個東西來殺幾百萬人就不道德？這是霸軍的立場嗎，亞瑟？」

「是我的立場，首席執行官。」

葛萊史東點了點頭。「我了解，也記下了，亞瑟。可是已經作出了決定，也必須付諸實行。」她看到她的這位老朋友直起身子，就在他開口抗議之前，或者更可能是，在他提出辭呈之前。葛萊史東說：「和我散散步好嗎，亞瑟？」

霸軍的將軍非常困惑。「散步？為什麼？」

「我們需要新鮮空氣。」葛萊史東不等他有進一步的反應，就走向她私用的傳送門，鍵入代碼，走了進去。

莫普戈走過那半透明的傳送門，瞪大了眼睛看著長得高及膝蓋、一直延伸到天邊的金草，再抬頭看到深黃色的天空中，有如參差長矛般伸出的銅黃色積雲。在他背後，傳送門閃動著消失了蹤影，原先的位置只留下一公尺高的控制面板，也是在無邊無際的金草和滿是雲層的天空中唯一可見的人造物。

「我們在什麼鬼地方？」他問道。

葛萊史東拔了一根長莖草，正在嘴裡嚼著。「凱斯拓普—羅克索，這裡沒有數據圈，沒有軌道裝置，也沒有任何人或機器居住。」

莫普戈哼了一聲。「這裡大概也和以前拜倫．拉蜜亞常帶我們去的地方一樣，躲不過智核的監視吧，梅娜。」

「也許吧，亞瑟，聽好了。」葛萊史東說。她啟動由通訊記錄器錄下來的那兩段她自己剛聽過的超光速通訊傳送訊息。

等播放完，李的面孔消失之後，莫普戈在長草中走了開去。

「怎麼樣？」葛萊史東匆匆趕上來問道。

「那些驅逐者的屍體就像模控人的屍體一樣自我摧毀，那又怎麼樣呢？你以為參議院或萬事議會願意承認，這是智核在幕後主使入侵的證據嗎？」他說。

葛萊史東嘆了口氣。長草看來很軟，很有吸引力，她想躺在那裡沉入睡鄉，永遠不要再醒過來。

「這對我們來說就是足夠的證據了，就我們這一群。」葛萊史東不必再多作解釋。從她早年在參議院時開始，他們彼此就一直談到對智核的懷疑，以及將來有一天能擺脫ＡＩ控制的希望，當年拜倫．拉蜜亞參議員領導著他們，但那已經是好久以前的事了。

莫普戈望著風吹打著金色長草，在靠近地平線的地方，有一道很奇怪的球狀閃電在黃銅色的雲裡滾動。「那又怎麼樣呢？知道並沒有什麼用處，除非我們知道該打在什麼地方。」

「我們有三個小時。」

莫普戈看了下通訊記錄器。「兩小時又四十二分，這樣短的時間不夠產生奇蹟呢，梅娜。」

梅娜．葛萊史東沒有笑容。「對其他事情來說也鮮有足夠的時間。」

她按了下控制面板，傳送門在嗡嗡聲中出現。

「我們能怎麼辦？現在智核的ＡＩ正在給我們的技術人員作驟死彈裝置的簡報，炬船在一小時之內就會準備就緒。」莫普戈問道。

「我們到威力不至於傷到任何人的地方去引爆。」葛萊史東說。

走來走去的將軍停下腳步，瞪大了兩眼。「那是什麼鬼地方呢？那個混蛋南申說那個裝置的致命範圍方圓至少有三光年，而且我們怎麼能信任他？我們引爆一具裝置，不管是在海柏利昂或是別的什麼地方，說不定就會送了所有地方的人類性命。」

「我有個想法，可是我要在睡覺的時候想一想。」葛萊史東說。

「睡覺的時候想想？」莫普戈將軍咆哮道。

「我要去小睡一下，亞瑟，我建議你也去小睡一下。」葛萊史東說。她走過了傳送門。

莫普戈罵了一個髒字，拉好斗篷，抬頭挺胸，兩眼向前，像一個走向刑場接受處決軍人似地走過了傳送門。

在那座移過離海柏利昂十光分太空中的巨山最高一層臺地上，領事和十七位驅逐者坐在一圈矮石上，外面是一圈高高的石頭。他們正要決定領事的生死。

「你的妻兒死在布列西亞，死在那個世界和摩斯曼族之間的戰爭中。」自由人金伽說。

「是的，霸聯認為那整個驅逐者船群都和攻擊事件有關，我沒有反駁他們的看法。」領事說。

「可是你的妻兒卻遭到殺害。」

領事的兩眼望向石圈以外已經開始轉向亮處的峰頂。「那又怎麼樣呢？我並不向你們要求憐憫，也不要求酌情減刑，我殺了你們的自由人安黛爾和三個技術人員，是有預謀和殺意的謀殺，殺他們的目的就只為了啟動你們的裝置而開啟時塚。那和我的妻兒沒有任何關係！」

一個領事在介紹時聽到稱謂是發言人荷凱・安利昂，留著大鬍子的驅逐者，向前走進了小石圈裡。「那個裝置根本沒有用處，完全沒有作用。」

領事轉過身來，張開了嘴，但什麼也沒說就閉上了。

「是一項試驗。」自由人金伽說。

領事的聲音幾乎聽不清楚。「可是那些時塚，全都開啟了。」

「我們早知道它們會開啟，我們早知道反熵力場的衰退速率。那個裝置只是一項試驗。」柯德威爾·明蒙說。

「一項試驗，我白白殺了四個人。一項試驗。」領事重複了一遍。

「你的妻子和兒子死在驅逐者手下，而霸聯蹂躪了你的世界茂宜—聖約。在某個範圍之內，你的行為都是可以預見的。葛萊史東就是利用你這一點，我們也一樣。可是我們必須知道那些範圍到哪裡。」自由人金伽說。

領事站了起來，走了三步，始終背對著其他人。「白費了。」

「什麼？」自由人金伽問道。那高大女子的光頭在星光下閃亮，反射出一個經過上空的彗星農場的陽光。

領事輕輕地笑著。「一切都白費了，連我的背叛也毫無意義，什麼都不是真的，白費了。」

發言人柯德維爾·明蒙站起身來，整了下他的袍子。「本庭已有了判決。」他說。其他十六名驅逐者點了點頭。

領事轉過身來，疲憊的臉上有種類似急切的表情。「那就執行吧，拜託早點把事情解決。」

發言人自由人金伽站了起來，面對著領事。「我們判決你活下去，判決你必須為你所造成的損壞加以補償。」

領事有如被摑了一掌似地踉蹌後退。「不行，你們不能……你們一定要……」

「你必須進入即將來臨的混亂時代，你必須幫我們找出將分散的人類各家族融合的方法。」發言人荷凱．安利昂說。

領事像要抵擋攻擊般地舉起雙手。「我不能……不願意……我有罪……」

自由人金伽走了三大步，一把抓住領事正式官服上裝的胸口，粗暴地搖著他。「你的確有罪，而這正是你必須幫忙改善即將來臨的混亂狀態的原因。你幫忙放出了荊魔神，現在你必須再回去把它重新禁錮起來，然後必須開始著手那漫長的融合。」

對方放開了領事，但他的兩肩仍然在發抖。就在這時候，這座山旋轉進到陽光裡，領事的兩眼中淚光閃閃。「不要。」他輕聲地說。

自由人金伽將他弄皺的上裝撫平，將她修長的手指搭在那外交官的肩膀上。「我們也有自己的先知。那些聖堂武士會和我們一起來重建銀河系。慢慢的，那些生活在稱為霸聯的謊言之中的人，也會由他們依賴智核的世界廢墟中爬出來，和我們一起真正地探測，探測這個宇宙以及在我們每一個人內心那更偉大的領域。」

領事似乎沒有聽見。他突然轉開身子。「智核會摧毀你們，就像摧毀霸聯一樣。」他說，沒有對著他們。

「你忘了你的故鄉世界就是根據一個重大的生命誓約而建立起來的嗎？」柯德維爾・明蒙說。

領事轉身對著那些驅逐者。

「這樣的誓約主導我們的生活和行為。不只是保存一些從元地球來的種族，而且要在異中求同。把人類的種子撒到所有的世界上，各種不同的環境裡，同時也尊重在其他地方所找到的不同的生命。」明蒙說。

自由人金伽的面孔在陽光中十分明亮。「智核所提供的和諧是一種無意識的屈從。」她柔和地說：「停滯不前中的安全。從聖遷之後，人類思想、文化和行為上的興革與進步都到哪裡去了？」

「只有一個蒼白的元地球複製品。我們新一代的人類擴展不會複製什麼，我們不畏艱辛，也歡迎歧異，我們不會讓宇宙來適應……我們來適應一切。」柯德威爾・明蒙回應道。

發言人荷凱・安利昂朝星星比了一下。「如果人類能在這次試驗中活了下來，我們未來的生活不但在那些陽光普照的世界上，也在其間的黑暗遠方中。」

領事嘆了口氣。「我在海柏利昂還有些朋友，我能回去幫他們嗎？」他說。

「可以。」自由人金伽說。

「還要面對荊魔神？」領事說。

「你會遇到。」柯德維爾・明蒙說。
「還得活下來看這個混亂時代？」領事說。
「你非這樣不可。」荷凱・安利昂說。
領事又嘆了口氣，和其他人一起走到一邊，這時一隻展著太陽能電池翅膀，閃亮皮膚不受真空和更厲害的輻射影響的巨大蝴蝶，從上面降落到巨石陣中，打開了腹部，讓領事進入。

在天崙五中心執政院的醫院裡，保羅・杜黑神父在藥物作用下的淺眠之中，夢到火焰和幾個世界的死亡。
除了葛萊史東首席執行官短暫造訪，以及和艾督華特主教更短促的會面之外，杜黑整天都是一個人躺著，在充滿痛苦的迷濛中時睡時醒。這裡的醫生要求至少要再過十二個小時之後，他們的這位病人才能移動，而平安星上的紅衣主教團也同意了，希望病人能康復，也準備好在二十四小時之後舉行儀式，讓索恩河畔自由城的耶穌會教士保羅・杜黑成為教宗德日進一世，羅馬的第四百八十七位主教，直接繼承已故的彼德。
這位耶穌會教士正在痊癒中，在百萬RNA引導下，肌理重新生長，神經也同樣漸漸恢復作用，多虧了現代醫藥的奇蹟。不過也沒有那樣神奇，杜黑想道，否則不會讓我癢得要死。他躺在床上，想著海柏利昂和荊魔神以及他的長夢，還有在神的宇宙中這種混亂的狀態。最後杜黑終於睡著了，夢到神之谷起火燃燒，而聖堂武士世界之樹真言者將他推出傳送門，夢到他的母親，還有一個名叫姍法的女人，她現在已經死了，但以前是一個在浪漫港以東生產塑性纖維的地方，在那邊疆星系的邊疆地帶裴瑞斯堡屯墾區的女士。

在這些主要都很悲傷的夢中，杜黑突然注意到還有些別的：不是另外一個夢境，而是另外一個作夢的人。

杜黑和某個人在走著，空氣清涼，天上藍得動人心魄。他們剛由一條小路彎了過來，現在在他們前面看到有一個湖，岸邊長滿了漂亮的樹，後面是一座山，一帶低低的雲為這個場景增添了戲劇性和分量。還有一個小島似乎是漂浮在遠方波平如鏡的水上。

「文德美湖。」杜黑的同伴說。

耶穌會教士緩緩地轉過來，心臟因為焦急和期待而猛跳起來。但不論他期待的是什麼，他同伴的形象卻毫不起眼。

一個矮小的年輕人走在杜黑身邊。他穿著一件帶皮扣子的古式上裝，束著很寬的皮帶，很堅固的鞋子，戴了頂舊的皮帽子，背著一個破舊的背包，下身是一條剪裁得很奇特，又打了很多補釘的褲子。一條很大的格子花呢披肩披在一邊肩膀上，右手還拿了根很硬實的手杖。杜黑停下腳步，另外那個男人也停了下來，好像很高興能有個休息的機會。

「福內斯高原和昆布連山脈。」年輕人用拐杖指著湖那邊再過去一點的地方說。

杜黑看到一縷赤褐色的頭髮由那頂奇怪的帽子底下露了出來。注意到那對淡褐色的大眼睛，和他相當矮小的身材，便知道即使是在想著「我不是在作夢」的時候，也是在作夢。

「你是……」杜黑開口問道，只覺得心裡湧起一陣害怕，而心狂跳起來。

「約翰。我相信我們今晚可以住在波尼斯。布朗告訴過我說那裡有一個很棒的小旅舍，就在湖邊。」他的同伴說，聲音的平靜與理性讓杜黑消除了懼意。

杜黑點了點頭。他完全不知道那個年輕人在說些什麼。

那矮小的年輕人欠身向前，很溫柔但也很執拗地抓住了杜黑的手臂。「有一個人在追我，不管怎麼樣，我們最重要的是要找到路。」約翰說。

杜黑呆呆地點了點頭，一陣風吹起了湖水漣漪，也帶來了遠處山邊新鮮的草木香氣。

「這一個會生在很遠的地方，比我們這個種族幾百年來所知道的都要遠得多。你的工作現在會和我的一樣，要預作準備。你有生之年不會看到那個人的教誨，但你的後人會。」約翰說。

「嗯。」保羅．杜黑說道，他發現自己嘴裡乾得連口水也沒有。

年輕人脫下帽子，塞在他皮帶下，彎下身去撿起一塊圓圓的石頭。他把石頭遠遠地丟進湖裡，漣漪緩緩地擴張開來。「該死，我本來打算打個水漂的。」約翰說。他看著杜黑。「你必須離開醫院，馬上回到平安星去。你明白嗎？」

杜黑眨了下眼睛，這句話似乎不屬於這個夢境。「為什麼？」

「不用管為什麼，做就是了。什麼也不要等，要是你不立刻離開，以後就沒有機會了。」約翰說。

杜黑有些迷惑地轉過身去，好像他能走回醫院的病床。他回頭看了看站在滿是石頭的湖岸邊的那個矮瘦年輕人。「那你呢？」

約翰撿起了第二塊石頭，扔了出去，看到石頭只跳了一下就消失在其平如鏡的水面下後搖了搖頭。「我現在在這裡很快樂，走這一趟時我當時真的是很快樂。」他說，聽來像是自言自語而不像對著杜黑說。他似乎讓自己由空想中醒來。「走吧，動身吧，教宗大人。」

杜黑既感震驚，又覺有趣，還有點惱火，張開嘴來準備反駁，卻發現自己躺在執政院中的醫院病床上。醫護人員把燈光調暗了，讓他好睡覺，感應用的貼片貼在他皮膚上。

杜黑躺了一下，忍著三級灼傷癒合時的發癢和不適，一面想著那個夢境，想著那只是一個夢，他可以先回去睡幾小時，等艾督華特蒙席主教和其他人來接他，護送他回去。杜黑閉上眼睛，回想起那張很有男子氣概卻又很溫柔的臉，那對淡褐色的眼睛，那古色古香的方言口音。

耶穌會的保羅．杜黑神父坐起身，掙扎著下了床，發現他的衣服不見了，身上只有醫院的紙睡褲，就用條毯子裹住身子，在醫護人員因為感應器的變化而有所反應之前，光著腳走了出去。

在走廊盡頭有一扇醫護人員專用的傳送門。如果那不能送他回家，他就再找另外一扇。

里．杭特抱著濟慈的屍體走出那棟房子的陰影，進入照著西班牙廣場的陽光中，以為會發現荊魔神正在等著他。沒想到見到的卻是一匹馬。杭特並不是會認出馬的專家，因為在他的時代裡，這個物種已經絕種了，可是看來這就是先前把他們帶到羅馬來的同一匹馬，尤其是那匹馬還拖著同一輛小車，濟慈說是「馬車」的，也就是他們先前乘坐過的。

杭特把濟慈的遺體放在馬車的座位上，把那幾條床單包好，然後一隻手仍然按著壽衣，在馬車開始緩緩前進時，跟在旁邊走著。在濟慈臨終前的一個小時裡，曾要求將他葬在靠近奧雷連城牆[37]和行政官金字塔的新教徒墓園。杭特依稀記得在他們來到這裡的那段怪異旅程中，曾經經過奧雷連城牆，可是就算這事攸關他的性命，或濟慈的安葬，他也不可能再找得到那裡。反正，那匹馬好像知道路。

杭特跟在那輛緩緩行進的馬車旁邊走著，感受到空氣中美麗春日清晨的感覺，以及揮之不去的腐爛蔬果的味道。難道濟慈的遺體已經開始腐化了嗎？杭特對死亡的細節幾無了解，他也不想多知道什麼。他拍了下馬的臀部想讓牠走快一點，但那隻動物卻停了下來，很不高興地瞪了杭特一眼，然後依舊用同樣的步伐繼續往前走。

其實只是眼角的餘光中看到亮光一閃，而不是有什麼聲音引起了杭特的注意，可是等他很快地轉過身來時，荊魔神已經出現在那裡，大約在他們後方十到十五公尺的地方，跟著那匹馬的步伐，一本正

[37] Aurelian's Wall，建於西元三世紀後期，始於奧雷連皇帝，由繼任的普魯巴斯完成。六世紀時有狄奧多里克大帝，中世紀也有多位教宗維修重建，城牆高二十公尺，長約十九公里，共有十八座城門。

經卻看來很滑稽地走著。每一步都把有刺和刺鐵絲纏繞的膝蓋抬得高高的，陽光映照在外殼、金屬牙齒和刀刃上。

杭特的第一個衝動是丟下馬車就跑，可是責任感和更深一層的失落感止住了這個衝動。除了回到西班牙廣場之外，他還能跑到哪裡去呢？而荊魔神又攔住了他唯一的退路。

杭特把那個怪物當作是這個瘋狂隊伍中的一個弔喪者，轉回身來背對著那個怪物，繼續跟在馬車旁邊走著，一手隔著屍衣緊按在他朋友的腳踝上。

一路上，杭特隨時在找尋傳送門的痕跡，想找到十九世紀之外的某些科技的蹤跡，或是另外一個活人。但什麼也沒有，他在公元一八二一年那個有春天氣候的二月天裡，走過空蕩無人的羅馬城的這個幻象十分完美。那匹馬爬上離西班牙廣場約一百公尺的一座小山，在寬大的大路和狹窄的小巷裡轉了幾個彎，經過了一處弧形而坍塌的廢墟，杭特認出那是古羅馬大圓形競技場。

馬和馬車停了下來，杭特從他邊走邊打著的盹中醒了過來，四下張望。他們在一堆堆長滿雜草的石頭外面，杭特猜想那就是奧雷連城牆，而且附近還真的看得到一座矮矮的金字塔，可是如果這裡真的是新教徒墓園，看來卻不像墓園而像片牧地。羊群在絲柏的樹蔭下吃草，頸子上掛著的鈴鐺在悶熱的空氣中響得很詭異，到處的草都長到及膝，甚至更高。杭特眨了下眼睛，這才看見有幾塊墓碑散立著，半被長草遮沒，在近處，就在吃著草的那匹馬的頸後，有一座新挖的墳。

荊魔神始終站在十公尺遠的後方，那些在風中颯颯作響的絲柏枝椏之間，但杭特看到那對紅色的眼睛閃亮地盯著那個墓穴。

杭特繞過那匹現在正滿足地吃著青草的馬，走向墳地。那裡沒有棺材，挖的洞大約有四呎深，堆在一邊的泥土有新翻的腐植土和冰涼泥土的氣味。一把長柄的鏟子插在土堆裡，好像挖墳的人剛剛離開。一塊石碑直立在墳前，但上面還沒有刻字，一塊空白的墓碑，杭特看到石碑上有金屬的閃光，就趕了過去，看到從他被綁架到元地球來之後第一次見到的現代工具：一支小型的雷射筆放在那裡，是建築工人或藝術家會用來在最硬的合金上刻花的那種。

杭特轉過身來，手裡拿著雷射筆，覺得自己有了武裝，雖然用那樣細的雷射光就想攔住荊魔神似乎太荒謬了。他把雷射筆放進襯衫口袋裡，開始埋葬約翰．濟慈。

幾分鐘之後，杭特站在那個土堆旁邊，手裡拿著鏟子，低頭望著墓穴中那用床單包著的小身影，想要想出些話來說。杭特參加過很多次國葬儀式，甚至還為葛萊史東寫過幾次追悼詞，以前寫東西從來不是問題。可是現在他什麼也想不出來。在場的唯一觀眾只有不出一聲的荊魔神，仍然站在後面的絲柏樹蔭裡，而羊群在鈴鐺的響聲中緊張不安地躲開那個怪物，像一群遲到的弔客般朝墳前慢慢走來。

杭特想到現在適合念一些原先那個約翰．濟慈所寫的詩句，可是杭特是個政治界的人，不是個會讀或記得古詩的人。他這才想起前一天記下他朋友口授的一些詩句，可是那本筆記簿還放在西班牙廣場那棟房子裡的寫字檯上。那寫的是成為像神一樣的或是成為一個神，知道太多的事情紛沓而來，或是這一類的胡言亂語。杭特的記憶力超強，可是他連一句那些囈語也想不起來。

最後，里．杭特決定默禱一陣，他低下頭，除了偶爾偷眼望望仍在遠處的荊魔神之外，閉上了眼睛，然後把泥土鏟進墓穴裡。花的時間比他想像中長得多。等他終於把泥土填完之後，表面上只微微隆起，好像那具遺體太無足輕重，因此無法形成一個像樣的土堆。羊群挨著杭特的腿走過，去吃長在墳墓四周的草、雛菊和紫羅蘭。

杭特也許想不起那個人的詩句，但他毫無困難地回想起濟慈所要的墓誌銘。杭特打開了雷射筆，先在草地上試了一下，燒出一條長三公尺的溝，然後趕快把他所引起的小火踩熄。杭特在最初濟慈又喘又哮地說話中清楚聽出那份孤寂和清冷的墓誌銘的時候，覺得很困擾，但是他沒有立場和那個人爭辯。現在他只要把那句話刻好，離開這個地方，在尋找回家的路上避開荊魔神。

雷射很輕易地劃進石頭裡，杭特必須先在石碑背面練習過，以確定刻字的深淺度和控制的方式。但是在十五到二十分鐘之後，杭特所完成的結果看來還是粗糙而毫不專業。

首先是濟慈要求過的一個粗略圖形，他用顫抖的手在大紙上給這位助理畫了幾個草圖，是一具古希臘的豎琴，八條弦裡斷了四條。杭特對自己做出的結果很不滿意，和讀詩比起來，他更沒資格當畫家，不過那些知道希臘豎琴是什麼鬼東西的人大概還認得出來。然後是那句墓誌銘，完全照濟慈口授的方式寫了下來。

其姓名寫於水中

其他再沒有別的了，沒有生卒年月日，甚至於沒有那個詩人的名字。杭特退開一步，看著他的工作成果，搖了搖頭，將雷射筆關掉，但仍然拿在手裡，然後往城裡走回去，一路遠遠地繞了個大圈子，以避開在絲柏之間的怪物。

在穿過奧雷連城牆的路口時，杭特停下來回頭看了一眼，那匹仍然拖著車的馬已經順著長長山坡，去吃靠近一條小溪邊上更甜美的青草，羊群到處亂走，吃著野花，在濕濕的墳堆上留下腳印。荊魔神仍然站在原來的地方，在垂下的絲柏枝椏間幾乎看不清楚。杭特幾乎可以確定，那個怪物仍然面對著那座墳墓。

杭特一直到那天下午很晚的時候才找到傳送門，一個模糊的深藍色長方形，在那座坍塌的大圓形競技場正中央發出嗡嗡的聲音。旁邊沒有控制面板和按鍵鍵盤，那扇傳送門就那樣懸在那裡，像一扇不透明卻開著的門。

但並沒為杭特開啟。

他試了五十次，但是那扇門硬實得有如石板。他用指尖試碰了一下，信心十足地走進去，卻被撞了回來。他倒身去撞那藍色的長方形，用石頭丟向入口，又看著石頭彈回來，把那玩意的兩面，甚至側面都試過了，最後一再跳起來往那沒用的東西上撞，弄得他的兩邊肩膀和兩條手臂上滿是瘀青。

那是一扇傳送門，他很確定，但就是不讓他過去。

杭特找遍了大圓形競技場裡其他的地方，甚至進到滴著水和蝙蝠糞的地道，但再沒有另外一扇傳送門。他搜索過附近的幾條街道和街上的每一棟房子，還是沒有別的傳送門。他找了一整個下午，找過大小的教堂、住家和小茅屋，大型的公寓樓房和狹窄的巷弄。他甚至回到西班牙廣場，在一樓吃了頓匆忙的晚餐，把那本筆記簿和在樓上兩個房間裡找到他覺得該帶的東西放進口袋裡，然後永遠地離開了那裡，去找傳送門。

在大圓形競技場裡的傳送門是他唯一能找到的一扇。到了日落時分，他已經抓門抓得十指鮮血淋漓。那扇門看起來是對的，嗡嗡聲也很對，感覺也很對，但就是不讓他過去。

一個月亮，根據表面上清晰可見的沙塵暴和流雲來判斷，應該不是元地球的月亮，升了起來，現在高高地懸掛在大圓形競技場黑色的弧形高牆上方。杭特坐在滿是岩石的場中，瞪著傳送門發出的藍光。在他背後，傳來一隻鴿子狂亂撲著翅膀，以及一顆小石頭滾落在石板上的聲音。

杭特痛苦不堪地站了起來，摸索著把雷射筆由口袋裡掏了出來，兩腿分開，站穩了身子，一面等著，一面努力地望進大圓形競技場裡眾多的縫隙和拱門的陰影中，但一點動靜也沒有。

背後突來的響聲使他側轉身來，差點把那道細細的雷射光劃過那扇傳送門的表面。在那裡出現了一條手臂，然後是一條腿。有個人走了出來，然後又有一個人。

大圓形競技場裡迴蕩著里・杭特的叫聲。

梅娜・葛萊史東知道就算她累到那個地步，睡個三十分鐘也是件蠢事，可是她從小就訓練過自己小睡五到十五分鐘，在這段不用思想的短短時間裡，擺脫困倦和疲勞。

現在，因為過去四十八小時的混亂所帶來的筋疲力竭與暈眩感覺，讓她很不舒服，就在書房的長沙發上躺了幾分鐘，放空了她腦子裡那些瑣碎小事和多餘的問題，讓她的潛意識在雜亂的思想和事情裡找出一條路來。在那幾分鐘裡，她打了個盹，而在打盹的時候作了夢。

梅娜・葛萊史東猛地坐了起來，抖開身上那條薄薄的毛毯，連眼睛都還沒張開，就先按了她的通訊記錄器。「西黛蒲塔！三分鐘之內把莫普戈將軍和辛赫上將叫到我辦公室來。」

葛萊史東走到旁邊相連的浴室中，沖了個澡，用超音波淨了身，拿出乾淨的衣服，她那套用柔軟黑絲絨做成最正式的套裝，繫上參議員的紅色領巾，用一個有霸聯地圖的金別針扣住，戴上一副還是大錯誤之前元地球上的耳環，還有拜倫・拉蜜亞參議員在他結婚之前送給她的黃玉手鐲型傳訊及通訊記錄器，再回到書房裡，及時迎接那兩位霸軍將領。

「首席執行官，這個時間很不湊巧。由無涯海洋星傳來的最後資料正在分析中，而我們又在討論調動艦隊防守艾斯葵司的問題。」辛赫上將開口說道。

葛萊史東召來她私用的傳送門，比著手勢要那兩個人跟著她走。

辛赫在走進陰沉的黃銅色天空下的金草叢中時，四下張望了一下。「凱斯拓普—羅克索。以前就有傳言說，先前的行政當局讓霸聯宇宙軍在這裡建造一扇私人的傳送門。」他說。

「葉夫森斯基首席執行官把這裡加入萬星網，他認為首席執行官需要有一個智核監聽系統不大可能裝設的地方。」葛萊史東說。她揮了下手，傳送門消失了。

莫普戈不安地看向靠近地平線一道有球形閃電的雲牆。「沒有地方完全不受智核監視，我已經把我們懷疑的事向辛赫上將提過了。」他說。

「不是懷疑，是事實。而且我知道智核在哪裡。」葛萊史東說。

兩位霸軍將領的反應就像是那球形閃電擊中了他們。「在哪裡？」他們幾乎異口同聲地說道。

葛萊史東來回地踱著，她灰色的短髮在閃電的空氣中似乎閃閃發亮。「在傳送門網絡裡面。」她說：「在傳送門之間。那些ＡＩ住在奇異點的虛擬世界上，就像蜘蛛在黑暗的網上一樣，而我們替他們織網。」

兩個人裡莫普戈首先回過神來說話。「我的天啊，我們現在怎麼辦呢？我們現在離裝著智核那種裝置的炬船傳送到海柏利昂去的時間已經不到三個小時了。」他說。

葛萊史東告訴他們應該做些什麼。

「不可能的，根本不可能。」辛赫說。他無意識地扯著臉上的短髭。

「不對，可以做得到。我們還有足夠的時間，因為在過去兩天裡，艦隊的調動很亂而隨性……」

莫普戈說。

海軍上將搖了搖頭。「邏輯上也許有可能。但在理智上和倫理道德上說來就不一樣了。不行，這不可能。」

梅娜．葛萊史東走近了一步。「庫許旺特。」她說，這是從她還是個年輕的參議員，而他還是個更年輕的霸聯宇宙軍上校以來，第一次直呼這位海軍上將的小名。「你難道忘記了當時拉蜜亞參議員讓我們和持重派接觸的事嗎？那個名叫烏蒙的ＡＩ？他所預言的兩種未來，一種是維持混亂狀態，另一種是人類的滅絕？」

辛赫轉開了身。「我的責任是對霸軍和霸聯。」

「你的責任和我的一樣，是對全人類。」葛萊史東斷然地說。

辛赫舉起兩個拳頭，好像要和一個看不見卻很有力的對手戰鬥。「我們並不確定知道這件事！妳的消息是從哪裡來的？」

「席維倫，那個模控人。」葛萊史東說。

「模控人？妳說的是那個畫家吧？或者至少他用的是那樣一個可憐的身分。」將軍嗤之以鼻地說。

「是模控人。」首席執行官又說了一遍，她把所有的情形解釋清楚。

「席維倫是個再生的人格？妳現在找到他了？」莫普戈看來很懷疑。

「是他找到了我。在夢裡，他不知怎麼從他所在的地方和我連絡上了。這正是他的工作，亞瑟，庫許旺特。所以烏蒙才會送他到萬星網來。」

「在夢裡，這個模控人告訴妳說智核藏在傳送門網絡裡，在夢裡告訴妳的。」辛赫上將嗤笑道。

「是的，而我們能用來行動的時間不多了。」葛萊史東說。

「可是，要做妳所建議的那些事……」莫普戈說。

「會送掉幾百萬人的性命，很可能是幾十億人。經濟會整個崩潰。像天崙五、文藝復興星、新地球、天津三和天津四、新麥加、盧瑟斯、亞瑟……等等的幾十個世界，都要仰賴其他世界供應糧食。都市星球沒法獨力生存的。」辛赫接著把話說完。

「不能維持都市星球的型態，而是必須學習耕作，然後等待星際貿易恢復。」葛萊史東說。

「呸！在大災禍之後，在政府垮臺之後，在幾巨萬人因為缺乏適當的配備、醫藥和數據圈的支援而死了之後。」辛赫咆哮道。

「這些我全都想到了，我會成為歷史上最大椿集體屠殺的凶手，比希特勒或胡子㊳或霍瑞斯・葛藍儂—海特都有過之而無不及。最糟糕的卻莫過於我們繼續維持現狀下去，如此一來，我，還有你們兩位，將會是全人類最大的叛徒。」葛萊史東說，莫普戈從來沒聽過她語氣那樣堅定。

「我們並不知道這點。」庫許旺特・辛赫咕噥道，好像這句話是肚子上挨了一拳打出來的。

「我們很清楚知道這點，萬星網對智核來說已經沒有用處了。今後，躁動派和無上派會留住幾百萬困在九個迷宮界地底下的奴隸，而用人類的神經突觸來應付其餘在計算方面的需要。」葛萊史東說。

「胡說，這些人會死的。」辛赫說。

梅娜．葛萊史東嘆了口氣，搖了搖頭。「智核製造了一種寄生物，是一種有機體，叫作十字形，能讓死人復活。經過幾次之後，那些人會變得遲鈍懶散，沒有未來，但是他們神經仍然能為智核所用。」她說。

辛赫又把身子轉過去背對他們，他那矮小的身影襯在那面由閃電組成的雲牆前，黃銅色的雲狂亂翻滾，暴風雨即將來臨。「這些都是妳夢到的嗎，梅娜？」

「是的。」

「妳還夢到些什麼？」上將喝問道。

「智核已經不再需要萬星網，不再需要人類的萬星網，他們還會住在那裡，像牆裡的老鼠，可是已經不需要原先的居民了。ＡＩ的無上智慧會接下主要的計算責任。」葛萊史東說。

辛赫轉身望著她。「妳瘋了，梅娜，瘋得厲害。」

葛萊史東在上將能啟動傳送門之前，很快走過去抓住他的手臂。「庫許旺特，請你聽我……」

辛赫由衣服裡抽出一把儀式上使用裝有小箭彈的手槍，抵住那女人的胸口。「對不起，首席執行

㊳ Tze Hu，疑是作者自創的人物。

官，可是我效忠於霸聯和……」

葛萊史東退後一步，用手摀著嘴，庫許旺特．辛赫上將話聲中斷，瞪大了眼睛，隨即倒在草上，他手中的箭彈槍滾落進草叢裡。

莫普戈走上前去將槍撿起，插進皮帶裡，然後把手上的驟死棒收了起來。

「你殺了他，我本來打算如果他不肯合作，就把他留在這裡。把他放逐在凱斯拓普—羅克索。」首席執行官說。

「我們不能冒這種險，一切都要看接下來的一、兩個鐘頭了。」將軍說著，把那具屍體拖離傳送門遠些。

葛萊史東看著她的老朋友。「你願意一路幹到底嗎？」

「我們非做不可，這是我們擺脫壓迫枷鎖的最後機會。我馬上會下令布署，親自把封妥的命令送出去，這會讓大部分的艦隊……」莫普戈說。

「我的天啊，我做這一切只憑著一個夢的力量。」梅娜．葛萊史東低聲地說著，低頭看著辛赫上將的遺體。

「有時候，作夢正是我們和機器的分別。」莫普戈將軍握住她的手說。

H 44

我發現死亡並不是一種愉快的經驗。離開在西班牙廣場上的熟悉房間和丟下迅速冷卻的軀體，有如半夜因為失火或淹水而逃離熟悉溫暖的家。泉湧而出的震驚和流離失所的感覺極其強烈。我一頭撞進超數據圈裡，經歷到所有突然而來的尷尬和羞慚的感受，如同夢中發現忘了穿衣而赤裸裸地出現在公共場合或社交集會裡。

在我掙扎著想讓我那殘破的虛擬人格維持某種形狀的時候，用「赤裸裸的」來形容實在是再正確不過。我勉強集中足夠的力量，來把這些幾乎是隨意擷取的記憶與關聯的電子雲集合而成一個足以相似於我曾經成為過的那個人形，或者至少是那個曾分享過他記憶的人。

約翰·濟慈，身高五呎。

超數據圈是一個和先前一樣可怕的地方，現在更糟的是我沒有一個凡人的藏身處可去。巨大的形體在黑暗的地平線外移動，聲音在虛空連結中回響，如空無人跡的古堡中磚地上的腳步聲。一切事物的底下和後面是恆常不變而令人不安的轟隆聲，如車輪行在石板鋪成的大路上。

可憐的杭特，我很想回到他身邊，像馬利的鬼魂㊴似地突然跳了出來，向他保證說我其實比看起來要好多了，可是目前元地球對我來說是個危險的地方，荊魔神的存在就像黑絲絨上的火焰一樣，烙在超數據圈的資料平面上。

智核以更大的力量召喚我。可是那裡更加危險得多，我記得烏蒙在布琊・拉蜜亞面前將另外一個濟慈摧毀的情形，一把將那個類比人格捏碎而消失。智核對那個人的基本記憶就像撒上鹽的蛞蝓一樣，融化得一乾二淨。

謝謝你，不必了。

我沒有選擇成神而選擇了死亡，但在我長眠之前還有些小事要做。

超數據圈讓我害怕，智核更讓我害怕，我必須經過的那些數據圈的奇異點尤其讓我怕到骨子裡，可是我別無退路。

我飛快進入第一個黑洞，在一個極其真實的漩渦中像一片比喻性的葉子一路旋轉，最後由適當的資料平面出來，但是卻暈頭轉向得什麼也不能做，只能呆坐在那裡。任何一個智核的ＡＩ，只要是連接上這些唯讀記憶體的神經中樞，或是如山的資料中任何一個紫色縫隙裡防毒程式的，都能看得見我。但是智核本身的混亂在這裡救了我：那些偉大的智核要員都在忙著進行他們自己的木馬屠城計策，而沒有守住他們的後門。

我找到了我想要和數據圈連接的代碼，以及我需要的神經原臍帶，剩下的只要一奈秒就能循舊路進到天崙五中心、執政院、其中的醫院，以及保羅・杜黑因藥物作用而引起的夢境中。

我這人格最擅長的一件事就是作夢。而我相當偶然地發現我對蘇格蘭之行的記憶能成為很愉悅的夢境風景，在那裡說服那位教士逃走。我是個英國人，又是個自由思想家，以前一度反對一切和天主教扯上關係的事物，但是耶穌會有個不能不提的優點，他們受到的教誨就是要服從，甚至不用講邏輯，而這回這一點對全人類大有好處。杜黑在我叫他快走的時候沒有問為什麼，他像個聽話的好孩子那樣醒來，圍上一條毯子就走了。

梅娜．葛萊史東把我當作約瑟夫．席維倫，但是她接受了我的訊息，好像那是神送來給她的天啟。我想跟她說不是的，我不是那一個。我只是以前來過的那個，可是那個訊息才是重點所在，所以我傳達了之後就走了。

我在前往海柏利昂的超數據圈時經過智核，感受到內戰那種燒熔金屬的氣味，也看見一道強光，很可能是烏蒙正遭到消滅。那位年事已高的大師（如果死的真的是他）在死亡時，沒有再說什麼公案，只是發出痛苦的尖叫，就像所有具有意識的實體在被丟進熔爐時一樣地實實在在。

我匆匆向前行。

連接到海柏利昂的傳送門充其量只能說是聊備一格：一扇軍用傳送門，還有一艘受損的瞬間傳送艦停在因霸軍船艦的作戰損失而越來越縮減的陣地內。在驅逐者攻擊下，奇異點阻絕護罩大概擋不住幾分鐘。就在我穿越而過的時候，載有智核驟死彈裝置的霸軍炬船正準備傳送過來。我在那有限的數據圈

㊴ Marley's ghost，出自狄更斯名著《聖誕誌異》或譯為《小氣財神》一書。

層級上找到一個可以觀察的地方，停下來看接下來所發生的事。

「天啊，梅娜‧葛萊史東傳來一個最優先特急訊息。」米立歐‧阿讓德茲說。

席奧‧連恩走過來和這位老人一起看著這個急件訊息在投影區上方的空中逐漸成形。領事由他先前去想心事的臥室裡出來，走下鑄鐵螺旋梯。「又有天崙五來的訊息嗎？」他沒好氣地說。

「不是特別給我們的，是優先由超光速通訊傳給所有地方的每一個人。」席奧看著出現又隱退的紅色符碼說。

阿讓德茲坐在軟墊上。「一定出了大問題。首席執行官以前作過全寬頻廣播嗎？」

「從來沒有，單是要將這樣一段影音訊息編碼所用的能量就大得驚人。」席奧‧連恩說。

領事走近一步，指著正在消失的符碼說：「這不是影音訊息，看，是即時轉播。」

席奧搖了搖頭。「這樣的傳送可要用到好幾十萬兆電子伏特呢。」

阿讓德茲吹了聲口哨。「即使只用到一萬兆電子伏特，也一定是非常重要的大事了。」

「全面投降，會用到全宇宙即時轉播的只有這一件事了。葛萊史東不只要把這件事傳達給萬星網，還有驅逐者、邊疆星系各個世界，還有域外行星。這想必會在所有的通訊頻道、全像電視和數據圈的頻道上播出。一定是投降。」席奧說。

「閉嘴。」領事說。他剛才一直在喝酒。

從驅逐者那裡回來之後，領事就開始喝酒，而即使在席奧和阿讓德茲拍著他的背，恭喜他生還的時候，他的心情始終很糟，在太空船升空，遠離了驅逐者船群之後也不見改善。在他們加速向海柏利昂前進的這兩個小時裡，他一直獨自一個人喝著悶酒。

「梅娜．葛萊史東不會投降的，看著好了。」領事含糊地說道，手裡還拿著那瓶蘇格蘭威士忌。

史蒂芬．霍金號炬船是霸軍第二十三艘太空船，以受尊敬的大科學家命名。在船上，亞瑟．莫普戈將軍在C3船舷往上望著，要他兩名艦橋軍官噤聲。通常這一級的炬船上有七十五名人員，現在，在將智核的驟死彈裝置設置在武器艙而武裝齊備之後，船上人員只有莫普戈和四名志願者。顯示幕上和隱祕的電腦聲音告知他們，史蒂芬．霍金號正準時在航線上穩定地加速至接近量子速度，前往位於莫德雅與其特大月亮之間第三拉格朗日點的傳送門站。莫德雅站直接通往重軍防守的海柏利昂傳送門。

「距離傳送點還有一分十八秒。」艦橋官沙魯蒙．莫普戈說，他正是將軍的兒子。

莫普戈點了點頭，按鍵開啟了星系內寬頻通訊。艦橋上的投射幕正忙著顯示這次任務的相關資料，所以將軍只接收了首席執行官廣播的聲音部分。他忍不住微笑起來。要是梅娜知道他在史蒂芬．霍金號上掌舵，不知會怎麼說。她還是不知道的好。他沒有別的辦法。他寧願不要看到過去兩小時裡他準確而親手傳送命令的結果。

莫普戈看著他的大兒子，心中的自豪感強烈到令他痛苦。他能交辦這項任務的炬船級軍官不多，而他兒子第一個自願出這項任務。就算沒有別的，莫普戈父子的熱忱也可能消除了智核的一些懷疑吧。

葛萊史東說：「我的同胞，這是我擔任首席執行官的最後一次廣播。

「大家都知道，這場可怕戰爭已經毀了我們的三個世界，現在正要摧毀第四個，且一直報導說這是驅逐者船群發動的侵略。

「這是謊言。」

通訊頻道出現一陣雜音後完全中斷。「切換到超光速通訊。」莫普戈將軍說。

「還有一分零三秒到傳送點。」他的兒子說道。

葛萊史東的聲音重新響起，因為超光速通訊的編碼解碼而顯得略微模糊。

「了解到我們的祖先……和我們自己……與一個完全不顧人類命運的勢力，作了一次如浮士德出賣靈魂的交易。

「目前的侵略行為是智核幕後主使的。

「我們靈魂那漫長而舒適的黑暗時代就是智核所造成的。

「智核正企圖摧毀人類，讓我們在宇宙中消滅，而代之以他們自己製造的機器神。」

艦橋官沙魯蒙・莫普戈的兩眼始終沒有離開那一圈儀表板。「還有三十八秒抵達傳送點。」

莫普戈點了點頭。在C3艦橋上的另外兩名人員臉上汗光閃閃。將軍發現自己臉上也是濕濕的。

「證明了智核住在……一直住在……傳送門與傳送門之間的黑暗之處。他們相信自己是我們的主人。只要萬星網存在一天，只要我們所愛的霸聯以傳送門連接在一起，他們就會是我們的主人。」

莫普戈看了下他自己的任務時間表。還有二十八秒。傳送到海柏利昂星系，在人類的感覺上，全是一瞬間的事。莫普戈深信智核的驟死彈裝置大概已經設定成只要他們一進入海柏利昂太空中就會引爆。死亡的震波在不到兩秒的時間內就會傳到海柏利昂行星上。再過不到十秒鐘，甚至會將最遠的驅逐者船群也吞噬殆盡。

梅娜．葛萊史東的聲音第一次流露出感情，她說：「因此，身為霸聯參議院的首席執行官，我已經授權霸聯宇宙軍各單位，摧毀所有現存的奇異點阻絕護罩及傳送門設施。

「這項摧毀……這次癱瘓行動……會在十秒鐘後執行。

「神佑霸聯。

「願神原諒我們所有人。」

艦橋官沙魯蒙．莫普戈冷冷地說：「距傳送時間還有五秒，爸爸。」

莫普戈望向艦橋那頭，和兒子四目相交。在那年輕人背後的投影上顯示出傳送門越來越大，將他們包圍。

「我愛你。」將軍說。

連繫七千兩百多萬個傳送門的兩百六十三個奇異點阻絕力場，在彼此相差不到二．六秒的時間裡全數摧毀。霸軍艦隊各單位，由莫普戈在首席執行官命令下完成布署，執行在三分鐘前才啟封的命令，他們的行動迅速專業，以飛彈、槍械和電漿炸彈破壞脆弱的傳送門力場。

三秒鐘之後，碎屑形成的雲霧還在擴展，數百艘霸軍的太空船發現他們停頓下來，彼此之間，以及和任何一個別的星系之間，即使用霍金空間跳躍推進器，也都有幾個禮拜或幾個月的航程，以及好幾年的時債。

成千上萬的人正在傳送途中，很多人當場死亡，身體殘破或裂為兩半，也有很多人遭到在他們後方或前方坍塌的傳送門截肢，有些就此消失無蹤。

史蒂芬·霍金號的命運正是如此，完全符合計畫，傳送門入口和出口都在那艘船傳送的剎那間摧毀。那艘炬船沒有任何一部分倖存在真實空間裡，後來的實驗完整顯示，那所謂的驟死彈裝置就在傳送門之間智核的時空引爆。

其效果終究沒有人知道。

萬星網其他的部分和居民所受的影響，卻立刻明顯可見。存在了七百年，至少有四百年裡幾乎無人不仰賴的數據圈，包括萬事議會網和所有通訊及連結頻道，就此消失。幾十萬人頓時瘋狂，因為喪失了已經變得比視覺和聽覺更重要的事物而大感震驚。

更多的資訊平面操作者，包括很多所謂的網路痞客和系統牛仔都完了，他們的虛擬人格在數據圈崩壞時身陷其中，或是腦子因為後來證實是所謂歸零反饋造成神經分流的超載而燒壞。

數以百萬計的人死亡，只因為他們所選擇的居處僅靠傳送門來往而成為死亡陷阱。

最終和解教會的主教，荊魔神教的領袖，老早便仔細規畫好躲藏起來度過末日。藏身之處是在永絕星最北方的烏鴉山脈深處一座挖空的山裡，還儲放了大量補給品，唯一的進出路徑只靠繁複的多重傳送門。結果主教和幾千名擠進內避難室來分享這位聖者最後一些空氣的助手、驅魔師、誦經師和守門人死在一起。

身價百萬的出版商泰莉娜．溫葛莉—費夫，高齡九十七標準年，但多虧了波森延壽療程和冷凍術的奇蹟，活了三百多年，卻在這一天犯下大錯，置身在天崙五中心第五城巴別區網際塔四百三十五樓那間只靠傳送門才能進出的辦公室裡。經過十五個小時，始終拒絕相信傳送門短期內不能重新啟用之後，泰莉娜終於答應了她員工的要求，撤除阻絕力場，好讓電磁車接她出去。

泰莉娜沒有仔細聽取指示，減壓的內爆將她吹出第四百三十五層樓，就像搖晃過度的香檳酒瓶塞一樣，在電磁車上等著她的員工和救援小組成員，看到那位老太太形成一道藍線，在長達四分鐘的時間裡直落而下。

在大部分的世界裡，混亂有了新的定義。

萬星網絕大部分的經濟隨著當地數據圈和萬星網的巨型數據圈一起消失。幾兆辛苦賺來或不法獲得的金錢憑空不見了。萬用卡失去作用，日用機械也咳著、喘著，停止運作。各個世界視情況不同，可能有好幾個禮拜，或是好幾個月，甚至好幾年，如果不靠黑市來的硬幣或紙鈔，就無法買到日用品、買票搭乘大眾運輸工具、付清最單純的欠款，或是得到服務。

但全萬星網的經濟蕭條如海嘯般襲來，還只是小問題，可以留待將來再想。對絕大多數的家庭來說，影響卻是即時而極其個人的。

做父母的像平常一樣由傳送門去工作，比方說是由天津四到文藝復興星，結果不是晚上遲了一個鐘頭到家，而是要延誤十一年，前提是這位先生或女士能馬上找到少數幾艘裝有霍金空間跳躍推進器、還以這種辛苦的老方法來往於各世界之間的空間跳躍船。

富裕之家的家人在他們跨世界的時髦家裡聽到葛萊史東的廣播，抬起頭來彼此望著對方，原先在各個房間裡隔著敞開的傳送門只相距一、兩公尺，一眨眼間，就相隔好幾光年和好多年的時間，他們的房間現在面對的是空無。

在只有幾分鐘路程外的學校或營地或遊樂場或保母家的孩子們，等到再和父母團聚，大概是長大成人之後的事了。

已經因為戰爭而縮減了的群星廣場就此被吹散了，原先永無盡頭的那一帶漂亮的店鋪和有名的餐廳裂成了支離破碎的小區段，永遠無法再連接到一起。

巨大的傳送門消滅後，特瑟士河不再流動，河水溢出、乾涸，留下河裡的魚在兩百個太陽下曝曬。

很多地方發生暴動，盧瑟斯像匹狼咬噬自己內臟一樣將自己撕裂。新麥加掀起一波波殉教潮，青島—西雙版納的浪人慶祝擺脫了驅逐者，然後吊死了幾千名前霸聯官僚。

茂宜—聖約也有暴亂，但卻是在慶祝，數十萬名開元家庭的後人乘著浮島來驅趕占有這個世界那麼多地方的外來人。後來，幾百萬大為震驚而遭到驅逐的民宿與度假小屋老闆都成為工人，拆除好幾千處油井起重機和麻麻點點像天花一樣密布在赤道群島上的遊客中心。

文藝復興星有過一陣子的暴力，緊接著就是很有效率的社會重建，以及認真努力養活這個沒有農業的城市世界。

諾洪星上的城市都空了，因為人們回到海岸邊和冰冷的海上，以及他們祖先的漁船裡。

帕爾瓦蒂星上情勢混亂，發生內戰。

天龍七則是在歡慶與革命之後發生了新種的逆轉錄酶病毒大流行。

富士首先是很哲學化地聽天由命，然後立即興建星軌船塢，來建造一支裝有霍金推進器的空間跳躍船隊。

艾斯葵司的人則相互指責，接著社會勞工黨在世界議會中勝選。

平安星上的人祈禱，新教宗德日進一世召開了一次大型集會，梵諦岡第三十九次大會，宣布教會的新時代來臨，授權大會準備赴遠地傳教。很多傳教士去了很多地方。教宗德日進宣布說這些傳教士不是去勸人改變原有的信仰，而是負有搜尋使命。教會就像很多瀕臨絕種的物種一樣，會隱藏起來忍耐度過困境。

坦培星有暴動和死亡，有群眾領袖興起。

在火星，奧林帕斯指揮學院仍然以超光速通訊和所屬部隊保持了一陣子的連絡，當初就是奧林帕斯證實「驅逐者入侵」海柏利昂星系以外的各處世界之行動已經休止。攔截到的智核船艦都是空的，也未設定程式。侵略已經過去了。

邁塔克薩斯有暴動和報復行動。

在庫姆—利雅德，一個自稱基本教義派的什葉派領袖由沙漠中出來，號召了十萬信眾，不到幾個鐘頭就把遜尼派的政府推翻，新的革命政府把政權還給毛拉，將時間倒退兩千年。人民歡欣若狂。

邊疆世界之一的亞瑪迦斯特，情況和以前差不多，只不過多了很多遊客、新的考古學家，還有其他進口的奢侈品，亞瑪迦斯特是一個迷宮世界，那裡的地下迷宮仍然是空的。

在希伯崙，新耶路撒冷的外世界中心人心惶惶，但錫安教會的長老很快就讓那個城市和那個世界恢復了秩序。他們擬定計畫，稀有的外世界必需品以配給方式分享，沙漠變為田地，農地增大，植樹造林。人民彼此傾訴，為幸免於難而感謝上帝，也與上帝爭辯因這次幸免於難而帶來的不便，然後努力工作。

神之谷上，整個大陸仍在燃燒，黑煙充滿天空。在最後的「船群」離去後不久，幾十艘樹船由雲層中升起，借由核融合動力緩緩攀升，外面以耳格發動的阻絕力場保護，一旦脫離重力井之後，大部分的樹船向外轉向四面八方，沿著黃道面開始做遠距量子空間跳躍。超光速通訊的影像資訊由樹船上傳到遠處在等待著的驅逐者船群，重新播種開始了。

在權力、財富、商業與政治中心的天崙五中心上，飢餓的生還者離開了危險的高塔、無用的城市、無助的星軌住宅，要找人來怪罪，找人來懲罰。

他們不用到遠處去找。

傳送門摧毀時，范捷特將軍正在執政院裡，現在他率領兩百名陸戰隊員和六十八名安全人員守衛這個地方。前首席執行官梅娜·葛萊史東仍然統領六名禁衛軍，那是柯爾契夫和其他高階參議員搭乘第一班也是最後一班霸軍疏運登陸艇離開時留給她的。暴民不知從哪裡弄到了反太空飛彈和長矛，不到圍城結束或阻絕力場失效，其餘三千名執政院人員和難民全都不能進出。

葛萊史東站在前方的觀察哨，眼看著這場暴亂，暴民在最後的禁制力場與阻絕力場防線攔住之前，已經把大部分的鹿園和花園給摧毀了。現在至少有三百萬名狂熱民眾擠在防線前，而暴民人數還在快速增加。

「你能不能把力場的防線後撤五十公尺，在暴民衝上來之前再重新設立好？」葛萊史東向將軍問道。從兩邊起火城市飄來的黑煙充滿空中，好幾千名男女被後面的群眾推擠得撞在阻絕力場上，使得那道閃動的牆在下方兩公尺全像糊了草莓醬一樣。儘管禁制力場使得他們的神經和骨骼疼痛無比，卻還是有幾萬人緊貼過來。

「我們可以做到，首席執行官，可是為什麼呢？」范捷特說。

「我要出去和他們談話。」葛萊史東的聲音聽來十分疲倦。

陸戰隊的將軍看著她，覺得她一定是在講什麼不好笑的笑話。「首席執行官，再過一個月，他們會願意聽妳或我們任何人說話，那也是在廣播或是電視上，再過一年，也許兩年，等到秩序恢復，能夠跟他們說理之後，他們也許能原諒這件事，可是恐怕要到下一代，他們才會真正了解妳所做的事，了解妳救了他們，救了我們所有人。」

「我想要和他們說話，我有東西要給他們。」梅娜．葛萊史東說。

范捷特搖了搖頭，看那一圈霸軍將領，他們原先都由碉堡的縫隙往外看著暴民，現在都以同樣不敢置信而驚恐的目光看著葛萊史東。

「我得先問過柯爾契夫首席執行官。」范捷特將軍說。

「不用，他統治一個已經不存在的帝國，我仍然統治這個被我摧毀的世界。」梅娜．葛萊史東疲憊地說。她向手下的禁衛軍點了下頭，他們都由橘黑兩色條紋的軍服裡抽出了騾死棒。

霸軍將領沒有一個有任何動作。范捷特將軍說：「梅娜，下一班疏運船就要到了。」

葛萊史東有些心不在焉地點了點頭。「我想應該是在內花園吧。暴民大概會有很短一段時間不知所措，力場防線後撤會出乎他們的意料之外。」她四下環顧，好像怕忘掉了什麼，然後向范捷特伸出手去。「再見，馬克，謝謝你，請你照顧我的人民。」

范捷特和她握了下手，看著那女士把領巾整好，茫然地摸了下手鐲型的通訊記錄器，好像在祈求好運，然後帶著四名禁衛軍走出碉堡。那一小群人穿過遭到蹂躪的花園，慢慢地走向阻絕力場。在外面的暴民似乎像一個單一而無思想的有機體般產生反應，緊壓向紫色的禁制力場，像一隻精神錯亂的動物般發出尖叫。

葛萊史東轉過身來，舉起一隻手，好像是要揮舞，然後要她的禁衛軍回去，四名軍人匆匆橫過踩爛的草地。

「啟動吧。」留在原地的禁衛軍裡年紀最大的一個指著禁制力場的遙控器說。

「去你媽的。」范捷特將軍很清楚地說道，只要他活著，就沒有人能走近遙控器。

范捷特忘了葛萊史東還能使用密碼和軍用頻道連接，他看見她舉起手上的通訊記錄器，但是他的反應太慢。遙控器上的燈閃現紅色，再轉為綠色。外圍的力場閃動關閉，然後在背後五十公尺處重新形成，在那一瞬間，梅娜．葛萊史東一個人站在那裡，在她和數百萬暴民之間只隔著幾公尺的草地，以及無數因為力場形成的圍牆突然後撤而受重力吸引掉落的屍體。

葛萊史東舉起雙臂，好像要擁抱暴民，沉寂和毫無動靜的狀態整整持續了三秒鐘，然後那群暴民發出有如一隻巨大野獸的吼聲，幾千人手執棍棒、石頭、刀子、破瓶子衝上前來。

一時之間，范捷特看到葛萊史東站在那裡，有如一塊難以撼動的巨岩面對著暴民的浪潮。他能看見她那身黑衣和亮麗的領巾，看到她直挺挺地站立著，兩臂仍然高舉，但接著又有好幾百人湧來，人群圍攏，那位首席執行官的身影消失了。

禁衛軍放下他們手裡的騾死棒，隨即遭到陸戰隊士兵拘捕。

「霧化阻絕力場，叫疏運艇每隔五分鐘一班，降落在內花園。快！」范捷特命令道。

將軍把身子轉了開去。

「天啊，好多瞬間影像傳進來，電腦都來不及分開，結果是一團混亂的瘋狂景象。」席奧．連恩看著斷斷續續不停由超光速通訊傳來的報告說。

「再播放一次奇異點阻絕力場被毀的片段。」領事說。

「遵命。」船說著，暫時中止超光速通訊傳輸，重新播放突如其來的白光，接著是碎屑如花朵綻放般四散，以及突然坍陷，奇異點不但將自身吞噬，也毀了方圓六千公里範圍之內的一切。儀器顯示出重力潮的威力：在這麼遠的距離還可輕易適應，但對接近海柏利昂還在交戰中的霸軍和驅逐者的船艦來說，卻是一場浩劫。

「好了。」領事說，大量報告又再由超光速通訊湧進。

「沒有疑問嗎？」阿讓德茲問道。

「沒有，海柏利昂又成為一個化外的世界了。只不過這次沒有萬星網來收為邊疆星系。」領事說。

「真叫人難以相信，萬星網……沒了，五百年的擴張一掃而空。」席奧・連恩說。這位前任總督坐在那裡喝著蘇格蘭威士忌，這還是領事第一次看到他這位助手這樣放縱自己。席奧又倒了約四指高的酒進杯中。

「沒有一掃而空，那些世界都還在。各種文化會漸漸分離，可是我們還有霍金空間跳躍推進器。那可是我們自己在科技上發展出來，而不是向智核借來的。」領事說。他把自己還沒喝完的那杯酒放在桌子上。

米立歐・阿讓德茲向前俯過身來，兩掌交合，像在祈禱。「智核真的沒有了嗎？摧毀了嗎？」

領事專注地聽了一陣由只有聲音的超光速通訊頻道傳送進來嘈雜的話語、喊叫、懇求，軍方的命令，以及呼救的聲音。「也許沒有摧毀，但是切斷了，隔離在外了。」他說。

席奧喝完了杯裡的酒，小心地放下杯子。他那對綠色的眼睛有種無力而呆滯的神情。「你覺得他們還有別的蜘蛛網？另外的傳送門系統？保留的智核？」

領事用手比了一下。「我們知道他們成功創造了他們的無上智慧。也許這個無上智慧刻意讓那個智核被消除掉。也許留下了一些老的無上智慧，數量很有限，就像他們原先計畫留下幾十億人類一樣。」

突然之間，超光速通訊上嘈雜的聲音停止了，就像被一把刀切斷了似的。

「船？」領事問道，懷疑接收器裡有某部分斷電了。

「所有的超光速通訊都停止了，大部分都只傳到一半。」船說。

領事想到驟死彈裝置，感到自己的心在狂跳。可是不對，他馬上想到，不可能同時影響到所有的世界。即使有好幾百個這樣的裝置同時引爆，在霸軍船艦和其他遠方的傳輸源頭全收到最後的訊息時也有時差問題。可是然後呢？

「訊息似乎是因為傳輸媒介受到干擾才中斷的，這就我目前的知識來看，是不可能的事。」船說。

領事站了起來。傳輸媒介受到干擾？以人類對超光速通訊的了解，超光速通訊的媒介是時空本身的超弦普朗克無限地形，也就是無上智慧很隱晦地指稱的「虛空連結」。在這種媒介上根本不可能產生干擾。

突然之間，船說：「超光速通訊有訊息進來。傳輸來源：到處。編碼基數：無限。傳送速率：即時。」

領事正要開口叫船不要胡言亂語，投影區上方的空中卻閃動成既非影像、也非資料列的事物，一個聲音說：

「本頻道不得再濫用。你正干擾其他為正經目的使用。等你了解此頻道之目的後，方能恢復使用，再見。」

三個人呆坐在那裡，周圍一片死寂，只有風扇葉片令人安心的轉動聲，以及太空船航行時種種低沉柔和的聲音。最後，領事說道：「船，請送出標準的超光速通訊時間位置影像，不需加密，附上『接收站回應』字樣。」

接下來有好幾秒鐘的停頓，對船ＡＩ一樣的電腦來說，不可能要用這麼長的時間來回應。「對不起，不可能回應。」船最後終於說道。

「為什麼不行？」領事追問道。

「超光速通訊已經不許使用了。超弦媒介已經無法接收。」

「超光速通訊頻道上什麼也沒有嗎？」席奧問道，他瞪著投影區上方的空中，就好像全像劇正演到緊張時刻卻被人關掉了似的。

船又停頓了好久。「整個說起來，連恩先生，已經沒有什麼超光速通訊了。」船說。

「我的天啊。」領事喃喃說道，他一口把酒喝掉，走到吧檯去再倒一杯。「是那種古老的中國詛咒。」他喃喃地說。

米立歐·阿讓德茲抬起頭來。「那是什麼東西？」

領事喝了一大口酒。「古老的中國詛咒。祝你活在混亂時代。」他說。

好像為了補償少了超光速通訊的損失，船開始播放無線電臺的節目和截取到的窄頻資訊，同時播映海柏利昂那藍白兩色星球的即時景象。看著那球體旋轉著，在他們減速兩百重力向那裡飛去時，越來越大。

H 45

我在還來得及逃走的時候逃離了萬星網的數據圈。

看到巨型數據圈將自己吞噬，既令人難以置信，又讓人出奇地不安。布瑯・拉蜜亞把巨型數據圈看作是一個有機體，是比一座城市的生態更為虛擬的半知覺有機體的看法，基本上很正確。現在，傳送門的連結不復存在之後，這個世界內在的通路因而坍塌下來，外在的數據圈也像著火的大帳篷突然失去支架、人員或樁柱似地垮了下來，活生生的巨型數據圈吞噬了自己，有如一隻餓極了的肉食動物發了狂，咬著自己的尾巴、肚子、內臟、前爪，和心臟，最後只剩下一張沒有思想的嘴，還在空咬著。

超數據圈還在，但現在比以前更狂野了。

未知時空的黑色森林。

夜間的聲響。

獅子。

還有老虎。

還有熊。

當虛空連結振動，把那單一而平凡無奇的訊息發給人類宇宙的時候，就像是一場地震將震波由堅實的岩石傳送出去。我匆忙穿過在海柏利昂上方移動的超數據圈，禁不住微笑起來，那就好像是虛擬的神對那些螞蟻老在祂腳趾上亂畫的事厭煩了似的。

我沒有在超數據圈裡看到神，一個也沒見到。我也沒試著去找。我自己的麻煩問題已經夠多了。萬星網和智核入口的黑色漩渦現在都消失了，像切除疣瘤一樣由空間和時間中抹去了。像暴風雨過去之後水中的漩渦一樣消失得乾乾淨淨。

我被困在這裡了，除非我想大膽地去闖一下超數據圈。

這事我可不想做。現在還不想。

不過這正是我想要在的地方。在海柏利昂星系裡，數據圈已經完全消失了，在這個世界上，那些可憐的殘餘部分和剩下的霸軍艦隊，都像烈日下的小水潭一樣地乾枯了，但是那些時塚的光卻透過超數據圈而亮了出來，有如燈塔在越來越濃的黑暗中。如果那些傳送門連結都是黑色漩渦，那些時塚就像是白洞，散發出越來越擴散的亮光。

我朝那些時塚移動。到目前為止，我一直是「那個以前來過的那位」，所做的事就是出現在別人的夢境裡，現在是該做點什麼事的時候了。

索爾在等待著。

從他把自己的獨生女交給荊魔神之後，已經過了好幾個小時。他已經有好幾天沒吃沒睡了。在他四周風暴起了又消退，那些時塚則發出亮光和轟隆聲，像是一些失控的反應爐。而時潮以海嘯的力道衝擊著他。可是索爾抓緊了人面獅身像的石階撐了過來，現在他等待著。

索爾因為筋疲力竭和為他女兒感到的害怕打擊得陷入半昏迷狀態，卻發現他那學者的頭腦還在飛快地運轉著。

在大半輩子的生活和整個職業生涯裡，索爾．溫朝博這位歷史學家兼古典主義者兼哲學家，研究的是人類宗教行為的道德問題。宗教和道德並不總是，或甚至並不經常是相互並行不悖的。宗教上的專制主義或原教旨主義，或難以駕馭的相對主義等等的要求，通常反映出當前文化最惡劣的面相或偏見，而不是一個人神都能真正感到公正的制度。索爾最知名的著作，最後終於定名為《亞伯拉罕的困境》推出上市，印行的數量大到他在當時由學院的出版社出版時絕對想像不到。寫作時蕾秋正因梅林症而面臨死亡。書中的討論顯然是針對亞伯拉罕對上帝要他犧牲兒子的直接命令，究竟是服從或不服從之間的困難抉擇。

索爾在書中認為原始時代要求全然的服從，但後來一代代地進化到做父母的願意以自己為犧牲，一如元地球歷史上納粹德國焚化猶太人的黑暗時期，而到了目前這一代則是否定任何要求犧牲的命令。索爾認為不論在人類意識中神的形式為何，不管只是復仇主義者需要的下意識表態，或是更具意識性地企圖在哲學與倫理學方面的進化，人類已經不能再同意以神之名來奉獻犧牲了。犧牲和同意犧牲都用鮮血寫下人類的歷史。

但是幾個小時之前，像好久好久的夢，索爾．溫朝博卻把他的獨生女交給一個死神。

多年來，他夢裡的那個聲音一直命令他這樣做。多年來索爾一直拒絕。他最後會同意，只是因為時間已經沒有了，其他的希望也都沒有了，而他發現，這麼多年來，在他和莎瑞夢裡的那個聲音並不是神的聲音，也不是和荊魔神有關的某種黑暗勢力。

那是他們女兒的聲音。

在超越他的痛苦和悲傷之外的領悟中，索爾．溫朝博突然完全了解，為什麼亞伯拉罕在上帝命令他時，答應犧牲他的兒子以撒。

那不是服從。

那甚至不是把對神的愛放在對兒子的愛之上。

亞伯拉罕是在測試上帝。

以最後一刻不要犧牲，攔住了刀子，上帝在亞伯拉罕的眼中和他兒子的心中，贏得了成為亞伯拉罕的上帝的權利。

不論亞伯拉罕採任何姿態，不管他怎麼假裝願意犧牲那個孩子，都不可能仿造出那更高勢力和人類之間的束縛，一想到此，索爾禁不住打了個寒顫。亞伯拉罕必須在自己心裡知道自己會殺了兒子，而神，不論形式為何，一定得知道亞伯拉罕的決心，必須感受到要毀去亞伯拉罕在宇宙中最珍貴事物的悲傷和決心。

亞伯拉罕不是來奉獻犧牲的，而是要弄清楚這個上帝是不是值得信任和服從的神。沒有其他的測試方法能得到真正的結果。

人面獅身像似乎在起了風暴的時間大海裡起伏，索爾用手抓牢了石階，心想，那麼為什麼？為什麼這個測試又再重複？又有什麼可怕的新天啟在等著給人類？

然後索爾明白了，根據布瑯所告訴他的那一點，還有朝聖路上所聽到的故事，以及他自己在過去幾個禮拜的領悟，知道那機械的無上智慧，不管那到底是個什麼東西，它在想要找出人類之神所缺少的「同情」上所做的努力，完全徒勞無功。索爾不再看到那棵刺樹立在懸崖頂上，那些金屬的枝椏和受苦的大眾，可是他現在卻很清楚地知道那個東西和荊魔神一樣是種活的機器，是一種在宇宙中宣揚痛苦的工具，想逼人類之神有所反應而現身。

如果神真的能進化得來，而索爾確信神一定會進化，那麼這種進化就是朝向「同情」，朝向一種共有的苦難感覺，而不是向著權力和統治。可是這些朝聖者看到的那棵邪惡的樹，讓可憐的馬汀・賽倫諾斯成為受害者的樹，並不是召喚那失去的力量的方法。

索爾現在明白了，不論那個機器的神是什麼形式，都有足夠的洞察力來了解，所謂同情就是對他人痛苦的一種反應，但這個無上智慧卻又愚蠢得無法了解到，其實同情——就人類和人類的無上智慧兩者所賦予的定義來說——還不止如此而已。同情和愛是不可分也無法說明的。機器的無上智慧永遠不會了解這一點，甚至連用這一點來引誘人類無上智慧中已厭倦於未來戰爭的那一部分現身都不懂。

愛，所有事物中最為平凡，就宗教性的動機來說也最為陳腐，卻有著更大的力量，索爾終於明白了，愛比強大的核能或較弱的核能或是電磁或是重力，都還要大得多。索爾明白了，愛就是那些其他的力量。虛空連結，那些把訊息從一個光子傳送到另一個光子的次量子不可能性，正是不折不扣的愛。

可是愛，單純而平凡的愛，能解釋七百多年來始終令科學家搖頭的所謂人類起源嗎？幾乎是無限多的一連串巧合造成一個宇宙，正好有適當數目的規模，正好有準確的電子值，正好有精準的重力，正好有恰當的星齡，正好有正確的生命起源前期來創造出完美的細菌，成為恰好合適的各種DNA。簡而言之，一連串精準而正確的荒謬的巧合，完全沒有邏輯，無法了解，甚至難以做宗教性的解釋。愛？

七百多年來始終存在的大一統理論、超弦後量子物理學和智核所提出宇宙是自身具足，無邊無際，沒有大霹靂奇異點和後續終點的說法，其實已經抹殺了神的角色，不論是原始的擬人論還是深奧的後愛因斯坦學說，神甚至不算是一個照顧者或在創造萬物前一切規矩的制定者。現代的宇宙，就機器和人的了解，不需要有造物主，事實上也不容許有造物主。其規矩不容破壞，也不能大幅修正。沒有開始，也不會結束，超越了如同元地球上的季節般規律和自我規律化的擴張與收縮的循環。在那裡沒有讓愛容身之地。

看來似乎亞伯拉罕當年謀殺兒子只測試了一個幻影。

看來似乎索爾經過數百光年和無數艱辛把他垂死的女兒帶了過來，卻毫無結果。

但是現在，人面獅身像矗立在他上方，而第一線陽光讓海柏利昂的天空變白時，索爾卻發現他所求取的對象，是一個比荊魔神的恐怖或痛苦的主宰更基本、也更具說服力的力量。如果他是對的——他並不知道而只是有所感覺——那麼愛在整個宇宙的結構裡，也和重力和物質／反物質一樣，是骨架的一部分。的確有神容身的地方，不是在牆壁之間的網路內，也不是在裂縫中的奇異點裡，更不是在事物之前或之外的什麼地方，而是就在一切的經緯之中。隨著宇宙進化而進化。隨著宇宙中可學習部分遂行學習而學習，如人類愛過的那樣地愛著。

索爾先跪著，再站起身來，時潮的風暴似乎減弱了一些，而他心想自己可以試著第一百次想辦法進入墓穴。

強光仍由荊魔神現身帶走索爾的女兒，然後消失不見的地方射出來。但現在天空中晨光初現，星星逐漸消失。

索爾爬上了石階。

他記得當年在巴納德星的家裡，十歲大的蕾秋想爬上鎮上最高一棵榆樹，而從離樹頂只有五公尺處摔下來。當時索爾趕到醫療中心，發現他的孩子浮在恢復營養液裡，肺部穿孔，斷了一條腿和好幾根肋骨，下巴碎裂，還有無數的割傷和瘀青。她對他微微一笑，豎起大拇指，動著縫合過的嘴說：「下次我一定會成功。」

那天夜裡蕾秋入睡前，索爾和莎瑞一直坐在醫療中心，等到天亮。索爾整夜握著她的手。

他現在等待著。

由人面獅身像入口湧出來的時潮仍然像不肯停息的強風似地推著他，但他身子前傾迎著，像一塊動搖不得的岩石般站在那裡，就在五公尺外等著，瞇起兩眼來望進強光裡。

他看到一艘降落的太空船後的凝結尾劃破黎明天空，他只抬眼看了看而沒有後退。聽到太空船著陸，回頭看見三個身影由船裡下來時，也沒有退後，聽到其他的聲音，喊叫聲從谷底傳過來，看到一個熟悉的身影用力抱著另外一個熟悉身影，像消防員救人似地抱著從玉塚那邊向他走過來時，也只看了一眼，一步也不退。

這些事全和他的女兒無關，他在等蕾秋。

即使沒有數據圈，還是可以讓我的人格穿過如濃湯般包圍在海柏利昂四周的虛空連結。我的立即反應是要去見「將要是的那位」，但儘管那個人的光輝籠罩了超數據圈，我卻還沒有準備好。畢竟，我只是小小的約翰．濟慈，而不是施洗者約翰[40]。

人面獅身像，一座根據數百年來基因工程師都不願再複製的真實生物形態建造的時塚，是一個時間能量的大漩渦。以我已擴張的視力可以看見其實有好幾座人面獅身像：那個反熵的時塚載著荊魔神當

---

[40] John the Baptist，西元一世紀初出現的猶太先知，曾為耶穌行洗禮。

貨物在時間中倒退，有如一個裝有致命病菌的封閉貨櫃。因活動而不穩定的人面獅身像於最初想要在時間中打開通路時，使蕾秋．溫朝博受到感染。而那座開啟了的人面獅身像正再次在時間中向前行。最後一座人面獅身像是一道耀眼的光之門，只比「將要是的那位」略遜一籌，以其超數據圈的火光照亮了海柏利昂。

我降落到那個明亮的地方，正好看到索爾．溫朝博把女兒交給荊魔神。就算我能來得早一點，我也不可能干涉這件事。而就算我能，我也不會干預。理性以外的世界就靠這種行動。

可是我在人面獅身像裡面等著荊魔神抱著那個柔弱的東西經過，現在我看得到那個孩子。她只有幾秒鐘大，髒髒的、濕濕的、皺皺的，正發出初生嬰兒的號哭聲。以我以前單身的身分和詩人的立場來看，實在很難了解這樣一個哭鬧著、一點也不美的嬰兒，怎麼會對她父親和這個宇宙有吸引力。

然而，不論這新生嬰兒多麼不吸引人，看到這個孩子的軀體被荊魔神有刀刃的爪子抓著，還是牽動了我的心。

往人面獅身像裡面走上三步，就能讓荊魔神和那孩子在時間裡向前好幾個小時。就在入口的地方，時間的河流正在加速。要是我不在幾秒鐘內行動，就再也來不及了，荊魔神會用這道門戶把這個孩子帶到它所找到的某個遙遠未來的黑洞裡。

眾多影像不請自來：蜘蛛吸乾獵物的血肉，穴蜂把自己的幼蟲放進獵物麻痺的身體，最好的宿主和食物來源。

我必須行動，可是我在這裡和在智核裡一樣沒有實體。荊魔神穿過我，好像我是一片看不見的光影。我那虛擬的人格在這裡毫無用處，像團沼氣一樣沒有手腳和實體。

可是沼氣沒有腦筋，約翰．濟慈卻有。

荊魔神又跨了兩步，對外面的索爾和其他人來說又過去了好幾個小時。我看到小嬰兒身上被荊魔神利爪割進皮肉裡所流出來的血。

去他媽的。

在外面，人面獅身像那寬大的石臺上，時間能量形成的大洪水正流進墓塚中穿行，淹沒了放在那裡的背包、毯子、空的食物容器，以及索爾和其他朝聖者留在那裡的所有東西。

包括一個莫比烏斯方塊。

樹之真言者海特．瑪斯亭準備他漫長航程時，用聖堂武士的樹船世界之樹號上的八級阻絕力場封住了那個盒子。裡面有一隻耳格，有時也叫作束縛者，牠是一種小生物，也許以人類的標準來說並不聰明，但在遙遠的星球上進化，發展出一種比任何人類所知的機械都更能控制強大力場的能力。

聖堂武士和驅逐者與這種生物溝通已有好幾代。聖堂武士已用這種小生物在他們美麗但幾近不設防的樹船上控制安全。

海特．瑪斯亭把這個東西從幾百光年外帶了來，完成聖堂武士與最終和解教會之間的協定，協助荊魔神的刺樹飛行。可是，看到荊魔神和那棵痛苦之樹後，瑪斯亭卻沒有完成他們的約定，所以他死了。

莫比烏斯方塊留了下來。我看得到那個耳格是在時間洪流中一個被壓縮的紅色能量球。透過黑暗的簾幕，在外面的索爾．溫朝博依稀可見，滑稽得可憐的身影，因為人面獅身像的時間場外的主觀時間狂流，使他看來動作加快得有如默片中的角色，但莫比烏斯盒在人面獅身像的圈子裡。

蕾秋的哭聲裡帶著連新生嬰兒也知道的害怕。怕掉下去、怕痛、怕與親人分離。

荊魔神跨了一步，在外面的那些人又失去了一個小時。

對荊魔神來說，我是個非實體。但能量場卻是連我們智核類比的鬼魂也能觸及的。我消除了莫比烏斯方塊的阻絕力場，釋放了耳格。

聖堂武士使用電磁輻射（一種編碼脈衝）和耳格溝通，在耳格完成他們要做的事之後，以輻射作為獎賞，但基本上是透過一種近乎神祕的接觸形式，只有聖堂武士兄弟會和少數驅逐者的異種知道。科學家稱之為一種粗糙的心電感應。事實上，那幾乎是一種純粹的「同情」。

荊魔神向著通往未來的門裡又走了一步。蕾秋以只有剛誕生到這個宇宙來的人才會有的能量哭著。

耳格增大起來，了解我的心意，和我的人格合而為一，約翰．濟慈有了實質的形體。

我飛快地走了五步趕上荊魔神，把嬰兒由它手裡抱了過來，再往後退開。即使是在人面獅身像這個能量的大漩渦裡，我也能聞到她那新生嬰兒的氣味，我把那孩子緊抱在胸前，用手扶著她濕濕的頭顱貼在我臉頰上。

荊魔神吃驚地轉身過來，四根手臂伸開，打開刀刃手指，那對紅眼緊盯著我。但那個怪物離門太近，連動也沒動就被時間洪流帶走了。怪物蒸汽鏟般的大嘴張開，咬著鋼牙，可是已經消退成了遠方的一個小點，然後連那個點也不見了。

我轉向入口，但那裡太遠了，耳格漸弱的能量可以把我送到那裡，在時間狂流中逆溯而上，但是帶著蕾秋就不行了。要帶著另一個活生生的人抗拒著這麼強大的力量走那麼遠的路，即使有耳格的幫助，也超出我能力所及。

嬰兒哭著，我輕輕地抖著她，對著她溫暖的耳朵輕念著胡說八道的打油詩。

如果我們不能回去，又不能向前，那我們就在原地等一陣子。說不定會有人來。

馬汀・賽倫諾斯睜大了眼睛，布瑯・拉蜜亞很快地轉過身來，看見荊魔神浮在她背後方的半空中。

「天啊。」布瑯敬畏有加地輕聲說道。

在荊魔神廟裡，層層的熟睡人體退到了遠遠的暗處，除了馬汀・賽倫諾斯之外，所有的人都仍然由搏動的臍帶連接到那棵刺樹，那機械的無上智慧，還有天曉得的什麼東西上。

荊魔神好像要表現它在這裡的權勢，不再攀爬而上，卻伸開了四條手臂，往上浮升了三公尺，最後懸在布瑯蹲著的石板架子上方五公尺的空中。

「想想辦法吧。」賽倫諾斯輕輕地說道，詩人已經脫離了神經分流器的臍帶，可是仍然衰弱得連頭也抬不起來。

「有什麼想法嗎？」布瑯說，但她勇敢的回話卻掩不住聲音裡的顫抖。

「信任。」他們下方有個聲音說道，布瑯挪了下身子往下看去。

布瑯認出那個名叫莫妮塔的女子，她在卡薩德墓中見過。女子站在下面很遠的地方。

「救命！」布瑯叫道。

「要相信。」莫妮塔說完就消失了。荊魔神絲毫沒有分心，它把手放下，向前走來，就好像走在硬石頭上而不是走在半空中。

「媽的。」布瑯輕輕地說。

「同感，才離油鍋又入火坑。」馬汀·賽倫諾斯喘息道。

「閉嘴，信任什麼？相信誰？」布瑯說，然後好像自言自語地說。

「相信那操他媽的荊魔神會殺了我們，或是把我們兩人都插在那棵操他媽的樹上。」賽倫諾斯喘息道。他勉強挨過來抓住布瑯的手臂。「死了也比回到那棵樹上好，布瑯。」

布瑯碰了下他的手，然後站了起來，面對五公尺外空中的荊魔神。

相信？布瑯將一隻腳伸了出去，在一片空無中探索了一番，閉起兩眼再睜了開來，她的腳似乎踩到很堅實的臺階，她張大了兩眼。

在她的腳下除了空氣什麼都沒有。

信任？布瑯將全身的重量放在伸到前面的那隻腳上，踏了出去，前後搖晃一下，再將另一隻腳踩了下去。

她和荊魔神面對面地在離地十公尺的空中。那個怪物似乎在對她獰笑著伸開手臂，外殼在黯淡的光線中閃著朦朧的微光。那對紅色的眼睛卻十分明亮。

信任？布瑯感到腎上腺素急遽分泌，在看不見的石階上邁步向前，往上走進了荊魔神的懷抱。

她感到刀刃般的手指劃穿了她衣服和皮膚，那個怪物開始將她抱緊，抱向由金屬胸膛伸出來的彎曲刀鋒，抱向張大的嘴和一排排的鋼牙。可是布瑯仍然牢牢地站在稀薄的空氣上，傾身向前，把她未受傷的那隻手平貼在荊魔神的胸前，感受到它外殼的冰冷，但同時也感到一陣暖流湧了上來，是能量從她體內湧現，湧出，穿過了她。

那些刀刃在劃破皮膚後就沒有再切割下去。荊魔神呆住了，好像圍繞著他們的時間能量洪流化成了一大塊琥珀。

布瑯將手貼在那個怪物寬闊的胸膛上，用力一推。

荊魔神完全凝結在原地，變得非常脆弱，金屬的閃光消退，取而代之的是水晶的透明亮光，像玻璃的亮光。

布瑯站在空中，被一尊三公尺高的荊魔神玻璃雕像擁抱著，在那怪物的胸口，應該有一顆心的地方，有隻巨大黑蛾似的東西在玻璃裡飛撲著烏黑的翅膀。

布瑯深吸了一口氣，再用力一推。荊魔神在和她共用的那看不見的平臺上往後滑開，晃動一下，倒了下去。布瑯矮身由環抱的手臂中脫出，聽到也感到她的衣服被刺進衣服裡那些仍然尖利的鋒刃割裂，隨著那個怪物傾倒而扯破，然後她自己也搖晃起來，揮舞完好的手臂來尋求平衡，而那個玻璃的荊魔神在半空中翻了一圈半，落在地上，碎裂成一千塊不規則的碎片。

布瑯轉了個身，跌跪在那道看不見的狹小高空通道上，向馬汀．賽倫諾斯爬了回來。

到了最後半公尺處，她突然失去了信心，那看不見的支撐頓時消失，她重重地跌了下來，撞在石板邊上扭傷了腳踝，幸好抓住了賽倫諾斯的膝蓋才沒有滾落下去。

她肩膀、傷了的手腕、扭傷的腳踝和擦傷的手掌與膝蓋等處疼痛不已，邊咒罵不休邊安全地爬到他身邊。

「從我走了之後，顯然出了很多詭異的事，我們現在可以走了吧，還是說妳想要再表演一下水上飄？」馬汀．賽倫諾斯以沙啞的聲音說道。

「閉嘴！」布瑯顫抖著說，那兩個字聽來幾乎充滿了感情。

她休息了一會兒，然後發現讓這位仍然很衰弱的詩人走下臺階，越過荊魔神廟裡滿地碎玻璃最方便的辦法，就是把他抱出去。等他們到了門口，他突然拍著她的背說：「哀王比利和其他人怎麼辦？」

「等下再說。」布瑯氣喘吁吁地說著，走到外面黎明前的曙光裡。

她把賽倫諾斯像一大捆衣服似地背在肩膀上，踉蹌地在山谷裡走到三分之二的地方時，詩人說：「布哪，妳還懷著孩子嗎？」

「是啊。」她說著，祈禱今天這麼辛勞之後還能保住胎兒。

「妳要我背妳嗎？」

「閉嘴。」她說，然後順著小路往下繞過了玉塚。

「妳看。」馬汀・賽倫諾斯說，雖然他近乎頭下腳上地倒掛在她肩膀上，卻還是扭過身子來指著。在漸亮的晨光中，布瑯看到領事那艘漆黑的太空船停泊在山谷入口外的高地上。可是詩人指著的還不是這個。

索爾・溫朝博有如一個剪影般立在人面獅身像入口所發出來的強光中，他的雙臂高高舉起。有什麼人還是什麼東西由強光中現身。

索爾先看到她，一個身影在由人面獅身像流瀉出來的光與時間的洪流中走著。由她襯在強光前的影子，他看出來那是一個女子，一個抱著什麼東西的女子。

一個女子抱著一個嬰兒。

他的女兒蕾秋走了出來，是他最後見到她要到一個叫海柏利昂的世界上去，為她博士學位蒐集資料時，那個健康年輕女子蕾秋，二十多歲的蕾秋，也許現在年紀大了一點，可是就是蕾秋，毫無疑問，是蕾秋，那頭褐色的頭髮仍然剪得很短，垂落在額前，兩頰仍然像又找到熱中的新事物似地紅通通的，笑容柔和，現在幾乎是高興得發抖，而她的眼睛，那一對微帶棕色斑點的綠色大眼睛，正盯著索爾。

蕾秋抱著蕾秋。那小嬰兒扭動著身子，小臉靠著女子的肩膀，兩隻小手拳起又放開，好像無法決定到底要不要再開始哭起來。

索爾呆站著。想開口說話，說不出來，又試了一次。「蕾秋。」

「爸爸。」那年輕女子說著走上前來，伸出她空著的手臂摟著那位學者，一面微側轉身子，以免小嬰兒被夾在他們中間。

索爾吻了他成年的女兒，擁抱著她，聞到她頭髮上清爽的氣味，感受到她真實的軀體，然後把那小嬰兒抱到他的脖子和肩膀邊，感到那新生嬰兒一陣顫抖，深吸一口氣，開始哭了起來。他帶到海柏利昂來的那個蕾秋現在平安地在他手裡，皺著一張小小的紅臉，盡量想把那雙隨意亂轉的眼睛定視在她父親的臉上。索爾用手掌捧著她小小的腦袋，把她抱得近些，仔細看了看那張小臉，再轉向那名年輕女子。

「她是不是……」

「她正在正常地長大。」他的女兒說。她身上穿著半似晨褸半似袍子的服裝，是用柔軟的棕色料子做的。索爾搖了搖頭，望著她，看到她微微一笑，注意到在她嘴巴左下側那個小酒渦和他抱在手裡的嬰兒一模一樣。

他又搖了搖頭。「怎麼……這怎麼可能？」

「這不會維持很久。」蕾秋說。

索爾俯身向前，又吻了下他那長大女兒的臉頰。發現自己正在哭，但是他空不出一隻手來擦眼淚，長大的蕾秋替他擦掉了眼淚，輕柔地用手背碰了下他的臉頰。

有聲音從他們身下的階梯傳來，索爾回過頭去，看到從太空船裡下來的三個人站在那裡，因為跑步而滿臉通紅，而布瑯·拉蜜亞正扶著詩人賽倫諾斯坐在當圍欄的一塊白石上。

領事和席奧·連恩抬頭望著他們。

「蕾秋……」米立歐·阿讓德茲輕輕地說道，他的眼睛裡湧現淚水。

「蕾秋？」馬汀·賽倫諾斯說著皺起了眉頭，看了布瑯·拉蜜亞一眼。

布瑯半張著嘴，瞪大了眼睛。「莫妮塔。」她用手指著說，然後發現自己用手指著別人，就又把手放了下來。「妳是莫妮塔。卡薩德的……莫妮塔。」

蕾秋點了點頭，她臉上的笑容不見了。「我在這裡只有一兩分鐘的時間。卻有很多事情要告訴你們。」她說。

「不行，妳一定得留下來。我要妳留下來和我在一起。」索爾說著抓起他長大女兒的手。

蕾秋又笑了笑。「我會留在你身邊的，爸。」她溫柔地說道，一面舉起她另外一隻手來摸嬰兒的頭。「可是我們之中只能有一個留下來，而她更需要你。」她轉身向著下面那一小群人。「請你們所有人聽我說。」

在太陽升起，照著詩人之城裡殘破的建築，領事的太空船，西邊的懸崖，還有那些更高的時塚時，蕾秋說了關於她的那個簡短卻引人入勝的故事。她被選中，在人類的精神和智核造生的無上智慧之間發生最後大戰的未來接受養育。她說那是一個既可怕又美好的神祕未來，人類散居在整個銀河系，並啟程前往其他處去。

「其他的銀河系？」席奧．連恩問道。

「其他的宇宙。」蕾秋微笑道。

「卡薩德上校以前認得妳是莫妮塔。」馬汀．賽倫諾斯說。

「將來會認得我是莫妮塔。」蕾秋說，她的眼光迷濛起來。「我眼見他的死亡，也把他的墓送到過去。我知道我那一部分的任務是要見到這個故事中有名的戰士，引領他向前參與最後的戰爭。我還沒有真正和他見面呢。」她望向山谷那頭的水晶獨石巨碑。她沉吟地說：「莫妮塔，在拉丁文裡是『忠告者』，很恰當。我讓他在那個名字和慕尼莫西妮『回憶』之間選一個作我的名字。」

索爾一直沒有放開他女兒的手，現在也沒有放開。「妳要帶著這些墓塚在時間中往回走？為什麼？怎麼走？」

蕾秋抬起頭來，由遠處懸崖峭壁反射回來的光暖暖地照在她臉上。「這就是我的工作，我的責任。爹，他們給了我控制荊魔神的方法。而且只有我是有所準備的。」

索爾把他那初生的女兒抱高了點。她在睡夢中驚動了一下，吹出一個口水泡泡，把頭轉向她父親的頸窩尋求溫暖，將她小小的拳頭貼靠在他的襯衫上。
「準備，妳是說梅林症？」布爾說。
「是的。」蕾秋說。
索爾搖了搖頭。「可是妳並不是生長在什麼神祕的未來世界裡。妳生長在巴納德世界的克勞伏大學城裡的費爾提格街。妳的……」他停了下來。
蕾秋點了點頭。「她會長大……在那裡長大。爹。我很遺憾，我非走不可了。」她將手抽了回來，飄然下了臺階，伸手輕觸了一下米立歐．阿讓德茲的臉頰。「我很抱歉讓你因為回憶而感到痛苦。」她溫柔地對那大感驚駭的考古學家說：「對我來說，那真正是另一世的人生。」
阿讓德茲眨著眼睛，抓住她的手在他的面頰上多貼了一會。
「你結婚了嗎？有孩子嗎？」蕾秋溫柔地問道。
阿讓德茲點了點頭，另外那隻手動了起來，好像要由口袋裡取出他妻子和已成年子女的照片，但馬上又停了下來，再點了點頭。
蕾秋微微一笑，很快地在他臉頰上親了一下，然後又再走上臺階。天空中陽光明亮，但是人面獅身像的門裡更亮得多。
「爹地，我愛你。」她說。
索爾想要說話，他清了一下喉嚨。「我……我怎麼到那裡去找妳呢？」

蕾秋朝人面獅身像敞開的門比了一下。「對某些人來說，這就是到我說的那個時間去的門戶。可是，爹地……」她遲疑了一下。「那會要你再從頭養育我一次，也就是說要第三次忍受我童年之苦，對任何一個做父母的都不該這樣要求。」

索爾勉強微微一笑。「沒有一個做父母的會拒絕這件事的，蕾秋。」他換了隻手去抱那睡著了的嬰兒，又搖了搖頭。「會不會還有某個時間……妳們兩個……」

「再一次同時並存？」蕾秋微微笑道：「沒有。我現在要走另外的路了。你根本想像不到我要讓矛盾委員會批准這次會面有多困難。」

「矛盾委員會？」索爾說道。

蕾秋深吸了一口氣。她退開到只有指尖和她父親的指尖相觸，兩人的手臂都伸直了。「我一定得走了，爹地。」

「我會不會……我們在那裡會不會很孤單？」他看著那個嬰兒。

蕾秋笑了起來，那笑聲熟悉得像一隻溫暖的手包住了索爾的心。「哦，不會，不會孤單。那裡有很多很好的人，有很多了不起的事可以去學和做的。很多很棒的地方可以去看……」她四下環顧。「那些地方都是在我們最狂野的夢裡也想像不到的。不會，爹地，你不會孤單，而且我會在那裡，有我青少年的尷尬和年輕時的盛氣凌人。」她退向後方，手指滑離了索爾。

「等一下再進去，爹地，不會痛，但是一旦進去之後，你也就不能回來了。」她大聲說道，回到強光裡。

「蕾秋，等一等。」索爾說。

他的女兒，向後退去，她的長袍飄過石頭，最後整個人被光包圍。她高舉起一隻手臂。「再見了，短吻鱷！」她叫道。

索爾舉起了一隻手。「回頭見……小鱷魚。」

年紀大的那個蕾秋消失在光裡。

嬰兒醒了，開始哭了起來。

一個小時之後，索爾和其他人才回到人面獅身像。他們先去了領事的太空船去治療布琊和馬汀·賽倫諾斯的傷，吃飯，替索爾和孩子的遠行做準備。

「我覺得不過就是像跨進傳送門一樣，還要收拾行李，未免太蠢了。不過不管未來有多了不起，要是沒有哺乳包和尿布，我們就麻煩了。」索爾說。

領事咧嘴一笑，拍了下放在階梯上那裝得滿滿的背包。「這夠你和小嬰兒用兩個禮拜的了。要是你到時候還找不到賣尿布的地方，就去另外一個蕾秋提到過的宇宙吧。」

索爾搖了搖頭。「這一切都是真的嗎？」

「再等幾天或是幾個禮拜吧，和我們一起在這裡等一切明朗化。不用著急，未來會一直在那裡的。」米立歐・阿讓德茲說。

索爾搔著鬍子，一面用太空船製造出來的哺乳包餵著嬰兒。「我們並不確定這扇門是否會一直開著。何況，我說不定會害怕起來。要再養育一個孩子，我實在是太老了點，尤其是要獨在異鄉為異客。」他說。

阿讓德茲把強壯有力的手按在索爾肩膀上。「讓我跟你一起去吧。我對那個地方好奇得要死。」

索爾咧嘴笑了笑，伸出手來，用力地握了下阿讓德茲的手。「謝謝你，我的朋友。可是你在萬星網還有妻子兒女，在文藝復興星，正等著你回去。你有你的責任。」

阿讓德茲點了點頭，望著天上。「如果我們還能夠回去。」

「我們會回得去的，就算萬星網永遠消失了，使用老式霍金空間跳躍推進器的太空船還是有用的。可能會有個幾年的時債，米立歐，但是你一定回得去。」領事斷然地說。

索爾點了點頭。把嬰兒餵飽了，把一塊乾淨的尿布擱在肩膀上，拍著她的背。他四下看了看這一小圈人。「我們都有我們的責任。」他和馬汀・賽倫諾斯握了握手。詩人先前拒絕進入營養恢復浴池，也不肯動手術把神經分流插槽去除。「這種事情我以前也碰過。」他說。

「你會繼續把你的詩寫完嗎？」索爾問他。

賽倫諾斯搖了搖頭。「我在那棵樹上的時候已經把詩完成了，而且我在那裡還發現了另外一件事，索爾。」他說。

那位學者挑起了一邊眉毛。
「我認清了詩人不是神，可是如果真的有神，或者其他什麼像神的東西，祂一定是個詩人，而且是個蹩腳的詩人。」
嬰兒打了個嗝。
馬汀．賽倫諾斯咧嘴笑著，最後再和索爾握了一次手。「到那裡去讓他們難過吧，溫朝博，告訴他們說你是他們的曾─曾─曾─曾─曾爺爺。要是他們不乖，你會打他們的屁股。」
索爾點了點頭，順著那一行人走到布瑯．拉蜜亞面前。「我看到妳和船上的醫療電腦會商，妳和妳懷著的孩子一切都還好吧？」他說。
布瑯笑著說：「一切都很好。」
「是男孩還是女孩？」
「女孩。」
索爾親了下她的臉頰，布瑯摸了下他的鬍子，別過臉去隱藏身為前私家偵探不該流下的淚水。
「女孩子都好麻煩，一有機會就把妳女兒去換一個男孩子回來。」他說著，把蕾秋抓住他鬍子和布瑯鬈髮的小手扳開來。
「好的。」布瑯說完退開一步。
他最後再和領事、席奧及阿讓德茲握過手，讓布瑯抱著嬰兒，自己把背包背上，再把蕾秋抱在懷裡。「要是這玩意沒作用，而我最後只是在人面獅身像裡亂轉，那可就太反高潮了。」

領事瞇起眼睛來看了看那扇光亮的門。「會有作用的。雖然我不知道會怎麼作用。我覺得這不像是什麼傳送門。」

「是時送門。」賽倫諾斯大膽地說，然後舉起手臂來擋布瑯打來的一掌。詩人退後一步，聳了聳肩膀。「如果這扇門繼續作用，索爾，我覺得你在那裡一定不會寂寞的，成千上萬的人會到你那裡去。」

「只要矛盾委員會批准。」索爾說著像他平常想著別的心事時那樣拉著鬍子。他眨眨眼睛，調整了一下背包和嬰兒的位置，向前走去，這次敞開的大門裡的力場讓他走了進去。

「大家再見！天啊，這一切都很值得，對吧？」他叫道。他進入光亮裡，他和小嬰兒就此消失了。

那一陣空虛和寂靜持續了幾分鐘之久。最後領事以近乎尷尬的語氣說：「我們回太空船上去吧？」

「把電梯叫下來給我們其他的人用，拉蜜亞小姐會凌空走上去。」馬汀．賽倫諾斯說。

布瑯怒視著矮小的詩人。

「妳覺得那是莫妮塔的安排嗎？」阿讓德茲說，他指的是布瑯先前說的經過。

「一定是的，是未來的科學之類的吧。」布瑯說。

「啊，不錯。」馬汀．賽倫諾斯嘆了口氣說：「未來的科學，是那些畏縮得不敢迷信的人常用的說法。親愛的，另外一種說法就是，妳有那種之前始終未開發的能力，可以升到空中，把怪物變成一打就碎的玻璃小妖精。」

「閉嘴。」布瑯說，這回語氣裡完全沒有一點感情。她回頭望了望。「誰說不會隨時又有另外一個荊魔神出現呢？」

「真的，我猜我們始終都會有個荊魔神，或是關於荊魔神的謠言。」領事同意道。

向來碰到不和的狀況就會發窘的席奧・連恩清了清喉嚨：「你們看我在散落在人面獅身像四周的行李堆找到什麼，是一把吉他嗎？」他舉起一件有三根弦、長把手和三角的琴身上漆有亮麗花紋的樂器。

「是三角琴，是霍依特神父的東西。」布瑯說。

領事把那件樂器拿了過來，彈了幾個和弦。「你們知道這首歌嗎？」他彈了幾個音。

「叫『麗妲奶子相幹歌』嗎？」馬汀・賽倫諾斯貿然地說。

領事搖了搖頭，又再彈了幾組和弦。

「很老的歌嗎？」布瑯猜道。

「『彩虹之外』[41]。」米立歐・阿讓德茲說。

[41] Somewhere Over the Rainbow，電影《綠野仙蹤》的主題曲，由茱蒂・嘉蘭演唱，曾獲一九三九年奧斯卡最佳電影歌曲獎。

「想必是我那個時代之前的歌。」席奧．連恩說，他隨著領事的彈奏點頭打拍子。

「那是所有人出生之前的歌。來吧，我們在路上的時候，我再把歌詞教給你們。」領事說。

他們一起走在烈日之下，唱得有時荒腔走板，有時很好，有時忘了詞又重新來過，他們往山上走向那艘等待著的太空船。

THE FALL OF HYPERION

尾聲

五個半月之後，懷了七個月身孕的布瑯・拉蜜亞搭乘早班飛船從首都前往詩人之城，去參加領事的惜別酒會。

現在無論當地人、來訪的霸軍船員以及驅逐者都稱之為傑克鎮的首都，在晨光中看來潔白乾淨。飛船由市中心的停泊塔起飛，朝胡黎河上游的西北方飛去。

這個海柏利昂最大的城市受到兵燹之災，但現在大部分都已經重建，而由塑性纖維墾殖場和南方大陸一些小城市來的三百萬難民中，大多數都不顧驅逐者近來對塑性纖維大感興趣而選擇留下。因此這個城市成長得像一隻大象❶，有了基本的建設，例如電力、下水道，以及可以到達擠在太空港和那個老鎮之間的小山頂上的電磁纜車。

那些建築物在晨光中顯得白亮，春天的空氣中充滿了希望，布瑯看見底下縱橫的新路和河上擁擠的交通，都是光明未來的好預兆。

在萬星網摧毀後，海柏利昂的戰爭並沒有持續很久。驅逐者占領了太空港和首都的事實，由領事和前總督席奧・連恩發起的和約中，轉化成萬星網的割讓和與新自治委員會的共治。但從萬星網覆亡後將近六個月的時間裡，唯一來往太空港的，只有從仍在星系內的霸軍艦隊殘留部隊來的登陸艇，和經常到訪的驅逐者聚落星際觀光團。現在看到高大的驅逐者在傑克鎮廣場上購物，或是某些更奇形怪狀的人在西塞羅的店裡喝酒，都不是什麼奇怪的事了。

在過去幾個月裡，布瑯一直住在西塞羅的店裡，史坦・魯維斯基把那棟傳奇性建築受損的部分重新擴建，原先旅舍的那廂四樓有幾個大房間，布瑯就住在其中一間裡。「天啊，我才不要大肚子的女人來幫忙呢！」每次布瑯說要做點什麼的時候，史坦就會這樣大喊大叫，可是她結果總還是照樣在魯維斯基嘟嘟囔囔下做各樣的事情。布瑯雖然懷了身孕，可是她畢竟是個盧瑟斯人，在海柏利昂才幾個月，她的肌肉並沒有完全萎縮。

那天早上，史坦開車把她送到停泊塔，幫她拿行李和她要送給領事的那包東西。然後那位小旅舍的老闆交給她一個他自己帶來的一小包東西。「到那個鳥不生蛋的鄉下地方去，一路好無聊，妳得有點東西看看，對吧？」他不高興地說。

那份禮物是一八一七年版的濟慈《詩篇》。由魯維斯基親手以皮面裝訂。

布瑯把那個巨人抱得緊到連肋骨都壓得格格作響，使得他大為尷尬，而周遭旁觀的旅客大為高興。「夠了啦，該死的。告訴領事說，在我把我那一文不值的小旅舍傳給我兒子之前，希望能看到他那一文不值的臭皮囊回到這裡來。把這話告訴他，好嗎？」他揉著身子咕嚕道。

布瑯點了點頭，和其他旅客一起向來送行的人揮手道別。然後，在飛船解開繫纜，拋下壓艙物，緩緩地在眾多屋頂上方開出去時，她還一直在觀景層揮著手。

---

❶ Grown like Topsy，Topsy 疑指美國康尼島「月光樂園」中豢養的一隻大象，體積龐大，因為前後殺死三名遊客，而於一九〇三年遭電殛處死。

現在，飛船遠離了市區，沿著河飛行，布瑯第一次清楚地看見南方的山頂，哀王比利的臉仍然憂愁地俯看著城市。臉上有一道十公尺長的新疤痕，是戰爭中一道雷射光在比利臉上劃下的，正慢慢地隨著風沙消褪。

但真正吸引布瑯注意的，卻是在山的西北面一座正在成形的更大雕像。即使有從霸軍那裡借來的現代切割機器，工作進度卻還是很緩慢，而那大大的鷹鉤鼻、濃眉、大嘴，以及悲傷卻充滿智慧的眼睛，剛剛開始讓人看得出來。很多被留在海柏利昂的霸聯難民都反對將梅娜·葛萊史東的像刻在山上，但是芮瑟密·寇勃三世，也就是把哀王比利的臉刻在那裡的那位雕刻家的孫子，碰巧正是擁有這座山的人，卻非常委婉地說了聲「去你媽的」，然後繼續進行。再過一年，也許兩年，就會完成了。

布瑯嘆了口氣，摸著隆起的肚子。她一向最討厭孕婦這種深情流露的動作，現在卻發現無可避免，然後很笨拙地走到觀景甲板的一張椅子邊坐下。要是才七個月就這麼大了，等到足月的時候，她會是什麼樣子呢？布瑯抬頭望著她頭上充滿瓦斯氣體的巨大氣球鼓突的弧線，不禁為之畏縮。

因為順風，飛船這趟航程只花了二十小時，布瑯有一段時間在打瞌睡，但大部分的時間都在看著那熟悉的風景在下方伸展開來。

他們在近中午的時候經過卡爾拉閘口，布瑯微微笑著拍了拍她帶來給領事的包裹。到了近黃昏時，他們接近奈伊德河港，布瑯在三千呎的高空向下看到一艘老舊的漂浮遊艇由魟魚拖著往上游而去，留下箭形的波紋。她不知道那會不會是貝納瑞斯號。

飛過邊緣城時，在上層休息室裡供應晚餐，然後開始橫越草海，夕陽正以彩光照亮了這片大草原，而百萬枝草在吹送飛船的微風下形成草浪。布瑯把咖啡端到她在觀景甲板上最喜歡的那張椅子去，將窗子開得大大的，看著草海在面前展開，有如撞球檯上的光滑絨布。天光漸漸暗下來。就在甲板上的燈準備點亮之前，她看到一架風船車由北向南開過，頭尾都搖晃著燈籠。布瑯俯身向前，能清楚地聽到巨大輪子的轟然響聲，以及三角帆布的劈啪聲，風船車起伏著搶風。

布瑯上去換上睡袍時，臥艙裡的床已經鋪好了，但是她看了幾首詩之後，又回到了觀景甲板一直待到天亮，在她最喜歡的那張椅子上打著盹，聞著下面傳來的青草芳香。

他們在朝聖者休息站停了一陣，補充新鮮食物和水，重新充氣，更換了船員，但布瑯並沒有下船走動。她看到電纜車站周圍的燈光，等到他們終於開始繼續航行時，飛船似乎沿著那一連串纜車塔進入馬轡山脈。

他們越過山脈時，天還很黑，一名侍役過來把長窗關上，因為船艙中要加壓了，但布瑯還是不時能由下面雲縫中看到閃亮在星光下的冰原。

破曉時分，他們飛過了時光堡，即使是在薔薇色的光裡，那座城堡的石頭仍然沒有一絲暖意。然後那片沙漠出現了，詩人之城在左舷閃著白光。飛船向那裡新建的太空港最南端的停泊塔降落。

布瑯根本沒想到會有人來接她，每個認得她的人都以為她會在那天下午和席奧．連恩一起搭乘他的浮掠機來。可是布瑯覺得搭乘飛船比較適合她一個人想想心事，而她在這一點上是對的。

可是就在纜繩還沒拉緊，船梯還沒放下的時候，布瑯已經看見領事那張熟悉面孔夾在那一小群人裡，站在他旁邊的是馬汀．賽倫諾斯，正在他不熟悉的晨光中皺著眉頭，瞇著眼睛。

「該死的史坦。」布瑯嘟囔道，想起微波連接現在已經有了，而新的通訊衛星也進入了軌道。

領事以擁抱相迎。馬汀．賽倫諾斯打著呵欠和她握了握手說：「就找不到個更方便的時間來嗎？」

晚上有一場派對。問題不止是領事第二天早上要離開，大部分留下來的霸軍艦隊也要回去，而相當大量的驅逐者船群要和他們一起走。有十來艘登陸艇停放在領事的太空船附近的地上，那些驅逐者最後再來看一次時塚，而霸軍軍官則到卡薩德的墓來作最後的致敬。

詩人之城本身現在有將近一千個定居的居民，很多都是畫家和詩人，不過賽倫諾斯說他們大部分是「裝腔作勢」。他們兩度想選馬汀．賽倫諾斯當市長，他兩次都加以拒絕，而且毫不留情地咒罵他的選民。但是這位老詩人繼續管著很多事情，監督重建、裁決糾紛、分配住屋和安排由傑克鎮和南方各處來的補給航班。詩人之城不再是一座死城。

馬汀．賽倫諾斯說，這個地方沒人的時候集體智商可高多了。

宴會設在重建的大餐廳裡，巨大的穹頂回響著笑聲，聽馬汀．賽倫諾斯朗誦猥褻的詩篇，其他的藝術家上演戲文。除了領事和賽倫諾斯，布瑯所坐的那張圓桌上還有十來位驅逐者來賓，包括自由人金伽和柯德維爾．明蒙，還有芮瑟密．寇勃三世，穿著縫在一起的毛皮，用一個高高的圓錐當帽子。席奧．連恩來晚了，滿懷歉意地先跟大家講了傑克鎮最新的笑話，然後到這張桌上來和大家一起吃甜點。最近連恩一再被提到民眾會在即將來臨的四月大選中選他為傑克鎮鎮長，似乎當地居民和驅逐者都很喜歡他的行事風格，到目前為止，席奧都沒表示會拒絕這份榮譽。

在宴會上喝了很多酒之後，領事靜靜地邀請了幾個人到船上去聽音樂和飲酒。布瑯、馬汀和席奧都去了，高高地坐在船上的陽臺上，聽領事非常清醒而充滿感情地彈奏蓋希文、司徒德利、布拉姆斯、盧瑟爾和披頭四的曲子，然後再回到蓋希文，最後以拉赫曼尼諾夫美得令人心碎的C小調第二號鋼琴協奏曲作結尾。

然後他們坐在暗暗的燈光下，望著外面的城市和山谷，又喝了點酒，一直談到深夜。

「你想在萬星網裡會找到什麼呢？無政府的混亂狀態？暴民統治？回到石器時代的生活？」席奧向領事問道。

「大概是所有這些，還有別的。說真的，在超光速通訊完蛋之前，已經有足夠的影像資訊讓我們知道，儘管有些真正的問題，萬星網裡大部分的老世界都會過得很好。」領事微微一笑，晃著手裡酒杯中的白蘭地。

席奧．連恩坐著，手裡仍捧著從宴席上帶過來的那杯酒。「你為什麼認為超光速通訊完蛋了？」

馬汀．賽倫諾斯嗤之以鼻。「上帝對我們一直在祂家牆上亂畫已經厭煩了。」

他們談起他們的老朋友們，想知道杜黑神父過得好不好，他們在收到最後一批超光速通訊資料中知道了他的新工作。他們想起了雷納·霍依特。

「你們覺得等杜黑過世之後，他會自動成為教宗嗎？」領事問道。

「我想不會。若杜黑胸前那個額外的十字形還有作用，至少他還有再活一次的機會。」席奧說。

「我不知道他會不會來找他的三角琴。」賽倫諾斯彈著那把樂器說。在暗淡的燈光下，布瑯想道，這個老詩人還是看起來像個半人半獸的森林之神。

他們談到索爾和蕾秋。在過去六個月裡，好幾百人想要進入人面獅身像，只有一個人成功，一個很安靜的驅逐者，名叫米茲恩斯培許特·阿曼華特。

驅逐者的專家學者花了好幾個月的時間分析這幾座墓塚和殘存的時潮遺跡，發現時塚開啟後，一些墓塚上出現了象形文字和熟悉得出奇的楔形文字，這些至少引發了學術界對時塚各種不同作用的猜想。

人面獅身像是通往蕾秋／莫妮塔談到的那個未來去的單向門戶。沒有人知道那扇門怎麼選擇容許進入的人，可是現在觀光客最愛的一件事就是去試能不能進入那道門。索爾和他的女兒命運如何，始終沒有任何跡象和線索。布瑯發現自己經常會想起那位老學者來。

布瑯、領事和馬汀·賽倫諾斯喝了一杯酒敬索爾和蕾秋。

玉塚好像和大氣世界有些關聯。沒有一個人進得了那特別的入口，但是特別設計而在木星上生長的異種驅逐者，卻每天都有人來試著進去。驅逐者和霸軍的專家們都再三指出，這些時塚並不是傳送門，而完全是另外一種形式的宇宙連結。但觀光客全然不加理會。

方尖碑始終是一個陰暗難解的謎。那個墓塚仍然發光，但現在沒有了門，驅逐者猜想荊魔神大軍仍然藏身其中。馬汀．賽倫諾斯則認為方尖碑只不過是男性陽具的象徵，是後來才補進山谷來當裝飾用的。其他人則猜想那可能和聖堂武士有什麼關聯。

布瑯、領事和馬汀．賽倫諾斯喝了一杯酒來敬樹之真言者海特．瑪斯亭。

重新封閉的水晶獨石巨碑是費德曼．卡薩德上校的墓。石頭上刻有解碼的文字，記載一場宇宙戰爭和一個由過去來的偉大戰士，協助打敗了痛苦之王。由炬船和航空母艦上下來的年輕士兵都為之感動不已。卡薩德的傳奇在這些船艦回到舊萬星網的各個世界去之後，會流傳得更廣。

布瑯、領事和馬汀．賽倫諾斯又為敬費德曼．卡薩德而喝了一杯。

第一座和第二座穴塚似乎通不到任何地方，但第三座穴塚看來會通往好幾個不同世界的地下迷宮。在幾個研究的學者失蹤之後，驅逐者研究當局提醒遊客，那些地下迷宮在另外一個空間和時間，很可能是過去或未來幾十年。除了夠資格的專家學者之外，這個墓塚已形同封閉。

布瑯、領事和馬汀．賽倫諾斯舉杯敬了保羅．杜黑和雷納．霍依特。

荊魔神廟也仍然是一個謎。等布瑯和其他人在幾個小時後再回到那裡時，那一層層的人體都不見了，時塚的內部和大小又和以前一模一樣，但在正中間有一扇發著紅光的門。凡進去的人全都失蹤了，再也沒有回來。

研究者宣布內部為禁區，他們費盡心力，想解讀石上因年代久遠而嚴重損毀的字跡。到目前為止，只能確定三個詞全是元地球的拉丁文，翻譯出來是「大圓形競技場」「羅馬」和「重新移居」。已經有人傳說這個入口通往失蹤的元地球，而在刺樹上的受難者已經轉送到了那裡，還有幾百人等著。

「妳看，要是妳那天沒有操他媽的那麼快把我救下來，我就可以回到家鄉去了。」馬汀．賽倫諾斯對布瑯說。

席奧．連恩靠過來。「你真的會選擇回到元地球去嗎？」

馬汀露出他最甜美的賽蹄笑容。「操他媽的一百萬年也休想。我住在那裡的時候，那裡無聊死了，那裡永遠都是那樣無趣。這裡才是多事之地。」賽倫諾斯敬了自己一杯。

布瑯發現在某方面說來，這話還真一點也不錯。海柏利昂是驅逐者和前霸聯公民會面的地方。單是這幾座時塚就代表了未來的貿易和觀光事業，還有人類宇宙適應沒有傳送門的生活之後的來往交通前景。她試著照驅逐者的觀點來看未來，巨大的太空船隊擴大了人類的世界，以基因工程讓人類改造，適應廢氣大星球和小行星以及比火星或希伯崙環境更惡劣的世界。她想像不出來，那是一個她的孩子可能會看到的宇宙……說不定要到再下一代。

「妳在想什麼，布瑯？」領事在長久的沉默後問道。

她微微一笑。「在想未來，還有強尼。」她說。

「啊，對了，那個本來可以當神卻沒有當成的詩人。」賽倫諾斯說。

「你們覺得那第二個人格後來怎麼了？」布瑯問道。

領事用手比畫了一下。「我想智核死了之後，他也不可能還活著，妳說呢？」

布瑯搖了搖頭。「我只是很嫉妒。好像有很多人都見過他，就連米立歐．阿讓德茲都說在傑克鎮見到過他。」

他們喝了杯酒來敬米立歐，他已經在五個月前和第一批霸軍的空間跳躍船回萬星網去了。

「除了我之外，大家都見過他。」布瑯說著，皺起了眉頭來看著她杯裡的白蘭地，知道她在睡前必須要再服用些孕婦抗酒精藥片。她發現自己有點醉了，只要她吃了藥，酒精就不會傷到胎兒，可是卻的的確確影響到了她。

「我要回去了，必須一大早起來看你在日出時升空。」她說著站了起來，擁抱著領事。

「妳確定不想在這艘船上過夜嗎？客房裡可以看到山谷的景致呢。」領事問道。

布瑯搖了搖頭。「我所有的東西全在老皇宮裡。」

「我在走之前還會和妳談。」領事說，他們又很快地擁抱了一下，免得注意到布瑯的淚水。

馬汀．賽倫諾斯陪著她走回詩人之城。他們在住處外面的樓廊上停了下來。

「你當時真的在那棵樹上嗎？還是說只是睡在荊魔神廟裡時的幻覺？」布瑯向他問道。

詩人沒有笑，他用手摸著胸口被鋼刺穿的地方。「我是那個夢到自己是蝴蝶的中國哲學家，還是夢到我是個中國哲學家的那隻蝴蝶呢？妳問的是不是這個，孩子？」

「是的。」

賽倫諾斯溫柔地說：「一點也不錯，我兩者都是，兩者都是真實的，兩者都很痛。我會因為妳救了我而永遠愛妳、珍惜妳，布瑯。對我來說，妳永遠都能走在半空中。」他拉起她的手來吻了一下。

「妳要進去了嗎？」

「不要，我想到花園去散散步。」

詩人略微遲疑了一下。「好吧，我想，我們有巡邏的機器人和人類。而我們的巨妖荊魔神還沒有再出現過……不過，還是要小心點，好嗎？」

「別忘了，我可是巨妖殺手，我走在半空中，把他們變成玻璃小妖精打碎掉。」布瑯說。

「啊哈，可是別逛到花園外面去，好嗎，孩子？」

「好的，我們會小心的。」布瑯說。她摸了下肚子。

他正等在花園裡，就在燈光沒有完全照到而監視攝影機也沒有完全照到的地方。

「強尼！」布瑯驚叫一聲，在鋪著石頭的小徑上很快地向前踏出一步。

「不。」他說著搖了搖頭，好像有點悲傷。他看起來很像強尼，一模一樣的紅棕色頭髮、淡褐色眼睛、堅實的下巴、高高的顴骨和溫柔的笑容。他的穿著有一點奇怪，一件厚厚的皮上衣、很寬的皮帶、沉重的皮鞋、手杖和一頂毛皮帽子，他走近前來時，把帽子脫了下來。

布瑯停在不到一公尺遠的地方。「當然。」她用只比耳語略大一點的聲音說道。她伸手去摸他，卻從他身體穿了過去，不過並沒有一點光像會有的閃動和模糊情形。

「這個地方還是在超數據圈的力場裡。」他說。

「啊哈，你是另外一個濟慈。強尼的雙生兄弟。」她同意道，其實根本不知道他在說什麼。

那矮小的男子微微一笑，伸出一隻手來，好像要摸她隆起的腹部。「這讓我成了個叔叔吧，對不對，布瑯？」

她點了點頭。「是你救了那個嬰兒蕾秋……對吧？」

「妳當時能看到我嗎？」

布瑯低聲地說：「不能，可是我能感覺到你在那裡。」她猶豫了一下。「可是你並不是烏蒙說到的那個人類無上智慧的同情部分吧？」

他搖了搖頭。他的鬈髮在微光中閃亮。「我發現我是以前來過的那位，我替那來教導的那位鋪好了路。恐怕我唯一的奇蹟就是抱起了那個嬰兒，然後等到有人能從我手裡把她接過去。」

「你沒有幫忙我對抗荊魔神？讓我浮在半空中？」

約翰・濟慈笑了起來。「沒有，也不是莫妮塔。是妳，布瑯。」

她用力地搖著頭。「那絕無可能。」

「不是絕無可能。」他溫柔地說。他伸出手來又摸了下她的肚子，而她想像自己能感覺到他手掌的壓力。他低聲地說：「妳仍是那未被強奪的新娘／妳是寂靜與龜速時空收養的孩子……」他抬頭看著布瑯。「妳身為來教導的那位的母親，當然能有些特權。」

「誰的母親？」布瑯突然必須坐下來，也及時找到了一張長椅。她這輩子從來沒有笨手笨腳過，可是現在，懷著七個月的身孕，她實在沒辦法再以很優雅的動作坐下來。她毫無來由地想起那天早上飛船準備停泊的情形。

「來教導的那位，我不知道她會教導些什麼，可是那會改變這個宇宙，推動很多一萬年後極其重要的想法。」濟慈又重複了一遍。

「我的孩子？強尼和我的孩子？」她勉強說道，有點喘不過氣來。

那個濟慈的人格摸了下臉頰。「這是烏蒙與智核追求了那麼久卻到死都不了解的人類靈魂與ＡＩ邏輯的結合。」他說著，向前走了一步。「我只希望在她教導那些她必須教導的東西時，我也能在就好了。看那對世界有什麼影響，不論這個世界，或是其他的世界。」

布瑯的思緒在飛轉，但是她在他的語氣裡聽到點什麼。「為什麼？你會在哪裡？出了什麼問題？」

濟慈嘆了口氣。「智核已經消失了。而即使是把我給減縮了，這裡的數據圈也太小了，容不下我……除非是霸軍太空船上的ＡＩ，而我想我不會喜歡那裡，我一向不大會聽命行事。」

「沒有別的地方了嗎？」布瑯問道。

「超數據圈，但那裡到處是獅子、老虎和熊，而且我也還沒準備好。」他說著向他背後看了一眼。

布瑯放過了這個話題。「我有個主意。」她說，然後她把那個想法告訴了他。

她情人的影像走近了些，用兩手抱著她說道：「妳真是個奇蹟，夫人。」他退回陰影之中。

布瑯搖了搖頭。「我只是一個孕婦。」她把手放在衣服下隆起的腹部上。「來教導的那位。」她喃喃地說。然後，她對濟慈說：「好了，你是來宣布這一切的大天使。我該給她取什麼名字呢？」

布瑯沒有聽到回答，就抬起頭來。

陰影中空空蕩蕩的。

布瑯在日出之前到了太空港。那實在不是一群很快樂的人在道別，除了要說再見的難過之外，馬汀、領事和席奧都因為在後萬星網時代的海柏利昂醒酒丸缺貨而飽受宿醉之苦。只有布瑯神清氣爽。

「船上那該死的電腦整個早上都怪怪的。」領事嘟囔道。

「怎麼說？」布瑯微笑道。

領事斜眼看了看她。「我要它列一張通常起飛前都要有的檢查清單。結果那蠢船給了我一首詩。」

「詩？」馬汀．賽倫諾斯挑起一邊眉毛。

「對呀，你們聽……」領事按動了他的通訊記錄器。

一個布瑯很熟悉的聲音說道：

啊，你們三個鬼魂，再見！你不能擔起
我枕在花草上的頭；
因為我不會以讚美當佳餚，
不是一隻傷感鬧劇中的馴羊！
柔和地由我眼中消失吧，再次
成為夢幻之甕上如假面的身形；
別了！我還有留給夜晚的夢，
也還留著給白天的依稀幻想；
消失吧，魅影！由我閒適的靈魂
進入雲端，再也不要回來！❷

席奧·連恩說：「AI故障了？我以為你船上的AI是智核以外最好的呢！」

領事說：「是最好的沒錯，但這不是故障，我做了一次認知和功能的總檢查。一切都沒問題，可是就是給了我這個！」他指著通訊記錄器讀出的記錄。

馬汀·賽倫諾斯看了布瑯·拉蜜亞一眼，仔細端詳她的微笑，然後轉回身來對著領事。「呃，看起來好像你的船大概文學化了。別擔心這種事。在來回的漫長旅途上，它會是個好伙伴呢。」

在接下來的沉默中，布瑯取出了一個鼓突的包裹。「送給你遠行的禮物。」她說。

領事打了開來，起先很慢，然後把外面的紙又撕又扯，露出裡面摺好的一床褪了色、歷盡滄桑的小毯子。他用手摸著，抬起頭來，用哽咽的聲音問道：「哪裡……妳怎麼……」

布瑯微微一笑。「一個本地的難民在卡爾拉閘口下面找到的。她在傑克鎮的市場上準備賣掉的時候，我正好經過。沒有人有興趣買這件東西。」

領事深吸了一口氣，用手摸著曾經載負著他祖父麥林和祖母西麗相會的那條獵鷹魔毯上的花紋。

「我怕這已經不能再飛了。」布瑯說。

「飛行線圈需要重新充電，我真不知道該怎麼謝妳……」領事說。

「不用謝，這是祝你旅程一路順風的。」布瑯說。

領事搖了搖頭，緊緊擁抱了布瑯一下，和其他人握過手，然後乘著升降機進了太空船。布瑯和其他人走回到航站大廈裡。

海柏利昂琉璃色的天空晴朗無雲，太陽將遠處馬轡山脈的群峰染成深紅，今天又會是溫暖的一天。

布瑯回頭看了看詩人之城和再過去的山谷。最高幾座時塚的頂端依稀可見。人面獅身像的一邊翅

❷引自濟慈詩作〈Ode on Indolume〉。

膀映在陽光裡。

只有一點點聲音和一些些熱氣散出，領事那艘黑色的太空船發出一道淡藍色的火焰，升向空中。

布瑯想要回想起她剛才讀過的，她所愛的人那首最長、最好的、未完成作品的最後幾行：

未幾衝過明亮的海柏利昂；
他燃燒的袍服拖曳在他腳後，
發出一陣轟然，宛如凡間之火，
劃破那溫柔的天上時刻，
使他們的鴿翼顫動，他繼續燃燒……❸

布瑯感到那陣熱風扯著她的頭髮。她將臉抬向天上，揮著手，既不想隱藏，也不想擦去淚水，用力地揮著手。那艘壯觀的船身直衝而上，帶著那道強力的藍色火焰升向天際，然後如同遠處的一聲叫喊發出突然的音爆，聲音傳過沙漠，在遠處的山峰迴響。

布瑯再次淚眼揮手，繼續向離去的領事、向天空、向所有她永遠不會再見到的朋友們，還有她部分的過去，以及如一支完美無缺，由神的弓射出的黑箭般的太空船揮別。

他繼續燃燒……

❸ 引自濟慈詩作〈海柏利昂的殞落〉。

The Fall of Hyperion

海柏利昂 2：海柏利昂的殞落 ㊦

作者・丹・西蒙斯（Dan Simmons）｜譯者・景翔｜封面設計・徐睿紳｜內頁排版・謝青秀｜責任編輯・郭純靜｜編輯協力・徐慶雯・呂安琦・廖怡理｜行銷企畫・陳詩韻｜總編輯・賴淑玲｜社長・郭重興｜發行人兼出版總監・曾大福｜出版者・大家出版｜發行・遠足文化事業股份有限公司 231 新北市新店區民權路 108-4 號 8 樓 電話・(02)2218-1417　傳真・(02)8667-1851 ｜劃撥帳號・19504465 戶名・遠足文化事業有限公司｜印製・成陽印刷股份有限公司　電話・02)2265-1491 ｜法律顧問・華洋法律事務所　蘇文生律師｜全集定價　799 元（上下不分售）｜初版一刷・2017 年 6 月｜

國家圖書館出版品預行編目 (CIP) 資料

海柏利昂 2：海柏利昂的殞落 / 丹 . 西蒙斯 (Dan Simmons) 作 ; 景翔譯 . -- 初版 . -- 新北市 : 大家出版 : 遠足文化發行 , 2017.06
下冊 ; 14.8x21 公分
譯自 : The Fall of Hyperion
ISBN 978-986-94603-3-0 (下冊 : 平裝). --

874.57　　106005490